When

I

Meet

the

Moon

原来黑暗里面，

也可能会出现光啊。

北京联合出版公司
Beijing United Publishing Co.,Ltd.

我 抱 住 你 了 ， 就 再 也 不 会 松 手 了 。

摘月亮

完·结·篇

When I
Meet
the Moon

著/ 竹已

ZHU YI WORKS

"那以后，

所有你的脆弱，

背后都有我。"

帮我把女朋友的
甜度打高点

Contents 目录

When I
Meet the Moon

如果再贪心一点。

那么，他只希望，实现那些愿望的人，是他。

那大概，他就是那个，陪她一辈子的人了。

"我们以后什么事，都和对方商量。"

云厘笑道，"好不？"

未来的路还很漫长。

"嗯。"

我的愿望是，

你一切都好。

第十章

还看见了你

这个动作持续了好几分钟，叙旧结束，傅识则靠到沙发上，茶几上还摆着他离开时留下的鱼缸，云厘另外买了加氧泵和装饰灯，几条鱼生龙活虎地游着。

云厘没忘记他昨晚要的草莓，洗净后装盘放到他面前。

"我在小贩那儿买的，好像是自己有草莓园，应该很新鲜。"云厘坐在他旁边。

他似乎不是特别想吃，不慌不忙地看了一会儿，伸手拿起一个，却只是放在另一个上。等他把第一层的草莓都移开了，云厘才意识到他是在看底下那一层的草莓。

没有爱心。

看完后，他沉默了。

"你在找东西吗？"云厘不解，拣起一个吃掉，口感脆甜，傅识则闭了闭眼，没再执拗，随手拿起一个入肚。

他难得有了点心事，忽然问道："围巾呢？"

云厘愣了下，她赶工了两天，因为织得太丑了，便草草收尾成短围巾，想着回头带回去给云野，再另外找时间给傅识则重织一条。

"织好了，但有点丑，我拍给云野看了。"云厘到房间里拿出围巾，是纯灰色的，织得松紧不齐。她递给傅识则，他看了两眼，便放在一旁。

她的语气毫不意外："你果然嫌它丑。"

云厘不忘把姐弟俩的聊天记录拿给傅识则看，他的眸子上下移动会儿，便移开。草莓还剩不少，他拿了两个吃，试图分散自己的注意力。

家里给他连打了几个电话，傅识则没在云厘这儿久留，准备离开的时候，忽然和她说道："我想装点草莓带回去。"

云厘起身到厨房给他拿密封袋，隐约听到傅识则收拾东西的声音。

草莓还剩大半盒，云厘装好后给他放到包里。

傅识则离开后，云厘收到云野的信息，他的口气还有点勉强：行吧，虽然有点丑，但你还是给我带回来吧，勉强接受。

云厘：爱要不要。

熬夜织的围巾没有达到预期的效果，云野又一脸嫌弃，云厘心中有些郁闷，想着直接扔掉算了。她起身找了找围巾，却没有找到。

不确定刚才收哪儿了，云厘又翻箱倒柜找了一番。过了几分钟，手机振了振，是傅识则的信息——

不小心把围巾放包里了。

云厘：“……”

次日是2016年最后一个工作日。云厘到EAW后，体验馆内是成群结队来自南芜一中的学生。稚气未脱的高中生将体验馆渲染得朝气蓬勃，体验馆内一向播放的音乐声也被喧哗声掩盖。

云厘照旧被派到体验馆帮忙，她站在五楼的玻璃围栏往下看，下方都是密密麻麻的学生，像一堆像素块在无规则地运动。

目光一移动，云厘看见人群中一个扎着高马尾的女生，她比同龄人长得高，面上未施粉黛，白净的脸也很出众。她正和一群女学生聊天，说话态度认真且专注，温柔又有礼貌。

云厘盯着她看了一会儿，感觉也能理解云野为何对她心动了。她偷偷拍了一张照，发给云野。现在还是大白天，云野估计看不了手机。

也不知看了多久，云厘身后突然传来一道声音：“好巧。”

云厘回头，发现是尹昱呈。

她愣了下：“你过来玩吗？”

尹昱呈走到她旁边，顺着她刚刚的目光看过去：“我妹妹她们年级过来游玩，我也来凑凑热闹。”

尹昱呈仔细瞧了瞧，也看到了尹云祎那一片人：“你在看我妹妹吗？”

云厘不想承认，说道：“没有。”

尹昱呈没有揭穿她的谎言，指了个方向："在那儿。"

"她确实是个很可爱的女孩。"云厘真诚道。

尹昱呈笑道："还行吧。"他想了想说，"云野应该也挺不错的吧，毕竟你长得蛮好看的。"

第一次被不太熟的男生当面称赞，云厘觉得无所适从。有来有往，她尬聊道："我看见你妹妹好像又帮忙拿东西又帮忙排队，很热心的样子。"

尹昱呈不否认："我父母从小就教我们要做个乐于助人的人，所以我也是这样的。"

隐隐约约觉得对方在自夸，云厘附和道："看来你父母教导有方。"

尹昱呈："既然都碰上了，要不你去和云祎打声招呼吧？"

云厘怕见了面不知道说什么，想要拒绝。尹昱呈劝道："没关系的，见个面吧，她肯定也很想见你。"

"好。"云厘只好同意。

两人走到楼下见尹云祎，发现她把身上的外套脱了下来，剩下一件毛衣和打底衬衫。尹云祎见到云厘，微笑颔首道："姐姐，你好。"她唇角弯起，"云野和你长得很像。"

云厘："很多人说我们长得像。"

尹昱呈看着尹云祎单薄的身影，问道："你怎么不穿外套？"

尹云祎看了一下周围，确认同学不在，小声说道："借给同学了。"

他皱皱眉："那你只穿两件，会不会冷？"

尹云祎："室内人比较多，不太冷。"

上次收了她的手链，再加上对方是云野喜欢的人，云厘也无法置之不理。她主动开口道："我休息室里还有外套，如果你不介意的话，要不你先穿着？"

"不用了姐姐，"尹云祎笑了笑，礼貌道，"我不介意，姐姐你也穿得不多，不要着凉了。"

"没关系的，我放在休息室备用而已。"云厘不常有这样的对话，摆了摆手，"我去拿给你吧。"

回到休息室，云厘打开自己的柜子把衣服拿出来，仔细检查了一遍，确认衣服是干净的。转过身想回到体验馆，发现傅识则在身后。

他淡淡道："去哪儿？"

"云野暗恋对象是南芜一中的，也来这儿了。"云厘晃了晃手上的衣服，"她把衣服借给别人了，我怕她冷，就拿件衣服给她。"

"嗯，"傅识则靠在门边，"她一个人？"

"没，她哥哥也在，我先碰到的她哥，然后才去跟她打招呼。"

"嗯。"

云厘见他戳在门口挡路，笑着拉了拉他的手："没事的话，我先过去了？"

"嗯。"傅识则让了让。

云厘走出去后，听见身后传来声音："我和你一起。"

回到 EAW 体验馆 3 楼，尹云祎和尹昱呈就在虚拟过山车门口的休息椅上坐着等待。见到云厘，两人同时站起来。

尹云祎接过云厘手上的衣服："谢谢云厘姐姐。"

云厘笑了笑："不用客气。"

尹昱呈一眼看见了云厘身后的人："傅识则？"

完全没想过他们有交集，云厘问："你们认识吗？"

尹昱呈笑道："读书的时候参加比赛，见过几面。"尹昱呈没看见他俩一起来的场景，瞥见傅识则挂着 EAW 的胸牌，只当两人是同事。

尹云祎把外套穿上后，尹昱呈率先开口道："我和云祎第一次来这里，要不你带我们在这儿转转？"

对方既已开口，云厘也不方便拒绝："好。"

尹昱呈见到身旁跟着一个傅识则，感到疑惑："你跟我们一起吗？"

傅识则理所当然地把这问句当成邀请："好。"

尹昱呈："……"

云厘莫名觉得尴尬，缓解气氛道："你们要不先玩旁边这个虚拟过山车？这个体验感挺好的。"

"姐姐，你和我们一块吧？我想和你一起玩。"尹云祎主动邀请。

不想给尹云祎留下云野姐姐不好相处的印象，云厘点点头。

几人正在排队，尹昱呈和傅识则站在后面，他看着傅识则说道："我原以为你在西科大毕业，会找个非凡的工作。"

傅识则并不在乎他话里隐约的挖苦，平静道："上次听到南理工的广播，你谈了校园恋爱？"

尹昱呈一下子就想起那次采访的内容，有些无语："现在正在努力中，你呢？"

"刚开始谈。"傅识则轻描淡写道，"在你前面。"

前面站着两个人，傅识则说的人不可能是他妹。

"……"尹昱呈勉强笑了一下，他迅速转移了话题，傅识则却不是很感兴趣，目的已经达到，如非必要的回答，他均不作声。

不多时，队伍排到了。虚拟过山车的座位同真实过山车一样，一节车厢有几排，每一排有两个座椅。算是受了情伤，尹昱呈在表面没有显露出来，坐在尹云祎旁边时却有些出神。傅识则给云厘拉开安全卡扣，顺势坐在她身边。

这个项目云厘已经玩过很多次了，最开始是到 EAW 录推广视频的那次，后来是因为 EAW 的实习生有员工卡可以直接进入体验馆，所以没工作偷懒时，或者下班后偶尔会来玩一下。

玩的次数多了，已经没有最开始的震撼感了，但云厘依然会被 VR 眼镜里的高危画面吓到。眼前的画面逐渐从底端咣唧咣唧地运转到顶端，即将从过山车的顶点冲下。云厘紧握身前的横杆，感受到另一只手伸过来，不轻不重地将她的手包住，带着点安抚的气息。

在过山车冲下的时刻，她分不清是过山车带来的惊悚更多，还是盖在手上的温暖带来的心动更多。

坐了两圈虚拟过山车，尹云祎提出要回到班级，尹昱呈陪她一起回去。

尹云祎问道："云厘姐姐，这件外套我什么时候还你比较好？"原先是可以让她哥来还的，现在看来感觉不太合适。

云厘想了想："这件衣服我平时不穿，你读高中也没时间来还，等云野来找你的时候再给我吧。"

云厘和傅识则一起到了电梯间，尹昱呈和尹云祎则去乘手扶电梯。四人就此散开。

尹云祎站在尹昱呈旁边，睁大了眼睛问道："哥，云厘姐姐好像有男朋友了。"

尹昱呈扯着嘴角："应该是。"

尹云祎明知故问，补了一刀："你之前没问清楚吗？"

尹昱呈不想说话了："是。"

另一头的两人进了电梯并排站着，傅识则伸出手，挠了挠她的掌心。

两人说好不在公司内有亲昵行为，今天一整天都有意识地保持着距离，现在突然拉近，怕被同事发现，心中又有奇异的想法作祟。

云厘反守为攻，手向上抬了一些，手指伸进他微张的指缝里，与他十指交握。那只手也很配合地回握着她。

云厘还在思考还能如何操作，过了几秒，傅识则说道："没有下一步了吗？"

他丝毫不害臊地直接挑明，打乱了云厘的心绪。刚好电梯停在了负一楼，云厘赶紧把他的手松开，急忙出了电梯："回去工作了。"

最后一个工作日，公司里没有人加班。云厘是部门里最后一个下班的，关掉灯后，她舒了一口气。下次见 EAW，就是 2017 年了。

傅识则在过道上等她，他套着件青蓝色冲锋衣，戴着鸭舌帽，听见她开门的声音，抬起头。

脖颈被灰色的围巾挡住——是她织的那条。云厘凑过去，主动牵住他的手。天空还下着小雪，他们没有打伞，傅识则将鸭舌帽摘下戴在她头上。一楼的积雪已覆过脚踝。

门口站着个人影，撑着伞。云厘倚在傅识则身旁，没有留意那个人，踩着雪安静地往外走。

"稍等一下。"人影追上了他们，云厘才发现是尹昱呈，他手中提着个袋子，应该是在外面等了很久，头发上都沾了雪。

他低眸看了眼他们紧握的手，想说些什么，却没开口。好几秒后，才神色自然地把袋子递给云厘："这是你的衣服。"

"你不用特意过来的。"云厘意外道，伸手接过。

"没关系。"他温声道。他只是来确认一下。

说了句"新年快乐"，尹昱呈转身离去，车就停在路边，顾长的身影不多会儿便消失在他们的视野中。云厘的目光没有多逗留，顺着刚才的方向继续走。

云厘问："他说你们是比赛的时候认识的。"

傅识则："嗯。"

想起刚才尹昱呈想说不能说的样子，云厘困惑道："他是不是不太喜欢你？"

她想当然地脑补道："毕竟有你的地方，他最多只能拿第二。"

"……"

她有点迟钝。傅识则没说话，摘下她的帽子，揉揉她的脑袋，又给她戴回去。

广场上的雪被铲出条路，铺了茅草避免行人打滑。走到小区内，积雪遍布。

"跟在我后面。"傅识则走在前面，他的鞋子比云厘的大不少，给她踩出脚印后，她的鞋子便不会陷到雪地里。

到家时脸已经冻麻了，云厘打开空调，给傅识则倒了杯热水。将近六点了，冰箱里有提前备好的蔬菜和肉类，云厘将食材拿到厨房，还没开始做菜，傅识则拿着杯子走进来。

他接了杯水，却没有出去，靠着冰箱看她。

似是注意到他的目光，云厘回过头："你先到外面坐一会儿。"

她穿着件淡粉色的围裙，过肩的头发被她用花色的发圈扎成丸子头，露出后颈。水顺着傅识则的喉咙咽下去，他垂眸盯着那个忙碌的身影，围裙后方系着蝴蝶结，显出腰身。

一不留神，杯中的水见底了，他把杯子放到一旁，靠近云厘，从后面抱住她。

云厘身体一僵，用右肩顶了顶他，有些无奈道："你先出去，这样切不了菜。"

她的手沾了水，覆住莴笋上，止在切片。水都是冰的，傅识则顺着她的手腕往前，只在她手背上停了一会儿，便停在案板上。

"我来帮忙。"他没多逗留，松开她，自顾自地靠到洗菜池边上，将她放在池里的青菜冲洗干净，又把案板上的莴笋，按照她切的厚度规规整整地切好。

能看出傅识则很少做饭，替她洗菜、切菜的动作略显笨拙。他也不觉得自己在厨房占地方，云厓一开始怕他无聊，屡次打发他出去，傅识则都没搭理。云厓让他拿东西他就动一动，不需要时就靠在一旁看着她。

她站着不动时他还要凑过来抱一抱、贴一贴。一顿饭做得她面红耳热。

好不容易做完饭，云厓转身看向傅识则，似乎对他频繁的干扰有些不满。他轻松地倚在那儿，毫无自觉。

云厓将双手放到身后，打算解开围裙，傅识则靠近她，双手从她手臂和腰间的缝隙穿过，绕到她身后。他自然地解开她身后的蝴蝶结，云厓能感觉到系在腰间的蝴蝶结瞬间松掉，她的心却因此紧了紧。

给她松了围裙，他的手却没收回，摁住她的腰。云厓抬头，两人贴得近，他墨色的眸中带了点情愫。

空气在快速升温。云厓想开口说什么，却一瞬间沉沦在他的眸色里，她不自觉地踮起脚，轻轻贴上他的唇。

只是碰了一下。

她回过神，意识到自己做了什么后，几乎要难以控制脸上的表情，她低下头，试图隐藏自己的失态。

身前的人一动不动。

云厓咬了咬下唇，过了片刻，声音细若蚊鸣："我没忍住……"

她的语气有些委屈，像他故意诱惑她一般。

傅识则轻"嗯"了声，用指尖蹭了蹭她的唇谷。

这轻微的触感让云厓心里一麻，她抬眸，眼中漾着无法控制的情感，目光接触的时候，傅识则的指尖一顿，低头，贴住她的唇，随后，十分克制地轻轻咬了一下。

…………

和他分开后，云厓到客厅里冷静了好一会儿才回厨房端菜，傅识则还在厨房里，手里拿着那件围裙，问她："这个我能穿？"

"……"

不知道他想干吗，云厓如实回答："应该穿不上。"傅识则将围裙挂回去。

他这么问应该是有穿的意思，云厓有点难以想象那个画面，他一身浅粉色，她本能地排斥道：“你别穿我的。”

傅识则扫了眼她冻红的指尖。

“帮我挑一件。”

…………

半小时左右吃完饭，将碗筷收拾好后，云厘和傅识则猫到沙发上，房间内的温度已经升上来了，他穿着件薄毛衣，靠在她旁边。

没什么其他事情做，傅识则陪云厘刷了会儿E站，没有什么新奇的东西，两个人挑了部电影看。

云厘的手机响了。

“厘厘，明天一起跨年吗？”是邓初琦的电话，“明天夏夏回家，我去找你吧。”

手机有些漏音，云厘看向傅识则，他没动静，只是伸手把玩了下她耳边的发丝。指尖不经意间擦到她的脸颊。

云厘红着脸，试图别开傅识则的手，他笑了声。

电话对面沉默了会儿，邓初琦疑惑道：“我好像听到了男人的笑声，你听到了吗？”

云厘：“……”

云厘：“是我这儿的。”

邓初琦：“……”

云厘干脆从沙发上起身，想避开傅识则的干扰，步子还未迈开，却被他拉住手拽回到沙发上，她没坐稳，上半身背对着倒到他怀里。

手机里又传来声音：“那你还方便接电话吗？”

这话说得像他俩在做什么让人害臊的事情。

云厘看向傅识则，他似乎一点澄清的念头都没有，她只能着急道：“方便，你别乱想。”深吸一口气，她承认，“我谈恋爱了。”

“谁？”

邓初琦的反应和云厘想象中的一样，没有第一时间告知她，想必她心里也会不太舒服。不知道傅识则这个名字会不会给她更大刺激，云厘犹豫了好一会儿没出声。

拥着她的人却没保持一贯的沉默。

"这会儿不知道我名儿了？"这话是在问云�厘，却故意靠近了手机说。

电话对面静音了好一段时间，然后识相地直接挂掉。

"……"云厘听着那"嘀"的一声，感受到拥着她的手逐渐变紧，她侧过头，抬起下巴看他，看到傅识则面无表情地看着她，像是在等待她的下文。

云厘故作镇定地掰开他的手指，到厨房倒了杯水，脑子一边快速转动。她没有告诉闺密他们谈恋爱的事情，邓初琦问起的时候，她也没有承认他的身份。

确实不太好。

他会因为这件事情生气吗？

云厘从厨房探出个头，傅识则垂着眼，看不出情绪。好像是她想多了，回沙发上坐下，她喝了口水："我们继续看电影吧。"

傅识则把玩着遥控器，没有按开始键的意思。

云厘推了推他的膝盖，若无其事地示意他快点儿开始。几秒后，傅识则按了开始键，云厘起身关了灯，墙上投影着画面。

她坐回沙发的一边，傅识则躺在沙发上，上半身靠着另一侧，一条腿收起来。

是火遍一时的爱情片，电影中没有暧昧和出格的镜头，大多是纯情的怦然心动与浪漫的自然风光。看了好一阵，云厘挪了挪身体，往傅识则的方向靠了点。

房间内仅有从投影仪上发散出的光，映在他脸上。云厘侧身，他盯着画面，表情平静自然，不像生气的样子，手却环着胸。

她又凑近了点，坐在他身前。

她完全没看电影，试探性地想他不要生气。好一会儿，身后的人没和她僵持，伸手将她揽到怀里。

见他终于松动，云厘放下心来。

电影只有一个半小时，结局圆满，音乐响起时，云厘仰头回看他，却发现他靠着沙发，闭着眼睛。

睡着了。

"……"云厘觉得这部电影是纯情了点，但似乎也没那么无聊。

她观察着他的睡颜，睫毛根根分明，眼尾狭长。云厢伸出手指碰了下他的眼睫毛，他眉间紧皱，紧闭的双目在轻颤。

又在做噩梦。

她想起第一次在 EAW 的休息室见他蜷在沙发上，肩胛骨瘦削。她意识到，每当黑夜降临时，便有无形的黑雾将他笼罩起来，让他永无终止地待在其中无法逃离。

云厢抚了抚他的眉间。他像获得了安抚般眉目缓缓地舒张开，受到了鼓舞，她手上的力道更小了些，直到他睁眼，抓住她的手指。

猝不及防。

她下意识地往后退，却被他钳住身体，他泰然自若地将她的手放回他眉间，闭上眼，维持匀速的呼吸。

云厢："……"

不带这么装睡的。

…………

临走前，傅识则给云厢转发了摩天餐厅的地址，他订了跨年夜的晚餐。餐厅在天启商城的顶楼，旋转餐厅可以看见全市夜景。

她给云野打了个电话，姐弟俩一般都一起跨年，今年跨年换了个对象，她还有些不适应。云野靠着床，正在玩平板电脑上的游戏，他将手机放到身侧，头也不回地问道："干吗？"

云厢自认为已经有了完美的跨年夜，好声好气道："你明天怎么跨年？"

"跨年？"云野抬了下眼看她，满不在乎道，"你不在我跨什么年。"

云厢愣了下，少年这几年五官逐渐长开，眉眼间却还是保留着熟悉的样子，她习惯性挖苦道："你还挺深情的。"

她转移话题："爸妈怎么准你玩游戏了？"

"这个游戏就是生物树，我就是把生物课上的东西重温一遍。"云野给她解释了一下，忽然，他关了平板电脑，从床上站起来，跳到地上，趿拉着拖鞋往镜头这边靠近。

云厢："你别把地板跳穿了。"

云野："……"

他拿起手机，又往床上一倒，脸靠近镜头，一如既往地臭着脸：

"你明天一个人跨年吗？"

云厘和云野一起跨年的时候，习惯干些别的事情，比如刷E站、玩游戏之类的。她没看他，随口道："管我啊？"

云野反呛："我不管啊，就是盼着你和我一样惨。"

两人互相吐槽了日常的事情，挂了电话。手机一振，是云野发来的红包，由头很简单：给云厘跨年。

"……"有点内疚，是怎么回事。

给云野打完电话，云厘给邓初琦也拨了个电话，对面的人没立刻说话。云厘见机迅速道歉："七七，你别生气，我本来想下次见面告诉你的。"

"行吧，我也不算太过伤心。"邓初琦笑一笑，假装摆了会儿架子，"那声音是夏夏小舅吗？几天不见你俩就在一起了？"

云厘这下不好意思了，小声道："是。"

邓初琦："你们怎么在一起的啊？进展得怎么样了？"

云厘去掉细节，粗略地说了个大概。

"之前你追了那么久没下文，这会儿不追了倒是跟开火车似的。"邓初琦吐槽了一下，"不过这样看来，他之前要约的人估计就是你了。"

讲完这些，云厘没忘记问想问的问题："他找我跨年夜一起吃饭，这是不是和我一起跨年的意思？"

"当然是啊。"邓初琦冥思苦想，"猜不透傅小舅这人的心思，我原本以为他性冷淡，现在看来又好像不是。"

云厘不解："这是什么意思？"

邓初琦突然严肃："厘厘，你要保护好自己。跨年夜只过十二点，不能过夜。"

云厘："……"

翌日，吃完午饭后，云厘在梳妆台前坐着，化了许久的妆，从衣柜拿出件驼色毛衣裙。

换上前，她给傅识则发了条信息：能给我拍张你今天的全身照吗？

傅识则没问原因，过了几分钟，直接发了照片过来——深灰毛衣和浅灰休闲裤的搭配。

云厘：外套呢？

傅识则又发了张照片过来。

黑色风衣外套。

云厘对着他的照片，从衣柜里挑出了类似的深灰修身毛衣和半身裙，以及一件黑色的长款毛呢外套。

试穿后，云厘拍了张照，发给傅识则。

配字：我们今天穿情侣装。

云厘提前出门，先去海天商都看一眼可以送给傅识则的礼物。

在商场转了一圈，云厘停在香薰店门前。

他睡眠不好。

云厘挑了个岩兰草香薰蜡烛，试闻过，带点柠檬味和香茅味。香薰蜡烛用一个小盒子装好，装进精致的纸袋里。

在路边，云厘编辑着短信，打算让傅识则到海天商都接她。两家商场隔了一段距离，她站在路边，没有注意身后的事情。

忽然听见有人惊呼："抢劫！抢劫啊！"

云厘警惕地往右边看过去，没发现异常，又听见身后有急促的脚步声："给我让开！"

云厘猝不及防，从左后侧被撞倒在地。原先拎着的礼物袋也飞了出去。

抢劫者撞到人，跟跄了一下，又迅速恢复姿势继续向前跑，顺带还把她的那袋礼物捡走了。

事情太过突然，云厘跪在地上，甚至有些许茫然："我的东西……"

后边有人继续往前追，没几秒，两人跑得影子都不见了。

口袋里的手机响了，云厘拍了拍膝盖上的灰尘，吃力地站了起来。掏出手机，来电显示是傅识则，她轻触接听："喂？"

"在哪儿，我去接你。"

云厘看了看四周："我在海天商都北门后面那条路上。"右手传来一阵刺痛，云厘换只手举手机，动作变得十分别扭。她看了看右手，刚刚摔倒时，手背擦过水泥地，现在破了一大块皮，血和尘土混在一起。

云厘看了一眼，觉得十分血腥，又移开了眼。她感到懊恼："我可能要迟到了。"摔了一跤，礼物还丢了。

傅识则："怎么了？"

小时候摔跤了回家，都会被云永昌劈头盖脸骂一顿，说她让人不省心，云厘本能地不敢直接交代这种事，对于云永昌，她是出于恐惧。

傅识则耐心地又问了一遍："怎么了？"

他的语气让云厘放下心来。

不想让他太担心，云厘转移话题道："你订的那家店好像很难约，我可能会迟到，可以延迟点吗？"

傅识则没理会她的问题："海天商都北门，你在那儿等我。"电话没有断开，云厘听到发动机启动的声音，原以为是他忘记挂电话了，对面却传来——

"别挂电话。"

云厘不想让傅识则过来扑空，站在马路边显眼的位置，同时轻轻吹着右手背的伤口。

傅识则的车很快就到了，云厘坐上副驾驶座位后，他把车开到路边的临时停车处。他熄了火，目光从她的头顶开始往下移动，没有漏过任何一个位置，将她的皮肤一寸寸扫视。

顶着他射线似的视线，云厘又问了一次："那个餐厅可以推后去吗？"

身边的人没吭声，他解开安全带，俯身靠近她，云厘愣了下，傅识则已经找到她受伤的位置，轻拉着她的手背，皱起了眉："手怎么了？"

这明显也藏不住，云厘直白道："我给你买了礼物，但是刚刚被人抢走了……"随着她一字字吐出，傅识则如点漆般的双眸以肉眼可见的速度冷了下来。

云厘反过来安慰他："那个人撞到我，我就摔了一跤，没多大事的，破了点皮。"

傅识则给她扣好安全带，发动车子往前开。一路上，他面色冷然，盯着前方的路况。车速极快，几分钟后眼前出现"医院急诊"的标志。

"回家用药处理一下就可以了。"云厘愣了下，这次摔得很疼，但在她的印象中，病得严重才需要去医院。

他没吭声，将车停好，拉着云厘到急诊室。从挂号到问诊，整个流程不过两分钟。医生给云厘处理伤口的时候，傅识则靠在旁边看着。

处理完伤口后，两人回到走廊，挨着坐在休息椅上，傅识则垂着头，十指在膝盖间交叉握着。他已经半个小时未说话了。云厘将右手放在他膝盖上，纱布穿过虎口绕了好几圈，傅识则侧头看着，轻捏住她的指尖。

他突然抱紧她。

是很用力的拥抱。

傅识则手臂紧紧扣住她的肩膀，捏住她肩头的五指力度明显，像是要把她揉进身体里。云厘一时没反应过来，几秒后，他把脸埋到她发间。

脖颈能感受到他冰凉的脸颊、挺直的鼻梁。此刻，不知道是不是云厘心里"过度加工"，她能感受到，自己是他很重要的一部分。

抱了一会儿，傅识则松开她。医生叮嘱了不要沾水，也没有其他太大的风险。云厘并没有将这个伤放在心上，想起被捡走的礼物，她有些郁闷道："礼物都还没焐热呢，就被顺走了。"

"……"

傅识则钩钩她的指尖："我给你找回来。"

他完全没有开玩笑的模样。

"不用了，那人看起来很凶，万一伤了你，那太得不偿失了。"云厘连忙道，傅识则没应声，她确认道，"你听到了吗？"

他应了声，静默地思考着，脸上意味不明。

急诊室大门正对着南芜摩天轮，云厘眺望着那边的霓虹灯光，才想起今晚原本的行程，问："我们还能去餐厅吗？"

傅识则看了眼时间："过点了，回家吧。"

她正要动，傅识则先她一步起身："我背你吧。"

云厘："……"

虽然知道傅识则不太可能弄混她是哪儿受伤了，但困惑之下，云厘还是提醒道："我是手受伤了……"

傅识则盯着她，不痛不痒地笑了下。

他没有掩饰自己的意图："我想背你。"

云厘看看四周，人也不算多，她做了下心理建设："也行吧，别人也不知道我是手受伤了。"应该也不至于引起其他人关注。

"……"

听她语气勉强，傅识则无语，他转身蹲下，呈现在她眼前的后背宽阔，云厘做贼般瞅瞅四周，慢吞吞地用手钩住他的脖颈。他的手臂擦过她的大腿下侧，轻而易举地将她背起。

没有这么被人背过的印象。很少体验这种身体失衡的感觉，云厘抱紧了他的脖子，将脸埋在他的围巾里。

围巾上有淡淡的烟草味，傅识则停下脚步："有点热，帮我摘掉。"

她顺从地将他的围巾摘下戴在自己脖子上。

傅识则："抱紧点。"

云厘抱紧他的脖子。

傅识则："像刚才那样。"

云厘："哪样……"

她嘟囔道，红着脸，慢慢地将脸埋在他的脖颈间，贴着他的皮肤，这动作不甘不愿。

能感受到他的手用力了点。

似乎被她的言行不一逗笑了，他喉间传出笑声，听到这戏弄的意味，云厘瞅着他，目光带了点警告。

傅识则也侧头看她，也不知道怎么回事，云厘抬头，往前碰了他的唇一下，见他愣了一下，她有种大仇得报的快感。

他的错愕也只是一瞬间，下一秒，傅识则看着她，下蛊般说道："过来点儿。"

"……"她露出不愿意的表情，脸还是靠近了他。他目光明净，鼻子像打了阴影，线条明晰，两人近得连睫毛的影子都看得清晰。

傅识则往前碰了下她的唇。

云厘条件反射地往后，他唇角微扬，又说道："过来点儿。"

声音中是无法拒绝的蛊惑，温柔中带点暗哑。

她觉得自己的脖子也开始发热，失了神志般靠近他，傅识则垂眸，唇覆上去，柔软的触感比以往几次都维持得更久。随后，他先探索性地轻咬她唇上的每一处位置，以极慢的节奏。

他每咬一下，目光都凝视着她，云厘的脑海被眼前的男人充斥，连呼吸都是他的气息，那啃咬的触感刺激了她全身的神经。云厘手上不自觉地用力，这一瞬，他温热的舌尖探入她的齿间，与她的舌尖触碰。

他眸中的情意摄了她的理智，云厘被动地任他引导，将她的舌伸向他的唇内。唇齿交融间，她慢慢找回自己的呼吸，他的呼吸急促，目光中全是她。

…………

回到家后七点出头，傅识则打开冰箱看了下，云厘把一切物品都收拾得整齐妥当，食材一目了然。

他拿了点蔬菜和冻牛排。

意识到他的意图，云厘端详了会儿傅识则那看上去不食人间烟火的脸，实诚地问道："你会做饭吗？"

傅识则不回答。

云厘跟着站起来，想把傅识则按回沙发上："还是我来做吧。"用力压了压他的肩膀，又发现压不动。

他走向厨房，将门一拉，闭门捣鼓。他在 E 站上打开云厘以往的两个视频，用倍速看了一遍，她的视频讲解十分详尽，傅识则将记忆中的流程复刻了一遍。

做饭只花了半个小时，等他将一切端在桌上，云厘盯着他身上系着的粉色围裙，大小不搭，在他身上显得瘦小。

配上他那张略显清冷的脸，云厘忍笑掏出手机，打开相机。

傅识则面无表情："做什么？"

手机没开静音，空气中清脆的"咔嚓"一声。

傅识则："……"

他盯着她。这眼神看得她发毛。云厘没再进一步作妖，收起手机。见她尿包得很，傅识则没脱围裙，拉开椅子坐下。

"看看。"

他只有两个字。

云厘打开刚才的照片递给他，画面里的人高大，冷着一张脸，系着小了一码的粉色围裙，因为是从下往上拍的，那不可一世的气魄和乖巧可爱的穿着虽诡异却毫不违和。

傅识则皮笑肉不笑："还可以。"

"那我再拍一张？"她举起手机。

"……"

"要不自拍一张。"她改了口风。

傅识则没再那么排斥，任她靠近自己，云厘凑到他边上，画面中的他神色冷峻，她用肩膀拱了拱他："笑一个。"

他表情没有丝毫变化，云厘也不强求，用脸贴着他的脸颊，将镜头拉远到能纳入他上半身的着装。

他没理会她的自拍，脸颊接触时蹭了她几下。

连拍了几张。

一顿饭吃得不久，等傅识则清洗完餐具后，两人坐到阳台的榻榻米上，这还是云厘自己布置的，透过窗户能看见远处摩天轮的一部分。

零点时应该能看见南芜市的烟花。

一块儿看了部电影，已经接近零点了。她靠着傅识则的肩膀，两人默默地盯着窗外。

视频通话铃声打破了沉默，是云野的电话，云厘坐正身体接了电话，云野正在室外，戴着耳机，身上只穿着件薄外套。

云野切换了镜头，绕着四周拍了一圈给云厘看，是他们以前跨年常去的烟花燃放许可点，他附近围了不少人。

"我买了些烟花。"云野看着镜头道，"勉强放给你看吧，就当远程跟你跨年了。"

云厘："……"

她看了傅识则一眼，他歪着头看她。

她怎么这么快就要陷入两难的境地？

见她脸上表情变幻多端，云野不爽道："谁让你不给我钱买机票到南芜当面跨年。"

"你真到南芜了，能和我跨年我把手机吞下去。"云厘将云野那点小心思拿捏得死死的，毫不客气地撑回去。

少年的眉一皱，不搭理她说的话。

云厘只看到画面一黑，然后又亮起来，云野已经点好了手上的两支烟花，在镜头前晃了晃。

云野："云厘，这个烟花涨价了，现在十块钱两支，我今天买了六十块钱的，AA。你快给我发红包。"

时间一分一秒过去，离零点只差两分钟，云厘毫不拖延地给他发了一百块钱，云野秒接收，见到数字后，像遇到天大的稀罕事般"哦"了声。

云厘："给你了，我要去跨年了。"

云野："……"

云厘："拜拜。"

云野："……"

她直接挂了电话。一旁的傅识则看着他们的互动，并不芥蒂："和弟弟打着视频吧。"

云厘疯狂摇头，两个人第一次跨年，怎么容得下云野这个大灯泡，大不了回头给他发俩红包。

傅识则没多言，将她带到怀里，云厘刚想说些什么，窗外响起绵延不绝的烟花声，一串串冲上天空的火花爆裂开，溅射出七彩的光线。

手机上 E 站的动态界面齐刷刷地被"新年快乐"刷屏。也有一些人发了自己新的一年的心愿或计划，以及上一年的完成情况。

云厘摇了摇一旁的傅识则："新的一年，你有什么愿望吗？"

傅识则头支在她肩上，懒散道："你有吗？"

"我的愿望——"云厘头偏向他，"希望你可以喜欢我久一点。"

傅识则也看向她，良久，他轻覆上她的唇，缱绻间传来他的声音："会实现的。"

从云厘家离开，已将近凌晨一点。傅识则站在门口朝她颔首，云厘迟疑了会儿，走到他跟前，又恋恋不舍地拉了会儿他的手。留意到他空荡荡的脖子，云厘从衣帽架取下围巾，踮起脚给他围上。

做这个动作的时候，她已经不像之前那么生疏，傅识则盯着她专注的眼，不由自主地用手指碰了下她的脸。

在外头待了这几十秒，他的手指已经发凉。

云厘叮嘱："到家了和我说一声。"

江南苑离七里香都大概半小时车程，等他到家估计将近凌晨两点了，他想了想，说："你先睡。"

云厘坚持道："不行。我要等你。"

她平常就是夜猫子，多睡或少睡这半个多小时并不会有太大区别。

有人等他回家，虽然他们时空上并不一致，但还是给他很特别的感觉。上一次是什么时候，傅识则也不记得了。

父母在西科大工作，他在南芜长大，从小和外公外婆同住，后来两位老人健康状况急转直下，他一个人留在了江南苑。

傅识则上了车，摇下车窗。掏出烟盒取出一支烟，他才留意到近几天基本都和云厘待一块儿，一盒烟许久未见底。

点了支烟，从车里可以看见她窗口的灯光，他倚在车窗口，能偶尔见她在屋子里走动时的光影，歪着脑袋，他捕捉和追踪着那抹光影，直到它在视野中消失了一段时间。

他回过神。

抖了抖烟灰，傅识则启动了车子，从七里香都开出不远，过两个路口，车速放慢了些。

不远处，之前云厘遇到的蓝毛看起来喝了不少酒，一副酒劲上头了的模样。这会儿正抱着街边的一棵树鬼哭狼嚎，而那个壮汉在旁边笑得癫狂，正用手机录屏。

蓝毛名为岑贺丰，是徐青宋的表弟，时常和狐朋狗友日夜饮酒狂欢，人虽不坏，却因为醉酒惹了不少祸。

两人有过交集。大半年前傅识则酩酊大醉的那几次，蓝毛厚道地将他送到了徐青宋家里，而不是送回家。

傅识则将车停到路边，壮汉提前和他联系过，让出道来。傅识则推了推蓝毛，后者迷迷糊糊看清了人，嘀咕道："哥，你别每次都推我嘛。"

"人呢？"傅识则简明扼要道。

蓝毛一身酒气，站不稳，试图扑在傅识则身上，傅识则果断往旁边退了一步，蓝毛扑到壮汉身上，他没忘正事，卡顿道："在后街打露天麻将呢。"

壮汉补充了点信息："那条街有监控，他本来已经被抓了，就改口说喝醉了偷了东西，和被抢了的人协商了立马就放出来了。

"则哥，你找这人干吗？被抢的人和你有关系？"

傅识则："……"

后街是附近的第一条酒吧娱乐街，集闹吧、麻将一类休闲活动于一体。傅识则没和他废话，径直往后街走。

壮汉用手阻拦了下他："则哥，你别去了，回头叔和姨要怪我们的。"

傅识则瞥他一眼，没搭理。

拽着蓝毛这个拖油瓶，壮汉连忙跟上。后街上熙来攘往，傅识则往里头走，露天打麻将的不少，他视线定在靠边的一个麻将桌上，桌边放着个精致的银白色礼盒袋，印着"Aroma"（香氛）几个字母。

蓝毛顺着他的视线看过去，打了个嗝："是那个人。"

傅识则走过去，停在男人旁边，他正在摸牌，大叫了一声："自摸！"周围人却没有回应，只盯着他身边。

男人回头，旁边的傅识则将礼袋打开，里面只装了几张红钞，他将袋子转向抖了两下，钱飘到桌上。几人的视线并没有引起傅识则的注意，他看了看四周，才低头盯着眼前的男人。压迫性的气息，男人点了支烟，傅识则依旧毫无动静地盯着他。

傅识则全然不怵的冷漠表情给了男人一点压力，今晚刚肇事，他不想再去警局一次，嘟囔道："干吗呢……"

傅识则："里头的东西呢？"

旁边的人和男人说了什么，他畏畏缩缩地起身，拉开边上的抽屉将一块透明绿的香薰翻出来，递给他。透明凝胶中间是个白色的爱心，闻起来带点草香和柠檬味。傅识则将香薰放袋子里，径直离开。

壮汉跟着傅识则，过去一年多傅识则常来这边，他也不清楚这个别人口中的高才生怎么就来这儿混了。他向来都是不在意的模样，但真正发起脾气来什么都不惧而且睚眦必报。

"哥，喝一杯？"壮汉架着蓝毛，轻挡了下傅识则，"我那儿整了几瓶好酒。"

傅识则将香薰放到副驾驶座上，淡淡道："不喝了。"

他扣上安全带，双眸向下，屏幕亮了下，有好几条未读信息。是云厘发的，问他是不是堵车了。

壮汉在车侧，看着傅识则眉间的冷峻逐渐消融，只觉得太阳打西边出来了。肩上的蓝毛发起酒疯来："我喝多了，我有幻觉了，则哥笑了——"

壮汉直接捂住他的嘴。

傅识则瞥了他们一眼，启动车子回了家。没有开灯，傅识则将香薰点燃。屋里头只有飘摇的火光，香气四溢。

将香薰放床头，他坐到床上，手机亮了屏，本要和她说声晚安，目光却迟迟不愿从那个锁屏界面移开。

想起去年的最后一个吻，他说完话后，她主动地探出舌头，紧抱住他的身子。

他喝了整杯的冷水。

手机振了振，是云厘的信息，她后知后觉地想起来问：你还没和我说新年愿望呢！

似乎在火光中看见她温暾地说着这句话，傅识则心里一暖，难以自控地弯了弯唇角。

云厘没等到傅识则的晚安便进入了梦乡。第二天早晨，她收到他的新年愿望——我的愿望是，你一切都好。

大清早的睡意被这句话驱散，云厘跳起来拉开窗帘，阳光透进来时，她才发现雪已经化得差不多了。

期末的时间过得飞快，傅识则频频来她的公寓给她补习功课，顺带给她做饭。和她见到的大多数人不同，他做菜的时候，只看一次教程，全凭记忆进行操作，而且记忆不会出错。

大半个月后，云厘再上秤，多了五斤。

经历抢劫事件没多久，云厘听到抢劫犯被抓捕的消息，连带旧账一起至少得判个七年。

傅识则和她待在一块的时间越来越长，上下班接送，晚上也会赖到她睡觉才离开，两人周末也几乎泡在一起。

最后一门课考完，因为傅识则的存在，云厘还没有回家的打算，只想尽可能拖延回西伏的时间。

想起上次室友唐琳说过攀高户外俱乐部会有路线，她翻到那个公众号，那条星空路线的露营时间是一周后，云厘给她和傅识则报了名。

露营地点在南芜市郊，温度在零摄氏度左右。

云厘没参加过这种户外活动，也不太确定需要什么装备，她添加了推文中的咨询微信，弹出来熟悉的头像，是傅正初。

略微有些尴尬，她还是发信息通知他：滴滴，我和你小舅打算参加露营采星的活动。

傅正初：！

傅正初：安排！

云厘回了个"嘿嘿"的表情。

他立马转回正事：这个活动在外露营，需要带帐篷和睡袋，小舅家里应该有。这样你可以不用带，一般情侣都是用同一个。

傅识则在江南苑备有帐篷和睡袋，只缺她的一套装备。

云厘和傅识则约了周六去南芜市最大的户外用品商店。下车后，傅识则牵着云厘的手。到店里后，云厘路过帐篷区，想起傅正初说的话，回头问他："我们睡一个帐篷吗？"

傅识则："嗯。"

他看起来不太在意这件事情。意思就是，那天过夜，要睡在同一个帐篷里。但她和傅识则目前只试过躺在同一个沙发上。

两人的关系相较从前亲密了许多，但最多也就停留在接吻的程度。云厘脸上发热，跟着他走到下个区域。

隔壁区域主要是睡袋装备，她一眼看见正在促销的亲子睡袋和情侣睡袋，促销的那款睡袋里面是连通的，云厘想象到那个场景，原本放下的心又提起来，忍不住问道："你平时穿什么睡觉？"

傅识则："……"

傅识则："不穿。"

云厘："……"

她遐想着不禁红了脸，傅识则注意到睡袋区，猜到了她在想什么，无奈道："两个睡袋。"

是她满脑子不干不净了。

云厘不太好意思地"哦"了一声，凑过去仔细研究了下这个情侣睡袋，如果是两个身体窝在里面，感觉还挺享受的。

见她迟迟不离开，傅识则看向她："想买一个？"

云厘："……"

傅识则："那买一个？"

云厘："……"

她立马转身走向徒步鞋区，傅识则没再逗她，在她手掌中心画了画，将她拉到边上。

见这人不分场景就要凑近，云厘往后一退，碰到置物架上，看了看四周。她用手顶住他，难为情道："有人……"

傅识则配合地看了看四周："没看见。"

云厘："……"

店内是冷白光，他的五官贴近，在白光下更显清冷，眼中的情愫毫不掩饰。云厘也不知道他怎么能顶着这张脸说出这些话，她认命地松开手，被他捏在手中。

他吻了吻她的唇角，云厘只觉得麻麻的，心里也期待他进一步的动作时——

"小舅？"

傅正初突然冒出来的声音让两人都一僵。云厘第一反应是找条路逃跑，就当自己没出现在这个地方。

她已经退到了角落，没有再退的空间，只能抬眼责怪地盯着他。

"小舅，真的是你欸，我看到你和厘厘姐的报名信息了，你来买装备吗？"傅正初的声音已经到了跟前，云厘眼前是那个熟悉的胸膛，恰好将她全部挡住。

"微信上发给你的信息你都没回，都谈恋爱了，怎么性子都没变一下。"傅正初拍了拍傅识则的肩膀。

傅识则转身，毫无情绪地问道："要怎么变？"

傅正初："……"

见到他身后的人，傅正初收了打趣的意图，安慰云厘道："厘厘姐，你不用脸红啦，谈恋爱是很正常的事情。"

云厘："……"

云厘扯开话题："你怎么在这儿？"

"噢，我带人来买东西。"他指着不远处，几个人恰好拐了弯过来，室友唐琳就在其中，唐琳没注意到云厘，直奔傅正初而来。

"队长，你看这几条挡风围脖哪条适合？"唐琳手里拿着几款半遮脸的纺纱围脖，眼睛亮晶晶地盯着傅正初。

她化了精致的妆，鹅蛋脸上五官小巧玲珑。

"都可以的。"对方如此热切，傅正初仔细看了看才说话。

显然对这回答不太满意，唐琳追问："小学弟，我问的是哪条比较适合女生戴啦。"

云厘想起来唐琳研一，比傅正初大了两级。上次她说要接近傅正初还以为只是开开玩笑，没想到她的行动这么果断利落。

见傅正初支支吾吾，唐琳毫不掩饰用意，进一步道："这样吧，你帮我挑一条，作为感谢我送你一条。"

"不用啦……"傅正初的表情有些窘迫，紧促地往云厘他们的方向看了看。平日里他和他们相处活跃，话痨一个，现在却被唐琳步步紧逼。

唐琳这才注意到另外两个人的存在，她的目光先是在傅识则的脸上定了几秒，然后下移到云厘和傅识则紧握的手上，眉峰耸了耸，颇有深意地朝云厘挤眉弄眼一番。

看起来是完全不记得傅识则了。

傅正初带的其他人也聚集到这一块。几乎所有人都会先将目光投放到眼前面容出众的两人身上，随后落到他们的手上。

云厘本能地想避开这些关注，试图将手抽回去，往回抽了抽，傅识则力道虽不大，却完全没有给她挣脱的余地。

在她第二次尝试抽出手的时候，傅识则看了她一眼，云厘有种不祥的预感，还没反应过来，被他一用力扯到怀里。

这动静引起其他几人的注意，傅正初见到这场景也不太好意思，连忙拖着他们离开。

云厘稳住身体："原来我男朋友脸皮挺厚的。"

傅识则捏捏她的耳朵，回应道："还不够。"

云厘："……"

傅识则："现在没人了。"

云厘："……"

在店里待了好一会儿，云厘才挑好装备离开。没有其他安排，两人开车回 EAW，恰好公司最近引进了几款新的游戏，可以联机玩。

周末体验馆照常营业。傅识则到徐青宋办公室拿设备，云厘在休息室等着，碰到来加班的何佳梦。

"欸，闲云老师，周末还来加班，不去约会吗？"

云厘笑了笑："在约会……"

"在公司约会？"她恍然大悟地笑道，"平日里办公室恋情不好公开，这偷偷地来是不是很刺激？"

"……"

云厘瞅她一眼，示意她别瞎想。何佳梦没有追问，满面愁容："本来今天老板说要来公司，我才跟过来的，就想多点独处机会，结果他的小表妹来了。"

"不过哦，果然是一家人，长得还挺漂亮的。"她继续说道，自觉没机会和徐青宋独处，她拎起包便结束了加班之旅。

云厘低头看了眼时间，已经过了十分钟了，傅识则还没回来。迟疑了会儿，她走到徐青宋的房门前。敲了敲门，里面传来徐青宋不轻不重的一声"请进"。

推开门，除了徐青宋和傅识则以外，房间里还有个女生，头发黑长直，一身制服裙，她的目光只在云厘身上停了一瞬，觉得是公司的工作人员，完全不带兴趣地移开。

这张脸，云厘能准确地和照片上的人对上。

见她过来，傅识则朝她走去。

林晚音以为他要离开，气冲冲道："阿则，我跨年那天也来找你了，你干吗躲着我？"

"……"

"从声姐说你谈恋爱了，我才不信。你都不愿意和我谈恋爱，怎么可能找个女朋友？"林晚音忽略了他的冷漠，跟在他身后喋喋不休。

傅识则懒得搭理她，牵起云厘的手。

他们亲昵的动作引起了林晚音的注意，她考究的目光在云厘身上停留了许久："她是你女朋友啊？"

没有等对方回答，林晚音继续满不在乎地道："哦，那也不碍事啊，你谈女朋友，我也可以和你待在一块啊。"

云厘："……"

三个人中只有林晚音睁着大眼睛说话，徐青宋头痛地起身，勉为其难地开口："晚音，我带你去周围逛逛吧，你舅舅要去谈恋爱了，你别打扰他们。"

"不行。"林晚音果断地拒绝，"我都特地跑过来了，阿则得陪我。"

她语气中带着不满和责怪："而且我都不介意你们俩待在一块了，难不成你女朋友还介意多我一个吗？"

"你介意吗？"林晚音直直地问云厘。

云厘："……"

凭自己和傅识则沾亲带故的身份，她似乎料定云厘不会在这种场合拒绝她。

云厘盯着她挑衅的目光，觉得办公室里误入了个年少气盛的小孩，赶在傅识则介入前，平和地说了一句："介意。"

林晚音："……"

云厘抬眼望向傅识则："我想回去了。"

徐青宋给傅识则使了个眼色，趁林晚音反应过来前架住她。

云厘并不清楚林晚音的诉求，感觉她是个被娇惯大的孩子。两人出门后，没走两步，林晚音便追了上来，不依不饶地跟在他们后面两米处。

他们脚步快点，她就跟紧点，他们脚步慢点，她就跟慢点。

"……"

云厘看向傅识则，他绷着脸，带着点不耐烦。他似乎想尽快逃离，拉着她走快了点。

见两人完全不搭理她，林晚音恼道："我花了整整一个小时才到这边来的！"她干脆豁出去，"我还没成年，你就把我扔在这儿，我如果出了什么事你要负全部责任，我爸妈也不会原谅你的！"

这种威胁话语对傅识则似乎没起作用，反而把云厘听得心惊肉跳。上车后，林晚音还往他们的方向跑，云厘只从后视镜中看到她停在原处，将书包扔到地上。

车开出去没两分钟，傅识则的手机疯狂振动，云厘看了眼，几个来电都是他父母打的。

估计这一会儿林晚音已经投诉到长辈那儿了。

傅识则给徐青宋打了个电话："怎么没告诉我她来了？"

"我那是人身自由都被剥夺了。"徐青宋口气无奈，"她进门就抢了我的手机。"

"……"傅识则挂掉电话。

"那是你外甥女吗？"云厘靠着椅背，望向前方，"我之前无意间看到她给你发了很多信息……"

傅识则："我没看。"

"她喜欢你吗？"

"……"

"应该吧。"

云厘震惊："还真的是想乱伦。"

"……"

"那你不想给她希望，是不是应该直接拒绝她？"云厘左看看右看看，翻起旧账，"就像之前拒绝我一样。"

"……"

傅识则将车停在路边，看向云厘，她说这话时毫无愧色，他神色一软，解开安全带靠过去轻抱着她。没抱几秒，他托着云厘的脸，舔了舔她的唇，她一蒙，迅速反应过来，搂住他的脖子。

气都喘不上来了，傅识则才松开她，给她扣好安全带。云厘见他的手机屏幕一亮，已经十个未接来电了，迟疑地问道："把她丢那边是不是不太好？"

今天见到这个情况，云厘能猜出是林晚音单方面死缠烂打，而且倚仗着背后的长辈，她也不顾对方的态度和情况。

不过，如果林晚音是未成年又特意跑来找傅识则的话，她出了什么意外，他确实不可避免会遭受其他人的谴责。

云厘不想这种事情出现。

傅识则望向她，云厘半开玩笑："毕竟是你的外甥女，某种程度上对你死心塌地……"

不想再谈这件事，他也似是而非地半开玩笑："没亲够？"

"……"

到家后，云厘被邓初琦的问号连环轰炸。

邓初琦：你和夏夏小舅同居了？？？
云厘不知道她从哪儿来的这消息，回复：怎么可能，谁和你说的？
邓初琦：那个林晚音啊，夏夏说她发朋友圈说你俩同居了。

这话惊得云厘从沙发上跳起来，匆匆忙忙拿着傅识则的手机到厨房，他正在洗草莓，云厘问："我能看看你的微信吗？"

傅识则"嗯"了声，不急不慢地洗了个草莓，自己咬了一半，将剩下的一半放到她唇前。

聚焦到眼前的物品时，他的脸有些模糊，云厘轻张嘴，他将草莓推到她唇边，指腹在她下唇上滞留着摩挲了两下。

云厘红着脸推开他的手，心慌意乱地将草莓吞下去。

在微信里搜索林晚音，聊天框中，最近的几条是语音信息，再往上全是"？"，云厘往上一拉，均是漫无边际的问号。

"……"

点进她的朋友圈，最新一条文案：来找小舅舅玩，小舅舅和女朋友急着回家，我就是一条可怜的单身狗呜呜呜。

他们两个有不少共同好友，先是点赞了一大片，下面有几条评论比较突出。

爸：偷笑 .jpg

妈：偷笑 .jpg

妈回复了爸：普天同庆。

然后又配了两朵鲜花。

爸回复了妈：大拇指 .jpg

这应该是傅识则的父母。两人应该都还没和家里人说谈恋爱的事情，林晚音这一次推波助澜直接在他亲戚前官宣了两个人的恋情。

反而让她心里有些开心。

回到聊天主界面，傅识则的父母都发了不少信息，她没点开看。突然，一个视频电话打过来，是他父亲。

云厘把手机拿到厨房，傅识则皱皱眉："不接。"

超时没接通，视频电话又锲而不舍地打过来，傅识则关了水龙头，拿起手机，却只是调成静音。

"……"

"要不还是接一个？"云厘见他手机屏幕暗了又亮，有些不忍心。

傅识则："他以前不会给我打视频电话。"

云厘："……"

傅识则："估计林晚音和他说了，他想见你。"

见云厘没什么反应，他停下手里的动作，问："你想见？"

"不不，这太快了。"云厘立刻摇头，说了话后，她还觉得不够，帮他将手机翻面，这样便看不见视频通话的提示。

她拒绝得这么快，傅识则抬眸，目光若有所思。

水顺着果篮流到池子里，傅识则关掉水："你觉得快吗？"

肯定的回答听起来是对感情没太大信心。

但是，她还完全没做好见家长的准备。

云厘违心地摇摇头，一脸为难地说道："见面也可以。"

她一副受了惊的模样，傅识则垂头失笑，故意道："将老爷子晾在一边是不太好。"他边说边拿起手机，"还是接一个吧。"

屏幕上的接听键像是放大了无数倍，眼见傅识则要直接摁上去，云厘直接反口，说了一声"不行"，便伸手去抢他的手机。

傅识则将手机拿得很高，凭云厘的身高根本碰不到丝毫，见她原地跳了两下，费劲地去够他的手机，动作笨拙。

他忍不住低笑出声。

云厘瞪他一眼，锲而不舍地去够手机，傅识则直接抓住她的手腕。

这力度让云厘愣了几秒。

她也安静下来。

傅识则松松眉眼，问她："真不行？"

云厘故意道："不行。"

傅识则："住一个帐篷呢？"

云厘："不行。"

傅识则："只能答一个字。"

云厘顿了会儿，反应过来："不。"

"那行。"傅识则神色没变化，径直摁掉了新的来电提示。操作完后，他向后靠着台面，一言不发地看着她。

看得云厘心里发毛。

她对这个场景或多或少有些猜想和期待，只是不想被他牵着鼻子走。她坚持了好一阵儿，认尿道："你能不能穿衣服睡觉？"

他弯弯唇角："你平时睡觉穿衣服吗？"

"穿。"

"可以，"他侧头反问，"那你能不能不穿衣服睡觉？"

"……"

说不过他，云厘只能认命地等待那一天的到来，奇怪的是，随着时间一天天接近，她心中的紧张感反而越来越少。

好几次都在想他会不会买情侣睡袋。

到露营的那一天，傅识则开车来接她，他已经提前收拾好行李。营地离市中心三个小时车程，他们单独开车跟在大巴后。傅识则给她系好安全带，启程出发。

营地在一个废弃的公园里面。等他们下车时，先到的人群已经将头灯戴上，零零星星的光点分布在一片静止的乌黑中。

这个活动可以向俱乐部租借帐篷和睡袋。

傅正初打开后备箱，搬了个帐篷出来："小帐篷是两个人一顶，大帐篷是三个人一顶，大家组一下队吧。"

傅识则自己带了帐篷，他找了个角落，便撑开帐篷扎地钉到土里。是顶橙色的双人帐篷。

云厘在他的斜对角，拿起一个地钉，黑暗中传来唐琳的声音："这个角落就很偏僻。"

唐琳满意道："很不错。"

光打到云厘脸上时，两人才看清对方。

云厘这才留意到唐琳右手抱着帐篷包，左手扯着一脸蒙的傅正初。

傅正初没遇到过唐琳这阵势的，见到云厘和傅识则后更是紧张，忙说道："学姐，我帮你搭帐篷。"

"哪能算帮我呢？"唐琳拍拍他的肩，"这不是只剩一顶帐篷了，咱俩将就吧。"

她还一副善解人意的模样："怕被人说闲话，我还特地找了这么角落的位置。"

傅正初："……"

唐琳朝云厘眨眨眼："这位置不错。"

云厘立即涨红了脸。

"不用了，学姐，你用这个帐篷吧。"傅正初头都要炸了，"我喜欢当守夜人。"

见他如此抗拒，唐琳也没再继续逼他，转问云厘："要不我们一个帐篷？让你男朋友和队长一起睡。"

云厘迟疑了会儿。

傅识则忽地开口："她和我睡。"

话一出口，他似乎也感觉不合适，又慢慢地补充道："一个。"

好在唐琳没再继续坚持，搭好后，云厘见大平地上有十余顶帐篷，拍了张照片。其他人已经坐到事先布置好的小火锅旁，云厘和傅识则找了个角落坐下，冷风灌到大衣里，冻得脖子都快僵了，云厘往手上哈着气。

傅正初作为这次活动的领队，已经组织同行人将手电筒聚在一块用来照明。他拿出行程表说起这次的安排，几个俱乐部的人拆了零食和饮料，放在超市袋里，让大家自取。

傅识则起身往超市袋那边走去。云厘以为他要去拿吃的，便坐在原处认真听着傅正初讲话。

再度感觉到旁边有他的气息时，绒绒的毯子披在她的肩上，他缠了两圈，将寒冷阻挡在外。

云厘把脸半埋进毯子里，往旁边偷看傅识则的侧脸，他的眼中映着小火锅下的火光，黑色大衣不是高领的，冷风阵阵打在他的脖颈上。

云厘将毯子解开，从他的身后裹过去，他的手接过，绕回到两人的身前，打了个小小的结。

毯子下两人的身体紧靠着彼此，云厘悄悄地摸了摸傅识则的手背，他顺势反握回去，向上摩挲按捏着她的手腕上端。

周围热闹非凡，其余人谈笑不止。云厘却感觉，整个世界，就只剩下这毛毯中的他俩。他的温度、手上的力度，都清晰地传递给她。

来到此处之前，云厘以为全程她只需要和傅识则待在一块，不用和其他人有交集。十几个参与活动的人轮流进行自我介绍。现场只有他们一对情侣，唐琳笑问道："你们俩是怎么在一起的啊？"

云厘看了眼傅识则，应道："就是认识了……"

另外一个女生问："然后两情相悦吗？"

云厘："那不是，追的。"

"谁追的谁？"

云厘不怕承认自己追的傅识则，还未来得及说话，傅识则道："我追的她。"

她看向傅识则，他还配合地捏住她的手指，话题一瞬带过。其余时候，她和傅识则像两只与世隔绝的生物般躲在毯子里，两人都默默地盯着眼前的小火锅。

云厘听着隔壁的人讨论之前参加过的徒步活动，她头朝向那边几次，想说点什么，又始终没有勇气。

有人来主动找他们搭话。是队伍压队的男生，和傅正初同一社团。

"我叫顾恺鸣。"男生拎了瓶酒,用纸杯给他们俩各倒了一杯,照以前傅识则会拒绝,这次他却没有。

云厘打了个招呼,顾恺鸣大大咧咧地在他们的野餐布上坐下。

"你女朋友很漂亮啊。"这话顾恺鸣是和傅识则说的,傅识则点点头:"谢谢。"

"你别害羞,大家人都很好。"顾恺鸣注意到云厘的紧张,朝她笑道,"我给你介绍下其他人吧。"

云厘看向傅识则,他点点头,自己对此却不感兴趣,待在原处玩那个小火锅。

虽是老社恐①一枚,云厘却也向往能融入这样的集体。她跟在顾恺鸣身旁,虽不太会说话,却也能鼓起勇气,在别人的带动下融入话题。

回头看傅识则的时候,他在原处百无聊赖,尝试和他聊天的人没说两句便被他的淡漠逼退。但他的目光却始终盯在她身上。这充满支持的目光给云厘打了剂强心针,等她再回过神看傅识则,已经过了一个多小时了。

他还坐在原处,那边的手电已经被其他人拿走了,隐匿在黑暗中的模样略显落魄,云厘顿觉有些内疚,和其他人打了声招呼便跑回他的身边。

"我过去太久了。"她坐下,刚才她过去时傅识则让她带上毯子,此刻他身上已经冰冰凉凉的,云厘用毯子给他围了两圈。

他待在这儿,整个人的状态就像块冰尸,云厘莫名觉得好笑,问:"还冷不冷?"

傅识则:"嗯。"

云厘将毯子给他收紧了点,觉得他是认真的:"那怎么办?"

他盯着她:"需要热源。"

云厘:"……"

"走吧。"他起身,将云厘也裹在毯子里,拉着她往树林里走,这一会儿大部分人都散了,他们的离开也没有引起其他人的注意。

他们两人走到一块草地附近,这是块低地,草地不大,三面环着

---

① 指社交恐惧症,是一种对社交或公开场合感到强烈恐惧或忧虑的状况。

石头，是个很隐蔽的地方。云厝还在观察这个地形，没注意到下陷的地方，绊了下就往下倒。

摔到软草丛上，倒是不疼，动作却有些狼狈。毯子里的傅识则也被她拖到地上。他还笑了一声。

云厝有些无语，刚想起身，他的双手穿过她手臂间的缝隙，撑在地上，身体前倾靠近她，云厝节节后退，顺势倒在草地上。

光线暗淡，看不清他的五官，气息却极为熟悉。傅识则的呼吸慢慢加重，云厝此刻的反应还是先看看四周。

他轻扣住她的下巴，让她直视自己，笑道："关键时刻总是不专心。"

"那万一被人看到了……我在给我们排除隐患。"云厝辩解道。

"隐患？"他凑到她耳边，"在你面前。"

不等她做出反应，傅识则的唇落在她唇角，逐步移到她的唇上。云厝看着那双垂着的眸，还有天上遍布的星星，她费尽力气翻了个身，将傅识则压到身下。

他身体一僵，眸色渐沉，控制着自己的呼吸。

云厝先碰了碰他唇角，第一次用这个动作亲吻，她脸色泛红，喘着气道："我想让你也看一下星星。"

傅识则才注意到她身后的星海，她的双眸明净，和他说话时软软糯糯的，刚才的动作也极其单纯，没有其他意思。

他的欲念还在，抬头想亲她，云厝避开，推了推他的胸膛："你看看嘛。"语气听起来还有点嫌弃。

"行。"

他顺从地直接往地上一倒，云散尽，渐变的青灰色天空染上点点白光，还有一层透明的薄雾。那不只是星星，还有银河。

她认真而执着地想让他见到，她见到的美景。

傅识则忽然笑了起来。

是完全不克制的笑意。

"看见了。"他笑道，"还看见了你。"

"我自己的性格也不太会去问。但是我不太喜欢这种不了解你的感觉。

"我想当那个最了解你的人。"

第十一章

他的钟爱，只与她有关

托住云厘的后脑，将她往下压，另一只手箍紧了她的腰，湿热的唇又贴在一块，他毫不掩饰此刻的心动，将无法收敛的情感一次性释放。

两人平躺在草丛上，肩膀并着肩膀。晚风轻荡，鼻间是轻微的泥土味，四周一片寂寥。

云厘首次见到大片的星星，银河像魅影般伫立一角，感受到手心的温热，她弯弯眼角。

她想偷看傅识则，转头却撞进他眼眸中，云厘怔了下："你不看星星吗？"

"不想看。"傅识则侧着身，用手枕着头，靠近了点，双眸看着她，"不是来看星星的。"

…………

回到帐篷，傅识则将手电挂在上头。营地偏僻，没有洗手间。她不方便和傅识则一块儿做这些事，和唐琳约着找了个小角落。

唐琳性格外向，和其他人已经混熟，刚才他们也是一块儿去看的星空。

"云厘，你都没看见啊，你男朋友说追你的时候，周围的人好羡慕啊。"唐琳做了个夸张的表情，模仿当时其他人的神态，"不过也确实是啊，你男朋友那个性格，我还以为你倒追的他。他这么冷，应该爱你爱得死去活来才下决心追的吧。"

云厘没想过唐琳说的这些，他们俩的感情就像正常的情侣般稳步发展。有时候她会想傅识则为什么喜欢自己，但她并非喜欢自讨苦吃的人。傅识则看起来是挺喜欢她的。不过，爱得死去活来，应该也没到那个程度。

唐琳继续道："其实我也好羡慕你，你男朋友真的太帅了，又帅又酷又只对你一个人痴心啊，啊，我也想要。"

被她拉回神，说到痴心，云厘想起傅正初谈过四五个女朋友，问道："你是在追傅正初吗？"

"Yes！"唐琳有些沮丧，"不过他有点冷淡欸，我加了他微信，他回得不太热情。"

和印象中傅正初的人物设定不符，云厘没说话。

"他今天好像和你男朋友讲话了，他们认识吗？"

云厘淡定道："我男朋友是他舅舅。"

"……"

唐琳嘴角一抽："你男朋友看起来也没这么老啊。"她坏笑道，"熟男也不错的，能照顾你。"

"我男朋友和我同岁的。他们就是辈分不同。"云厘解释了下，唐琳没怎么听进去，眼睛发光："那你们和傅正初不就很熟了？我家开宠物店的，要不你们俩叫上傅正初一块来吧？"

见云厘犹豫，她晃了晃她的手臂，撒娇道："拜托了，全部免单，你男朋友那么帅，一定喜欢狗的！"

云厘顿时有些无语，这二者好像并无关系。不过，那天在加班酒吧附近，傅识则特意买了鱼蛋去逗弄小狗。那幕画面令她印象深刻。

她只说自己要回去问问，没给唐琳准信。

"不过啊，你男朋友那么帅，你得看紧点，我之前男朋友也很帅啊，就是一冲动和我在一起了，过了新鲜期就很冷淡了。"唐琳用矿泉水冲了冲手，"最好早一点确定关系。"

确定关系？

云厘面露疑惑，唐琳用眼神回答了云厘，就是她想象中的那个确定关系。

她一时语噎。

回帐篷后，云厘还想着唐琳说的话，心中隐隐的不安在见到那张脸后烟消云散。盯着那张脸，云厘越来越满意。

她挨紧他："他们说有你这个男朋友，我很有面子。"

傅识则在帐篷里已经待了好一会儿了，随意道："你觉得呢？"

云厘："那我一百个赞同。"

他揉揉她的脑袋，放松地刷着最新的科技新闻。

"我给你做了甜品。"云厘从包里拿出几个小份的盒子蛋糕，"要不给傅正初也送一盒？"

傅识则："让他自个儿来拿。"

云厘："那你现在吃吗？"

傅识则："嗯。"

她拆了一盒，傅识则却一动不动，在手机屏幕上快速地刷着一篇篇的文章。云厘直接将蛋糕放到他屏幕前。

傅识则懒懒地往后一靠："没有手。"

他一只手环着云厘，另一只手拿着手机，云厘无语，给他拆了勺子，挖了一口。他勾着唇吃掉。

吃完甜品，两人到外头洗漱后，傅识则回来将睡袋铺好。他带了两个睡袋，并不是云厘想象中的情侣睡袋。

铺开后，云厘盯着他，他也没有按照之前说的裸睡，只是脱了外套和毛衣直接钻了进去。

云厘反而有些失落。她是个蛮保守的人，本不该有过多的想法。可能是由于之前的铺垫，让她对这个夜晚有过想象。此刻现实和理想存在差距，她心里免不了失落。

留意到她的表情，傅识则摸不清她的想法，忽地问她："你想看？"

他从睡袋中钻出来一半身体，坐直，顶着她的视线，双手捏着衣服下摆，开始慢慢地往上提。先是一小寸白皙的皮肤露出，随后是他的腹部。

云厘呼吸一滞，连忙抓住他的手，小心地帮他把衣服复原。

他盯着她的动作，觉得好笑，两人还没继续周旋，傅正初的身影在帐篷前晃了晃。

拉开链子后，傅正初接过云厘递给他的盒子蛋糕，余光瞥见帐篷里分开的两个睡袋，他叹息着摇了摇头。

回到自己的帐篷后，他拆开蛋糕，是抹茶味的，点开和傅识则的聊天窗。

傅正初：小舅，你居然带了两个单人睡袋。

傅正初：你是不是不行！！

手机响了，是一个简单的文字表情，内容是放大了的"哦"。第一次看见傅识则用表情，傅正初眨眨眼睛，差点被蛋糕呛到。

周遭的灯已经陆续熄灭，傅识则用小火锅煮了点开水，灌到暖手球里。云厘的睡袋还一片凉意，暖手球放进去后，她才感觉腿间暖和了许多。

他们都是下半身包在睡袋里，云厘坐在傅识则边上陪他一块玩手机。

"你的生活还挺单调的。"云厘看了看他的应用软件，除了数独和2048以外没有其他娱乐，平时他用手机只是看看新闻查查资料。

傅识则看向她放在一旁充电的手机。云厘解了锁，她的屏幕五颜六色，充满了各式各样的程序，作为 up 主的她也会定期解锁新的技能，比如编绳、折纸之类的。

她现场给傅识则折了个花灯球，见他还挺感兴趣，便拿了两张新的纸，一步一步教他。

傅识则："动作不对。"

云厘露出困惑的表情，低头看着手中折了一半的东西："是对的。"

不需要她进一步理解，傅识则从睡袋里钻出来，挪到她身后，将她拉到自己怀里。让她坐在自己两腿间，从后环住她，下巴靠着她的右肩。这样他可以从她的视角看折纸的过程。

还可以抱一抱。

原本只是想教下他怎么折纸，这会儿他的呼吸反复扑到她的鼻尖。

折纸是个高度专注的过程，可此刻，云厘的思维却被他侵占。她不知不觉地想起两人从刚认识到现在的画面，贴身的温度似乎在告诉她——

他们已经亲密无间了。

想起唐琳说的话，云厘发呆片刻，她停下动作，被傅识则的话拉回了神："在想什么？"

"在想云野过来南芜的事情。"云厘扯了个谎，低着头继续摆弄手上的纸球。

傅识则从侧面盯着她，感受到她的不安。"厘厘。"他摁住了她用来掩饰的折纸动作，"说实话。"

云厘发了会儿呆，反复地玩着纸球，语气中带点不自信："你是不是一时冲动才和我在一起的？"

"……"

傅识则怀疑自己听错了，他压着笑说："我表现得不够喜欢你？"

"你还笑。"云厘的失落被他这一笑抛到九霄云外，她吐槽道，"那也可以解读成，你表现得很有经验。"

"嗯？"

"不像第一次谈恋爱的人。"

"……"

她气定神闲地说出这两句话后，傅识则也没受刺激，摸了摸她的耳垂："那以后可能也会觉得我不是第一次。"

"……"

大晚上讲情话，帐篷里的空间也不大，更显得气氛旖旎，云厘红着脸道："你不能总是说这种笑话。"

傅识则对自己的言语毫不掩饰，懒洋洋道："本性难移。"

"……"

玩笑归玩笑，傅识则没有忘记云厘的顾虑。两人继续将纸球折完，傅识则用纸球碰了碰云厘的鼻尖。

她笑着躲开，傅识则环着她，凑在她耳边一字一句道："厘厘，我已经很久没像今天这么开心了。不是因为露营，也不是因为星辰。"

他揽住她："是因为你。"

入睡时已经凌晨一点了，云厘侧身朝着傅识则的方向，黑暗中看不见他，但是，他在那儿。

察觉到她没睡，一只手伸过来抚了抚她的脸。云厘迷迷糊糊地贴着他的手睡着了。被风声吵醒时，云厘直觉性地感觉傅识则不在身边。她用手机打了个灯，旁边空荡荡的。

凌晨四点。

她有些茫然，他的手机还在帐篷里。在原处等了会儿，云厘换好衣物。

风中掺了凉意，云厘搂紧外套，往夜晚和他一块儿待的那块草丛走。一路无声，鞋子踩在草丛上作响，还有一点儿距离，云厘便看见那个熟悉的身影。

他坐在不远处湖边的石礅上，穿着好几层衣物，背影却瘦削，指间夹着支烟。吐烟雾时，空气中扩散开灰色的气团。他似乎在出神，云厘走向他的途中发出不少声音，他都没发现。

站在边上，云厘才看见石礅上放着他的卡夹，翻到了某一张校园卡。

这么久以来，云厘都没有问过他以前发生的事情。让傅识则变得如此沉默寡言，还休学，她只觉得那必然是非常难过也无从提起的事情。

云厘不知道他承受了些什么，但肯定不是细枝末节的事情。

直到走近他身旁，傅识则才回过神，他掐灭烟头，自然地拉过她的手让她坐在边上。

男人身上浓浓的烟味，云厘看了眼烟盒，敞开着，只剩几支了。

傅识则解开自己的外套，让云厘缩到他怀里。

这个点山顶上的温度零下一摄氏度，云厘也不清楚他在这边待了多久。湖面微光粼粼，水浪呈钝角慢慢移动。

她看了一眼那个卡夹，这会儿能看清是那张花了一半的校园卡："我上次看到你卡夹了，好像有一张别人的校园卡。"

傅识则沉默须臾，"嗯"了声。

云厘等着他进一步的回答，却只等来了寂静。这种沉寂仿若海里的冰山般横亘在两人之间，让她意识到他们之间的隔阂。

云厘反复地数着他的心跳，良久，他捏捏她的脸，问："睡不着吗？"

他没有问，吵醒你了吗，而是问，睡不着吗。他已经出来一段时间了。

"没有，我被风吵醒了。没看见你。"云厘掩住心中的失落，"你最近失眠情况加重了吗？"

傅识则："还好。"

"就是如果你睡不着，要不要和我说说原因？"她解释道，"你和我说了之后，可能心情会好一点。"

傅识则也不太记得刚才发生了什么，他做了个梦，在控制学院的楼前，道路阴湿，暴雨不止，他穿着 Unique 的队服，浑身湿透，云厘在雨中，并未打湿身体，给了他一把伞。只有伞骨和伞柄，没有伞面。开伞后，雨倏然带着侵扰的力量重重打在他们身上，眼前的人也被淋湿。

梦到这儿停了，他醒过来，云厘睡得正酣。

他一直在这幽幽的湖边发呆，冷风袭来，但他不想动。

从第一次见面到现在，云厘的头发长到了肩胛骨处，染的色也褪去了。他垂头，手指卷了卷她的头发，感受到木然的心重新找回温度。

良久，他才说道："胃不太舒服。"

"啊。"云厘信了他的话，手隔着衣服贴在他的胃上，"这里吗？"她蹙起眉，"我记得奶油没过期，蛋糕坯也是现做的，难道是那杯酒！"

云厘想起顾恺鸣给的那杯酒，她推理的模样像只在滚轮上思考的仓鼠，傅识则觉得好笑，思绪集中到她身上，说道："不是那个位置。"

"那这里？"云厘的手往下挪了挪。

"不是。"

"这里？"

"不是。"他淡道，"隔着衣服摸不准。"

"……"

云厘心急火燎，也顾不上他是不是故意的，将打底衣服掀了条缝，手钻了进去。摸到他热意爆棚的腹肌。

她往上探了探，停在胃的位置："这里？"

她的指尖细嫩，贴在他身上时宛若点燃了一簇簇火花，明明是大冬天，他全身却燥热起来，看着她的锁骨，点了点头。

他不自觉地反复玩弄她的发丝，云厘忽然道："要不我们住一块吧？"

"……"

她的语气里没有别的含义："等下学期开学，我可以租个两室的，这样你一日三餐可以规律点，给你养养胃。"

傅识则用毫无波澜的语气开玩笑："那睡眠可能就更不规律了。"

云厘："……"

云厘盯着他那张素净的脸，他笑时眉眼间的冷厉带点柔和，诱人犯罪。云厘试图打消他的顾虑："你放心，我不会有非分之想的。"

傅识则笑了下："我可能会有。"

云厘："……"

云厘无奈道："我可是很认真地和你商量这件事情。"

听了她的话，傅识则思忖了会儿，态度认真道："那我修改一下刚才的回答——

"一定会有。"

云厘："……"

被他欺负多了，云厘不甘示弱道："我很有经验，我和三名男性同居过……"她话没说完，便感受到傅识则蓦然静默。

"不过呢。"云厘没打算这么气他，话一出口就想解释，傅识则捏了捏她的鼻尖："想让我吃一只狗的醋。"

云厘："……"

她爸，她弟，还有她家的狗。

云厘只觉得，自己的那点小伎俩在傅识则面前简直无所遁形。

天亮后，几人收拾好行囊便准备返程了。傅识则一宿未眠，困极了，一路上也没怎么说话。

快到七里香都时，傅识则接了个电话，只简单沟通了几句，随后开车注意力便不太集中。云厘自己也会开车，能感觉到他现在踩油门和刹车均比刚才急一些。

"我外婆住院了，过去陪几天。"傅识则没有外露情绪。

一般他会送她上楼，云厘能感受到他的焦急，她靠近了点，拉开主驾的车门，俯下身抱住他脖子。

"有事情你可以和我说。"她亲了下他的脸颊，才松开。

傅识则点了点头。

云厘回去补了个觉，醒来时已经十点了，傅识则发信息告知她已经到医院了，他外婆的情况还算稳定。

草草聊了几句，想起露营的事情，云厘心里有些忧虑，给邓初琦打了个电话。

邓初琦已经等了一天："听傅正初说你们一块儿去露营了？"

"嗯。"

"过夜了？"

"嗯……"云厘解释道，"我们都住帐篷，更何况黑灯瞎火的能发生些什么。"

邓初琦没忍住笑，激动道："就是黑灯瞎火才能发生些什么啊！"

她的语气充满期待，云厘在纸上重复画圈圈，叹了口气："不是啦琦琦。"

"这是咋了？你们吵架了？"

"不是……"云厘不知道怎么准确地描述这种隔阂感，"这一个月我们每天都很开心。"

她声音小了点："但就是，他不和我说他的事情。他性格很好，所以我们可以相处得很愉快。"

"他性格很好吗？看不出来啊。"邓初琦的关注点在后面半句话。

"……"

"那你问过他没？"邓初琦了解云厘的性子，觉得她的提问也不会太直接。

"我问了……他不想回答，我也不想继续问……"

商量了一会儿，没有得出解决方案。邓初琦安慰她："谈恋爱开心就好啦，不就是吃吃喝喝玩玩乐乐，到分手才考虑不开心的事情，你不要想那么多。"顺带给她讲了一大堆恋爱经验，基本也套不到她头上。

聊完天已经晚上十点半了，云厘心情好了点。家里没有矿泉水，她下楼到附近的超市买了两瓶，提着往回走。

云野：云厘，我期末考年级第六。
云厘：哦。

她之前答应了云野如果他保持住成绩，就给他买机票。但这会儿傅识则不在，云厘并不想自己去和尹昱呈一起监督两个小孩子谈情说爱。

她还戳在原地想这事，侧边突然传来一阵流里流气的笑声。

"小姑娘。"

云厘转过头，两棵树之间站着个人，体格不明显，像是拿东西裹成了一团。她警惕地绷紧身体，男人往前走了一步，在路灯底下，哗的一下将裹着的东西敞开。

她表情明显呆住，这个反应让男人满意，他猛地往云厘的方向扑。云厘本能地将水丢向他，转身往七里香都跑去。

腿都要断了，她才停下脚步，树叶碰到她肩膀，她以为是那个男人追上来了，惊恐地往后一躲。

身后一片平静。除了恐惧之外，云厘一阵反胃，那又肥又腻的肉团，还有男人浪荡无耻的笑声。

是很久以前何佳梦说的那个变态吗？

她回了公寓，将门反锁，颤抖着手掏出手机给傅识则打电话。

刚拨出去，她又冷静下来。

电话已经接通了，他的声音有些疲倦，柔声喊了喊她。

"厘厘。"

听到他的声音，云厘的泪水差点夺眶而出，她控制住情绪，小声问："什么时候能再见面？"

傅识则声音有些沙哑，一夜未眠，估计到那边后一直没休息："过几天吧。"他顿了下，"想我了？"

"嗯……"她没再说话。

傅识则走到一个安静的地方，注意到她的沉默，轻声问："怎么了？"

他也有事情，云厘不想让他担心，语气故作轻松："没有啦，就是你不在，不太习惯。"

她恍惚了下，她确实不太习惯了。自从遇到蓝毛的事情后，她不太会在深夜出门。这一个月因为傅识则的时刻陪伴，她笃定了一切都是安全的，才会在十点钟独自出门。

就像他离开的后遗症。

她觉得他一直在自己身边。

她盯着桌上他留下的折纸，鼻子发酸，她希望他此刻在这里，希望他能陪着她。她一直以为，自己受过足够多的教育，对这种事情也不会羞于启齿。可此刻，她却很难开口。

她这才发觉，她觉得很羞耻，很丢人，她怪自己当时没有足够多的勇气反抗那个变态，也怪自己看见了不洁的东西。

第二天云厘去警察局报了案，由于人身安全没有受损，事发区域又处于监控盲区，警察只能叮嘱她夜间不要单独出门，再遇到类似事件即刻报警。

今年过年早，学生大多已经离校。傅识则短期内不会回来，云厘有些害怕，给云野订了两天后来这儿的机票。

翌日，在 EAW 结束实习后，她收拾好东西，遇见守在徐青宋门口的林晚音。一出门，云厘收回自己的目光，加快脚步往外头走。

后面的人撑住没带上的门，她回头，林晚音也出了 EAW。云厘站在原处，等林晚音先走了，才松了口气。

又路过上次那个地方，虽然是白天，云厘还是心惊肉跳，加快了步子。

安全路过，云厘才彻底放松。

迎面走来一个男人，身上穿着规规矩矩的运动装，戴着副金边墨镜。男人盯着她，云厘脚步一僵。

趁云厘没反应过来，他快速地解开裤子。

手机已经紧急报警，男人还试图靠近她，云厘鞋子一动，转身想跑，旁边却有个人影和她擦肩而过。

林晚音背着把小提琴，日系的着装造型和长相都让她看起来文文弱弱。她气势汹汹地走上去，冷笑道："你想给我们看什么？就这么丁点儿。"

事发突然，男人和云厘都没反应过来。

林晚音的动作幅度不小，将小提琴往下一带，一副要和他拼命的样子。男人首次遇到这么反抗的，脸色一变提起裤子就往后跑。

受到裤子的约束，男人的速度并不快。林晚音没放过他，脱下鞋子追着他打，等他脚步方便跑远了，便将鞋子往他逃跑的方向扔去。

"别再让我见到你，下次直接给你拔了去！"她对着那个背影大喊，女孩子的声音清亮，穿透方圆几百米。

林晚音捡起鞋穿上，往云厘的方向走来。

抛却之前的事情，云厘在心底给她竖了个大拇指。

报警电话已经接通，云厘简明讲述了刚才发生的事情，她上班时见过男人的背影，只不过看清脸时才认出来是昨天晚上见到的那个。看起来是一直在附近游荡。

"你第二次遇见了？"听到她的电话内容，林晚音问道。

她拍拍手上的灰，整理了下自己的着装，除了说话时表情略显跛扈，看上去确实会让人觉得是个文弱安静的高中生。

"嗯，我已经报警了。"云厘实诚道，"你很勇敢……"

"我们这儿两个人。"林晚音没接受她的赞美，"一个人我才不追，我又不傻。"

语毕，两人对视，林晚音从上往下把她打量了一遍，皱着眉头道："两个人你也不敢追，你是不是太包子了点。"

"……"

"还让我一个学生去追。"

云厘不太赞成，不知道男人会不会有偏激行为，她还是会选择离开现场后报警。

不过，林晚音说的也是实话，也确实把变态赶走了，云厘忍气吞声道："知道了，下次换我去追。"

"我走了，你自己注意安全。"她心情不佳，也不想在此处多逗留，转身回家。没走两步，发现林晚音跟在她身后。

云厘只觉得这两天的生活一团稀烂，她快步回了家，反锁，在沙发上坐了好几分钟。

起身回到门前，她透过猫眼，发现林晚音在门外徘徊，站了一会儿后，靠着楼道中间的墙坐下。

估计是在楼下偷看了她停留的电梯层。

对着个傅识则的外甥女，云厘此刻只觉得自己的身份怪怪的，有点像长辈，又有点害怕这个麻烦源。

她将门开了条小缝。林晚音腾地从地上跳起来。

"我告诉你一件他的秘密，你们出门能让我一块儿跟着不？"林晚音担心被拒绝，小声道，"我是网红，我之前在平台上说他是我男朋友。"

她话锋一转："我又不指望他真的喜欢我，你们就在网上给我圆一下梦。"

"……"

"徐青宋不也挺帅的吗？"

"阿则是高考状元呀，那别人就会说我有个高富帅学霸男朋友。"林晚音已经构想过她自认为最完美的一切。

云厍无语了。

林晚音哀求她："拜托，你就帮我撮合一次，你以后说不定还是我舅妈。"

云厍："我给你撮合了还能是你舅妈吗？"

她这拒绝的意思很明显，云厍觉得自己被时代淘汰了，不太能理解年轻人想干什么。

林晚音拿出和傅识则说话的语气："你如果这样，我就告诉外公外婆，你绝对进不了他们家的门。"

云厍平静至极地盯着她，慢慢道："那时候你舅舅会进我家的门。"

"……"

意料不到的反击，林晚音眼睛转了转，不甘示弱："我和阿则认识了十七年了，你们才认识多久？"

"半年多吧。"云厍配合道，"可惜是我这个只认识了半年多的成了他女朋友。"

"……"

两人就像小孩一样站在门边吵架，云厍莫名被她带动了情绪，吵累了，她叹了口气："你舅舅不在这里，你在这儿待着没用的，回家去吧。"

"我知道啊，曾祖母生病了嘛，阿则在那边陪着她。"林晚音继续道，"不过你为什么没跟着去呢？阿则从小跟着曾祖母和曾祖父长大的，曾祖父已经去世了，他现在肯定很难过。你真是个不称职的女朋友。"

"……"

刚才没吵赢，这会儿见到她的表情，林晚音不禁解气地笑了："你不会连这些都不知道吧？你完全不了解他，和他谈什么恋爱？"

云厍不说话，林晚音更加嚣张了："哦，我知道了！你们谈的是那种短期恋爱吧？"

云厍沉默了会儿，才回应道："这些我都知道。"

最后，云厍极度不悦地带上了门："快回家去。"

云厍给徐青宋发了条信息告知他林晚音的行踪。坐回沙发上，她失神地拿起桌上的折纸。

她确实什么都不知道。心里有些委屈，又有些自责，是她没勇气开口问，也是她给了别人指摘的机会。

想起今天和林晚音的接触，她心中泛起说不出的滋味。林晚音娇气蛮横，却极为强势，丝毫不隐藏自己的情绪，也丝毫不在乎影响对方的心绪。她对着傅识则却一直唯唯诺诺。

窝在沙发上纠结了一会儿，云厘又拿上包，穿鞋出门。她听傅识则提过老人家在南大附一医院，只知道是心血管科。找到了科室住院部后，她便在外头的长椅上坐着。

一般情况下云厘不会做这样的事情，总觉得有些唐突和冒失。可她想着，这个时候，他可能会需要陪伴。

她不喜欢有隔阂的感觉，她想当那个了解他以及陪伴他的人。

病房内，傅识则还在病床前坐着，傅东升和陈今平两个人在他身边没停过嘴，床上的老人已经耳背了，目光和善地看着这个场景。

傅东升语重心长："儿子，爸爸来陪床就好了，你回去陪女朋友吧。"

陈今平附和道："爸妈这段时间都没事儿，你去谈恋爱吧。"

两人自从看见林晚音的朋友圈后，便反复地和傅识则确认，但都没有得到他的回复，他向来不和他们说自己的事情。时间久了，他们便怀疑这个女朋友是不是真的存在，但凡见面便开始疯狂试探。

傅识则当没听到，靠在床边，轻拉着老人布满红黑斑点的手。

"不愿意跟我们说也罢，但你也别太晾着人家姑娘。"傅东升劝道，"刚才我们进来时，就有个姑娘坐在外头，是不是在等你？"

话说得越来越离谱了。

傅识则："不认识。"

不想听他们掰扯，傅识则起身想去外头抽支烟，走到门口，便看见一个窈窕熟悉的身影窝在长椅上，低头看着手机。头发垂在两边挡住了耳朵，露出的脸颊白皙柔软，秀气微翘的鼻头下方，淡粉色的唇微润。

傅识则推门出去，目光变得柔和，走上前拉起云厘的手，在她额上贴了一下："我一会儿就出来。"

傅东升还有话想跟他说，跟在他身后，直接见到了这一幕。

"……"

傅识则回来穿上外套，对他们两个道："你们照料一会儿。"

"那个姑娘是你女朋友吗？爸爸妈妈可以出去和她打个招呼吗？"

傅识则不语。

"爸爸知道这个话有些越界啊，你别在意，那姑娘刚刚真的是在等你吗？人家女孩可不是随随便便的。"

"……"

"儿子啊，亲了别人要负责任的。"

陈今平震惊地捂住嘴巴："亲了？"

傅东升慷慨陈词："我亲眼看见的。"虽然是亲额头上了。

傅识则戴上那条灰色围巾，懒得搭理他们，直接出了门。

云厘在这儿等了一会儿，见到他便站起身来。

"我就想来陪陪你，看看有没有什么可以帮你的。"她声音软软的，带了些安抚的意味。傅识则牵过她的手，云厘这才注意到跟在他身后的两个人。

她立刻意识到这是傅识则的父母。

两人穿着得体，看起来平和良善。陈今平礼貌而客气道："你好，我是识则的妈妈，这是我先生。"

傅识则看了他们一眼："……"

陈今平主动邀请云厘到楼下的咖啡厅，傅东升没跟着一块儿，老人有一对一的护工照顾，他们离开一会儿问题也不大。

云厘紧张局促地跟在傅识则身边，他看起来很平静，似乎对这件事的发生并不意外。两人五官虽然相似，但说起话来神态却截然不同。陈今平讲话时声线柔和，拉着她简单地聊了聊她的情况。

倒是和母亲杨芳有点像。

在位子上没坐多久，傅东升拿着个礼盒袋子过来了。他坐到陈今平旁边，鬓角发白，但看上去神采奕奕。

傅东升面向云厘，问道："云厘，你有小名吗？"讲话的语速很慢。

"其他人一般喊我厘厘。"

"厘厘。"傅东升切换得很快，将礼物递给她，"这次见面很仓促，没有提前准备礼物，只能刚才开车去买了一个，希望你不要介意。"

两人没和云厘聊太多事情，只殷切地邀请她下次到家吃饭。

终于有了独处的机会，傅识则带云厘逛了逛住院区，他已经两宿没睡，见到云厘时还以为自己出现了幻觉。

"外婆年纪大了，经常住院，不严重。"傅识则简单和她说明了情况，勾起唇角，"但我挺高兴的，你特地过来。"

自己的到来没糊了事情，云厘也露出个笑容。

瞎逛的过程中，云厘正在给自己做心理建设。

她在一旁拧巴了半天，身旁的人轻笑了声，摸摸她耳垂："等了半天了，还不说。"

"我见了你父母了。"云厘慢吞吞说道，"我们的关系，应该算是更进一步了吧？"

"嗯。"

"那——"云厘捏了捏他的衣角，"我对你的了解好像还没到那个程度。"开了个头，一切似乎顺畅了很多。

"我自己的性格也不太会去问。但是我不太喜欢这种不了解你的感觉。

"我想当那个最了解你的人。"

傅识则等着她的下文。

说完这两句话，云厘改不了本性，又纠结道："你会不会觉得我控制欲很强？"

"不会。不过——"傅识则笑了，"我喜欢被控制。"

"……"

明明是很正常的语气，云厘却莫名其妙想到了别处，她杵了杵他："那你和我说说小时候的事情。"

傅识则"嗯"了声。

见他凑近，云厘用手抵住他，保持了安全距离："这么说就行。"

"不行。"他抓住她的手，凑到她脸颊边，压低了声音慢慢地说着自己的事情，说一会儿还要亲一下她唇角。

没有她想象中的复杂，他的父母是西科大教授，因为工作原因近年才常回南芜。他从小和外公外婆住一块，一个月见父母一次，所以和父母不太亲近。

讲完这一段，傅识则仍意犹未尽，垂眸说："继续问。"

云厘被他亲得思绪全不在正事上，推开他，不打算接着问了。不过好在——看起来是因为她自己不去问，他是愿意和她讲的。

"我还有个事情想和你说，昨天不想你担心。"云厘断断续续地把遇到变态的事情说了一遍，肉眼可见地，傅识则眼角噙着的笑意退去。

云厘继续道："我已经报警了，我能照顾好自己，但就是……我挺害怕的，我给云野订了明天过来的票，但是，"她的声音渐渐发颤，"我就是，挺想你在身边的。"

她说这些话的时候都让自己的语气尽量平静，傅识则看着她强撑的笑，沉默许久。

"有没有受伤？"

云厘摇摇头。她当时觉得恶心，遇到林晚音后整个事件又带了点喜剧色彩，现在她更多的情绪是对再次遇见的恐惧。

他将云厘揽到怀里。

"厘厘，搬到我那屋吧。"他看向她，"今晚就过去。"

…………

傅识则回病房拿了钥匙，将陪床的事情交给父母。

想起了云厘给他打的那一通电话，心中泛起说不出的滋味。

她当时应该很害怕吧。

无以言表的自责感砸到他身上，他捏紧钥匙，静默地拉着云厘到停车场。

启动车子后，热气迅速布满车厢，傅识则平复不下心情，又熄了火。

"厘厘。"

他侧过头，良久，才轻声道："对不起，厘厘。"

对不起，我不在你身边。

一路上云厘和傅识则聊了聊之后住一块的事情，江南苑地处南芜市老城区中心，旁边便是市委，治安很好。房子是大三室的，他们分两个房间住。全程傅识则都回应得很平静，云厘却觉得他在想别的事情。

"以后遇到什么事情，"傅识则忽然开口道，"第一时间通知我。"

云厘"嗯"了声。

到公寓拿了套换洗衣物和睡衣，傅识则将她接到了江南苑，给她腾了个空房间。傅识则不让她去阳台，其他地方都可以去。

客厅里一丝不苟，没有什么生活的痕迹，甚至桌上连包纸巾都没有放。

云厘对其他区域不感兴趣，直接跟着他到了房间，书架上全是书和无人机模型，墙角摆着张床，放着深蓝色的被褥。

"等搬过来后，我把七里香都的房租给你吧，原本也是打算拿来租房子用的。"云厘不太想占他的便宜。

傅识则瞥她一眼："不用房租。"

云厘想了想："那当作你的生活费。"她盘算了下，"以我现在的收入，应该也是可以养得起一个男人的。"

"……"

"明天云野来了，我还是要回去住的，年后再正式搬过来。"

很合理的建议，有点困了，傅识则带着鼻音"嗯"了声。

语毕，云厘回房间稍微收拾了下。两天没合眼，这会儿看到床睡意便无法遏制，傅识则背对着床倒下，用手背遮住灯光。

过了一会儿，云厘回到了他的房间，趴在他面前摇了摇他："那我现在还是客人，你得好好招待。"

傅识则困得不行，将她拉到自己怀里，转身环住她："在这儿招待行不？"

这里？

床上？

床上！！！

云厘不是小孩子，该有的画面都如数呈现在脑海中。她认真地思考了这个问题，他们在一起的时间太短了。云厘用没得商量的语气："以后再招待吧。"

"……"

傅识则已经合上眼，她这么一说，他又睁开了眼睛，头埋进她的发中："不仅是招待，以后我要好好对你。"

他搂着怀里的人，脑中却不断重播她遇事儿的场景，有种难以言喻的窒息感。

困意很盛，傅识则却睡不着。他干脆起身去洗澡。热水冲在身上的时候，他想起傅东升特意跑去给云厘买的礼物。

那是一件稀松平常的事情，很多人初次见到男方父母，对方都会送见面礼。只是这样一件事情，让他意识到，类似的再正常不过的事情，以他过去的状态都是很难给云厘的。

他可能会频繁地伤害她，本质上与那个变态狂也没有区别。

洗完澡，傅识则才发觉没拿衣服进去，他皱皱眉，用浴巾围了一下。

回房间时，云厘还在，正端详着床头那个香薰。

"……"他忘了这件事。

"你洗好了，这个香薰……"云厘转过头，见到他赤裸的胸膛，水珠还顺着他的头发滴在身上和地板上，男人的眉眼沾了湿气，寡淡中带点柔和。

"那人被警察抓了，我顺带去要回来了。"傅识则泰然自若道，走到衣柜前拿了套睡衣。

云厘半天没回过神，盯着傅识则的后背，水凝珠沾在白得过分的皮肤上，他侧过头，浸润的头发贴着面颊，云厘直勾勾地盯着那一滴水顺着他的脖颈滑到锁骨，再往下滑到胸膛、腹部，止于白色的浴巾。

"还没看够？"他拿着睡衣，话中带着蛊惑，"靠近点儿看。"

云厘失措地用手挡住眼睛："我现在出去。"

看完了才挡眼睛，也只有她才做得出来。

"不用。"他说了后，云厘定在原处，只是转过身，身后传来他换衣服的声音。

云厘心跳如擂鼓，不一会儿，他递了条毛巾给她，自己坐到了床边上。

"帮我擦一下头发？"

云厘挨在他身后，从上往下可以看见他敞开的领子，她慢慢地擦着他的发，正人君子道："你扣子没系好。"

"今天下午五点十七分，有人说要当最了解我的人。"傅识则淡定地复述她的话，将她的手拉到自己的衣领上，"现在不需要了解了吗？"

"……"

云厘比他还淡定，从后方将他的第一个纽扣系好。

她慢慢地擦拭着他的头发，动作很轻，傅识则的视线被毛巾挡住，感受到她在身后的温度。房间里安静，方才的无限旖旎转瞬变成此刻的温馨。他垂头，向上拉住她的手，带到自己的唇边吻了下。

云厘心情也不错，给他擦干后，指着那些无人机问："这些都是模型吗？"

"不是，都是真的。"见云厘感兴趣，他用放任的语气说道，"可以拿去玩。"

这每一个看起来都蛮贵的，云厘也不敢玩，想起那个机器人视频被标成了搞笑视频，她现在的标签还多了个搞笑博主。

云厘学的是理工科，偶尔还是会想出一些科技视频，便问道："可以借这些无人机做一期视频吗？可能需要你帮一下忙。"

"嗯。"傅识则摸摸她的下唇，"有报酬吗？"

他真是绝不错过任何一个机会，云厘别扭道："也不一定需要你帮忙。"

他微勾唇，装作没听到这句话，云厘理解他的意思，挣扎了一会儿："我弟出镜都不用报酬……"

也不是没见过姐弟俩相处时云厘的强势，傅识则不禁说道："他不敢要。"

"……"

"所以，有报酬吗？"

"……"

两人也做过不少亲密行为，云厘衡量了下，也不亏，便随口答应："那也行。"

"能预付吗？"他指了指自己的唇，"亲这儿。"

"……"

腻歪了许久，云厘想起他刚才说的话，试图维护自己的形象："我对我弟也没那么专制。"

傅识则玩着她的头发："你不专制。"想起下午在医院的对话，云厘问他问题前都得反复确认，和对着云野截然不同的模样。

觉得对她不太公平，他顿了一会儿，才说道："厘厘，无论你做了什么，说了什么，我对你的喜欢都不会因此改变。"

云厘抬头看他。

"你可以对我专制点儿。"

他的目光平和，给了云厘无限的鼓励。等待片刻，她慢吞吞问道："就上次我问你的那张校园卡，是谁的？"

"……"傅识则玩弄她发丝的手指一僵。

氛围仿佛瞬间僵滞。

云厘敏感地感受到，她问了一件不该问的事情。

"我发小的，他去世了。"他的语气毫无波澜，继续玩着她的头发，试图让自己转移注意力，"所以不太想提他的事情。"

云厘听到的时候，也是浑身一僵，她立马坐直身体，磕巴道："对不起，我没想到，我不该……"

"厘厘。"傅识则打断了她的话，拉拉她的手，"不用道歉。"

他继续道："你本来就应该知道的。"

云厘觉得自己不识相地揭了他的伤疤，低着头没说话。一只手覆上来，安抚地揉了揉她的脑袋，刚洗过澡，他的手比以往都烫。

云厘却红了眼眶。

在陌生的环境里，云厘难以入眠，她辗转许久。她想起了自己的性格问题，害怕与陌生人打交道，迟疑不决，对别人的一言一行总是过度敏感。也不是说不好，毕竟这么多年她也是这么过来的。只不过，大多数时候，都没有好的结果。

尤其是今晚。

眼泪掉到枕头上，她觉得自己伤害了傅识则。

云厘没有过分沉浸在这种自怨自艾的情绪中，大半夜的开起了直播。

粉丝中有不少夜猫子，不一会儿观看人数涨到了几百人，她挑了些来信。

"为什么大半夜的直播？"——"想家人们了。"

"咸鱼几万年没更新了"——"那都被叫作咸鱼了，找个机会再翻身吧。"

"和咖啡厅哥哥和好了吗？"——"恋爱着呢，勿念。"

这句话掀起惊涛骇浪，弹幕一堆"啊啊啊啊老婆没了"，云厘看着觉得搞笑："放心，主播暂时还是家人们的老婆。"她顿了顿，"以后就不一定了。"

没有忘记自己的初衷，云厘清了清嗓子："家人们，想拜托大家一件事——

"主播想锻炼一下自己的社交能力，家人们来和主播聊聊天吧。"

这个互动也还蛮诡异的，不少粉丝自告奋勇上了麦。粉丝们说起话来比她还畏畏缩缩，她反而被迫成了那个组织会话的人。

一个小时下来，难得从交际中获得点成就感，云厘才安然入睡。

…………

傅识则的失眠基本没有改善，凌晨两点钟醒来，他便睡不着，拉开抽屉，里面有好几种安眠药。想起云厘，他无言地关了抽屉。自知睡不着，他到阳台收拾了之前遗留的烟头和酒瓶。

父母发了很多信息，上面一堆大多是好好吃饭，好好照顾自己。只有最近一条是，有女朋友了，照顾好自己才能照顾好她。

堕落的生活已经将近两年了，久到他不知道正常的生活是什么样子。过去一个月和云厘一起，他给她做饭，和她成天待在一块，才知道，原来他的生活也可以回到正轨。

他也想照顾好她，想给她正常的生活。

像是给自己的回答，他拿起手机，给父亲回了个"嗯"字。

和父母的关系一直很淡，内心深处都有对彼此的爱，傅识则却没有和他们沟通的习惯。迟疑了会儿，他给他们发了自己和云厘的合照。

早上六点出头，傅识则到楼下的 24 小时便利店买了早点。

云厘醒来的时候傅识则正坐在客厅，桌上放着牛奶、吐司和煎好的荷包蛋。阳台的窗帘和落地窗均大开，阳光透进来，阳台上干净明亮。

看了下表，八点半了。

"我还说要照顾你的一日三餐……"

傅识则将荷包蛋用微波炉热了一下，放到她面前："谁照顾谁，都是一样的。"

"对了，叔叔阿姨给我那个礼物，是条项链。"云厘喝了口牛奶，"有点贵重，我不太好意思收。"

"我爸妈喜欢你，收着吧。"傅识则替她将吐司撕成小块的，云厘觉得自己像个巨婴，有些抗拒："我自己来——"

"叔叔阿姨怎么说的？"能得到对方父母的认可，云厘心里还是蛮开心的。傅识则道："就说你挺好，让我照顾好你。"

随后怕被抢了功劳似的，他又补充了句："不过，我想照顾好你，和他们没什么关系。"

吃过早饭后，傅识则带着云厘到江南苑附近逛了逛，他从小在这儿长大，每个店铺十几年前的模样他都十分熟稔。

在外头吃了顿饭后，两人回江南苑待着，手机振了振，云厘拿起来看了眼。

尹昱呈：云厘，下午我去接你弟弟吧。

尹昱呈：我这儿有两张今晚七点的电影票，云祎晚上要去补习班，不用的话有些浪费。

云厘猜测他想当面了解下云野的情况，便说道：那我问问云野想不想去吧。

尹昱呈：这部电影我还挺想看的，你愿意一起去吗？

云厘怔了下。

这个意思……云厘再掂了掂，越发觉得他就是那个意思。

她仔细回忆了下，确定他去年是见过她和傅识则的。

她对着屏幕发了一会儿呆，傅识则留意到，看向她。云厘主动地把手机递给他，他扫了两眼，淡然道："打算撬墙脚？"

"我先回了吧。"云厘拿过手机，输入：不了。

"等会儿。"傅识则阻止了她的发送，将手机拿回来，在屏幕上敲了几下，点了发送。

我男朋友不同意我和男生单独出去，不好意思。
上次你见过我男朋友的。

看着这个聊天界面，云厎只觉得极为尴尬。以往对云厎表示过暧昧倾向的男性都被她删除了，轮到尹昱呈，她却有些纠结。

她问傅识则："我要不要删了他，感觉好尴尬。"

傅识则瞥她一眼："删。"

她都点到删除键了，又按了取消，转过身问傅识则。

"可是云野暗恋他妹妹，我这么删了，他们会不会觉得我不好相处？"

"……"

"迁怒到云野身上，那我不是毁了他终身幸福吗？"

"……"

"而且他可能也没那个意思，可能就是找个人陪他看电影。"

"……"

尹昱呈没回信息，云厎坐在原处纠结了好一阵，同时说了几个听得过去的理由。

她在那儿自言自语了半天，旁边的傅识则靠在沙发上，懒懒地看着她，突然笑了声，语气没什么温度："可以。"

云厎抬头："嗯？"

"删我微信就这么干脆。"

"……"

万年前旧账被翻出来，云厎陷入发蒙状态，她强装镇定地喝了口水，讪讪道："原来你知道啊，你怎么没和我说起过？"

傅识则不留情面地睨了她一眼。

所以，他知道，没揭穿，但现在心理不平衡了。

"我也没那么干脆。"云厎干巴巴地解释，傅识则环着胸，等她下文。

她仔细地回想了会儿，才说道："当时也是纠结了好一会儿才删的……"

"……"傅识则被气笑了。

恰好尹昱呈回了信息：不好意思，我误解了些事情。那让傅识则送你去接云野吧，电影票可以给你们。

"挺大方的。"傅识则评价道。

云厘此刻还处于高度戒备的状态，小心地问他："那这微信还删吗？"

傅识则看着也没生气："不用。"

话虽如此，一直到下午，傅识则都没怎么说话，相处起来却又好像和平时没有太大区别。

云野下午三点到南芜，见到接机的两个人后差点石化。他对云厘的恋爱状态还停留在追人失败的阶段，怎么一个期末过去就脱单了。

云厘和云野说了一路的话，傅识则充当着合格的司机。到公寓后，云厘用投影仪给云野放了部电影，自己到厨房切苹果。

云野跟上去，终于有姐弟俩独处的空间，他郁闷得不行："你怎么谈恋爱了都没和我说？"

"少管大人的事。"

云野："跨年你是和他跨的？"

云厘瞅他："是又如何？"

云野想起跨年时担心云厘孤身一人在外，特地去广场买了烟花放给她看，还被云厘匆匆挂了电话，他气不打一处来。

"见色忘弟！"云野抢她手机，"把跨年红包还给我。"

"你做梦。"

两人在厨房争抢，傅识则在外头听到这动静，倚到厨房门口。

"哥哥。"云野收敛了行动，喊了声，便跑到客厅去。

她系了围裙，有好长一段时间是傅识则做饭，上次看这个背影还是几个星期前的事情。

傅识则带上厨房的门，凑近云厘，骤然涌起的体温，屋里头还有云野放电影的声音，云厘担心他会进来，小声道："我……"

他双臂环在她的腰间，带点惩罚地亲了下她的脸："怎么了？"

云厘："……没。"她噤了声，在案板上切苹果。

"删了我，"被晾了一路，他话里还有点气恼的笑，"现在还这么不主动。"

云厘全神贯注留意着门外的动静："我弟在外头……"

傅识则："那把弟弟用飞机运回去吧。"他的脸蹭了蹭她柔软的头发，唇瓣边缘轻蹭她的脸颊和脖颈。

手里的东西都要拿不稳了。她努力地对抗，专心致志地切着苹果。

傅识则的唇擦过她右耳郭，呢喃："厘厘……"

啊啊啊啊啊啊。

她要疯了。

云厘受不了了，停下手中的事情，打开水龙头洗了下手，特意没有关水。

转身，对上他柔和的眸，她的气焰又不那么足了，刚想粗暴地亲他一下，瞬间又怂了。她的目光从他的眸，转向他的鼻翼，最后停留在他的唇上。

云厘咽了咽口水。

她被撩得心痒痒的，无意识地仰起头，他轻抬她的下巴，唇覆上去，客厅里投影仪的声音飘得很远，云厘侧过身钩住他的脖子，不自觉地往前走了两步，将他压到墙边。

云厘将他逼到墙角，她的眉眼间全是情意，他的领子也被她整得凌乱，两人努力地控制自己的呼吸声。傅识则的唇染上血色，在她耳边轻声道："现在还挺强势的。"

云厘已经醒了神，想起这段时间发生的事情，不自觉道："我想要对其他人也这么强势。"

想在人际上不再内敛和退却。

傅识则亲了亲她的额头："会做到的。"抚抚她的眼角，他继续道，"现在也做得挺好。"

云厘被他夸得有些飘飘然，傅识则低笑一声，认命般地靠着墙："继续吧。"

云野还坐在沙发上发着闷，电影场景不断变化，他的目光却投向厨房的门口。

看了眼时间。切个苹果也要那么久。脑中闪过一个可怕的念头，他们不会在里面做一些奇怪的事情吧？不会吧？姐夫看着也不像那么流氓的人啊。

云野将电影反复地暂停和播放，试图引起厨房里两人的注意。在这沙发上坐着，他甚至有种自己本不该存在的感觉。

好在厨房门开了，云野将目光定到投影的画面上，两个大活人坐到他身边，一言不发。

云野用余光偷瞟傅识则，他正垂眸看着云厘。留意到云野的视线，傅识则将果盘推到他面前。接着，自己给云厘叉了一块，递到她嘴边。最让云野崩溃的是，云厘还直接吃了。

太古怪了。

从小到大，云厘最亲近的男性动物，第一是家里的狗，第二就是他了。云野心里泛起轻微的感伤，问道："哥哥，你和我姐在一起多久了？"

云厘没管这问题的对象是傅识则，主动答道："个把月吧。"

傅识则："29 天。"

云厘："……"

云野的嘴唇动了动，过了半天，才含糊地冒出一句话："你要对我姐好点。"

"……"云厘敲了敲他的脑壳，"你姐哪还需要你来操心。"

"我会对她好的。"傅识则正经道，完全没有因为年龄原因而怠慢他说的话。云厘愣了下，直接往云野嘴里塞了块苹果："云野，你是被老爸附体了吗？"

对她的粗暴动作感到不满，云野埋怨道："你就不能像姐夫一样，温柔一点。"

云厘理直气壮道："那我不会，让你姐夫喂你吧。"

看着他们拌嘴，傅识则觉得好笑，他也不介意，问云野："你刚才喊我什么？"

云野这下有些不好意思了，喊道："姐夫……"

傅识则将叉子往他那边递了点："要喂你吗？"

云厘把叉子推回去："不行！"

三人同坐在沙发上看电影，云野丝毫没感觉到自己的灯泡属性，趁傅识则去洗手间，云厘无语道："你怎么不去房间待着？"

"我电影还没看完……"云野没反应过来，他看得正入神呢，云厘推了推他，表情充满了胁迫的气息。

云野气愤道："云厘，姐夫可比你更像女人！"

"这口改得还挺顺溜的。"云厘不客气道,"这么快就站你姐夫那边了。"

"姐夫又高又帅脾气又好。"云野嫌弃地看了云厘一眼,死活不肯动。

"不过啊,"云野正色道,"这要给咱爸知道了怎么办?"

云厘皱了皱眉:"我都多大年纪的人了,谈个恋爱还……"她又想了想,直直地看着云野,"算了,你别告诉他。"

因为她私自跑到南理工读研,云永昌的气还没消,要是让他知道自己谈了个南芜的男朋友,坐飞机来打断她的腿都有可能。

"姐,你现在当 up 主收入怎么样?"

"干吗?"

"你多存点钱。"云野冷静地给了个建议,"爸知道了估计会把你扫地出门,你得给自己谋个出路。"

"……"

看完电影后,云厘送傅识则到楼下开车,她满腹心事,云永昌向来对她有全方位的掌控欲,从学习、生活到社交。

云厘还记得,以前每一次见到生人,或者是接电话,云永昌都会数落她说的话不对、做得不够好。再加上她左耳听不见的原因,在校园里受到欺凌,她的性格慢慢地变成如今的模样。也反过来让云永昌觉得,她没有独自在外生存的能力。可她——能养活自己,能在陌生的城市独自居住这么久。

云永昌不相信,也不接受。

她斟酌了半天,才鼓起勇气和傅识则说:"我一直没和家里说恋爱了的事情,我爸脾气不是很好,你可能得有个心理准备。"担心傅识则介意,她又委婉地为爸爸辩解,"我爸其他方面都挺好的,就是不太会爱自己的孩子。"

"我不是在和他谈恋爱。"傅识则不在意道,旋即,神情自若地问她,"要见老丈人了吗?"

"……"

"我就提前和你说一下,他管得比较多,我讲不过他。还有我父母都是大专学历,我家的经济条件也一般。"云厘一时有点难以说下去。

谈恋爱的过程很开心,她很少考虑到这些现实的情况。

"但我现在已经能养活自己了，等我毕业后全职工作了，会更好的。"

她的模样，是迫切地想要在他面前证明自己。傅识则心里不是滋味，也不知道自己什么时候给她的安全感这么少。

他将她拉近了点，正儿八经地说道："厘厘，我只在乎你是什么样子的。其他的，都无关紧要。"

上楼的时候，云厘才想起来，傅识则确实从来没有过问她的家庭情况，也间接表明了，他不在意这些。在成年人的世界中，他给了她一段与现实无关的爱情。

他的钟爱，只与她有关。

尹昱呈觉得自己被云野坑了。

几天前尹昱呈把手机给了尹云祎，让她和对方联系一下，那时候云野还没订票。昨天他来了电话，说自己是下午的飞机。

尹昱呈把手机给了尹云祎，让他们俩自个儿去聊天。回头尹云祎告诉他，云野说云厘现在是单身。云祎和他说过姐弟俩亲密无间，正如他和自己妹妹一样。他也没怀疑过云野话里的真实性。

尹昱呈本来就觉得傅识则不好相处，他们分了也合情合理。第一眼便看上了的小学妹，他不想再错过了，才贸然行动。

回云厘的信息时，尹云祎还不让他暴露云野。感情上频频受挫，他也不打算拿尹云祎当挡箭牌了，将她送到游乐场后，作为人际交往的老油条，此刻他也难得感到尴尬，强撑了个笑和云厘打招呼。

傅识则还特地摇下了车窗，朝他点了点头。

"……"这真的是他这辈子最丢人的事儿。

将云野送到南芜游乐场后，云厘和傅识则也不当电灯泡，开车回江南苑。

南芜游乐场里也没什么特别的东西，少男少女按照导航图一个个点玩下来，途中不少小孩拿了冰激凌。

好不容易走到个甜品站，云野："你等会儿。"

他小跑过去，等甜品的过程中，接了云厘的电话。

云厘："你和暗恋对象相处得怎么样？"

云野："放心，没问题，一切 OK。"

云厘语气怀疑，长长地拖了一声："是吗——？"

云野："呵，可能你弟天生有恋爱天赋，她还等着我呢，拜拜。"

云野拿着两支雪糕回来，给尹云祎塞了一个。他们初中也在同一所学校，算起来两人也认识有五年的时间了。

云野和她聊天时没什么不自然的，害羞的情绪都留给写明信片的时候了。

"之前班里给我寄的那些明信片，好像是同样的笔迹，你知道是谁负责写的吗？"

"……"

云野舔了舔雪糕，睁着眼睛说瞎话："回头帮你问问。"

"……"

少年没有承认，两人之间却滋生出一阵莫名的紧张。

尹云祎羞赧地在包里翻了翻："我有个礼物想给你，我只能做比较小的，我爸妈管得比较严。"

她从小包中拿出个只有五厘米见方的小盒子，上面用清秀的字写着"——给云野"。

与他准备的礼物，同样的写法。用隐晦的方式告知彼此的心意。

云野的心跳骤然加快，雪糕化了一部分沾到他的手上，他若无其事地接过盒子。

"你期末考了第几？"尹云祎主动问，"我考了年级第十。"

"哦，那挺好的。"云野面上没表情，却开始反复踮脚，"我第六。你想考哪个学校？"

"我挺喜欢西伏的，我这个成绩，应该可以去西科大。"

云野看着蓝天白云，听着背景中欢快的音乐声，忍不住笑了笑："我也挺喜欢西科大的。"

差不多下午五点，两人游玩结束，尹昱呈将云野送到了七里香都附近的超市。

云厘和傅识则正在买东西，见到她，云野傻乎乎地笑着，殷勤地替她拎袋子。

"云厘，我要告诉你件事儿。"云野尾巴都要翘天上去了，"尹云祎知道那些明信片都是我写的。"

云厘："嗯？"

云野："你懂不，别人默许了。"

云厘："赶在白天最后一刻，这梦做得真不错。"

"……"

一路上云野来回蹦跶，满脸春风得意，云厘受不了，语气不善："正常点，别把我的鸡蛋砸了。"

"哦。"云野规矩了点，问她，"今晚就咱俩吗？"

"你姐夫去外头买水果了。"云厘将手里的东西全塞云野怀里，给傅识则打了个电话，对面接通时，她声音柔软了许多。

云野鸡皮疙瘩起了一身，小声问："云厘，你说话能正常点不？"

"……"

回到家后，云野指名道姓要了几道菜，云厘掌厨，傅识则给她打下手。云野觉得，这两人也挺般配的，待一块时不怎么说话，却经常会默契地看着对方，就连择菜的时候，都能看着对方笑出来。

"姐夫，你觉得我姐做饭好吃吗？"云野问傅识则，"我同学都对我姐做的菜赞不绝口。"

傅识则想了想："应该挺好吃的。"

这语气好像不太肯定。云野面露疑惑。

"他没怎么吃过。"云厘解释道，"之前我摔了一跤，手擦破了，就你姐夫来做饭，然后就一直他做饭了。"

云野："哦……所以是姐夫做家务吗？"

云厘努力回想了下过去一个月的情况："你这么一问，好像确实是。"

"……"

云野支吾了半天："谈恋爱，就是男的做家务吗？"

这问题，云厘也答不上来，她推了推傅识则，他不假思索道："你姐姐说了算。"

云厘弯了弯唇，埋着头吃饭。

在南芜待了两天，云厘和云野启程返回西伏。今年过年早，再过两天便是除夕。在机场和送机的尹云祎碰了一面，她给云野带了一顶鸭舌帽作为临别礼物，说是夏天就要来了。

另外三人在远点的地方围观，尹昱呈没了最初的尴尬，由衷地感慨道："云祎一直缠着我，说今天要来机场这边。你弟真的会追女孩子。"

他试图搭话，傅识则却没给面子，提醒他："我们这儿有三个人。"

"……"尹昱呈识相而又憋屈地独自找了个咖啡馆待着。

将他打发走，傅识则才问云厘："订回程的机票了吗？"

"还没。"

"早点订。"傅识则亲亲她的侧脸，改了口，"——早点回。"

转眼间到了除夕，到处张灯结彩。

当年陈今平在除夕夜中生下傅识则，她还记得耳边噼里啪啦响着烟花声。

晚饭后，傅识则没有像往常一样上楼，而是将碗筷收拾好。

"上次厘厘说她是西伏的。"傅东升挑起话头，"她好像是硕士在读对吧？"

陈今平附议道："儿子啊，你这学历会不会太低了点。"

傅东升："配不上人姑娘家啊。"

两人东拉西扯，硬是没回到正题上，陈今平仔细看着傅识则的表情，一如既往的一潭死水。

她叹了口气，给傅识则递了杯茶："已经休学快两年了……"原本今年就该博士毕业了，有着大好前程。

她话里的暗示很明显。

陈今平柔声道："没拿到学位的话，爸爸妈妈不会对你有成见，但其他人可能会有。我们不想催促你去面对这些，只是担心拖到某一天——你会觉得自己做不到。"

"厘厘不会在意这些。"傅识则应了声，便直接回了房间。

他开了冷水，用手拨了拨，想洗把脸，看着镜中的自己，想起了云厘倚在身边的模样。唇角带笑，拉着他蹿出湖底深处。只有她的存在，能令他感到不那么窒息。

下一次见面是在年后，傅识则心里有些焦躁，他想每日每夜都和她在一起，一分一秒都不要分开。

等了一个多小时，吃完年夜饭的云厘才终于打来视频电话。她那边漆黑一片。几秒后，她的身后灯光熠熠。

她对着镜头，表情紧张，语速极慢，一切准备就绪却依旧没有避免惨剧的发生："——阿折。"

云厘硬着头皮说下去。

"生日快乐。"

云厘也没想到这会儿又平翘舌音不分了，她还事先练了十几分钟。

见他没什么精神，云厘板着脸说："你看起来没有很开心。"

傅识则觉得好笑："我很开心。"

云厘不满："如果开心的话，你得表示一下。"

"怎么表示？"

镜头前，云厘将食指和中指合拢，指腹贴在唇上，向上轻摆，朝他做了个飞吻的姿势。演示完，她盯着他："就这样表示。"

"……"

傅识则不知道她怎么想到这么浮夸的动作的，见她执意地盯着自己，扯了个理由拒绝："名儿都没喊准。"

"……"

被说中了点，云厘窘道："我多做练习，争取明年说对。"

傅识则："明年还说不对呢？"

"那每年我都给你过生日，总有一年能说对的。"云厘正色道，"你不要小看我——"

傅识则还以为她要说自己普通话的事儿，云厘却笑道："我能和你在一起一辈子的。"

所以应该，还有很多机会。

"我回去再给你补过个生日，给你做个蛋糕。"云厘也是昨天才知道他在除夕过生日，匆忙准备了灯束远程祝贺。

"都是次要的。"傅识则不在意道，表面上故作镇定，语气中却带了点催促，"早点回来。"

…………

在南芜见过尹云祎之后，云野的假期基本在学习中度过。姐弟俩每日三餐碰个面。云永昌和杨芳的假期没有学生长，过完年家里就剩姐弟俩。

想着傅识则胃不好，云厘便趁着寒假学了些煲粥的技巧，E站上发布了一系列煲粥视频。

自从下定决心矫正自己的性格后，云厘基本每天晚上都会直播半小时，内容大多是就某个话题和粉丝聊聊天。

逐渐地，固定观看的粉丝越来越多。中间有个粉丝引起了她的注意，这个efe从来不上麦，却经常在弹幕上回复她。

比如说，云厘："——主播是纠结王，和其他人说一句要考虑大半天。"

efe："老婆心思细腻。"

云厘："——主播在不熟的人面前说话总是冷场。"

efe："老婆一针见血。"

云厘："——主播有点社恐，收快递和外卖的时候都让弟弟接的电话。"

efe："老婆心思缜密。"

"……"

真是山鸡都能吹成凤凰。

然而，这段展示自我的话倒是引起不少共鸣，粉丝们纷纷表示自己也不喜欢接听和拨打电话，尤其对面是陌生人的时候。

那些她一度用以评判自己的事件，在很多人身上都会发生。她一直以来自卑的事情，此刻却显得平淡无奇。

是她总活在自己的世界里。擅自把自己归类到一种特殊的人群，蒙住双眼自顾自地去自卑难过，这又何尝不是一种自负。

不少粉丝上麦讲述自己的内向经历，有的是和亲戚间的，有的是和同事间的，包含着不少社死故事，其间弹幕也有不少其他人的支持鼓励。虽然都是不相识的陌生人，但都愿意用温暖的语言相互安慰。

云厘看着，心里一暖。

话题逐渐走偏。

"老婆，弟弟呢啊啊啊啊！"

"今天咸鱼的社交训练结束，给弟弟开个展览会吧！"

"弟弟，妈妈爱你！"

早期云厘录制视频的时候，云野会频频入镜，四年以来不少老粉见证了他的成长，而她看了十六年。从他出生时开始，云厘就有记忆了。

一步步看着他从一个牙牙学语的二尺娃娃长成现在欢脱的少年。云厘陷入思考，以后她真的留在南芜的话，和云野见面的机会就很少了。

云厘关了直播。

今天吃完饭后云野说自己肚子疼，云厘还调侃杨芳做的菜给他下毒了。他这会儿窝在被子里睡觉，云厘进去盯着他的睡颜，揉了揉他的脑袋。

云野醒了，看见是她，把脸一别："走开，我要睡觉。"

本来想当一会儿合格的姐姐，云厘这下气不打一处来："走就走，我明天就回南芜了。"

云野立马坐了起来："我让你走开又没让你走。"

他皱皱眉："这才八号。"

云厘道："回去给你姐夫补过生日。"她故意道，"哦，我弟可能不能理解，毕竟我是谈恋爱的那个。"

莫名其妙被喂了狗粮，云野无语地把被子往头上一套。云厘拍拍手起身，身后突然传来云永昌冷冷的声音："和谁谈恋爱？"

"……"

家里隔音不太好，云厘和傅识则打电话时大多只能悄声说话，也一直没被云永昌发现她在谈恋爱。

云野从被子里探出个头，露出同情的目光，云永昌剜他一眼："行啊，翅膀硬了，和着你姐一块骗我们。"

"……"

寂静的夜晚酝酿着涌动的怒火。

"什么人？"

"我同事。"

"谈了多久？"

"一个月。"

"家在哪儿？"

"南芜……"

云永昌的脸色瞬间沉下去:"不仅要跑去南芜读书,还打算嫁那边去了是吧?咱们西伏没男人了吗?"

早预料到会演变成这个结果,云厘好声好气道:"爸,你能不能多给我一点恋爱上的自由……"

"给什么自由!你去南芜被人欺负了,我们不在那边谁给你出气?"他和以往一样,直接拍板道,"回去就和那男的分手,你才多大,要找也得找西伏的。"

云厘心里被扎了一下。

"我不需要人帮我出气,我能保护自己。"她火上心头。她不明白,她从小到大谨小慎微的,也没麻烦云永昌什么事,他却总是觉得她无能。

为什么总有父母会觉得子女应该按照他们设定的人生轨迹行走。

"我见过他父母了,他父母也不是不讲道理的人,都是西科大的教授。"

原本是想让云永昌能多接受他们一点儿,这句话说出来后反而火上浇油,他气得骂了几句,直接甩门而去。

云厘冷着脸回去收拾行李,想着他说的那几句话,心里难受得不行。

——你还偷偷见了父母?

——你眼中还有没有我?

——你现在是嫌我学历低想去攀个高枝了吗?

云永昌不讲道理,云厘也没有像以前一样屈从。恰好亲戚办周岁宴,父母两人去帮忙,一大早便出了门。云厘趁他们走了,也拖着行李箱往外走,抬眼,看到云野也恰好从房间出来。

似乎是刚洗漱完,云野发梢蓬乱,带着水珠,脸侧还有一道浅浅的睡痕。他耷拉着眼皮,问:"真走了?"

云厘"嗯"了声。

云野插兜站在原地。

过道狭窄,灯光晦暗。

少年眉目漆黑,人生得高,套了件宽大的棒球服。

离别总是会产生点不知名的情绪,氛围被沉默与暗光大肆渲染,凭空增添了另一种本不存在的意味。

结合这空荡荡的房子,云野此刻似是多了重身份。

——大龄不良留守儿童。

云厘踌躇须臾，唠叨道："爸妈后天晚上才回来。这两天你一个人在家，就在外面吃点。"

云野看她："哦。"

云厘："或者点个外卖。"

云野："哦。"

云厘："再不然去小姑家吃点也行。"

云野："哦。"

接连的三个单字，仿若带了情绪。云厘不明情况，却难得好脾气地问："怎么只有这反应，你对姐姐有什么意见吗？"

"没有，"云野说，"就觉得像放假了。"

"……"

云野侧头，慢慢复述："外面吃点，点个外卖，小姑家吃……"他停顿了下，问，"神奇吧？"

云厘没听懂："什么？"

云野耸肩："你走了我反而不用下厨了。"

云厘："……"

突然被他这么明嘲暗讽，云厘一时无语。云野接过她的行李箱，走向玄关。云厘是真没想过，让云野煮了两顿泡面，就能让他有如此深的怨。

下楼后，云厘看了眼手机，转头对帮忙拉行李箱的云野说："好了，我走了。你回去写作业吧，我去车站就几步路。"

"你坐公交？"云野把行李箱放下，"你这不是还拖着个行李箱吗？"

"也不重。"

"你不累吗？我送你去机场。"

"怎么送？"云厘好笑，"跟我一起坐公交啊？"

"怎么可能。"云野嚣张地挑了下眉，从兜里掏出把车钥匙，在手里掂了两下，"我开车。"

"……"

这话听着让人感动。

但如果能换成"云野是个成年人"的前提，云厘觉得自己应该会更感动。

她不可置信地敲了下他的脑袋："你又上哪儿弄来爸爸的车钥匙？"

这一下猝不及防，云野皱眉："就在桌上。"

"那就让它好好待在桌上，"说着，云厘没忍住又敲了他一下，"它是朝你招手了吗，你非得拿它？"

"你能不能别动手？"连挨两下，云野压着火，"我又不是不会开。"

云野这话说得不假。云永昌在驾校当了十来年的教练，他有事没事就往那边跑。耳濡目染了这么多年，云野早就会开车了。

接下来的一路，云厘摆起姐姐的架子，认真教育着云野，试图让他明白，在他这个年纪，什么事情能做，什么事情不能做。

云野全程一声不吭。

走到车站，云厘也教育完了。瞥见云野面无表情的脸，她不禁反思自己是不是说得太过了。

云厘叹了口气："我也不是想骂你，只是担心你的安全——"

话还没说完，云野忽然伸手，拦了辆出租车。

云野没应话，打开后座的门，先把她塞了进去，而后自顾自地跟司机说话："师傅，麻烦开一下车尾箱。我们到西伏机场。"

有陌生人在，云厘立刻安静下来。坐在靠左的位置，她不自在地拿出手机，给云野发消息：

云厘：？？？

很快，云野也放好行李，上了车。

云厘：你干吗？
云野：我给出租钱。
云厘：那我自个儿过去不就得了，你一来一回这车费多亏啊。
云野：我坐公交回来。

一路上云野也没再发信息，送她到检票口了，他才说道："你就留在南芜吧，真不顺心了再回西伏。"

　　想了想，他自个儿补充道："不过，和咱爸待在一块才最不顺心吧。"

　　"……"

所有爱的人离去时，
都下着雨。

南羌，
为什么总有这么多雨？

第十二章

所幸我足够勇敢，

至少与月亮碰过面

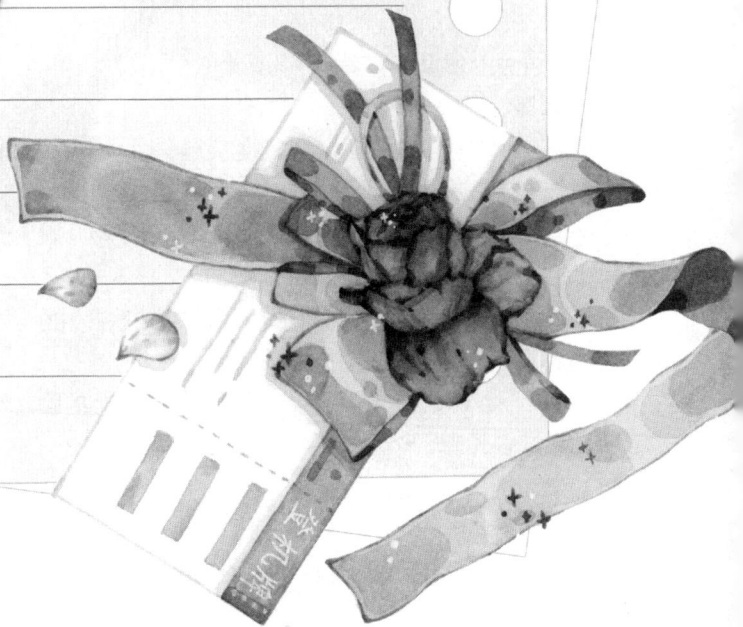

刚到出站口，云厘便看到傅识则站在边上。两日的抑郁突然得到了缓解，她拉着行李箱跑过去，撞进他的怀里。

傅识则一下子没站稳，后退了一步："轻点儿。"

云厘笑道："多吃点肉，不然别人要说我的男朋友娇气。"

"娇气？"傅识则重复了这个词，云厘一开始仅想开个玩笑，见他如此在意，刚想解释，便被他拉到了人少的地方。

云厘："光天化日的，你不能……"

她没说完。

傅识则已经抬起她的下巴，黑眸中攒动着蚀骨的挂念。他续上她的话："不能谈恋爱吗？"

"……"

上车后，傅识则："特地今天回来的？"

云厘："嗯……"

几盏旧路灯横在路边，前侧频繁亮起车灯，云厘沉默地坐在副驾驶上，与云永昌吵架的画面还在脑中翻腾。

"先去七里香都收拾东西吗？"傅识则看了她几眼，云厘心不在焉地点点头。

两个星期没见，云厘见到他却没有如期的欣喜，傅识则将车停到七里香都楼下，问道："发生什么事了？"

"没，刚下飞机有点累。"云厘回过神，看着他的脸，忽然问道，"我们在一起多久了？"

傅识则："46 天。"

两个月不到。

似乎也还没有到该为这种事情发愁的时候。

回公寓后，云厘只打包了些必需的生活用品和衣物。

"房东说退租要扣三个月押金，相当于只省了两个月的月租，我就想把这个公寓留下，如果有早课的话我们可以在这边睡。

"回头在你那儿也拿些衣服过来吧，虽然变态狂还没抓到，有你在的话他应该也不敢出现的。"

云厘妥当地安排好这些事情，却见傅识则坐在沙发上看她，云厘停下动作："怎么了？"

傅识则："这儿只有一张床。"

云厘："我没让你睡沙发。"

"……"

傅识则顿了半晌，缓缓地问道："我们睡一张床？"

云厘有点犹豫地点了点头，她相信傅识则的为人，而且在这边留宿的机会应该不多。

刚上车，便听他问道："什么时候有早课？"

"……"

他问这话时表情无比正经，云厘后知后觉地脸色泛红，低声道："还没选完课。"

到江南苑后，傅识则自顾自地去冰箱里拿了肉解冻。他做菜已经很娴熟了，无须云厘的帮忙便做好了晚饭。

云厘想喝点酒，傅识则开了瓶威士忌，给她倒了一小杯兑着雪碧喝。

餐桌上亮着小夜灯。傅识则全程看着云厘，她在想事情，反应时常慢半拍。两小杯下肚，云厘脸色不变，但眸里已经湿润。

夜晚还没开始，傅识则并不想就这么结束了。

他伸手去拿云厘的酒杯，云厘却发了脾气："你平时喝那么多，你现在要敢不让我喝，我就、就……"她磕磕巴巴没说出下句。

傅识则毫无醉意地看着她："就怎么样？"

"就删了你微信！"

"……"这句话果然有威慑效果。他没继续拦她，云厘盯着他那平静的脸，产生了极强的破坏欲，她拽着他的领子，将他拉到了沙发上。

"你为什么总是这个表情？"她恼火道。

傅识则："应该什么表情？"

云厘以前不喝酒，从不知道自己不仅酒量差，还酒品不好。两人僵持了一会儿，她没想到答案，顽固道："反正不能这个表情。"

沙发上的人任她拽着领子，轻笑了声。

仿佛在他的笑声中听出了蔑视，云厘直勾勾地盯着他，伸出手肆意地捏他的脸。

"这里是你家。"捏够了，云厘直起身子，环视了一圈。傅识则否认："是我们的。"

等她累了，他才从身后拿出个小盒子："礼物。"和之前送她的螺钿盒类似，云厘没继续撒酒疯，接过盒子。

她歪歪头："是我生日吗？"

傅识则："……"

云厘将盒子翻开，里面是一对冰蓝水晶耳坠，她拿起来瞅了两眼，纳罕道："我好像是来给你过生日的。"

而后，她拿出耳坠，郑重其事地在傅识则的耳垂处比画了下，道："你过生日，这礼物应该给你。"傅识则没有耳洞，显然无法给他戴上。

傅识则无奈："我的礼物都是你的。"

云厘有样学样："我的礼物也都是你的。"

醉鬼说的话没几句能信，听到云厘这话，傅识则还是笑了。他取过云厘手中的耳坠，问："能坐着不动不？"

云厘点点头。

撩开她耳侧的发，她的耳郭发红发烫，傅识则捏了捏她的耳垂。

第一次给女生戴耳坠，他不熟练，总觉得这皮肤细嫩的耳垂脆弱无比。

傅识则动作谨慎，他全神贯注地盯了许久，提心吊胆地穿了一会儿，耳坠总算挂在她耳上不动了。

云厘安安静静的，即使戴好了，也依然听从他的话一动不动。

"我只给你订了蛋糕。"云厘的神志像是醒了一下，"我没给你送礼物。"

她不敢相信地又重复了一遍："我没给你送礼物。"

"不是把自己送回来了？"傅识则应付着她的话。云厘眨了眨眼，问："你喜欢吗？"

"嗯。"

有敲门声，估计是送蛋糕的。傅识则正打算去拿，云厘却紧拽住他的领子，顺着刚才的话继续问："——你喜欢我吗？"

这动作他没法移动。傅识则失笑，试图将她的手指一根一根掰开，掰开一根她便负隅顽抗地扣回上一根。徒劳无功后，他放弃了，侧靠着沙发。

"嗯，我喜欢你。"

云厘喃喃道："我也喜欢你。"

傅识则："我知道。"

直到睡着，云厘都没松开傅识则。将她抱到床上，傅识则才注意到自己被她扯开的领口。

锁骨处被她抓出几道红印。

这个房间以前是外公外婆住的，已经很多年没有人住过了。

原本空寂的房子，却有了她的存在。

傅识则留了一盏小灯，给她卸了妆，摘掉首饰。

云厘翻身将被子掀开，傅识则又给她掖好被子。她脸上没有喝酒的痕迹，卷翘的睫毛乖巧地挡住上眼睑，他摸了摸她的眼窝，问："可以要个生日礼物吗？"

云厘蹙了蹙眉，脸偏向他。

湿润的唇像是在召唤他，傅识则凑近了点，自语道："就当你同意了。"

…………

亲眼见到蛋糕时，是第二天清晨。

云厘迷迷糊糊地醒来，脑壳内隐隐作痛。她把昨晚的事儿回忆了一遍，记忆的结尾是在他的怀里睡觉。

总不会，特地跑回来给他过生日，结果连生日蜡烛都没吹一个吧。

想象着那凄惨的画面：傅识则一个人孤零零坐在沙发上，自己点了两根蜡烛，瞅了眼旁边睡得一塌糊涂的人——云厘心中生起负罪感，她就不该因为心情不好喝了那两杯酒。

打开冰箱，蛋糕不是完整的，切了两块。

她松了口气。

应该是给他过了生日，傅识则总不会特意把蛋糕伪装成这样。

"睡得好吗？"傅识则走到她身旁，从冰箱里拿出牛奶和鸡蛋。

他醒了好一会儿，睡衣的纽扣松了几粒，能看见锁骨上的红印。

云厘不敢相信自己的眼睛。

"嗯，挺好的。"她规规矩矩回复了他的问题，犹疑地问他，"你锁骨那儿……是我弄的？"

傅识则："不记得了？"

"……"

"我问个问题，"云厘艰难道，"怎么弄的？"

傅识则将热牛奶放她跟前，随口道："可能是咬的吧。"

"……"

云厘继续在记忆中检索，他们两个到底进展到什么程度。隐约有点印象，她睡着后，舌尖努力地和什么东西进行着抗争。她伸手反抗，后来双臂便陷入软软的床垫不能移动分毫。

她还混沌着，傅识则不在意道："没关系。"

这事超出了云厘的认知范围，唯恐麻烦上身，她脱口而出："那就好。"

傅识则笑了声。

云厘以为这事就此结束，傅识则煎鸡蛋的时候，忽然回头看她："有点疼。"

"……"

亲得唇都疼了，云厘才被松开。吃早餐时看了眼手机，她看见云野昨晚发的信息：替我祝姐夫生日快乐。

云厘：收到。

云野：过了十二个小时了云厘，你昨晚干吗去了？

云厘：约会。

云野：呵呵。

云野：亲情提醒：老爸说要去南芜给你送被子，时间不详。

云厘：！！！

喝了口牛奶压惊，云厘被这消息吓得汗毛都竖起来了。这大冬天都快结束了，来南芜送被子？审查未来女婿还差不多。

吃过早饭后，两人开车到附近的超市进行采购。

云厘看着购物车中一堆常见的日用品，比如牙刷杯、拖鞋之类的都买了两份，按理来说买她那份就可以了，她疑惑道："之前家里没有吗？"

傅识则数了一遍："情侣拖鞋、情侣杯子、情侣睡衣……"

见她表情呆愣，他垂眸问道："有问题？"

他推着车继续往前走，云厘慢半拍地笑了笑，跟上他，挽紧了他的手臂。

"我们买些速冻食品吧。"云厘走到冷冻区，"可以多买点饺子，煮着快。"

傅识则鲜少吃速冻食品，疑惑道："一般不都是自己做吗？"

"现在不都是你做饭嘛。"云厘实诚道，"我想给你减负。"

两个人刚住一块，这事儿好像就板上钉钉了。

听起来厚脸皮了点，云厘又补充道："你做饭做累了，我可以给你下速冻饺子。"

傅识则淡定道："闲云嘀嗒酱最新动态：视频'给男朋友熬粥吧——怎么做螃蟹鲜虾砂锅粥'。"

"淮山药排骨粥、牛肉滑蛋粥、干贝虾仁粥、黑豆糙米粥……"傅识则凭着记忆陆陆续续念出那系列中的几个名字，偏头问她，"我好像是你男朋友？"

云厘扯了扯唇角："是……"

傅识则无表情地笑了笑："我不记得自己吃过。"

"……"

云厘自觉地走到粮油区，往购物车里丢了几袋糙米和燕麦，又走到干货区取了几袋海鲜干货。

逛完超市，傅识则换了身衣服去上班了。

南理工尚未开学，云厘和方语宁说了下，提前回了公司。

在 EAW 的实习已经满三个月了，云厘大多时间都在打杂。实习生工作不固定，她去不少部门帮过忙，对于公司业务也有了粗略的了解。

她计划四月离职，赶在这之前，云厘主动和方语宁申请负责春招的工作。

这是一项以前的云厘绝不可能主动去申请，也绝不可能做好的工作。可能是近期急切地想改变自己的性格，云厘破天荒地想尝试一下。

除了一块儿上下班之外，云厘和傅识则的日常生活平平淡淡。

偶尔她会想起云永昌要来南芜的事情。

还没收到确切消息，云厘自我催眠地当作无事发生。

“闲云老师。”何佳梦休了年假，回公司后特地来和云厘打了招呼，“同事说你最近变了很多？”

“啊？”云厘从文件中抬起头，“什么变了？”

“更喜欢说话和更喜欢笑了。”何佳梦笑嘻嘻道，“没想到和那冷冰冰的人谈恋爱，闲云老师反而更喜欢笑了呢，是不是被传染了？”

云厘笑了笑：“可能是被传染了。”

两人没聊多久便到了下班的点，云厘收拾好东西，到门口等傅识则。

今天是情人节，云厘和傅识则约好了一块儿拍无人机的视频，主题是讲经典款无人机的发展史，傅识则会替她拟订和配音文案。

将收藏的无人机找出来，云厘借用了他书架前的空位录制外形。

余光瞥见柜子里一本黑色牛皮相册，她拿出来翻了翻。

是傅识则以前的照片。

从襁褓时期开始，不少照片中有个男孩和他一块，应该就是先前提过的发小。两人笑起来相似，双眼皮褶子明显，有一张是发小背着他俩的书包，牵着傅识则走到江南苑的门口。

傅识则看起来不过四五岁。

云厘蹲在那儿翻阅着，傅识则进了门，问她：“无人机……”

他的话音戛然而止。

“我刚才一不小心翻到了这本相册，看到好多你小时候的照片。”云厘起身，想把相册递给他。

傅识则看了一眼，将相册合起，问她：“现在拍视频吗？”

他把相册放到了床头。

云厘的心不安地咚了下，半晌才反应过来：“哦，好。”

云厘随着他到室外，架好相机后录了些室外无人机的场景。操作相机时，云厘默然地抬眼望向他。

他神色淡淡，瞳中倒映着湛蓝的天。

黑色大衣的男人和那个穿着 Unique 队服的少年重叠在一起。

又泾渭分明地分开。

和傅识则在一起前，他如蛮荒中的玫瑰，独处不群，她也同样，遥遥地看着。

相机里的画面几经定格，他动作幅度很小，只有无人机在空中穿梭。

云厘想起了露营的那个夜晚，反光的湖面，孑然的背影。她分明近到能分辨他的体温，却依旧存在不可避免的隔阂感。

"厘厘。"

云厘回过神，傅识则正看着她，无人机已经回到他的手中。

"拍好了，我们去吃饭吧。"云厘不自在道，傅识则"嗯"了声，替她收拾好相机。

二月中旬，气温仍在零下三摄氏度，傅识则给云厘戴好围巾，牵着她的手放到自己的口袋。

他的手心有点凉，不一会儿便焐热了。到门外后，冷风砭骨，云厘裸露的皮肤都冻得失去知觉，唯有手心传来的那点热。

她闷了一天的心情终于好了点。傅识则提前订了西餐厅，在江南苑附近的商都内。

从地面停车场出去，长长的甬道后是斑驳陆离的节日灯光，沿途有人提着篮子卖玫瑰花。

傅识则停下脚步，从里面拿了一朵。

小姑娘果断道："一百元。"

云厘："……"

她还没来得及阻止，傅识则已经直接付了钱。

是戴在手上的款式。

他抬起她的手腕，将她的手从绸带环穿过。

"好看是还挺好看的。"云厘抬起手端详了会儿，虽然那不是她的钱，但从傅识则腰包里出去的，她也心疼。

她抿抿唇，继续道："就是像被收了智商税。"

"……"

这话说出来，云厘或多或少觉得自己有点不识好歹，她找了个合理的理由："在谈恋爱中，智商为零，理科状元也不能幸免。"

傅识则："……"

一点点小浪漫被云厘击破得七零八落，傅识则一言不发往前走。

进商场后傅识则去了下洗手间，出来时，却看见云厘手里多拿了一朵玫瑰。

云厘给他戴上，他没反抗，似笑非笑道："刚才有人说这是智商税。"他顿了顿，"还说我智商为零。"

"你太记仇了。"云厘评价道，"这事都过去五分钟了。"

"……"

傅识则没吭声，轻拉过她的手往楼上走。两朵玫瑰环在两人的手腕上，偶尔会擦到。

吃完饭后，两人回了江南苑，傅识则先去洗澡。

云厘自个儿回了房间，贴着墙坐在床上。

应该……一切正常吧？

云厘发了会儿呆，还想着下午那本相册的事情。

不想沉浸在这种情绪中，她趴到床上给云野打了个视频电话。

少年秒接，一脸臭屁地给她炫耀新收到的明信片。

云野："我在给歪歪发信息。"

歪歪——云厘自动地和尹云祎名字首字母 YY 联系起来，她皱皱眉："她不是没手机吗？"

云野："她哥给她整了个老年机，只能打电话发短信的那种。"

云厘见他摸着下巴思索了许久，半天都没发完短信，不禁道："你发了什么？"

云野："一。"

云厘："什么？"

云野解释道："怕她爸妈查手机，我早晚发个一，代表早上好和晚上好。"

云厘笑了声："太牛了。"

她毫不留情地嘲讽："发个一能发那么久。"

云厘："你和尹云祎待在一块不会觉得自卑吗？"

云野困惑地看了眼镜头。

云厘补刀："她比你好看那么多。"

"自卑我就不会追了，干吗自讨苦吃？"云野不耐烦道，抓了抓自己的头发，将镜头拉远点，"自己看，我配得上她好不。"

"……"

云野的回复打到了云厘的痛点上。

见她一脸抑郁，云野愣了下："姐夫欺负你了？"

云厘重重地叹了口气："我和你姐夫有点距离感，就很多事情他都没和我说。"

"哈？"闻言，云野起身去洗手间，没把这当一回事，"你去问他不就得了。"

"问了……"云厘的表情充满了为难，"我不知道怎么说，你姐要习惯性无助了。"

"不会吧？"云野看向镜头，略带讽刺地笑了一声，像是有点生气，"云厘，你别在家里有骨气，在外头受委屈。"

他耷拉着眼皮，毫不在意她的反应，一脸欠揍的模样："如果是这样的话，我要站老爸那边了。"

"……"

云野已经在刷牙了，牙刷将他一边的脸捅得比平时大一倍，他含混道："你走之前给我冷冻的红烧肉有毒，我今天吃了反胃。"

吐掉泡沫，他埋怨道："感觉不太对劲。"

云厘心里乱糟糟的，直接反驳道："你那是没休息好，少熬夜给尹云祎写明信片。"

云野猜到她心情不好，陪她聊到了睡觉的点。

挂掉电话后，云厘开了直播，事实证明她不该逞强，粉丝很快发现了她不在状态，情绪低落，她只好草草关了直播。

她心情不佳，睡得极不安稳。

半梦半醒中，屋内带进了点月光。

云厘背对着门眯眼，傅识则一直站在门口，过了好一会儿才走到她身后。

云厘闭上眼睛装睡。

她等了好一会儿，再度进入半梦半醒的状态。

手背传来冰凉而又柔软的触感，一路向上，停在那朵玫瑰前——她没舍得摘下来。她迷迷糊糊睡着，不知道他待到了几点。

南芜大学开学早，云厘代表 EAW 负责到大学里进行春招宣讲。

第一次在这种公开场合讲话，云厘紧张了几天，好在傅识则陪着她排练了两三个夜晚。

等宣讲会结束的时候，已经是下午三点多了。

手机有几个未接来电，都是云永昌的。

云厘盯着屏幕许久，才回了电话。

云永昌没怪她没接电话，语气听起来很冷静："我给你带了床春被，在你租的房子门口。"

"……"

这来得让人猝不及防，云厘甚至没收到云野的通风报信。

"哦……我刚下班，我打个车过去二十分钟。"云厘惴惴不安地给傅识则发了条信息。

父女俩见面没有想象中的势如水火。

云永昌提着个大袋子，里面装了两床被子。

云厘咕哝道："我又不缺被子……"

"春被和冬被，南芜比西伏冷。"云永昌板着张脸道，见云厘发呆，他硬邦邦道，"愣着干吗，开门！"

对父爱的感动只维持了几秒，云厘开了灯给云永昌倒了杯水，他语气生硬："还和他谈着？"

云厘点了点头。

云永昌握了握拳，语气不容置疑："让他今晚来，出去到外面吃饭。"

云永昌坚持要自己打车出行，似乎坐傅识则的车就是占了他的便宜。

他冷冷道："我在西伏不缺车。"

云厘知道他接受不了傅识则是南芜人这件事情。

在出租车上，云厘心里乱成一团，她来来回回编辑着给傅识则的信息，想让傅识则多说点会到西伏工作的话，却又觉得不妥。

云厘：我爸爸比较希望我回西伏。

她有一丝难以明说的羞耻。她不想让傅识则觉得，云永昌是难以相处的人。一旦有了这样的考虑，她所有的语言和行动都瞻前顾后起来。

傅识则订了南芜市一家著名酒楼的包厢。

云厘刚下出租车，就看到傅识则在门口等他们。

他的神态平静自若。她忽然放松了点。

云永昌自始至终都没什么表情，客气地问着傅识则。

饭桌上的氛围也还算和谐，直到云永昌突然问道："没在上学了？是什么学历？"

云厘放下碗筷，抢先回答："他在西科大读的本科。"

云永昌"哦"了一声，继续问："不接着读了吗？"

傅识则平静道："在西科大读的博。"

云永昌听说他在西科大读博，表情好了点，毕竟超过半数的西科大毕业生都留在了西伏。

云永昌没被糊弄过去，指出了最怪的地方："你和我女儿同岁，现在还没毕业吧？怎么没在学校？"

"……"

"我休学了。"他的语气平淡，并非在意的口吻。

云厘能明显感觉到，"休学"两个字一出，云永昌的表情都僵硬了。

她觉得一阵窒息。云永昌拒绝了傅识则送他们回去，也拒绝了他的礼物，态度非常明确。

回程的车上，云永昌冷漠道："你这都找的什么男朋友，连书都读不下去。

"是只看中他皮相了？"

见云厘不吭声，他深吸两口气："他父母是教授，我没什么本事，但至少我教出来的孩子还能把书读完。"

云厘受不了他这么贬低傅识则，但又不想在外头和他争吵，咬着唇不说话。

"我见过的人比你吃过的饭还多，这个男孩看着心理就是有问题的。"云永昌絮絮叨叨说了一路，"你不要管他家里条件怎么样，人长得怎么样，他连书都读不下去啊。"

在云永昌那一代人的眼中，生活就是苦的苦，甜的甜，再怎么都要继续。他不能理解有什么问题可以逼到一个人休学。

云厘受不了说了一句"爸，你在外头能不能消停一点"，云永昌才闭嘴。

司机听了一路，下车时还和云厘说："姑娘，这种事情有时候还是要听听长辈的意见，别被爱情蒙了眼。"

回去后，云厘没有和云永昌争吵，无论他说什么，云厘只咬定两句话——

"我和他谈恋爱是我的自由，你别管。

"他休不休学，待在南芜还是西伏是他的自由，你别管。"

她难得表现出如此铜墙铁壁、刀枪不入的模样，云永昌又说了几句后，怒气满腔直接订了当晚的机票回去。

云永昌来去匆匆，却留下遍地凌乱。

他关上门的那一刻，云厘才缓过来。她有一种劫后余生的感觉。

云厘并不害怕云永昌的反对，她也不在乎傅识则休不休学。

最糟糕的结果就是云永昌不喜欢傅识则，她熬个几年，云永昌被逼无奈也只能松口。

坐在沙发上，慢慢地，难过的情绪笼罩住云厘。

她打开手机，从晚饭后，傅识则一直没给她发信息。她输入几个字，又逐字删掉。发了条信息告诉他云永昌走了。

时钟减速行走，到了将近十点钟，她才听到开门的声音。

两人视线交会，傅识则在门口站了一会儿。

他慢慢走到她的身边，俯下身，手托住她的后脑带到自己怀里。

青橙味洗衣液的味道。

明明是最依恋、最具有安全感的怀抱。

云厘鼻子一酸，眼前逐渐模糊。她不理解云永昌为什么要如此霸道蛮横，当面给傅识则脸色看，连基本的尊重都没有。她也不理解傅识则为什么直白地说自己休学的事情，明明蒙混过关就好了。

他这么说，就好像完全不在意云永昌的看法。

就好像不在乎他的反对一样。

傅识则的声音沙哑："厘厘……"

"我爸他脾气不太好，也比较封建，一直想让我留在西伏。"云厘没有打算为云永昌辩解，吸了吸鼻子，"我爸不该这样子，他不了解你，太不礼貌了。"

她犹犹豫豫道："休学的事情其实你可以不说的……"不想让他觉得她在指责他，云厘故作轻松道，"因为很多人不了解你，我就觉得你很厉害。"

傅识则看着她，点了点头。

"我高一的时候看过一个你的视频，是你参加比赛时拿奖的。高考后我还特地跑去西科大找你了。"提起自己的糗事，云厘也不太好意思，"但我没见到你。"

明明是最风华正茂的少年。

支撑她度过了高中最艰难的时光，也曾是她梦寐以求的未来。

"你等一下。"云厘心情好了许多，找来笔记本电脑，播放了那个收藏许久的视频。

在他们重逢后，这段视频她反反复复看了许多次。

视频是多年前拍的，像素并不高，但分辨出曾经的队友并不难。

傅识则看着这些画面，瞬间被抽空了。

他回到了那个讲台，台下人头攒动，人声鼎沸，灯光刺目，转眼这些画面被切割成碎片。他看见那个在宣布获胜后，激动得欢呼，从后抱住他的人，蓦地别开了眼睛。

"不要看了。"

云厘怔了下，关掉了视频。

她觉得他可能是因为云永昌的反对才心情不好。

她无措道："我崇拜了你好长一段时间，当时把你的照片挂在墙上，每天都对着你的照片写作业……"

她执意地想要告诉他，他们很早便有了渊源。

她七年前对他有仰慕，七年后喜欢上他。

她不想两人好不容易在一起，就因为云永昌的反对而分开。

傅识则收了收下颌，没有被触动的模样，心不在焉地听她讲这些事情。

他就像全然不在乎。

他不会因为她七年前崇拜过他而受到触动。

就像不喜欢她的人才会有的表现。

云厘说得兴致缺缺，良久，她说道："我们回江南苑吧。"

两人一路无话。

长期的压抑滋生出了愤怒，到江南苑后，云厘目的性极强地走到他的房间，拿起那本相册继续翻。

一直翻到最后一张照片。

她一点都没看进去。

他那么聪明，他总是掌控着一切，他明明知道自己想了解的东西。云厘无力地握了握掌心，轻声问："你不打算和我说些什么吗？"

傅识则侧头问她："说什么？"

"……"

傅识则毫无情绪："你想我回学校，变回以前的模样？"

诚然，云厘确实想要他回到学校。她不想他沉溺在无边的黑暗中，曾经的光芒万丈变得晦暗无比。但明明她现在想问的就不是这件事。

云厘语气僵硬："对。"

傅识则环着胸，靠着墙壁静默地看着她。许久，他不置可否，只是淡淡道："我知道了。"

他这种语气和眼神就和他们第一次见面时一样，充满疏离。

云厘等着他的下文，等着他告诉她发生过的事情。

他却始终靠在墙边，没有靠近，也没有说话的打算。

深埋着的定时炸弹爆开。

云厘的无力感越来越强，两人之间的隔阂似乎永无消除之日。

为什么她总是被他隔绝在外，努力了那么多次都无法走进他的内心，仿若她是可有可无的。

他不需要她来参与和分担。

她感受不到他对两人关系的重视。

云厘将相册用力地合上，猛地放回到原本的位置上。

她从来不知道自己在傅识则面前会这么粗鲁，她毫不拖泥带水地红着眼睛往外走。

傅识则拉住了她的手腕。

云厘正在气头上，没说话，直接将他的手掰开。

回到房间后，云厘花了很长时间才冷静下来。她难过地坐在床边，看着自己的房门。

…………

水声停了，浴室内雾气腾腾，傅识则将毛巾往发上一置，水珠滴落，他极慢地擦拭了下发。

云厘已经睡了。

他打了个车到附近的酒吧，徐青宋已经在那儿等了好一阵，见到他嗤笑了声："怎么没带上云厘？"

自从傅识则谈恋爱后，徐青宋已经不记得多少次喊他出去玩都没成功了。傅识则不吭声，将黑色风衣脱掉放一旁，身上仅剩件白衬衫，袖子挽到一半。

徐青宋抬眼："吵架了？"

见他不说话，徐青宋脑中试图重现两块木头吵架的场景，不禁道："真是难以想象。"

"……"

傅识则垂眸看着酒杯里的威士忌，连喝了几杯却一言不发。

在他来 EAW 后，徐青宋和他的接触才多了一点，休学的事儿他也知道，或多或少听别人说过他的性格变了不少。

印象中，傅识则完全不在意别人对他的看法。似乎怎么活都是自己的事儿。

旁边的人盯着空空的酒杯，语气酸涩："以前的我，比较好吧。

"她喜欢的也是以前的我。"

凭着这两句话徐青宋已经能猜到大概。

徐青宋和云厘不熟，只是觉得，这种事情也是人之常情。

但凡见过他的风华正茂，只会觉得和当下的阴影突兀不和。

徐青宋沉默了会儿："你现在是觉得失望吗？"

"……"

"谈不上失望，只是觉得对不起她。"傅识则自嘲道，晃了晃酒杯，"不是那个她喜欢的人。"

傅识则不是没想过这种可能性。

毕竟现在的他，有什么好的。

…………

云厘醒来才六七点，她翻身下床，脚穿进拖鞋里。

是傅识则买的情侣拖鞋。

她心里挣扎了一会儿，才走到外头洗漱。

以往，每天睡觉最大的盼头就是，醒来之后可以见到傅识则。

可以在客厅里看见他的身影。

他会站在厨房门口，手里端着早餐，问她："醒了？"

她到洗手间洗漱，看到傅识则的两条信息，是凌晨四点多发的。

> 早饭放在微波炉里保温。热一分钟再吃。
>
> 外婆病重了，我回去陪床。

云厘输入几个字，却停了下来。

外婆还好吗？

她又删掉这句话。

在云厘看来，两人昨晚吵了一架，感情岌岌可危。

她害怕这是傅识则回避她的借口，她不敢开口去询问或求证。

她希望他能多说两句。即便她也不知道，想听到他说什么。

她情绪低落地将微波炉调至一分钟，"叮"的一声在空荡的房子内响起。

心里空落落的，云厘坐在餐桌前，盯着这份早餐发呆。

鸡蛋和吐司，还有一杯牛奶。

云厘犹豫着，还是打算给傅识则发信息问下情况。

一大清早，邓初琦却突然发了个视频过来，还评论道：傅小舅好幼啊。

云厘打开视频，是一段录像。

背景似乎是北山枫林，画面的第一幕是傅识则的眉眼，看起来不过十四五岁，比现在青涩许多。他眼睛向下瞥，镜头随之晃了晃，似乎是在调整角度。

放稳后，傅识则转头问身旁的人，语气无奈："能不能不拍？"

"不行，今天是阿则生日。"站在他身旁的男生比他高出几厘米，轮廓有些熟悉，他笑着把傅识则拉到沙发正中间，旁边似乎是傅识则的母亲，给他戴上了生日帽。

画面中还有另外几个长辈，应该是傅识则的亲人。

男生将蜡烛点燃，有人关了灯，画面中只剩下烛火。风让画面一明一暗，几人开始唱《生日快乐》歌，傅识则虽然一开始表现得抗拒，但吹蜡烛时，还是没忍住扬起唇角。

男生将手机拿起，镜头推到傅识则面前，问他："阿则今年有什么生日愿望？"

傅识则的脸上不知被谁抹了一道奶油，他一脸无语，盯着镜头看了好一会儿，最终却笑了起来："有——

"明年别整了。"

语毕，他笑着用手挡住镜头。

最后几秒是画面旋转了一圈，录像便中断了。

邓初琦：这是夏夏发给我的。

邓初琦：不得不说，傅小舅以前还有点可爱。

邓初琦：现在这么冷，就像被人魂穿①了一样。

---

① 灵魂穿越的简称。

云厘将录像拉回到十秒前，停留在他笑着伸手挡镜头的画面。

他半张脸被手挡住，但笑得弯起的眼尾告诉全世界，那是他完全不需要掩饰自己情感的时候。

云厘回忆起和傅识则在一起的时光，他不常说话，即便是笑的时候，也大多是极为内敛和约束的。

就像他永远被一层淡淡的阴影笼罩着。

她试图一步步走进他的内心，她做了许多努力，接近他，靠近他，但她每一次，都被迫止步。

他不愿意她走进去。

她想起昨晚他冷漠地靠在墙边，她宛若一个陌生人，无所适从。

原来，他也会这么看着她。

这就是他的喜欢吗？

习惯了这屋子里有两个人，云厘吃着吐司，无边的孤独感涌上心头。口中的吐司有一部分浸了水，口感受到很大影响。

云厘回过神，拿纸巾擦掉脸庞上的泪水。她意识到，他可能本来就没那么喜欢她，昨天又见识到了云永昌的模样，可能也没有特别强的和她走下去的欲望吧。

没通知傅识则，云厘打了个车回七里香都。

直到下午，她才想起来回复傅识则：好。照顾好自己。

她逃避性地不再去想他们之间的问题。

好像把头埋起来，这个事情就不会更加糟糕。

笔记本里还有录制的无人机视频和音频，云厘花了几天的时间剪辑，将成品上传到 E 站。

傅识则会给她发微信，大多是交代一日内发生的事情。

他发一句，她回一句。

有时候半夜情绪上来了，云厘也很想不顾一切和傅识则倾诉自己内心的挣扎、对这段感情的怀疑，但往往她输了一大段文字，最终都会删掉。

她不想再来一次，让她反复地确认，他其实没有那么喜欢和在乎她。

傅识则给她打电话的时候，他们会陷入很长时间的沉默。

他们都想说些什么，却都没有说。

恋爱不只是甜的。

恋爱中会有很多摩擦、难过、猜忌和顾虑。

也并非所有人都能在恋爱中学会爱人。

…………

房间中仅有偶尔响起的仪器声。

傅识则望着床上的老人，她两鬓雪白，脸上的褶皱代表岁月的痕迹，斑点遍布的手毫无力气地握住他的手。

他坐在原处，直至监护仪变为一条横线。

傅识则给老人捋好被子。

"我不想参加葬礼。"

留下这句话，他直接出了门。室外三摄氏度的气温，傅识则忘了披上外套，身旁经过的人都像行尸走肉，他自己也是。外婆的离世是早就预料到的，这段时间只是用仪器强行延长了她的寿命。

只是，从小看着他长大的人，如今一个也不剩了。

傅识则从出生起便没有父母的印象，长大了稍微记事点，知道父母在西科大教书，除了睡觉以外几乎都窝在学校的实验室里。

父母无法给予陪伴，他从小由外公外婆抚养。

江渊和陈今平生日是同一天，这个渊源促使陈今平认为两家人很有缘。

傅识则最早的记忆是三岁的时候，那时候江渊七岁，担心他走不稳，牵着他去买路边小摊的石榴。

江渊买了两个，给了他一个。

傅识则从小并不安分，有点痞气，补习班上太多了，但凡有空闲时间就拉着江渊四处游荡和闯祸。

被外公外婆发现了，年长的江渊会揽下所有的责任。

江渊的性格温柔，会用甜言蜜语去哄外公外婆，经常笑着和傅识则说让他多学点儿。

他和江渊同一个小学、初中，他比江渊小四岁，跳级到初中部后，比同级人都小许多，身高也比同级人矮。

两人向来同进同出。那天江渊家里有事，他自己回家，高年级的学生被家里人说比不上他这个十岁的跳级生。

傅识则从小不怕事，没有管对面是四个人，提着书包直接往前走。

几个学生揍了他一顿，把他包里的东西全翻出来，扔到旁边的水沟里。

其实他还挺无所谓的。

反正等江渊回来，二打四，应该比一打四稳妥点。

那是傅识则唯一一次被人欺负，他没立刻告诉江渊。

别人发短信和江渊说了这事儿，他直接从家里跑回学校，把那几个人推到了水沟里。

那也是江渊鲜少的发脾气，冷漠地指责他："阿则，你现在大了，有事情不和我说了是不是？"

在那之后，傅识则什么事情都没瞒过他。

高中时父母要将他接到西伏实验中学，他拒绝了。

留在南芜唯一的理由，就是想和江渊上同一所高中。

后来，两人去了同一所大学，读同一个专业。

他是在江渊的保护下长大的。

从小父母便不在他的身边，外公外婆又与他存在代沟。江渊像他的哥哥，教会他如何处理日常琐事，如何与人相处，如何爱人。

时间久了，他和江渊越来越相似，对方是他的哥哥、玩伴、好友。

高考前，外公去世了。

两年前，江渊和他说了再见。

江渊离开后，这两年的时间，好像是不存在的。

傅识则希望，它确实是不存在的。

今天，外婆也离开了。

所有爱的人离去时，都下着雨。

南芜，为什么总有这么多雨？

傅识则麻木地启动了车子，车海人流，四周的信息高度模糊化，雨在玻璃上粗暴地炸开。

他不能，也不想再失去了。

他想要到她的身边。

他不想给空口无凭的承诺。

只是想要，云厘给他一点时间，他会变回以前的傅识则。

停了车，傅识则喘着气，浑身湿透走到七里香都的门口，抬起手的时刻，就那么一瞬，他突然想起来。

哦，她不喜欢他这副模样。

他不该用这副落魄的模样来见她。

傅识则离开七里香都后，开车到了南芜市公墓，乌云密布，下午三点便像夜晚。

黑黢黢的路上只有傅识则一人。

按照熟悉的路线，他走到他常待的那个位置，照片上的人笑容如初。

"外婆走了。"

江渊不会给他答复。

"我还有厘厘。"

他想起去西伏的那天，时隔一年半，他回到控制学院的实验楼，他到江渊的办公室，发现他的工位已经被替换掉了。

上面工工整整摆着其他人的电脑、笔筒、笔记本、外套。

明明以前有无数次，他进去的时候，看见的是江渊的外套。

没有人记得他了。

他呆滞地走下楼，看不清楚眼前的路，只觉得黑暗绵延不断，刹那间他看见了尽头。

她的脸冻得通红，眼中带光，将卡夹递给他。

原来黑暗里面，也可能会出现光啊。

傅识则重复了一次："我还有厘厘。"

语毕，他又自嘲地笑了声："厘厘七年前见过我。"

他垂眸，背靠着石碑，将自己蜷起来："她想要的，喜欢的，是那个傅识则。

"我不敢告诉她。

"那个傅识则，回不去了。

"我不敢告诉她。"

他喃喃自语，雨水进到眼中。夜阑不醒，他在夜幕的包裹下，忘记了时间的流逝。

发着高热，傅识则回江南苑一下子睡了两天，半睡半醒间总是见到云厘。

傅识则是被疼醒的，腹部在痉挛，如刀割一般，他额上密密麻麻的汗，眼前是医院病房雪白的天花板和白灯管。

因昏睡两日的断食，两年不规律的饮食和酒精在一夜间回报了他。

傅东升见他醒了，连忙起身："你别动，躺着躺着。"

傅识则皱眉："怎么回事？"

"胃穿孔。不是大问题，爸妈给你安排好了，下午做手术。"傅东升安慰道，"儿子，你别怕啊，小手术，睡一觉就好了。"

"……"

傅识则头很重："葬礼结束了吗？"

傅东升点点头，安慰他道："难过是正常的，老人家年纪到了，咱们得接受这个事情。之前你给我发的和厘厘的照片啊，我给外婆看了。老人家应该没什么遗憾了。"

傅识则沉默了会儿，问："现在几点了？"

傅东升看了眼手表："下午一点。"

隐隐约约记得倒下前是凌晨，傅识则问道："今天几号？"

"26 号。"

——过了两天。

两天没有跟云厘联系。

傅识则唇色发白，问他："我手机呢？"

"儿子，能不能先治病……"

"手机。"

傅东升无奈地去旁边的包里翻了翻，拿出他的手机。开机要等十几秒。等待过程，傅识则的五指掐进了自己的腹部。

开机了，他立刻切到和云厘的聊天界面。

昨天早上的信息。

云厘：我弟生病了，我现在回西伏，你能陪我一起回去吗？

没有新的信息。

"爸，手术晚点做吧。"傅识则抿着唇试图起身。

撑直身体的时候，剧烈的疼痛让他全身再度弓成一团。他的身体往一旁侧倒，吊瓶被他扯到地上爆裂成碎片。

…………

这两天南芜下了大暴雨，黑压压的云闷得人喘不过气。云厘宅在家里，做着她看不懂的题目。

南理工已经开学了，这学期的课比较多，也比较难，第一周的课程她就有些跟不上。

如果傅识则在的话，应该会好很多。

云厘做题做累了，盯着旁边的空座位，发了会儿呆。

下雨的这两天，云厘没收到傅识则的微信和电话，她主动发了几条信息，傅识则也没有回。

她心里难受，但也觉得很正常。就好像，一切就应该这么发展。

傅识则没有来找她，应该是想分手吧。

她不知道一段恋爱走到尽头是什么样子的，毕竟她没有试过。

她也没有主动找他。

她好像也有点累了。

云厘吸了吸鼻子，继续做题，她努力地让自己的生活正常，似乎能欺骗自己，一切都是好的。

杨芳给她打电话的时候，云厘正绞尽脑汁和一道题目搏斗。

杨芳的语气有些焦急："你弟弟昨晚开始发高热，三十九摄氏度，吃了药怎么也没见好啊？"

她的脾气软，遇事也不会处理。听这语气，云厘也没太当回事，她每隔一两年也会发一次烧："他这年龄了还能烧成这样，赶紧去医院挂个水退烧。"

"烧得稀里糊涂的，说话都不利索了，就一直在数数，一直咕哝着一、一、一。"杨芳的语气着急，"我让你爸赶紧回来吧，我架不起来你弟弟。"

云厘安抚了她几句，云永昌便到家了。

云厘挂了电话，放下手里的笔。她的思绪停住，想起之前几次电话，云野皱着眉说身体不太舒服。

不过半个小时，云永昌发了条短信：回家。

简单的两个字，没有任何解释，更像是没有时间去解释。

云厘不由自主地颤抖起来，从椅子上站起来，屏着呼吸颤着手点开订票软件，频频按错几次后，订了最近的一班飞机。

加载的时间缓慢，订票的每一道程序都像被无限拉长。云厘拿上身份证，其余什么物品都没带直接出了门，冷风没有给她带回丝毫理智。

无论两人之前闹了什么矛盾，这种大事发生的时候，云厘还是希望傅识则在自己身边的。

云厘连着给傅识则打了几个电话，他都没有接听。她匆匆编辑了条信息发过去，便打车到南芜机场。

无以言表的恐惧笼罩在云厘的心头。

明知道现在应该理智，她的脑海中却不停地闪过各种可怕的可能性，还不停地出现云野和她说话的场景。

直到上飞机，傅识则都没有回信息。

飞机刚落地的时候，云厘已经重新连上了网络，见到云永昌的短信，云厘大脑一片空白。

签了病危通知书。

慢慢过来，不要急，现在在人民医院急诊室。

云厘到医院的时候，云野已经转到了住院部。医院只允许一人陪床，杨芳哭得厉害，医院破例让云永昌和杨芳在里面待着。

云永昌出来告诉云厘，说是胆囊炎转急性胰腺炎，加急的手术安排在明天傍晚。杨芳还不能接受现实，不肯出来。

云厘坐在医院的长廊，茫然地看着来回走动的人，眼眶里持续涌出的泪水让她视线模糊。她有种不真实的感觉，总觉得云野现在应该还在学校里，而不是躺在里面的病床上。

她突然想起，想起云野和她说过了。

云野说了他不对劲。

她没有在意。

她明明可以更早发现的。

以前每次她稍有不舒服，云野都会拽着她去医院。

极大的负罪感和无助感涌上她的心头。

饭点，云厘去楼下买了盒饭，送给云永昌和杨芳。云永昌看起来老了十岁，眼眶通红："回家待着吧，明天手术再过来。"

"爸，我知道了，有什么事情你们给我打电话。"

"嗯。"云永昌应了声便回了病房。

从住院部大门这边能看见云野的房门，云厘想象着云野会突然好起来，自己走出来，还会毫不客气地嫌弃她的丧气脸。

然而都是陌生人的影子。

云厘忍不住上网查这个病，看到死亡率有10%的瞬间，她崩溃地伏在膝盖上。她不敢想象最坏的情况，也不敢回家，担心半夜云野病情加重，她连最后一面都见不到。

从来没想过，云野会跟"死亡"二字沾上边。

缩在医院的长廊上睡了一晚。担心错过消息，她手机一直开着声音。

西伏不冷，但夜间十摄氏度左右的气温也凉得人难受。云厘半夜醒来的时候，看着长亮的灯，周围一个人都没有。

她翻开自己和傅识则的聊天界面。

突然间，云厘很难过，两人冷战了这么久，感情濒临破裂。可她现在，真的迫切地希望，傅识则能在她的身边。

第二天清早，尹昱呈给云厘打了电话，她不想接，对方却坚持不懈地打了好几通电话。

接通后，说话的是尹云祎："姐姐，云野以前每天都会给我发一条短信，这两天他没给我发，也联系不上他。我想问一下，云野最近有什么情况吗？"

云厘沉默。

沉默通常代表着坏消息。

"可以告诉我吗？"尹云祎声音带了哭腔，"姐姐，我们说好了暑假要见面的，他是不是出什么事了……"

她情绪失控，电话被尹昱呈接过，他问道："是发生什么事情了吗？"

云厘简短地说了下云野的情况。

在医院的过道惊醒的时候，云厘才发觉自己已经睡了一段时间。尹昱呈给她发了微信，他们下午两点的飞机到西伏。

两人到的时候，尹云祎的眼睛已经哭得红肿，念着云野的名字，云厘失神地揉了下她的脑袋。

云厘无言地坐在角落的椅子上。

尹昱呈走到她面前蹲下，安抚道："不要太担心。急性胰腺炎是很常见的病，送医及时，手术会顺利的。"

云厘没听进去他的话，她低声道："你陪着云祎吧。我想自己待着。"

尹昱呈没再多说，给她放了瓶水，便坐回到尹云祎身边。

云野的手术如期进行，做手术过程中云厘收到傅识则回复的信息。

厘厘，我这儿有些事情，过几天去找你。

云厘心里紧绷着一根弦，等待着手术结束。

手术顺利，云野人还未清醒，但医生说已经脱离了生命危险，云厘松了口气。

第二天白天才能探视，尹云祎不愿意去酒店过夜，坚持待在医院这儿等着。

云厘坐在椅子上，往旁边看，尹云祎头枕在尹昱呈的腿上，小姑娘觉得冷，身体缩起来，盖着尹昱呈的外套。

云厘讷讷问道："云祎过来，叔叔阿姨知道吗？"

"怎么可能。"尹昱呈摸了摸脑袋，"她在我跟前哭好久了，我心疼我妹妹，和父母说的是带她去民宿玩了。"

"从小云祎养尊处优，没想到这会儿为你弟弟这么能吃苦。"尹昱呈瞥了眼铁制的椅子。

她和云野不是情侣，只是彼此有好感。

紧绷的那根弦断了，云厘有些崩溃，她起身，走到长廊的尽头，是个楼梯间。

里面没有光，她走进去，傅识则这个晚上给她打了十几个电话，她守着云野的手术，都没有接到。

云厘给他回了电话。

对面立刻就接通了，是久违的，却让她感到极为陌生的声音："厘厘。"

他的声音很轻，似乎没什么力气。

为什么，他不能像尹云祎一样，直接来找她。

为什么，一直以来，他就不能多喜欢她一点。

眼眶湿透，长久以来的积怨试图找一个爆发点，她有满肚子的不满、难过和痛苦想要让他知道。

但最后她什么都没说。

她不打算指责。

她只说了一句——

"我们分手吧。"

"……"电话对面是长久的沉默。

每一个字，都透过电话，重重地打在傅识则的身上。

似乎是云厘的错觉，他的声音似有若无地颤抖，傅识则问她："是因为我没有过去找你吗？"

云厘硬着心肠说道："有这个原因，也有别的。"

"……"

四周静悄悄的，只有偶尔传来的风声、噪声。

云厘以为他会进一步追问。

但良久，只有微不可闻的一声——

"好。"

新旧矛盾累积在一起，云厘口不择言，在打电话前完全没想过要说什么，那更像是她一时冲动下做出的反应。可她没有想过，傅识则会直接同意。

云厘呆愣地挂掉了电话。

她走回长廊，尹云祎醒了，抽抽搭搭地说着自己做了个噩梦。

云厘感觉自己也像是做了一个很长很长的噩梦。

尹昱呈看了云厘一眼，将自己的围巾递给她："你也休息一会儿吧。"

云厘摇了摇头。

她一夜无眠。

半夜，她被楼道的脚步声惊到时，才后知后觉地反应过来。

她和傅识则，分手了。

…………

云野一大早就醒了，从发病到手术的整个过程，他几乎没有印象，发蒙地看着自己所处的位置。

尹云祎进来探望的时候，眼眶仍是红的。云野故作轻松，把关注点全放在上次收到的明信片上。

见云野还算有精神，云厘放松了一些。

他还需要住一周的院，尹昱呈和尹云祎回了南芜，云厘来陪床。

云野年轻，恢复得快，过了两天便让杨芳把家里的练习册抱过来做题，云厘有些无语："你就不能好好歇着？"

云野和她相互嫌弃："我要考西科大的，别烦我。"

云厘看着他："别再生病了。"

云野已经听说了过程的凶险，低着头道："知道了。"

少年做题时，云厘会撑着下巴出神，不自觉地去想在南芜的傅识则。

云厘拎着杨芳送的粥回去时，云野正尝试下床。

云厘将他往床上一摁："待着。"

"我都要长痔疮了。"云野不满道，抬头看见云厘憔悴的模样，又闭上了嘴。

云厘拆开饭盒，是粥，还滚烫着。

她舀了一勺，吹了吹送到云野唇边。

"……"云野嫌弃地往后退，"云厘，你是我姐，不是我妈，我自己喝。"

云厘忍了几天了，见他这脸色好得很，往他脑壳上毫不留情地敲了一下，又开始絮絮叨叨。

"云厘。"云野打断了她，"你什么时候回南芜？"

"干吗？"

"吵死了，你去姐夫边上念叨，我需要安静的康复环境。"云野话一出，云厘的脸色就丧了下去，他愣了下，问，"你怎么了？"

云厘故作不在意道："和你姐夫……前姐夫分手了。"她强笑道，"没多大事儿，你照顾好自己就行。"

"哦。"云野过了半晌才反应过来，"分手？谁提的？"

云厘："我提的……"

"哦。"云野的勺子在饭盒里敲了几下，过了一会儿，他不可置信地问道，"你不是追了人家七年吗？"

"以前的哪能算，追人归追人，分手归分手，这是两码事。"

"为什么分手？"云野满脸不理解，"姐夫不是对你挺好的吗？"

他补充道："对我也挺好。"

"……"

"你别管。"云厘不耐烦道，"他没那么喜欢我。我们俩的问题也不是一天两天了。"

话说到这儿，胸腔就像是被重重打了一拳，她声音小了点，红着眼睛试图说服自己："感情分分合合很正常。"

她抬眼望向云野，控制着自己的表情，手背擦拭着脸颊边不受控流下的泪水："很正常的，对吗？"

时间太短了。

短到她还觉得，情绪还未消化半分。那些痛苦，还历历在目，像是昨天刚发生过的事情。

云野也沉默了。云厘是姐姐，在他面前一直很强势，在外头保护他时也从未软弱。这种时候，他不知道怎么安慰她。

他像小时候一样拉住云厘的手，安慰道："姐，不要难过了。

"你还有我呢，你和尹云祎并列第一。"

…………

长时间没回南芜，自动喂食器的鱼粮空了，几条小金鱼也离开了人世。

两人的聊天记录停留在那一通分手电话上。

云厘：我明天下午两点到江南苑取一下我的东西。
聊天界面上，一直呈现"输入中"，几分钟后，却只有一个字：好。

到江南苑，云厘只带走了和傅识则完全无关的东西。

离开的时候，阳台很干净，只孤零零放着一把椅子，她把钥匙留在了上面。她删除了所有和傅识则有关的联系方式，删除了他们的合照。

EAW 的实习也结束了。不顾押金，云厘退掉了七里香都的公寓。

这个公寓里有太多回忆。

打包行李的时候，云厘才留意到，很久以前塞在沙发里的合照，观众席上，他望向她，满脸的不驯，而她则局促不安。

莫名地，她将这张合照塞到了笔记本里。

床头那个兔子气球已经没气了，瘪瘪地垂落在地板上。

回想起那个万圣节，他将她拉到自己身后，她好像重新看见了那双眼睛。云厘鼻子一酸，看了最后一眼，便带上了房门。

邓初琦赶上最后一批申请，收到了英国某个学校的硕士 offer，她提前到英国做研究助理。

这个契机也让云厘想起了自己的导师曾经说过的话。

海外交流的手续很顺利，经导师张天柒搭桥，她将去英国的高校交流一年。

一如既往，云永昌反对，她好声劝说无效后干脆置之不理。

云厘在南芜待到了七月。

偶尔快递员敲门时，她会产生一瞬的错觉。

也许他向其他人问到了她的新住处。

也许他来找她了。

七月中旬，云厘到英国后租了个房子。

邓初琦和她在不同的城市。

她独自在这座陌生的城市与各种陌生人打交道，她心中仍有恐惧和抗拒，但也并无退却。

在异国他乡生活不易，她常会打开直播和粉丝聊天。粉丝换了一轮又一轮。几个死忠粉会定时出现，包括先前看见的那个 efe。

鬼使神差地，云厘打开了 efe 的主页。空空的，标注的无性别状态。

时间久了，两人慢慢成了朋友，efe 也伴她度过了在异国最难熬的一段时期。

几个月后，efe 说给她寄明信片。

她陆陆续续收到些明信片，都来自西伏，她一眼辨别出不是傅识则的笔迹，而且他应该在南芜。

也是呢。

距离他们分手都半年了。

云厘觉得自己异想天开。

云厘早出晚归，将全部的精力都放在学业和 E 站的视频更新上。

那天从实验室回家，云厘把饭盒拿到微波炉里加热。等待的时间里，云厘还在看当年那个风靡一时的帖子。

近期它重上了热榜。

这是很久前的帖子了，但还有源源不断的新评论。

她看着视频里的少年。

不知不觉，云厘也点开了回复框。

迟疑半天，终于下定决心，开始字字斟酌，敲下一行字。

像在安慰其他人，又像在安慰自己。

——所幸我足够勇敢，至少与月亮碰过面。

"哪有人敢删你微信啊。"

"嗯。她删过两次。"

第十三章

还有机会吗

天色熹微，热浪覆满地表。七八月正处于西伏最热的阶段，适逢近几年最高温，云厘楼上楼下来回奔波，身上黏糊糊的全是汗。

今天是云野上大学的日子。

距离云厘从英国回来，已经过了两月有余。

云厘擦了擦额上的汗，将云野的行李扔到后备箱。堆堆兴奋得直摇尾巴，跟着姐弟俩前后奔跑。

云厘数着清单上的东西："应该没缺什么了吧？"

"我去上学，又不是逃难。"云野不住吐槽，云厘给他收拾的东西足以让他去荒野求生了。

见她嘟囔着"好像没奶粉"往屋里头走，云野连忙把她拽了回来。

"咱们快点，别让歪歪他们等。"云野把云厘推到驾驶座边，自己往副驾驶走。

他眼一瞥，往前走了两步，又停下，转头问她："你就这么出门？"

"嗯。"云厘低头随意扫了眼自己的穿着，"怎么了？"

"没怎么。"云野耸肩，"尹云祎她哥也在的。"

云厘这才察觉自己只穿了紧身短 T 恤和超短裤，这一年，她的穿衣风格有了极大的变化。

她慢一拍地"啊"了声，随后把牛奶袋递到云野的面前："拿着。"

云野没动静。

云厘催促："快点。"

云野稍稍皱眉，神色略显不耐烦，但还是接了过去。她看不惯他这模样，盯了他三秒，忽地用力敲了下他的脑袋。

这一下猝不及防，云野有些恼了："你干什么？"

云厘没吭声，又给他来了一下。

"……"没事找事，圣人都忍不了。但瞥见她面无表情的脸，云野忍了忍，还是决定让步："你有什么事情？"

安静片刻。云厘表情舒展，收手："没什么。"

云野唇线抿得很直。

云厘眼角下弯，理所应当道："把你打回原形。"

"……"

回到房间，云厘翻了翻衣柜。家里的衣服要么是她从英国打包回来的性感风格的，要么就是实习阶段穿的，古板得很，她勉强找了件中规中矩的白 T 恤，却还是不太满意。

云厘换了衣服，重出房门。

云野不爽地把牛奶袋递回给她："拿走。"

"唔。"云厘含糊应了声，盯着他身上的短袖外套，语速慢吞吞地说，"你这衣服谁给你买的？"

云野没回答。对视三秒，他懒得跟她对峙，朝她抬了抬下巴。

云厘往他袖子上摸了一把，琢磨须臾，冷不丁说："脱下来。"

云野："嗯？"

云厘："让我试试。"

"……"

从家里开到西伏机场的这一段路，沿途修了不少新建筑，上次开车经过这儿还是一年半前她去机场接傅识则。转眼间云野都上大学了，今天是西伏科技大学的新生报到日。

云厘六月底从英国回来的时候，云野和尹云祎刚出分数。少男少女的梦想成真，两人分数都超了西科大的线不少，报了通信工程专业。

云野一直嗑着笑在玩手机，云厘瞅他一眼："你告白了没？"

"呵，你弟才不需要告白。"云野臭屁道。

"老爸今天怎么不送我去？"云野问道。

云厘"呵呵"了一声："你还有脸说。"

填报志愿后，云野打着学车的名头跑到南芜去，在那边待了一两个月，和尹云祎一块儿拿了驾照。

云永昌开着那么大一个驾校，云野明面上应允着过去，私底下学着当年云厘的做法来了个先斩后奏。云永昌被他气得半死，估计下一步自己儿子要给别人家当上门女婿了，憋屈了好一段时间。

云野在南芜逍遥自在，日子过得莫不美好，将这烂摊子留给了她。她每天实习累得半死，回家还得对着云永昌的臭脸。

夏日的西伏镀了金光，矗立的高楼星罗棋布，热气绵延至无尽。

云厘停好车，云野一摘安全带就想往外冲。云厘拽住他往便利店走："去买水。"

云野嫌弃她耽误时间："你在家不是喝过了？"

"给我未来弟妹买的。"

云厘也不知道从什么时候开始，学会了处理这些人情世故。在英国无依无靠，她的口语不行，生活上有许多不方便的地方，大多时候是与当地的留学生抱团。与他人相处的习惯基本照搬傅识则的，按照他的套路来便不会出错。譬如，这个买水，以前每次出门，傅识则都会给她备一瓶水放在杯架上。云厘一开始没留意，分手后才想起这些细节。

在出站口见到兄妹俩。尹昱呈提着两个大箱子，穿着休闲西裤和白T恤，尹云祎一身白色长裙，烫了个微卷，化了淡妆。

上次见尹昱呈是去年七月的事儿了。当时，云野事先拜托了尹云祎，让尹昱呈送她到南芜机场。尹昱呈走到她身边，和她打了个招呼。

上车后，云厘驾轻就熟，导航到西科大。

这一段路也曾开车来过。她走了一下神。

尹昱呈坐在副驾驶上，问她："回来多久了？"

云厘随口应道："两个多月。"

"是明年毕业吗？最近不用回学校？"

云厘："实验做完了。我在这边把毕业论文写一下，明年再回去答辩。"

"以后打算留西伏工作了？"

云厘愣了下，"嗯"了声。

她的家人都在西伏，她好像也没必要去别的地方了。说来好笑，她总是在反抗云永昌的命令，甚至跨洲到几千公里外的英国去留学，最后却还是自愿地回到了西伏。

两人有一搭没一搭地聊了一阵，尹昱呈望向云厘。

她套着件宽松的短袖，看起来像个大学生，说话柔和自然，褪去了当初的局促和腼腆。

"在英国过得怎么样？"

云厘微微握紧方向盘，平静地回应道："挺好的。"

顺着指示牌，云厘把车开到了报到点，在西科大的体育馆。两侧停满了车，四处是拉着行李箱的学生和父母。

"你们去报到吧，我去找个地方停车。"

尹昱呈迟疑了会儿："我陪你去停吧，现在车多路窄，不太安全。"

"没事儿。"云厘笑了笑，礼貌而客气地拒绝，"云野和云祎可能不太懂，你陪着他们吧。"

尹昱呈没强求，等他们都下车后，云厘沿着体育馆的外圈缓慢地开着。路侧支满迎新的易拉宝和帐篷。绕了一圈没找到停车位，云厘正准备换个方向，余光瞥见旁边的易拉宝，心跳忽然停了一下。

浅蓝底板印着深蓝介绍字样，顶端用放大的黑色字母印着——

"Unique"。

她顺着易拉宝往前看，是几顶普通的帐篷，基本是手机卡业务办理。

云厘收回视线，车子已经换了挡，她盯着中控台看了一会儿，又忍不住，扭头往外看。

侧边有一顶蓝帐篷，几人穿着黑色短袖，胸前佩戴着月亮形徽章。其中一人高高瘦瘦，倚着桌子。其余几人围着他说个不停，他垂眸操作着手里的无人机，偶尔侧头应两句。

说着说着，他笑着抬头，半空无人机的光影掠过他的脸。

云厘下意识地把车窗摇上去。

她怔怔地看着那个方向，是视频中的少年，长开了的五官更为硬朗锐利，气质依然温润。小粉丝找他签名，他随手一签。旁边的人起哄，他也扯开一抹很淡的笑。

"哔——"

后车鸣笛催促。

云厘回过神，将车掉头驶离，心中像是积了些情绪，她六神无主地在校园里兜圈，终于找了块空地停下。片刻，她才发现车子还在嗡嗡振动，自己忘了熄火。

是他。

分手之后，云厘逼着自己从早到晚工作，才能在空隙时即刻入睡。

不必再想起他。

一年半过去了，记忆中的人脸、温度、触感都渐次模糊。

以为再也不会见面了。

云厘盯着杯架中的水。

真好啊。

他又恢复了以前的模样。她心中涌出点点酸涩。

而她，只是在他从神坛跌落的那段日子里，碰巧遇见了他。

云厘没有步行回体育馆。她思忖了会儿，重新启动车子，打开空调。炎炎夏日，往来人流在她眼前穿梭。待在车上，这样就不用碰见他了。

似乎也没有见面的必要。

云野打电话来催了，手机振动了许久，云厘才回过神接听。云野那边很吵："你怎么还没过来？我们都报到完啦！"

云厘草草打发了他："等会儿，我开车过去。"深吸一口气，她将车子往回开。

瞥见路边尹昱呈的身影，云厘停下车子。他先钻到副驾驶上，才过了半个多小时，能看见酷热下他额头上出的汗。

尹昱呈接过她给的纸巾，擦了擦汗："外头太热了。云祎和云野少拿了份文件，等一会儿吧。"

"嗯。"云厘漫不经心地应了声。

云厘的指腹在方向盘上擦了擦，她发信息给云野催促了一下，有些焦躁地往后靠着。

察觉到她的异常，尹昱呈问道："怎么了？"

"没什么。"她笑了笑。

一抹红黑交加的影子迅雷般从她眼前掠过。接着，有一架无人机像吸满血的蚊子一样，慢悠悠地在挡风玻璃前飘着。

"……"

刚钻进后座的云野看见这无人机也有点蒙："姐，你撞了别人的无人机吗？”

"……"云厓轻摁了下喇叭。

那无人机似是接收到了指令，慢慢地往右侧飞。

云厓心里越着急，这无人机故意似的飞得更慢。她的视线跟随着无人机，只想等它飞到安全区域便立刻开车逃离这个地方。

抬眸的瞬间，离得很远，她和傅识则的视线对上。

仅一霎，云厓别开目光，启动了车子扬长而去。

云厓没有告诉任何人遇见傅识则的事情，也没有费力去打听后来的事。

回去后，她发了一会儿呆，又投入到工作中。生活的忙碌不允许她将心思沉溺在过去的事情上。更何况，现在，于他们俩而言，只不过是诸多陌生人中，匆匆的一瞥罢了。

自从实习后，云厓的生活简单得离谱，早八晚五，回来吃个饭、洗个澡、整会儿视频便可以入睡。

"我不是补选上了两门控制学院的通识课嘛，教材要自己买，我寄家里去了，今天上课就要用啊，在快递站，你帮我送过来呗？"

云野打这通电话的时候，是云厓难得的调休时间。

她叹了口气："云野，你能不能成熟点？能不能不要压榨你姐？"

话虽如此，云厓还是去了驿站将这个包裹拿上。假期被打断，她心里不悦，恰巧云野又频频发短信来。

刚坐进车里，她皱着眉打开手机。

云野：这个实验楼我不熟，你到教学楼 E 座，我们要上课了。

云野：我座位在里头，不好出去啊。

云野：你还没来吗？

云厓忍着火回复：你五分钟前才通知我。

启动了车子，云厓直接驱车前往西科大，刚到学校里头，云野又发了几条信息。

云野：算了，我问下助教怎么办吧。

云野：我在群里加了助教，我把他微信给你，你帮我给他。

云野给她推送了个名片。

——F

云厘表情一僵，打开名片看了眼，现在她只想将时间倒流回出发前。

云厘毫不犹豫而又十分抗拒地给云野回了短信：添加失败，算了，下回你自个儿拿吧。

云野：别啊，我把你名片推给助教了。

"……"

云野：OK，助教说加了你。

！！！

微信上果然多了个小红点，对方打招呼的内容也简单：我是控制工程基础课的课程助教。

云厘在原处僵持了大半天。

她看了眼自己的头像。

嗯，换过了。

昵称。

嗯，也换过了。

账号。

哦，是微信初始生成的无序账号。应该，认不出是她。

云厘原以为去英国磨炼了一趟，处事方面能自如一点，这会儿她觉得又回到了以前局促不安的状态。她垂眸，万分无奈地通过了好友申请。

云厘没有主动发信息，事实上，她希望对方最好也别发。

世事偏偏不如她意。

几分钟后。

F：云野让我帮他拿一下书。

云厘反应过来，她在这儿傻乎乎纠结半天，但傅识则知道云野的名字啊。摇下车窗，云厘想吹会儿风冷静一下，迎面的热意提醒她这是夏天。他们分开的时候是初春，那天还是零摄氏度以下的气温。

最后一次见面极不愉快。一通电话，两人就彻底分手了。

云厘第一反应是推托，她盯着屏幕看了好一会儿，来来回回输入拒绝的句子——

　　不好意思，车抛锚了。
　　不好意思，忘带书了，云野说他下回到家里拿。

在屏幕上反复敲击拒绝的语句时，云厘想起去年，直至离开南芜，她心底都隐隐幻想着有一天。傅识则会重新出现，一如既往地抱住她，轻声道："厘厘，别不开心了。"

那时候她是很希望能再次见面的。

然而幻想终是幻想。

手机一振。

F：我在控制学院门口。

云厘删掉了拒绝的话语，抛开脑中那些乱七八糟的想法。

都是成年人了。那些事情——只不过是这世界上的两个人，在很短的时间内，存在过的纠葛罢了。她没必要那么在意。

她深吸一口气，告诉自己，她已经不在意了。

云厘往控制学院的方向开，到最后一个拐角时，她找了地方停下。低头看了眼自己的着装，扯齐了点，抚平衣褶。将棚顶的镜子拉下来，仔细打理了会儿自己的发型，抹了层日常的奶茶色唇膏。

车子四平八稳地接近控制学院，远远地，一簇黑影立在路边，随着她徐徐靠近，光线渐进充足。

傅识则斜靠着灯杆，套着件短袖白衬衫，穿着条藏青休闲裤。

她的车速更慢了点。

对方察觉到车子的到来，侧过头。

时隔一年半，眼前的人很陌生。傅识则扯开个淡笑，手插兜里，慢慢地走到主驾边上，从车里能看见他轻松地立在那儿。

云厘摇下车窗，被对面来车的灯光晃了一下，她闭了下眼，再睁开，对上他的视线。

他眼角微弯，带点笑意和张扬，眸中是属于那种大男孩的澄澈。他低头，唤道："厘厘。"

声线中的柔和与以前相仿，却又有什么东西截然不同了。

云厘愣了下，将副驾驶上的书递给他："麻烦你了。"

"嗯。"傅识则随手接过，问道，"你还好吗？"

云厘怔了怔，一时分辨不出他问的是什么，她抿了下唇："我挺好的，在实习了。"

"嗯。"他目光转向一侧的咖啡小屋，"喝点东西？"

云厘察觉到他是想要谈一下。从她删了他、将他们所有的关联都置之脑后的那一刻起，在她的预设里，他就是彻彻底底的陌生人了。

云厘不想有其他接触，客气地拒绝道："不了，我还有事情要忙。"

傅识则拿书的手一滞，没有被拒绝的不悦，安静地点了点头。

他原本已经后退了一步，却又开口问道："教学楼离这儿有点远，能捎一下我吗？"

他扬了扬手里的书："赶上第一个课间把书给云野。"

云厘看着他干净的双眸，说不出拒绝的话，确实是他们麻烦了别人。

听到车门解锁的声音，傅识则自若地上了副驾驶，系上安全带，礼貌道："谢谢。"

云厘启动了车子，茫然地在学校里开了几百米，旁边的人上车后便靠着座椅，神态闲散地看着前方。

一副她怎么开都事不关己的模样。

原本不想说话，云厘不认路，只能说道："你指一下路？"

"尽头右转。

"第一个路口左转。

"尽头左转。

"第二个路口右转。"

云厘先前都没发觉西科大有这么大。她顺着傅识则的引导，开了好长的几段路。傅识则每过一会儿，便淡定地告诉她怎么开，他语调懒散，听不出撒谎的痕迹。

十分钟过去，还没到教学楼。

云厘有点怀疑了，忍不住问道："大概还要多久？"

他侧头看了她一眼："到了。"

外头是一条长廊，上面全是建筑。

云厘停了车，等了好一会儿，他都没下去。云厘不知他还待车里干吗，提醒道："到了。"

傅识则像个叛逆的少年，没有听懂她话里的暗示。

"这么久没见了。"他把玩着手里的书，抬眸望向她，"你不想聊一聊？"

"……"

见她不吭声，他笑了笑："不想的话，就算了。"

云厘一顿，迟疑片刻，问他："聊什么啊……"

问题反弹给傅识则，他的手指在书上敲了敲，似乎是认真地思考着这个问题。

时间一分一秒过去。校园的音响播放了下课铃声。

听到铃声，傅识则随性道："我也没想好。找个时间再聚吧，我先把书拿给云野。"

语罢，傅识则径直开了车门，回头和她对视一眼便走到教学楼里。

云厘看着那个背影，她绷直的背松懈下来，如获新生般贴在靠椅上。片刻，她弯下身子，傅识则没有丝毫不自然，把她当成了一个许久未见的老朋友。

他是真的放下了。

在车里发了好久的呆，云厘才想起今天是星期五，给云野发了条信息：书给你助教了，今天要回家？

云野：回吧。

云野：我还有四十分钟才下课，你等我一块回去吗？我自己的话就明天坐公交回去。

云厘：行吧。

在学校里也没事，云厘看了眼傅识则消失的方向，开了个导航，掉头往控制学院开去。

找了个地方停车。云厘按照记忆里的路径往大楼里走，她顿足。

如她所想，门口的屏幕和海报都有傅识则的痕迹，与上次不同的是，这都是近期发生的事情。包括 Unique 战队在无人机设计赛上获一等奖，以及他近期几项重要的科研成果和专利。

她看着海报上的人，回想起刚才见到的他，产生了一种极不真实的感觉。

"隔壁实验室那个傅识则又发了顶刊。"

"我听说他是高考状元，本科到博士阶段年年拿国奖的，好像是高知家庭吧，没法比的。"

"不过吧，也羡慕不来，他师弟说他是卷王①，每天六点半准时到实验室，晚上十二点才走，周末也在的。能有这么自律我早拿国奖了。"

"听说是单身，我们实验室的师妹想追他。"

"哦，我们实验室的师兄也想追……"

楼梯口有人在聊天，云厘没听下去，转身离开了学院。看到的、听到的话都像催化剂般，让她回想起昔日的朝夕相处，那个和她亲亲抱抱说着情话的人。

云厘的胸口闷闷的。在教学楼外侧找了个角落停下，云厘给邓初琦打了个电话，一股脑将近期遇到傅识则的事情都说了。

"就是有种很不真实的感觉，他就像换了个人一样。"云厘喃喃道，"与其说当下的他不真实，倒不如说，相遇的那大半年，才是不真实的。"她只是侥幸地偷走了他一部分的时光。

---

① 网络流行词，即内卷的胜出者。

远洋的邓初琦正在吃午饭，语调上扬："你说得他好像被人魂穿了。他现在混得挺好的啊，你没想过复合吗？"

"……"云厘停顿了会儿，欲盖弥彰似的说道，"没有，我不喜欢他了。"

邓初琦长长地"哦"了一声。

听出她语气中的怀疑，云厘解释道："我和他也不适合。而且这会儿说复合，他可能会觉得我在巴结他吧。"

云厘想继续说些什么，抬眼却看见傅识则从楼上走下来。

她和邓初琦简单聊了两句便挂掉电话。

车被草丛挡住，从她这个角度能看见教学楼拐弯的两侧：一侧的外周是校内湖，另一侧往外走是校园马路。

傅识则到一楼了，他神情淡漠地往旁边看了眼，便走到长廊尽头，环着胸倚着石柱，静默地看着前方的湖水。

云厘一眼看见他苍白的肘弯。视线移到他的侧脸上，点漆的瞳仁冷然锋锐，带点血色的唇轻合着，白衬衫罩着的身形瘦削。从头到尾带着与世隔绝的气息。

傅识则在那儿待了二十多分钟。

下课铃声响起的时候，学生嘈嘈杂杂、陆陆续续从另一个走廊走下去。没有人留意到拐过一个角落形单影只的他。

他像是听不见外界的声音，眼睫下垂，从口袋中掏出几粒碎石，抛到湖面上。她想起刚才他下车时那随性的一笑，与现在的画面格格不入。

云野打电话来催，云厘来不及多想，直接发动了车子开到马路上。

云野在人群中很突出，高二后他的身板倏地蹿到了一米八二，而且和云厘一样，他的眼尾带点英气，不笑的时候会让人感觉桀骜不驯。他将书包丢到后座，坐到副驾驶上。

人群里还有几个女生盯着他们的车。

"你还挺受欢迎啊。"云厘随口道。

"嗯，收了不少情书。"云野看着云厘，语气夸张道，"你敢相信吗，有些是你的老粉。"

"她们说这五年看着我成长。"云野一想到就头皮发麻，杵了杵云厘，"你能不能把有我的视频删掉？"

"为什么要删？"云厘没理解。

"我不想被家暴。"

半天，云厘才反应过来，云野说的是尹云祎，她已经不知是第几次问这个问题了："你们在一起了？"

"还没。我想给她个正式点的告白。现在课比较多，我们俩都不想落下学业，没时间准备，就和她商量了迟一点告白。"

"……"难怪这两个人能上西科大。

"你们什么事都和对方商量？"云厘忽然问道。

"对啊。"云野耷拉着眼皮，打了个哈欠，"干吗？"

"没什么。"

车子开出西科大了，云野闭了眼睡觉。一路上，她想着刚才见到的身影，心神不宁，快到家了，云野醒了，从夹层里拿了块华夫饼。

云厘问他："你知不知道你助教是谁？"

云野一脸蒙："谁？"

云厘："我前男友。"

云野："哪个？"

"……"云厘气不打一处来，抿着嘴不说话。

云野仔细想了想，呆住了，只顾着吃手里的华夫饼，又转头道："真的是那个哥哥吗？"

"……"

"群里只备注了助教，我今天没见到他，他帮我把书放教室后头了。真知道是他我肯定不会……"云野转身和她解释，说到一半，觉得没有必要，直接改口问云厘，"姐，你们都分开这么久了，再见面会有什么感觉吗？"

云厘憋了一会儿，才语气很重地回答："没有。"

"哦。那不是挺好的。"谢天谢地没有惹毛云厘，云野松了口气。

车内陷入无比的寂静，云野说得对，也分开这么久了。

云厘没再想傅识则的事情。回到家后她刷了会儿 E 站，写了会儿文案。直至睡觉前，她都逼着自己，不要想，不要想。白熊效应，说的就是你让一个人不要想一只白色的熊，那个人便更无法克制在脑中想象白熊。

翌日醒来，云厘冲到洗手间用冷水洗了把脸。看着镜中自己的脸双颊泛红，只觉得离谱。梦中口齿相融时的触感都异常真实。

她安慰自己这只是个梦，不能说明什么。

去冰箱里拿了两片吐司，云厘才看见傅识则六点多给她发的信息。

F：不好意思。

F：钥匙好像落在车上了，蓝色圆扣，能帮忙看一下吗？

云厘将吐司扔到盘子里，回房间换了身衣服下楼。

在副驾驶那儿找了好一会儿都没发现。云厘将座椅摇到后面，才看见底下两厘米大的圆扣钥匙，估计是不小心从口袋滑出去了。

云厘：在车上，让云野周一带给你？

F：实验室里有机器在跑，方便的话我找你拿一下？

云厘没想太多，直接回复：那我给你送过去吧，你在哪儿？

回去洗漱后，云厘随便吃了点东西，便拿上车钥匙出了门。

傅识则在昨天碰面的地方，他的衣服换了身风格，浅蓝的衬衫，白色休闲裤，牛皮平底鞋。阳光正盛，傅识则手放在额前遮了遮，即便如此，刺目的阳光还是让他的眼微眯。

云厘把钥匙递给他。

"谢谢。"傅识则将钥匙收到口袋里，自然地问道，"今天要上班？"

云厘摇了摇头："今天周末。"

"那你打算做什么？"他眉眼稍抬，随意地问道。

云厘如实道："还没想好。"

听到回答，傅识则继续道："你帮我送钥匙来了，我请你喝点东西吧。"

"不了，我有事要忙。"云厘完全忘了傅识则提前铺垫的两个问题，脱口而出地拒绝了。

傅识则不在意地笑了下："刚才不是说没想好做什么。"

"……"被当面拆穿，云厘有些尴尬，傅识则和她的情绪全然不同，表情带点笑意和调侃，用鼻音轻"嗯"了声，似乎是在催促她回答。

云厘面不改色地将车窗一摇停好车。下车后她神态自如："去哪儿？"

她身上穿着件白色吊带和浅蓝短裤，外搭了件从云野那儿偷来的短袖外套，双腿又细又长。

云厘和他并排走着，却有意识地和他保持着距离，她表面镇定，心里已经一团乱麻，只跟着余光中那抹浅蓝移动。

她本来的计划是送完钥匙就回去，也不认为两人会有进一步的接触。蓦地，她感觉自己的手腕被一阵冰凉贴住，便被他拉到身旁。

两人靠得极近，她能闻到他身上淡淡的青橙味。

她原先站的位置穿过几辆小龟，是西伏这边常见的电动车车型。

傅识则过了两秒才松开她。

他垂眸，云厘也恰好抬眼看他，愣神说了声："谢谢。"

傅识则歪了下头表示听见了，便继续往右走。

是以前去过的那家咖啡厅，装潢依旧，不知道是不是巧合，傅识则走到他们坐过的那个位子。

"你坐这儿，我去给你拿菜单。"傅识则给她拉开椅子，从前台那儿拿了个黑色小本，递给云厘。

她翻了翻，可选择的并不多："我要可可牛奶吧。"

傅识则："甜品选抹茶千层？"

云厘点点头。

他从容地将菜单合上，走到前台点单，云厘盯着他的背影，见他如此坦然，心神有些恍惚。

分手后总会有那样一段消化期。

在这段时期，你会反复质疑分手的决定是否过于草率，反复复盘种种细节以期有不同的结果，反复回忆恋爱中的甜蜜并备受折磨。

你渴望失而复得，又恐惧患得患失。

在这段消化期，云厘回想起了许多细节，她意识到，哦，原来他是很喜欢她的。而随着日子逐渐过去，他没有来找她，她也意识到，哦，原来他也并非那么需要她。

慢慢地，就只剩一种结果了。而她也接受了这种结果。

傅识则回来后，拉开椅子坐下。他的手搭在座椅把手上，肩部全靠着椅背。

起初，两人都没看对方。

沉默了半晌，两人不约而同地抬眸看向彼此。

云厘在桌下他看不见的地方紧张地玩了会儿手指，她努力地让自己看起来如他一般轻松闲散："你变了很多……"

上次碰面她过于拘谨，她其实一直也很想问——

"你过得怎么样？"

这一年半她虽没有主动打探，但她确实想过无数次，最好是，他能过得好一点。就算没有她，她也希望他能过得好一点。

傅识则看着云厘，她留了长发，烫了卷也染了发，用蓝白发带轻别着，露出光洁笔直的肩，说起话来慢吞吞的，语调温柔。

他笑了笑："还行吧，生活都回归了正轨。"

两人还没说上几句话，一个男生径直走到他们面前，和傅识则打了声招呼。

男生自来熟，亲切地问道："学长，这是你女朋友吗？真漂亮啊。"他扬起脸向云厘自我介绍了一下，"我是和学长一块儿参加无人机比赛的。"

云厘心里一紧，忙朝对方摆了摆手，说："不是。"

傅识则看着云厘，没回答。

"哦哦，这样啊。"男生看了眼傅识则的表情，又注意到这桌的空位，笑嘻嘻地调侃，"我能坐这儿不？"

傅识则笑了声，轻推了他一把："一边去。"

等男生走后，傅识则才和她说道："抱歉，他们比较喜欢开玩笑。"

"没事儿。"云厘力求让自己看起来毫不在乎，"也经常有人这么开我玩笑。"

"……"傅识则拿咖啡杯的手一顿。

听起来像是她经常和男生出去，云厘觉得引起了歧义，又补充道："就是和云野一块儿的时候。"

听到这话，傅识则眉间一松，问她："之后什么打算？"

"在西伏找份工作，现在的这个实习应该能转正。"云厘双手抱住杯子，抬眸看他，"你呢？"

"可能会出国当个博士后吧。"

"……"云厘的手收紧了点，"你一个人去吗？"

傅识则微扬眉："不然和谁？"

"我也不知道……"她窘道，"就感觉一个人出国不容易。"

"没有。就我一个人。"他思忖了会儿，盯着她，"还没有做决定，可能直接留在国内。如果出国的话，就不会回来了。"

云厘没听出他话语中的试探，注意力全被他的话捕获，她整个人蒙了，讷讷道："不回来了？"

"嗯。"

"哦……那挺好的。"她低头强行扯开个笑，转移话题道，"我去年去英国交流学习了。"

傅识则望向她："还好吗？"

云厘轻声道："挺好的……"她犹豫了会儿，继续道，"就是前半年不太适应。"

"和我说说。"

也有不少人问过云厘在英国的情况，她大多时候就一两句话带过。可此刻，她还挺想告诉他的。

好像告诉他，也不算太大事儿。

云厘斟酌了会儿："我刚过去的时候租的第一个房子……"

云厘没继续讲下去，停顿了一会儿，像是才反应过来，不好意思地解释道："发生了挺多的事情，在想说哪个。"

傅识则笑了声，耐心道："慢慢说。"

"等会儿。"他起身，走到前台带了三块蛋糕回来。

云厘："这吃不完……"

傅识则："慢慢吃吧。"他偏头，"你也可以慢慢说。"

"哦……"云厘挖了一口蛋糕，看着他深邃的眸，有些失神。

她连忙低下头，中规中矩地把她出国的事情从头到尾讲了一遍，唯独跳过了那些不开心的事情。

"就还挺好的。"说到后面她弯了弯唇，"我原本以为自己一个人在那边肯定活不下去了，结果没想到我的生存能力这么强。"

可能觉得自己夸夸其谈，云厘的笑有些腼腆。傅识则盯着她看了好一会儿，也随着她弯了弯唇。

"你要去我实验室看一看吗？"傅识则问她，"在这栋楼。"

面对他猝不及防的邀请，云厘没有拒绝的理由，点了点头。

两人刚到实验室门口，就有个男生着急地跑到傅识则面前："师兄，完了完了，师弟把系统弄崩了！"

男生表情惊恐，动作夸张，像是发生了天大的灾难。

注意到傅识则身旁的人，他定睛一看，猛地反应过来。

女的。

还是漂亮的女生。

和傅识则靠得很近。

再对上傅识则凉凉的视线，男生立马改口："哦，也没多大问题。"

"……"傅识则顿了会儿，转身和云厘说，"下次再带你去。"他歪歪头，柔声问她，"好不好？"

云厘心里有点失落，面上还是笑了笑："嗯。没事儿的。"

前面的男生憋着笑，视线在她和傅识则之间来回切换。云厘有点尴尬，匆匆说了句"我先走了"便往楼下走。还没走两步，男生的声音响彻五层楼。

"师兄！那是你女朋友吗？师兄！你什么时候有的女朋友？"

"不是。"

"那是师兄你追的人吗？你和我们说说啊，我们帮你一块儿追！"

"你好吵。"

云厘停下脚步，男生还在念念叨叨着，傅识则的回话已经听不清楚了。在原处待了一两分钟，云厘才继续往下走，再次觉得自己的想法荒谬。

眼前映出平坦显灰的大马路。她一时之间忘了车停在哪儿，盯着路面发了好一会儿呆。

两人重逢，没有任何对对方的指责、怨念，没有对感情的不甘、异议，也没有残余的爱慕、悸动。就像久不见面却又极为熟悉的老朋友，坐下来静静地谈了两三个小时。

明明应该是重逢的最好状态吧。

可她却会觉得难过。

云厘鼻尖一酸。

…………

这段插曲没有影响云厘的生活，回去后，她周末带着云野和尹云祎去周围玩了玩，便又马不停蹄地回归到社畜生活。

云厘现在的实习是在英国远程面试的。她只投了专业对口的岗位，最后拿到了四个 offer，她挑了个朝九晚五的，按部就班地实习。

再过一个月就要转正考核了，她有点紧张。

一开始云厘是想当全职 up 主的，但这遭到了云永昌的极力反对，他希望她和大部分人一样常规地上班、有稳定的社交圈。

她觉得云永昌说得也有道理，她的专栏从生活栏目逐渐转向娱乐型科普栏目。长时间宅家里做视频，久了的话自己也会与社会格格不入。

在前两段实习中，云厘并没有从中得到什么成就感。快毕业了，她和其他同学一样，想找一份朝九晚五、同事友好、公司氛围良好的工作，能给她多一点空闲时间做自己想做的事情。

两点一线的生活已经足够充实，她只有在晚上做完 E 站的视频，躺在床上发呆的时候，才会想起傅识则。

小学和初中的同学不少已经结婚生子，父母辈之间都认识，自从云厘从英国回来，云永昌和杨芳就忙活着让她相亲。

云永昌：你三姨介绍了个男生啊，西伏本地的，硕士毕业两年了，公务员。

云永昌：这回你得去见，都二十四岁了，谈恋爱也要个两三年。

云永昌：这还是顺利的，你堂姐都相了二三十个了，都没对上眼的。

云厘看着这信息，头疼得很，拒绝了无数次了，云永昌和杨芳依旧乐此不疲。

云永昌：别心高气傲。

他们想得很简单，一定是因为介绍的男生不够优秀，云厘才不肯去。

家里的事，云厘只好和云野吐槽：太离谱了，你千万别和爸妈说尹云祎的事情。

云厘：不然他们下次就会说，你看你弟才十八岁，就找好女朋友了。

云野：……

云野：你去见见也无所谓吧，万一遇到适合的呢？

云厘盯着这条信息：你到底站谁那边。

云野：站你站你。

云野给她发了张图片，是一个名为"偶遇助教"的小群，里面有二十多个人，看聊天记录就能推断出来是个粉丝群。

最近一条信息是刚发的：助教好像生病了，好可怜，呜呜呜，怎么办？

附图是傅识则在医院挂号处的背影。

云野：那个哥哥好像不舒服呢，云厘，你要不要去慰问一下？

云厘：滚。

云厘极度无语：这是粉丝群吗？

云野：Yes！

云厘：你不是男的吗？

云野：男人不能有偶像了？不能是粉丝了？

云野：更何况我是为了你进去的。

云厘：……

同事在群里提醒她处理文件，云厘切换了聊天界面，完成工作上的事情后，她的手顿在鼠标上。

想了片刻，云厘和主管请了半天的假。直到上了车往西科大校医院开的时候，云厘还觉得自己的行为离谱荒谬。

她是想做什么？

停了车后，云厘直接到了挂号处，有不少人在排队，没有傅识则的影子。医院并不大，她看了眼科室分布，一楼和二楼是内科、外科，三楼是眼科和口腔科，四楼是精神科、心理科。

傅识则胃不太好，她先去内科溜了一圈，却没有看到他的身影。

二楼、三楼都没有。云厘往四楼走的时候，在楼梯拐弯处，看着十几级台阶外那蓝漆的精神科、心理科几个大字。

脚步停住了。她想起这几次碰面傅识则恣意随性的笑，她希望他一切都很好。她并不希望在这里碰见傅识则。

她本来也不该来的。

云厘转身，心里蓦地不适，她向下走了两级台阶，上方传来他疲倦的声音："厘厘。"

"……"云厘抬头，傅识则站在科室门前，手里拿着病历本，身后是肃然冰冷的背景，他垂眸看她。

云厘站在原处，不知该作何反应。

傅识则往下走，逐渐靠近云厘，直到停在她面前，他问道："身体不舒服吗？"

"我来找云野吃饭，借用一下洗手间。"云厘迅速地胡诌了个理由，她没忘记自己在通往四楼的楼梯上，补充道，"楼下人比较多。"

迟疑了会儿，云厘的唇紧闭着，没有问他为什么在这儿。

傅识则扫了眼她窘促的神态："我陪你上去。"语罢便径直往楼上走，停在楼梯口对面的洗手间前。

云厘跟在他身后，进了洗手间，里面一个人都没有，她一点方便的想法都没有。

不想让傅识则察觉自己在撒谎，云厘进了隔间，等了半分钟，按下冲水键。等她出来，傅识则站在不远处的窗口，他给云厘递了张纸巾："擦擦手。"

等她擦完手，傅识则自然地接过皱成团的纸巾，扔到边上的垃圾桶里。

"走吧。陪我去拿下药？"

"哦，好。"云厘跟着他，走没一会儿，直接问道："你哪儿不舒服吗？"

"失眠，找医生开了点药。"傅识则毫无芥蒂地将药单递给她，上面只有两种药。

见云厘表情凝重，他失笑道："你觉得我怎么了？"

"没有，就是这么久了，你的失眠还是很严重吗？"

"一阵一阵的。"傅识则已经习惯了失眠的生活，安抚她道："梦比较多。"

趁他排队取药的时候，云厘上网搜了下这两种药，是很常规的安眠药。以现在两人的关系，她不好深问，但得知没有什么太严重的情况，她还是松了口气。

傅识则取完药回来，看了眼手表，问她："你和云野约的几点？"

差点忘记了她拿来搪塞的借口，云厘胡乱说了个时间："五点半。"

傅识则低头看了眼手表："现在还早，去我实验室？"

本来上次也说好了，云厘点点头。

"坐我的车吧。"傅识则侧头和她说。云厘愣了下："我也开车来了，我们各自开过去就可以了。"

傅识则："你不熟悉这边的路，这一块人比较多，不是很好开。待会儿我再送你回来。"

校医院附近便是食堂，路侧歪歪扭扭停了不少自行车，人影绰绰。

似乎是不太好开。

傅识则偏了偏头，指了下旁边的小龟："车在那儿。"

"……"云厘这才意识到，原来他说的车，是电动车。

云厘有种上当受骗的感觉。

她盯着这辆小龟，陷入了沉思。从形状可以看出是高功率的电动车，比起汽车确实更适合在校园内穿梭骑行。小龟有些年头了，上面的铁杆上有几点零星锈迹。

傅识则没给她反悔的余地，心情不错地递给她一个崭新的头盔。云厘也没反应过来为什么他有一个新头盔。

他一步步戴好白色的头盔，墨色的半透明挡风镜片后他的双眸若隐若现。见云厘一动不动，傅识则垂头，拿过她手里的头盔，调整了下长度，给她戴上。

两人的距离拉近，云厘的眼睛往旁边瞥就是他的手臂。给她戴上头盔后，傅识则便站在离她十厘米处。

"扣得上吗？"

"哦……"闻言，云厘顺着脖颈处摸到两条扣带，她事先没有熟悉卡扣的形状，扣了两次没成功。

见她没扣上，傅识则自然地俯下身子，脸在她的视线下方。

他全神贯注地盯着她的脖间，双手在她的下巴下方拎住两条扣带。

云厘盯着那墨色镜片后的眸子，其间他向上瞟了一眼，恰好与她碰了一眼。扣上的那一刻，他的指尖碰到云厘，像触电了一般，傅识则的手指往后缩了一下。

他立即转过身将车倒出来，跨到车上。他侧头，下巴指了指后座。旁边不少穿过的小龟也是载着人的，云厘没想太多，小心地坐上去，避免和他有身体接触。

"手放这儿。"

似乎是知道她的顾虑，傅识则敲了敲车身示意她抓住，云厘刚扶好，一阵风迎面而来，小龟便在道路上蹿了出去。

前方便是傅识则的背影。

她突然想起了在 EAW 时玩的摩托车，过去了那么久了，心态却意外地有些相似。后视镜中能看见两个人的脸，挡风镜片让她看不清对方的眼睛，但她能看见傅识则弯着唇。

风吹得她的发在空中飘起，两侧的景象迅速往后飞。

他摘掉头盔挂在车上，往旁边一立便下了车。云厘没稳住，傅识则抓住她的胳膊，等她在地板上踩稳了才松手。

他的实验室在三楼，有好几间，傅识则带她到各个实验室溜达，给她讲自己日常的工作，每天的生活基本是单调的宿舍、实验室两点一线。

云厘没有受过系统的科研训练，傅识则说得云淡风轻，她听得云里雾里，但他说的话比平时都多，也蛮好的。

最后去的地方是他的办公室，刚到门口，云厘便听到里头嘈杂的讨论声。

"我看见师兄带了个女生来我们实验室！"

"哪个师兄？"

说话的人咂了咂嘴："我就一个师兄。"

随后是几人不可思议的呼声。

"漂亮吗？"

"我们学院的吗？哪个实验室的？"

云厘听着里面一句跟一句，问他："我们还要进去吗？"

估计是隔音不好，里面的声音戛然而止，咚咚几声几人纷纷坐下。

云厘更尴尬了。

"你不想进去了吗？"傅识则反问她。

这话问得，好像她是那个心里有鬼的人。

可能是她自己想太多，甚至在傅识则的眼中看出了一丝笑意。云厘不想留下这样的印象，坦荡道："进去看看吧。"

傅识则刷开了门。能看出工位的资源比较紧张，房间里有四五个人，好在工位之间有隔板。

傅识则："我平时都在办公室，你有什么事儿可以来这儿找我。"

云厘心里想着，应该不会有什么事儿。

他的位置靠最里头，桌面高度统一，所有的东西都摆放得一丝不苟。

云厘望向桌角，怔了怔，是个纸灯球，露营的时候她教傅识则折的。这个更复杂一些，有镂空的图案以及加装了灯束。

留意到她的视线，傅识则把纸灯球拿给她："是不是还进步了挺多的？"

纸灯球折得很完整，细节做得很好，看得出来制作的人很熟练。云厘心里想着事情，将它放回了原位。

傅识则看她毫不感兴趣的样子，沉默了一会儿，将纸灯球再度拿起，放在她面前。

傅识则："给你？"

云厘："啊？"

傅识则："你觉得好看吗？"

云厘如实道："挺好看的。"

"那你喜欢就带回去吧。"他面不改色地说道，还补上一句，"我经常折。"

显得这是件微不足道的事儿。

云厘觉得他莫名地执着，勉强收下道："哦……谢谢。"

他轻"嗯"了声。

办公室里的另外几人都没发出声音，安静得让云厘以为只有他们俩在。

因为有其他人在，云厘也不好意思在办公室里久待。两人刚带上门，办公室里便爆发出一阵唏嘘声。

"是师兄手机锁屏的那个女生吧？"

"我感觉像是。"

云厘的脚步一滞，傅识则就站在身边，她不敢多想，硬着头皮往外走，当作没听到他们的八卦。

傅识则用小龟将她载回校医院，一路上，云厘想着刚才他师弟们的玩笑话。也不一定就是她，也可能是分手时懒得换锁屏吧。

几分钟就到了。

云厘下了车，望向他，许久，说了句"谢谢"。

傅识则看着她的眼神很柔和。云厘顶不住他的目光，快速钻进了车。

他看着她系上安全带，头朝两侧观察路况，余光瞥见傅识则还在原处看她，云厘迟疑了会儿，低下头直接倒车离开。

傅识则回实验室的时候，同门的师弟已经迫不及待。几个人平时都是到了饭点就直接跑路，今天硬是等到他回来。

他刚进门，几人全部站起来，虎视眈眈地盯着他。

"……"

"师兄，那球不是你的宝贝吗？"实验室的师弟林井然过来调侃道，上次他伸手拿了一下那个球，傅识则直接将他的手拨开了。

"你还——'我经常折'。"林井然模仿他的语气，"师兄，你这追人太不明显了，小心人家当真了。"

"……"傅识则看向他，笑了声，"所以呢？"

"师兄，我觉得你应该考虑下，换种追人的方式。"林井然过去勾他的肩，"应该没有人能扛得住你的告白吧？直接告白就成了。"

傅识则摇摇头："现在告白，可能会被删微信。"

林井然不太认同："哪有人敢删你微信啊。"

傅识则不在意道："嗯。她删过两次。"

"……那你还追啊？"林井然意外得不行，在他们的眼中，像傅识则这种天之骄子，在爱情上应当是一帆风顺的。

"嗯。"傅识则应了声，见几个人都盯着他，他皱皱眉，"怎么？"

"没，就是觉得师兄你太惨了。"林井然没忍住，"师兄，追你的人那么多，你也没必要……删你两次了，这也太任性了……"

"她任性点无所谓。"傅识则随意道，拉开椅子坐下。

林井然是傅识则的小粉丝，为他打抱不平："师兄，你是不是有点，恋爱脑①啦？"

傅识则没想过有人会这么形容自己，没吭声。

其余人见他开始工作了，作鸟兽散。

傅识则盯着屏幕上的共享文档，是师弟正在写的一篇英文论文，有三四个人同时在线。

他敲了几个字符。想起今日碰到她脖子的一刻，已经许久没离她这么近了。日思夜想的人在自己面前，今天好几次，他都差点脱口而出复合的话。

傅识则出了会儿神，也没注意敲在文档里的字。

"师兄，你开错文档啦。"旁边的师弟看不下去了，提醒他。

傅识则回过神，才发现自己在共享的英文文档里敲了好几个"厘厘"，几个中文字符在其中格外明显。

似乎能听到实验室里其他人在压着声音偷笑，估计是认同刚才林井然说的话。

他逐字删掉。

恋爱脑就恋爱脑吧。

…………

回家后，云厘把那个纸灯球带回了房间，她不想过于重视别人随手

---

① 是一种爱情至上的思维模式，指那些一恋爱就把全部精力和心思放在爱情和恋人身上的人。

给的礼物，就显得，她好像还没放下。

云厘找了个安全的空架子把它收起来，没再去动它。她坐回床边，踢了踢腿，回想着今天两人的接触。

他今天离她很近，近到云厘能看清楚他淡淡的唇纹。

云厘不想自作多情，也不想重蹈覆辙。在前一段恋爱中，她在反复的摇摆和猜忌中奄奄一息。

傅识则如果没有给出明确的信号，她不想再去猜了。

但如果他给出了明确的信号呢？

云厘没想过这种可能性，她的脑海空白了一会儿。她想象不出自己会是什么反应。

侧身倒在床上，她拿过手机。

还是别想这些了。

上了一周的班，云厘好不容易熬到周五，调休半天。在家里躺了没多久，云野一条信息发过来——

> 云厘，我被虫子咬了，在校医院。

吓得云厘从床上跳起来。

整个事件很简单，西伏的夏日气温高，蚊虫多。云野上课的教室在一楼，莫名被虫子咬了一口，红肿了一大片。恰好这门是控制工程基础课，傅识则作为助教，就直接载着他到校医院了。

没想到再次见面还是在校医院，云厘匆忙和傅识则打了声招呼，便直接进了门诊。

护士正在给云野消毒。

"你这不是没什么事儿，干吗还喊上……"云厘凑到云野边上，小声道，"你喊他干吗？"

受了伤还被怀疑居心不良，云野和她大眼瞪小眼，许久，才说："他自己要送我来的。"

"谁知道呢，可能是想见你吧。"云野的语气中不无讽刺，估计是对云厘毫不关心的态度不满。

"行。"云厘不和病号计较，蹙着眉问他，"哪儿被咬了？"

"手，还有背。"云野坐在那儿任人宰割了几分钟，被咬的地方很不舒服，他皱紧眉头，闭着眼睛。

云厘直接撩起他的衣服看了一眼，背上红了一大片，伤口只有一个绿豆大的点，看着怪瘆人的。

云野无语至极："你干吗呢，这里这么多人。"

"好啦。"云厘忽略了病号的不满，用手摸了摸他的脑袋，哄道，"等护士姐姐给你上好药就不难受了。"

被当成三岁小孩对待，云野别开脸，隐忍不发。余光瞥见云厘担忧的神态，他朝她摆摆手："你去外面等着啦。"

"麻烦您了。"云厘客气地和护士说了声，出去时，傅识则正靠着墙。

"今天谢谢你送云野到医院，剩下的事情我来处理就可以了。"云厘话里暗示他可以走了。

傅识则摇了摇头："我这会儿没什么事。"

云厘："你不用回教室吗？"

傅识则："不用。"他思索了会儿，又说，"云野在课上出的事儿，我陪着你吧。"

云厘找了个位子坐下，见傅识则还站着，她顿了会儿，轻拍了拍身旁的座位："你坐这儿？"

几乎是云厘开口的那一刻，傅识则便动了，挨着她坐下。

"……"两人没什么话说，云厘百无聊赖地靠着椅背，看着面前来来往往的人。

眼前恰好有几个护士推着一个病床，那病人痛苦地捂住腹部呻吟，额上布满青筋，手将床单抓得变形。没过一会儿，病人痛苦地惨叫起来。

那声音让云厘害怕。

傅识则用手抵在她右耳旁，没触碰到她，却也货真价实地削弱了那人的声音。

"别听。"

云厘顿时有点紧张，他的手离她只有一厘米不到的距离。她偷看了傅识则一眼，他看着前方，神态是令人极为安心的淡然。病人很快被推到了远处的病房里，傅识则将手收回，两人又恢复了安静。

"那个……"云厘想起来他以前经常胃疼，问他，"你的胃现在好点了吗？"

"嗯。"

"是吃药了？"

"做了个手术。"

他的语气平平淡淡的，像是很普通的手术。

"什么手术？"

"胃穿孔。"

"……"云厘对胃穿孔并非没有概念。知道傅识则胃不舒服的时候，她上网查了各种与肠胃有关的疾病，胃穿孔是比较严重的并发症，发病很急，疼得折磨人。

她沉默了会儿，问道："会很疼吗？"

傅识则思索了会儿，漫不经心道："有点疼，不太记得了。"

听他的意思也不算太严重，云厘继续问："那你当时住院了？"

"住了个把月吧。"傅识则瞥了她一眼，"已经好了。"

他示意她不要胡乱操心。

云厘心里堵了一下，云野当时做完手术，保守起见也才在医院待了不到十天。

气氛沉重了点。

云厘担忧道："你现在恢复得怎么样了？什么时候做的手术？"

"还可以吧。"傅识则只回答了她第一个问题。

云厘沉默了会儿，心里怪怪的，又说不出具体原因。她凭着直觉又问了一次："什么时候做的手术啊？"

"去年，具体时间不记得了。"

电光石火之间，云厘莫名想起他失联的那两天，犹豫了会儿，才问："三月？"

"不是。"傅识则不想她有心理负担，平静地撒谎，"下半年做的。"

云厘没有怀疑他话里的真实性，半晌，才小声叮嘱道："你肠胃不太好，饮食要规律点，不能吃太烫的，也不能吃太凉的。"

"嗯。"

"不要喝那么多咖啡了。"

"嗯。"

"也不要抽烟喝酒了。"

"早戒了。"

"还有……"云厘还想说些什么，对上他的视线，里面有些说不出的意味，她一怔，觉得自己说太多了，便闭上了嘴。

云野上好药了，他在门后听着两人在外头的絮语，犹豫了半天该不该这个时候出去。

出去吧，好像不太好。不出去吧……

护士觉得他娇气，连门都等着别人开，翻了个白眼，给他拉开了门。

云野一低头，云厘和傅识则坐在椅子上，两人说着话，头侧向对方，不自觉地挨近。

留意到门打开，云厘腾地起了身，像被人撞破了秘密，表情尴尬。

傅识则慢慢地起身，问他："好点了？"

"嗯。我还好。"云野此刻只想赶紧从这儿离开，扭头和云厘说，"我没事了，我要去图书馆了，你们慢慢聊。"

"你别想了，爸妈在家等着呢，妈都快急死了。"云厘见云野要跑，直接扯住他的衣服，念叨道，"云野，你都十八岁的人了，见到虫子不会躲一下吗？"

"我连虫子本体都没见到。"云野被云厘拽到了门口，他正想发火，对上云厘敛了的笑，又闭上了嘴巴。

云野的手惨不忍睹，云厘着急着回家。她人已经迈出校医院门口了，又折返和傅识则道谢："今天麻烦你了，之后我请你吃饭。"

傅识则"嗯"了声，云厘正打算和他告别，他却忽然问道："之后是什么时候？"

"……"此刻，云厘感觉自己像是碰到了多年未见的老同学。

大家礼节性地客气道"有空聚一下啊"，而中间有一个不识相的蓦地问你："有空是什么时候？"

云厘被问了个措手不及，敷衍道："我再和你约？"

"嗯。"他像是没听出云厘的敷衍，抬眸和云野说，"你回去好好休息，这周的课有不懂的，在微信上找我。"

对上他的视线，云野点点头。

上车后，云野在坐垫上扭了扭，找了个舒服的姿势靠着。他想起了今天傅识则载他去校医院的路上，两人的交谈——

"云野？"

"啊？"

"你还好吗？"

"没什么事。"

"嗯。"

过了一会儿。

"云野？"

"啊？"

"你觉得，我和你姐还有机会吗？"

"帮我把女朋友的
甜筒打高点。"

第十四章

变回原本的模样了

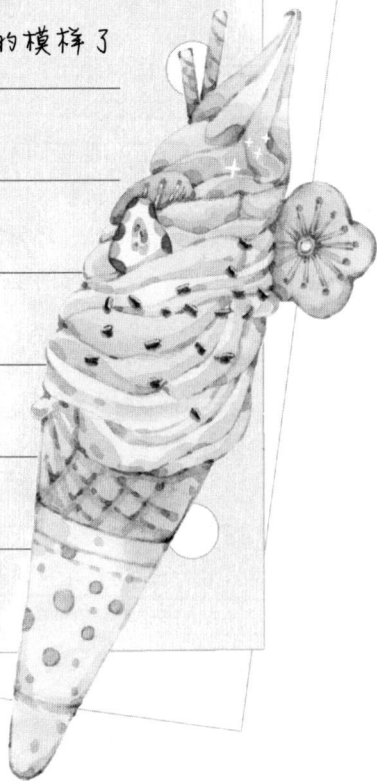

云野半天没敢出声，怕两边都得罪。

以前，三人相处的时候，他常常能注意到傅识则会时不时看云厘，眉间的冷漠会松掉，只余情愫。虽然自己是个大灯泡，但能亲眼看见，有人这么喜欢云厘，云野还是蛮开心的。

而云厘给的分手理由是傅识则没那么喜欢她。他当时想劝云厘不要冲动，但那个中午，云厘坐在床边，强撑着冷静，却一直用手背擦着滚出的泪水。

云野觉得，那就分开了吧。如果云厘能更开心的话。

但是，显然没有。

过去一年多，和他视频时，云厘时不时会发呆。他说起自己和尹云祎的事情时，她也会沉默。

刚才他出门时，云厘和傅识则坐在长椅上，看着对方的眼神，以及被他撞破时两人不言而喻的紧张。

比他和尹云祎还纯情。

心里想了一大堆事情，云野望向云厘："姐，你要帮我谢谢那个哥哥。今天如果不是他及时送你弟到医院，你弟可能就在教室里毒发身亡了。"

云厘有些无语，斜了他一眼："他不是助教吗？"

言下之意助教照顾一下课堂上发病的小同学，是再正常不过的事情。

"助教也没有这个义务送我去医院。"云野皱眉表示不同意，"反正你帮我感谢一下别人，咱爸妈不是从小就教我们要学会感恩吗？"

趁停车的空隙，云厘掐了下云野："你干吗不自己去？我就和他客气一下，你自己去。"

"停停停——"云野的诡计没得逞，但也没放弃，"别人可能会说我故意和助教搞好关系拿分啦。"

他面不改色地说道："万一有人举报我了，我和哥哥就会双双失去学位了。"

有这么严重吗？

云厘蒙了，云野在她眼前晃了晃自己手上的红肿，一脸不可置信地问她："你真的是我姐吗？"

"……"云厘只好说道，"知道了。"

回家后，杨芳和云永昌正坐立不安地等候着，一见到云野，杨芳抱着他开始抽抽噎噎。

云厘回了房间，揉了揉眼睛。还得帮云野答谢傅识则。

她上网查了些小礼品，却又觉得傅识则不太需要这些东西。起身去拿了根冰棍，云野已经精神抖擞，在看 NBA 的比赛。

"对了，我之前给你抢了票。"云野目不转睛地盯着电视，从书包边边摸出张演出票丢到沙发边上。

云厘拿起票，时间是在一个月后，地点是西科大体育馆。她晃了晃："只抢到一张，没法和尹云祎去了？"

"我就是对你好点儿。"云野没有被戳破的恼羞成怒，淡定地圆了过去。

云厘走回房门了，云野才说道："帮我拿根冰棍。"

"……"

"我是病号。"

去冰箱给他拿了根冰棍，云厘一直看着这张票，想了想，拍了张照发给傅识则。

几乎是秒回。

F：你想一起去？

云厘解释道：没，谢谢你送云野到校医院，云野抢到了一张票，给你？

简而言之，是云野抢的，她也没有约他的打算。

F：我比较务实。

F：还是请吃饭吧。

"……"看来这张票不值钱。

云厘把票放到一旁。老实地翻了翻各种探店评论，稍好点的饭店都会有这个标签——情侣必去。

但凡热评中出现这四个字，云厘都直接跳过。她说不出具体的原因，似乎就像选了有这一标签的饭店，就是她居心叵测、心怀不轨了。

挑了一会儿也没找到合适的，云厘将难题丢给傅识则：好。你想吃什么？

傅识则：夜宵可以吗？西科大边上有一家。

过了几秒，傅识则再发来一条：我白天比较忙。他特意解释了为什么选择约在夜宵点。云厘没有抵触情绪，她刚好也需要送云野回学校。

两人约定了周日晚上十点去吃夜宵。

周末在家写了两天文案，云厘却总有些心不在焉，以往的全神贯注像是被什么东西入侵了一般。

偶尔会冒出那个画面，宽松的白色衬衫鼓了些风，无风时衣物贴在他的腰上，他帅气清爽地从车上下来，摘掉头盔，抬眸看她。

她的文案会断了思路，就像啪的一声笔断了芯续不上去，她慌不择路地继续，试图告诉自己从未想过。

她不去想这个画面出现的原因。

也不愿意承认。

临近出发的点了，云厘在桌前迟疑了会儿，默默地坐到梳妆台前，仔细地化了个妆。

手链、耳饰、项链，云厘刻意地没有选择过于张扬的。用卷发棒做了个简单的造型，云厘在衣柜前挑挑拣拣。

云野从一个小时前已经在客厅里等她，他每隔十分钟催一次，等得不耐烦了，冲过去叩门："云厘，你好了没？"

云厘猛地打开门，走到门口换鞋。

云野瞅着她："哦，要和哥哥吃饭，你特意打扮了？"

"怎么可能。"云厘瞪了他一眼，有点被戳穿的不自然，"你别胡说。"

"挺好看的。"云野手插兜里，先下了楼，只留下了这一句话。

上车了，云厘才欲盖弥彰道："我平时不也是这么出门的吗？"

"哦。"

云厘继续道："那这么久没见了，我不能落了风头，对不对？"

"哦。"

"总之，我没有特意为他打扮，懂了吗？"

"哦。"

云野懒洋洋地配合着她的自欺欺人，完了，还不忘记盯着她正色道："云厘，我相信你。"

"……"

快到学校了，云厘才意识到云野受伤期间尹云祎都没出现："你们吵架了？你受伤了尹云祎怎么没来找你？"

"我刚和她说这件事。"云野露出不屑的表情，"我们才不会吵架。"

云厘撑回去："你们不是什么事情都商量的吗？"

"一码事归一码事，那也没必要让她平白无故担心，又不是多大的事。"云野举起手臂，扭转到自己能看清的角度，红肿已经消得差不多了，"这样她看到就不会太难过了。"

"……"

将云野丢在寝室楼下，云厘离门口不远，能看见尹云祎站在那儿，眼睛肿得很明显。

云野见她哭了，在那儿手舞足蹈给她展示自己没什么事。

她在车里看了好一会儿，尹云祎没多久便被云野逗笑了。

…………

云厘倒了车，往约定好的北门开去。傅识则事先和她说了将车停在学校内，夜宵店在小巷里头的院子，车子开不进去。

她停好车，北门距离她几十米，两根护栏外汽车川流不息，灯火通明。她朝边上看了眼，傅识则站在路边，倚着小龟，垂头看着手机。

在原处停顿了会儿，似是察觉到她的出现，傅识则抬头望向她。

云厘堪堪避开他的视线，慢慢地走到他跟前。

"要骑小龟去吗？"

"嗯。几分钟就到了。"傅识则垂眸看她。

见了几次面了，云厘仍无法长时间和他对视，只偶尔凝眸望他，上扬的眼尾明媚动人。她将头发扎起，脖颈又白又直。这几眼让傅识则有些思绪不宁。他给小龟解了锁，云厘自觉地坐在他身后。

风拂过时带来清新的甜味。

出大门时，傅识则注意力不太集中，没留意地上的减速带。车子颠了颠，云厘没坐稳，柔软的手在他的腰间支了一下。

云厘立刻将手缩了回去，窘得不行："不好意思。"

傅识则平静地说了声"没事儿"，被她碰到的地方却像着了火般，热意从那一处蔓延到全身。

到店后，他先让云厘下车，自己以极慢的速度停车和锁车。他在黑暗处待了一两分钟，等体温恢复正常后，才走到云厘旁边。

夜宵店烟火味极浓，院落里简单搭了两个蓝色棚子，支了几口大锅。餐位露天，座无虚席，多数是西科大的学生，暗淡的小巷也因此朝气蓬勃。

云厘感觉自己像是回到了大一、大二的时期。那时候她偶尔还会和室友到学校边上的烧烤店点些串和炒粉。

两人找了个位子坐下。

已经有两年多没到大排档吃夜宵，云厘坐在塑料椅上，菜单是张简单的塑封红纸。

"想吃什么？"傅识则问她。

云厘没有太多想法，她本身吃得不多，今天来的主要目的就是买个单。

"你点。"云厘把菜单推给他，"你熟悉一点。"

傅识则到棚里点了些东西，回来坐下后，手机不停振动，他看了眼，直接放回口袋里。

"不接吗？"云厘问他。

傅识则："是傅正初。"

"没和你提过。"傅识则说道，"他考研到你本科的学校了。"

"……"

"你想见他吗？"傅识则问她。

分手后，傅正初关心过她几次。云厘因为和傅识则分手的原因，常常不能自如地回复，甚至放一边不回信息。久而久之，两人也不再联系。

在等傅正初来的途中，云厘心中不断组织着语言。

傅识则见她紧张兮兮的，若有所思地问："和我见面前，你也这么紧张？"

一到关键问题，云厘的理智便回来了，她喝了口水压惊："还好。"

傅识则："那，和傅正初见面很紧张？"

从他的提问中听出了意见，云厘不自觉地解释道："没有，就是之前他来找我，我没怎么回消息，就不太好意思。"

"……"云厘想起面前的人被自己删了两次，她好像也没觉得不好意思。

似乎越解释越不对，云厘干脆闭上了嘴。

这下云厘直接将傅正初的事抛到九霄云外。

眼前的人神情没有变化，云厘却觉得气压瞬间下降。

她不知道怎么调节气氛，好在没过几分钟，傅正初骑着小龟出现。他依旧顶着张率真单纯的脸，杏眼见到她满是欣喜。

"厘厘姐！"傅正初刚把车停下，便隔空唤她。

他快步坐到她身旁："好久没见你了，去年小舅说你出国了，你是回国工作了吗？"

云厘见到他，也弯弯唇："对，我现在在西伏这边实习。"

傅正初和她聊了聊各种琐事，云厘才得知，她的室友唐琳还在追傅正初。唐琳正在找西伏的工作，打算近水楼台先得月。

他们俩聊得酣畅，傅识则无话，静静地坐在一旁听他们讲。荤素尽数下肚，傅识则起身到棚内加菜。

见傅识则背影消失了，云厘才问傅正初："你什么时候知道我出国的啊？"

"去年你刚走的时候，我问小舅，他就是这么说的。"

当时云厘出国的消息并没有告诉很多人。

云厘想了会儿，想进一步问他傅识则手术的事情，见傅识则回来，只能作罢。

傅识则看起来很轻松，几乎不说话。几人的相处模式仿若回到最初认识的时候，全靠傅正初一个人带动全场。

吃完夜宵，傅正初骑小龟回了宿舍。

云厘有心事，不太关注外界，却也能感觉到小龟比来时慢了很多，问道："车子坏了吗？"

傅识则淡定道："快没电了。"

夜间北门关了，傅识则需要绕学校外圈才能从正面绕进去。

西伏进入秋季，气温渐降，风中飘浮着桂花的气味。一路无人，小龟在大路上晃晃悠悠地前行，远处望不见尽头。

她有一瞬间的错觉。

希望这条路没有尽头。

坐在他身后，鼻间萦绕秋日桂花的清香，她感受着身前的温度，压抑、尘封在心房深处的情愫，再度不受控地冒出。

直到车子停下，云厘才意识到时间的流逝。

她从小龟上下去，傅识则轻扶了她一把，又松开。云厘抬眸看他。光印在他白净的脸上，不存在丝毫瑕疵，眉间洗去往日的疏离和漠然。

两人沉默了许久。

云厘才轻声道："好梦。"

傅识则怔了下，弯了下唇："你也是。好梦。"

回家后，已经凌晨了。

客厅明亮，云厘刚进门，便看见环胸臭着脸坐在沙发上的云永昌。

她锁上门。

云永昌冷冷道："你昨天没去？"

他说的是相亲局，云厘拒绝了几次，见云永昌不松口，她干脆便放任不管。

"哦，我不知道昨天要见面。"云厘脱了鞋，走到自己房间门口，"不过，知道了我也不会去。"

云永昌恼火道："你都二十四岁了，性格又内向，你不去相亲，之后怎么结婚？"

这些话云厘不知道听了多少遍，自己的右耳已经起茧了。

见她一点反应都没有，云永昌气道："以前你硬是要和那个南芜的人在一起，不听我的非要留在那边，最后还不是一拍两散，我和你妈给你介绍的都是……"

这话戳了云厘一下，她直接关上门，任他在外头念叨。云厘没有争辩的欲望，明天还要上班，她疲倦地坐在梳妆台前卸妆。

"这个丫头为什么都不理解当爸妈的，自己能做好我们还用这么操心吗？"云永昌还在客厅喋喋不休，云厘一阵烦躁，想回过头去吵一架。

将卸妆纸贴在眼周，她打消了吵架的念头。对着不讲理的云永昌，无论是永无止境地争吵或者是服从都不能解决问题。

她需要做的是让自己在经济和生活上独立，买套房子搬出去。

趴在床上待了一会儿，客厅里安静后，云厘才起身。她的心不是麻木的，被云永昌这么说了也很不好受。这个点也没法找谁吐槽。

云厘起身，将傅识则给的纸灯球取出，点亮，而后关了房间的灯。

光透过镂空的纸球印到墙上，房间的六面都布满星星，云厘旋转了纸球，那点点星光便慢悠悠地晃动。

她的心情好了许多。

…………

几天后便是转正答辩了，云厘花了几天时间整理实习期间的工作，中规中矩地做了个报告。转正的结果几周后出。

其间，云厘没有忘记投简历。她白天实习，晚上回去做题，等她总结的时候才发现，从七月到现在，她已经投了三十多家公司了。

陆陆续续拿到面试的通知，虽是失败的面试云厘也没有时间去伤春悲秋，总结经验后便快速转战到另一轮。她的履历还算漂亮，临场应变能力有长进但依旧一般，只能靠没日没夜的实习和面试来弥补自己的不足。

最后一个面试出结果时，云厘长嘘了一口气。

"我感觉整个人都被掏空了。"云厘躺床上和邓初琦打电话，邓初琦读的是一年半的硕士，明年就要回国了，现在也在找工作。

"果然，我没看错你。"邓初琦一听她这经历，震惊无比，"太励志了。"

"……"

邓初琦问道："不过你不是比较喜欢当 up 主吗？你爸还不同意？"

"也想看看有没有适合的工作嘛。"云厘笑了笑，"其实我也没想到能拿到这么多 offer，我爸还觉得我能找到一份工作就不错。"

云永昌一直觉得云厘面试受挫铁定会一蹶不振，最后还得靠他的关系找份合同工。云永昌给她下的定义，让云厘也一度这么看自己。

邓初琦冷不丁问道："你和夏夏小舅怎么样了？"

"啊……"

"没有再发展吗？你不觉得，你们很有缘吗？两人就像被紧紧绑在一起！"邓初琦越说越激动。

"不会有发展的。"云厘嘀咕道，"我们都好一阵没联系了。"

也不算没联系，云野周末回家不是落书就是落作业，她每次送过去都能见到傅识则。傅识则一般会给她带杯可可牛奶。

云厘觉得反常。有个苗头冒出来，她又把它压制下去。她不想对傅识则的行为有过多的解读，毕竟他本身便很会照顾人。

和邓初琦又聊了两句，云厘瞥见桌面那张演出票，恰好可以犒劳自己。她换了身衣服，化了个淡妆出门。

地图上能看见西科大附近水泄不通，车子不便进校。

她打了辆车到西科大。

…………

在寝室楼下守了几分钟，傅识则才等到一辆拉风的蓝车出现。

"阿则。"徐青宋将墨镜钩到鼻梁中部，露出一双桃花眼，"好久不见了。"他潇洒地将车倒入停车位，轻哼着音乐。

自从傅识则回西科大后，两人见面的机会并不多。偶尔徐青宋有事到西伏，才会聚一聚。

徐青宋跟着傅识则到了他的寝室，是单人间，房间里放着简单的一张床、书桌和衣柜。

傅识则拉开抽屉，将里面的两张演出票拿出来。徐青宋扫了一眼抽屉，里面放着几盒安眠药。

他毫不生分地拿起药晃了晃，问他："失眠好点没？"

"嗯。"

徐青宋拿起票看了眼，挑挑眉："今晚的？约了谁？"

傅识则看着他。

徐青宋意外地指了指自己："我？"他笑了，"我怎么不知道？"

"嗯。"傅识则从冰箱里给他递了瓶冷水，"厘厘也会去。"

觉得自己听到一个熟悉的名字，徐青宋朝他的方向偏偏头，似乎这样能听得更清楚些："云厘？"

"嗯。"

"……"他沉吟一会儿，又笑道，"你不是说要等拿到学位后再找她吗？"

这是傅识则原本的打算。离校的这两年他从身到心都毁得一塌糊涂。

傅识则不喜欢给空口无凭的承诺。他原本打算博士毕业后去找云厘，无论她在哪个地方，他都会去找她。

"碰见了。"傅识则言简意赅。

徐青宋摸了摸下巴，问道："她对你什么态度？"

"走吧。"傅识则没回答，而是催促他去体育馆。

"这不是六点半才开始。"徐青宋不愿意动。

现在才四点出头。

徐青宋刚下飞机便到分公司开了车过来，此刻只想找个地儿休息。见傅识则开了门等他，他认命地起身。

两人在楼下的便利店买了些面包。在体育馆外头等了半个小时，徐青宋备感无奈。

"就在这儿等？"徐青宋找了个舒适的位置靠着，调侃道，"为什么不直接约她？"

傅识则沉默了会儿，回答道："她可能会拒绝。"

太过在乎了。他不确定云厘拒绝的大概率，不想冒这个风险。

"本来我是来找你吃饭。变成在这儿守兔子了。"徐青宋语气不正经，好奇道，"你不和我说说？"

他是临时到的西伏，傅识则不得不去和别人多要了一张票。

傅识则看他："说什么？"

徐青宋双眸含笑："她知道你想复合吗？"

傅识则想了想："应该还不知道。"

两人等到体育馆的安保系统架好，人员陆续进场，以及拒绝了双位数要联系方式的人后，才瞥见那抹影子。

云厘下车后看了眼时间，还有二十分钟。

她走到检票口附近，便看见傅识则和徐青宋站在那儿说话。

两人在人群中格外显眼。

徐青宋率先望了她一眼，礼貌地点点头。

云厘呆在原处，进退不得，直到傅识则也望向她。

"好巧。"云厘硬着头皮主动迎上去，"原来你也有票。"

"坐一块儿吗？"傅识则问她。

"欸……"云厘看了眼票，"没有指定座位吗？"

"没有。"

几人过了安检，找了个联排的座位。

云厘坐在傅识则左边，徐青宋在傅识则右边，自觉地透明化，只负责在云厘看向他的时候笑一笑。

场内是全国巡回的交响乐演出，徐青宋靠着椅子，心不在焉地听着。

场地内光线不明。他侧头，见旁边两个人不约而同都坐得直直的，似乎是因为他的存在，两人有些拘谨，没有说话。

徐青宋心里失笑，自觉起身去了趟洗手间。他去外头晃悠了一圈，才慢悠悠地从最后一排往回走。站在不远处，能看见傅识则的脸偏向云厘。

在他走后两人自然了很多，云厘也会抬眸和傅识则说话。

现场的音乐声抵消了人声。因为云厘听不清楚，傅识则说话时会拉近与她的距离。从徐青宋的角度看过去便像在亲她的耳朵一样。

他还是别回去了。

云厘提分手的那天，徐青宋恰好在病床旁。

傅识则因疼痛休克，加急做了手术，从麻醉中醒来时他仍神志迟钝。

把他推回病房后，徐青宋坐边上，看着他手背的留置针、鼻间的给氧管道，因为疼痛四肢会有不自主的移动，心里泛起说不出的滋味。

让徐青宋印象深刻的是，傅识则做完手术后坐不起来，只能举着手机一遍遍给云厘打电话。

而最后一通电话，云厘和他提了分手。

手机漏音，徐青宋听得一清二楚。傅识则脸上毫无血色。徐青宋是看着他被推出手术室的。刚做完手术时，傅识则的脸色都还好看一点。

而此刻的他，就像是被抽空了一般。

绝望中带着一丝困惑、不解。

明白，却也不明白，为什么自己就被抛弃了。

事后徐青宋得知，傅识则没有告诉云厘自己胃穿孔的事情，因为云厘的弟弟也生了重病。

很正常的决定，如果是徐青宋，也会这么做。毕竟云厘在西伏，过于担心云野的病情，不知她精神上是否能够承受。

傅识则觉得分手的原因，是云厘喜欢以前的自己。

他鲜少经历挫折，未曾体会世间凉薄，这也注定了他的喜欢纯粹而热烈。他做了很简单单纯的决定，出院后他立即联系了导师办了返校，日日夜夜在实验室里熬着。

徐青宋再次见到傅识则的时候，有一瞬间错觉，以为他变回以前的模样了。直至人烟散尽，两人找了个酒吧坐下，傅识则又恢复了一贯的冷漠。

与外界毫无联系，也毫无联系的欲望。

徐青宋才意识到。

哦。原来他一直没有变。

那在人前猛烈摇曳的烛火，在人后，依旧是无声的熄灭。

只是所有人都以为他变了。

入座后，云厘扭头看了眼徐青宋。对方似乎没太大变化，一身服帖的海蓝印花衬衫，正悠哉地看着台上的表演。她的视线移到傅识则身上。

他们又见面了。她坐直身体，等待着开场。

余光瞥见徐青宋离席，云厘主动开口问傅识则："你还会回 EAW 吗？"

"没回去过。"傅识则双手撑在膝盖上，侧头，"怎么了？"

"看到徐总想起来，很久没玩 VR 游戏了。"

说着这句话，云厘才想起至今她玩的所有 VR 游戏，都有傅识则在身边陪伴。

她心里一滞。傅识则沉默了会儿，抬眸望她："你想去吗？"

云厘似乎在这句话里听出了邀约的意味，她握握掌心，长长地轻"嗯"了声。

说完后，她盯着前方，随着众演奏家就位及场馆内悠扬的音乐响起，她听到他应了声。

"那我陪你去。"

云厘弯弯唇角，觉得自己太张扬，又掩饰性地敛了笑。她心里暗暗地想，出了面试结果后来犒劳自己，是个很正确的选择。

她虽然没有什么音乐细胞，欣赏不来这些优美或磅礴的乐曲，甚至困意上头。但来这儿，傅识则偶尔会靠近她，和她讲每一首曲目的创作者和故事。对她而言，好好的一场演出似乎变成傅识则的专场。他的声线懒散，在背景乐中却很突出，偶尔几个字音被乐声吞掉。

云厘不自觉地拉近与他的距离，想听得更清楚一点。

她没留意两人的间距，反应过来时，耳郭上已经有温热的触感。

"……"她碰到了什么？

像触电一般，云厘捂住自己的右耳，往旁边一退，尴尬地转头。

傅识则看起来也蒙了。

"碰到哪了吗？"云厘不大确定是不是她的错觉，两人看起来还是离得挺远的，她好像太大惊小怪了。

"……"感觉自己占了他的便宜。

云厘迫切地想对此进行解释，她咽了咽口水："我刚才听不太清楚你说了什么。"

两人现在这种关系，或多或少云厘都该对此表态，否则像她骚扰了他，纠结半晌，她回头道："所以靠近了点。"

"没事儿，好像是我亲到你了。"

"……"

云厘不知道他是怎么正儿八经说出这样的话的，说完这句，傅识则还规规矩矩说道："抱歉。"

"……"

这一插曲发生后，云厘有意识地保持自己和傅识则的距离。他却像忘了方才发生的事情，又贴近她的右耳："没事儿。"

在刚才的事情发生的前提下，此刻的动作暧昧了许多。

傅识则没有退回去的意思，只说道："我也想让你听清楚。"

昏暗中，云厘的右耳已经红透，傅识则笑了声："放心。我会保持距离的。"这话是让云厘别担心刚才的意外会再度出现。

明明是她的耳朵贴到他唇上了，她是应该保持距离的那个。

云厘回忆着那触感，偷瞄了眼傅识则。他正看着舞台，他的唇薄而柔软，颜色稍浅，光线变化时添加了极致的诱惑力。

她的脸更红了，只觉得整张脸布满热气。越来越难忍内心的悸动，云厘借去洗手间的理由离开了座位。

进洗手间后，云厘盯着镜中的自己，唇角的口红有些掉色。云厘低眸洗了洗手，从包里拿出口红。

她顿了顿。

她有种在约会的感觉。

无论之前是怎么想的，再一次见面，她还是难以避免地被傅识则吸引。

待疯狂跳动的心平复下来后，云厘才从洗手间出去。

找不到回去的方向，她只好绕着长廊行走。长廊与馆内风格鲜明，简约大方。长廊空无一人，外墙由透明玻璃砌成。

云厘看着黢黑的天穹，拿出手机。

云厘：七七，我在一个演出上碰到傅识则了。

邓初琦："碰"到吗？

云厘：真的是碰到。还有徐青宋，就感觉和你说的一样。

云厘：挺有缘的。

正当她转身准备回去时，拐角处出现徐青宋的身影。他似乎在想事情，漫步到云厘附近了，才发现她的存在。

之前徐青宋是说去洗手间才离席的，但他来的方向和洗手间是相反的。更像是无所事事地在体育馆里瞎晃。

云厘还奇怪他怎么一直没回来，心里瞬间明白他在给她和傅识则创造机会。

碰见云厘，徐青宋也没觉得尴尬，落落大方道："出来透气？"

"嗯。"

即便是和傅识则在一起的时候，云厘和徐青宋也不算亲近。云厘像木偶般戳了会儿，便想回傅识则身边待着。

"听说你刚从国外回来？"徐青宋问道，"在找工作了？"

云厘："嗯，基本确定了。"

"你们分手多久了？"徐青宋的话题突变，但问话时他也没有任何逼人的气势。

云厘霎时间没反应过来，迟钝道："一年半了。"

事实上，徐青宋应该知道他们分手的时间。徐青宋不是那种说三道四的人，有些事情傅识则没有和云厘说，他也没打算自以为是地讲给对方。

他漫不经心道："我们四点多就在这儿了，在这儿等人。"

云厘愣了下："那人来了吗？"

场内除了他们仨之外，也没有认识的人。

徐青宋看着她。她好像突然理解了他的提示。

她想起上一次见到徐青宋，是云厘从西伏回南芜的时候，她已经提了离职，到 EAW 收拾自己的个人物品。

彼时，她在 EAW 的休息室碰见徐青宋，对方问她："考虑清楚了吗？"

云厘以为他是问离职的事情，她给了个合适的理由："嗯。要回学校做实验。"

徐青宋喝了口咖啡，补充了一句："和阿则分手的事情。"

他深邃的眼中似乎包含着其他含义。当时她仍在分手的负面情绪中无法抽离，而傅识则也一直没再联系她。

她只"嗯"了声。

徐青宋若有所思地看着她，没多问。

一瞬间，她感觉全世界都知道了他们分手的消息。她不想再被人提及这个问题，只想尽快离开。

在她打开门时，徐青宋说了一句——"阿则是个重感情的人"。

回傅识则身边后，云厘没有提起遇到徐青宋的事情，她看着傅识则的侧脸，想起过去一年多的生活。

初至英国的那天下着淅淅沥沥的雨，潮气扑面而来，沿途的建筑风格与西伏和南芜大相径庭。

来到这座陌生的城市，云厘搬进了提前约好的单间。

有人将她拉进当地的南芜校友会，会长在云厘刚搬过去时帮了她不少忙，后来邀请她参加聚会，云厘也不好意思拒绝。

当时有十几个人，她不善社交，坐在角落里不出声。会长试图让她融入团体，后来屡次让她参与聚会。

云厘难以迅速和人建立友谊，不太愿意去。

住了不到一个月，租的房子出了问题，房东硬是说单间里的洗手间是云厘弄坏的，要她赔偿两千英镑。云厘焦头烂额地处理这件事情，谈到钱，原先热情的房东便像换了个人似的，强势又冷酷。

现实给云厘泼了盆冷水。她没有告诉家里这件事，后来报了警，房东松了口，只让她赔偿一小部分。

只身在言语不通的城市，受了委屈，她不想被云永昌讽刺一通，邓初琦因为初到实验室太忙，她几乎没有倾诉的对象。偶尔和粉丝聊起，粉丝会逗她笑，但事实上，大多数的事情她也没有告诉他们。

那一天，她收拾东西时，翻到了和傅识则的合照。是当时夹在笔记本里，无意间带来的。

她恍惚地切着水果，一不留神，在手上划开个不小的口子。忙不迭地找出医药箱，见流了许多血，云厘垂着眸，给自己用碘伏消毒、上药、包扎。

接下来几天，她做饭、洗漱、洗澡都很不方便。

用右手清洗水果的时候，云厘盯着那洗手池里的水。

久违地，她想起了之前那次摔跤时，手擦破了。傅识则一个十指不沾阳春水的人，对着菜谱一道一道学着做。

她那时候只觉得幸福，从没深究傅识则的行为后面代表着什么。

在这里，没有人如他一样每次都在她的右耳边说话，也没有人如他一样关注和照顾她的起居，更没有人如他一样在她出事时会陪伴她。

相处的种种细节在脑海中浮现。

云厘意识到，傅识则也许是很喜欢她的。

她无法否认自己内心的孤独感，尤其是每当她想起傅识则之后。也许是为了排解这种孤独，她开始参加聚会，频率不高，渐渐地，她与几个留学生成了朋友。

偶然的一次谈话，有人问她："云厘，你谈过恋爱吗？"

云厘如实回答："谈过一次。"

几人听了极感兴趣，缠着云厘想听整个恋爱的过程。当时云厘还未走出这段感情，不愿多提。其余人却不依不饶，云厘只好讲了个大概。其实她并不愿意提，就像心里的伤口被反复撕开一般。

但那一刻，她想起了自己屡次试图问傅识则的过去，她问得模模糊糊，却因为对方没有像她期望的那样回答，而将其视为隔阂。

等到面对类似场景时，她也不愿意提伤心的事情。后知后觉地意识到，即使是情侣，有的话依旧难以开口。如果当初她能够再耐心一些就好了。

她的分手被他们热议，几人争先恐后发表自己对于恋爱的看法，但大都是站在她的立场说的。

直到最后有个刚被分了手的男生醉醺醺道："我觉得你前男友有点惨，毕竟他也没有提分手，更何况他不是去陪床了吗？冷战也是你想象的……"

"女生怎么那么难搞，分手了，你前任问了原因，你还怪他分得干脆，还因此死心。"男生说完后开始流眼泪，"我太不理解了，怎么明明我就付出了很多啊，为什么她一定要说我不够喜欢她啊，说分手就分手，我们的感情就那么容易放弃吗？"

其余人压住他，和云厘解释说男生刚失恋，喝多了，让云厘别往心里去。云厘抿着唇没说话。

男生第二天清醒了，微信上不停地和云厘道歉：我昨晚真的真的是喝多了，乱说的，你不要放在心上，真的抱歉。

云厘：没关系的。

只是那么一瞬间，云厘看清楚了自己心底逃避了很久的想法。

云厘：你说的是实话。

这段感情中，她是有问题的。分手时，有太多压抑的情绪上头，云厘总觉得看不见希望，提出了分开。

她脑子一热，却没想过他会同意。像是在查案一样，她总是在寻找傅识则不喜欢自己的证据，将傅识则的同意视为他不够喜欢她的印证。

然后，她放弃了两个人的感情。

她的性格敏感，会对傅识则的行为过分解读。

在后来的很长一段时间，云厘强迫着自己去改变性格中最负面性的一面，她更关注自己做了什么，而不是去在意别人的评价和看法；她积极主动和周围的人沟通，并不因为别人的一言一行而胡思乱想。

她觉得，这么做了，假如有一天，真的有机会再见到傅识则的话，她也不会因为自己的敏感而伤害到他。

又是聚会。上次哭着控诉前女友分手的男生说自己复合了，是女生主动提出的，并和他反思了自己的问题。

"云厘，你没考虑过找你前任谈一谈吗？"

聚会结束，男生私底下问云厘。

云厘只是笑了笑："如果有见面的那一天，再说吧。"

云厘不是没有这么想过，她想找到他，开诚布公地谈一谈，如果他还喜欢她，他们便能够继续在一起。

可现实情况是，他们谈过一次恋爱，并且分手了。

她意识到自己的性格过于敏感，又心生卑微，很难维持关系的稳定。傅识则性格内敛，也无法打破这个僵局。她不想再因为同样的原因再次分手，又伤害到双方。

更何况，过了那么长时间了，傅识则大概率已经不喜欢她了吧。她也不认为，自己能让傅识则一直喜欢。

两人一直都没有跟对方联系，就像彻彻底底的陌生人。

"复合"不过是两个字，正如当初开始谈恋爱一样。维持感情却很难。

再度见到傅识则，云厘觉得他过得很好，也希望他能过得很好。两人都是这个世界中的一粒沙子，在万千中有了触碰。随即各自归于尘土，是很常见的事情。

然而，徐青宋明白地告诉她，傅识则是很重感情的人。

所以一年半了，他从来没有忘记过她。

如果是这样的话，云厘也不想否认自己的内心了。

她也从来没有放下过他。

演出结束，观众纷纷退场。云厘和傅识则到了门口，徐青宋事先打了个招呼赶下一场的局。

体育馆外汽车堵成长龙，不断鸣着笛。

云厘打开打车软件。

傅识则瞥了眼，问她："我送你出去？这儿打不到车。"

云厘往外看了看，路上的车几乎一动不动，她点点头。

"在这儿等会儿。"傅识则说完便打算自己去骑车。

云厘不知怎的就跟在了他身边："我和你一起去。"

小龟停在体育馆后侧，坐他的车好像已经是稀松平常的事情。

傅识则给小龟解了锁，拿起头盔把玩了一下，抬眸问她："现在还早，去兜风？"

云厘没像平时那么纠结，轻声道："好。"

傅识则载着她到了西科大扩建的部分，楼面修缮了大部分。

整个扩建区荒无人烟。因为对傅识则的信任，云厘没感到害怕，只觉得像是闯入一片他常去的秘境。小龟的速度飞快，风不断地窜进她的衣物，吹得她的眼睛不开，几分钟后车停到一幢橙色建筑前。

"我带你去个地儿。"傅识则说完便往里头走，这幢楼已经修建得七七八八，但尚未启用。

坐电梯到十四楼后，四周漆黑，云厘跟在他身后。直到走到一间空教室，空气中仍弥漫着装修的气味，教室连着宽敞的天台，天台门上了锁。

傅识则打开窗，给云厘放了张椅子："我先过去。待会儿你从椅子上过去，我在对面接住你。"

他直接翻了过去，平稳地落在地面上。云厘和他的视线对上，磨蹭了一会儿，她踩在椅子上，慢慢地站在窗台上。窗台有一米多的高度，她犹豫了会儿。

像是知道她的顾虑，傅识则朝她伸手。云厘握住，待她往下跳，他用另一只手扶住她的胳膊。

稳稳落地。眼前是他的胸膛，云厘差点靠上去。她小退了一步，慢慢地将手收回。

天台比楼道内光线充足。

两人趴在边栏上放了会儿风，远处天空辽阔，闹市繁华。

晚风轻拂他额前的碎发，他把脸枕在手上："我一个人的时候挺喜欢来这儿的。"

他的眸很干净，夜色下更显柔和。

"现在是两个人。"云厘望着远处的风景，应道。

须臾，他没应。云厘回头，傅识则正看着她，目光接触的瞬间，她不好意思地收回去。

是两个人了。

傅识则看着云厘小巧的脸埋在手臂内，双眸倒映远处光影。两人在天台静静地待着，直到远处的城区由喧嚣变为寂静。

云厘也不知道为什么，每一次她都能和傅识则什么都不做，像两块石头般待那么久。

回到楼下后，云厘掏出手机。

云厘："我打个车直接回去吧，你也早点回宿舍休息。"

现在已经将近十点了，她也不好耽误傅识则太多时间。

傅识则随她掏出手机，问她："还住以前那儿？"

云厘"嗯"了声，在她下单前，傅识则直接打了车。没过几分钟有人接了单，司机开到了他们跟前。

云厘没有推托，也没有问原因。不那么抗拒自己内心真实的想法后，云厘觉得，一切似乎好受了一点。

傅识则打开车门，云厘钻进去，转头想和他道别。刚坐正身子，却发现傅识则也跟着坐了进来。

"嗯？"

"送你回去。"他瞥她一眼，淡声道。

两人一路无话。

这是一条云厘极为熟悉的路。眸中敛入沿途的告示牌、商店、灯光，她想起两年前将傅识则从机场送到西科大时，一切都与现在相同。

许多次，她都是开车走这条路来找傅识则的。此刻有机会观察这段路，云厘才意识到，她其实很喜欢这段路。

因为每次开车过了这段路，她就可以见到傅识则。

她用余光偷看身旁的人，他安静地坐着。就如以往他们在一起的时候，总是默默地陪在她的身边。

车很快到了小区门口，傅识则随着她一起下车，两人安静地走到了楼下。西伏种植的大多是常青树，枝繁叶茂。即便是秋天了，夜间仍可听见微弱的蝉鸣，告知季节的更替。

云厘耳边蝉鸣不绝，扰得她心绪也极为不宁，她抬头看傅识则，对方也在看她。

她轻声道："我上去了。"

傅识则点点头。

等云厘走到了门口，听到身后他的声音："厘厘。"

她脚步一顿，回头，他在暗处，云厘看不清他的五官，却将他的声音听得清清楚楚。

"好梦，厘厘。"

到家后，杨芳和云永昌正在看电视，播的是一部都市情感剧。云厘听杨芳讲过，大概就是男女主年少时因种种原因错过，在经历了不同的人生后都变成了双方最讨厌的人。

云厘忍不住联想到自己身上。但和傅识则分开至今，云厘知道，自己从未讨厌过他。

倒是可能有点讨厌自己。

她打开冰箱拿了瓶牛奶，液体汩汩倒入杯中。她想着和傅识则的事情，耳边电视里浮夸的台词仿佛都离得很远。

拿着牛奶回了房间，云厘关了灯，打开那个纸灯球。星状的光影晃动时，云厘回想起傅识则刚才的话。

"好梦，厘厘。"

她想起了自己的纠结，纠结这个纠结那个。

纠结他这个行为是不是不够喜欢自己，纠结分手后他为什么不来找自己，纠结会不会再度因为她的性格两人重蹈覆辙。

但此刻，或者更早的时候，当她和他在校园里穿梭，当桂花香提醒她在南芜的初识，她有强烈的念头，想忘却两人过去的矛盾和烦恼。

再次和他在一起。

这个念头，即便遭遇了分手的冲击，即便她如何欺骗自己，也在她的心底，从未消失过。更何况，她现在知道了，他对她还有感情。

她过去一年努力做出的改变，教会自己勇敢、自信、强大，不是为了让自己在爱面前退缩和回避。

云厘翻出了压在柜子底部的笔记本，里面夹着他们俩的合照。云厘用手摩挲了下，想起很久以前在球场上，傅识则坐在她的右侧。

正如今夜的相伴。

云厘倏然坐起来，打开自己和傅识则的聊天窗口，她抿着唇输入字符。

他先发来了信息。

F：我想见你。

几秒后——

F：在楼下。

距离云厘上楼已经半个小时了，她没回信息，趿拉着鞋就往楼下走。傅识则还在原先的地方，听到脚步声，抬眸，两人的视线交会。

她慢慢地挪到他的面前。

两人站在树底下，她低头，留意到傅识则手里拿着两瓶巧克力牛奶，是她最常喝的牌子。

他神态自然地给她拆开吸管："我刚才去超市逛了逛。"

云厘下意识接过，才发觉牛奶温热，包装湿漉漉的，不知道他在哪儿找的热水浸泡。

"你怎么加热的？"云厘抱着牛奶，喝热的比较好，但每一次，她都懒得加热。

傅识则却每次都记得。

"对面找了个餐馆，点了份汤。"傅识则往小区门口望了眼，"让他们给的开水。"

是熟悉的甜味，她已经一年没喝过了。

"那个……"云厘靠在他旁边，握了握掌心，鼓起勇气问他，"你今天在体育馆，是在等我吗？"

傅识则："嗯。"

他侧头，思忖了许久，送云厘到楼下时，他原本已经打算折返回寝室。路过商店时，看见摆在门口的巧克力牛奶。

就像所有的事物都与她有关，他无意识地走了进去。手上摆弄着那两盒牛奶，他一直在想，什么时候开口。在今晚之前，他还百般犹豫，但当两人在天台上静默地陪伴对方那么久，他只觉得，好像片刻的犹豫都不该再有，片刻的时间也不愿再等。

云厘刚想继续开口，傅识则的视线移回到她脸上，停顿了好几秒，仿若下定决心："厘厘。"

他一字一句慢慢道："可以重新在一起吗？"

云厘酝酿许久的话还未说出口，她没想到傅识则如此直白。

怔怔地看了他好一会儿，云厘才被头顶的蝉鸣拉回思绪。

黑暗中，云厘能听到彼此的呼吸声，她不受控地捏了捏掌心，问他："我可不可以问一件事情？"

在说开之前，她想搞清楚一件事情。

记忆中，所有细节都指向了傅识则确实很喜欢她。在只身徘徊在剑桥的日子里，她无数次在回忆中佐证了这一点。

只有这件事，她一直没想明白。

云厘提起了分手时发生的事情："云野生病的时候，你有两三天没回我信息。"

"上回没说实话。"傅识则沉默了会儿，眸色暗沉，"那天刚做完胃穿孔的手术，在那之前发高热，醒过来就在医院了。不想你担心，我想出了院再到西伏来。"

完全没想过是这个原因。云厘甚至想问傅正初，是不是因为他们分手了，他难过了，才生了这么重的病。

云厘还清晰地记得，那时候她在医院，晃眼的白灯，她忽略了他打来的十几个电话，她情绪崩溃，忍无可忍，脱口而出"分手"。

她记得，她因为傅识则没有到西伏，觉得傅识则没那么喜欢她。

她没想过他可能也很不好。

云厘喉间发涩："那我提分手的时候，你怎么没和我说……"

"这是你给我的。"傅识则从钱包中拿出那个折纸月亮，他经常取出来看，边边角角已经有些碎块。

——见到你，我就像见到了月亮。

灯光下，他的脸庞瘦削而寂寥，眼周晕染点疲倦的灰影。

"可你见到我的时候，我已经不是月亮了。

"那个时候，我没有资格挽留。"

所以他回去读博，想变回以前她喜欢的那个模样。

这是他能为她，也愿意为她做的事情。

对傅识则而言，在那两年出现之前，他不知道，自己的人生能浑浑噩噩成那个样子。傅识则不在乎学历和学位，但他没有资格要求云厘和这么颓丧的他在一起。

云永昌的反对并不是没有道理，自己的女儿积极求学，他希望她能找一个相当的人。至少是，一个认真生活的人。

傅识则从口袋里拿出 Unique 战队的月亮形徽章，递给她。黑暗中，云厘能感觉到他的惴惴不安。

"我变回原本的模样了。"

云厘怔怔地看着徽章，眼睛一涩。

她没有忘记，那时候云永昌到南芜后，两人的关系白热化。她没有忘记，他到七里香都后，第一反应是将她揽到怀里。然后回忆便进入刺痛的阶段，两人僵硬地看着彼此，氛围沉重得令人窒息。

——"你想我回学校，变回以前的模样？"

——"对。"

——"我知道了。"

所以他同意了分手，只身一人回到了学校，完成当时的诺言。

这是云厘从来没有想过的原因。她没觉得，如果傅识则变回去就好了。也没想过，她放在自己身上那些自卑敏感的情绪，会同样出现在傅识则的身上。

"你是不是觉得，我是因为我爸说的话，才和你说的分手？你是因为这个，才同意分手的吗？"云厘喃喃道，她低下了双眸，张了张口。

"我一直没有和你说过，我和你在一起的时候挺自卑的。所以我总是患得患失，你稍微没做或者没说什么，我就觉得你不是那么喜欢我。"

这么久以来，云厘始终觉得这些话难以开口。

"当时我一直联系不上你，我以为你因为我爸，就不想和我在一起了。"云厘轻声道，"然后那时候云野做手术，我想你在我身边。

"当时尹云祎坐飞机过来了，坐在医院过道上要等云野做完手术，我看到以后，就觉得很崩溃。

"我不知道你生病了。我当时就觉得……你不是很喜欢我。"

"分手以后，你没找我，我就觉得可能你一直是想分手的。"她的思绪回到出国前的那无数个日夜，她一直看着手机，想着，也许傅识则会找她的。

"后来我去交流，其实不是像上次和你说的一样，我在国外过得没有那么好。我不会社交，口语也不好，当时租的第一个房子，房东想诓钱。

"我报了警，但是我英语不好，就说不过。我最后没赔什么钱，但是房东说得很难听，我当时，不知道能和谁说。

"我一个人在那边生活，才想起来很多我们在一起的细节，才想起来，其实你是很喜欢我的。

"我本来想找你，可是，我觉得我不好。"

直到这里，云厘都控制着自己的语气，保持平静。

时隔一年半，她固执了那么久，终于才在此刻说出了那句话："我不想分手。"

"我当时只是说气话，可我真的没有想过，真的要和你分开。"云厘喉间哽咽。

"我后悔了好久。

"可我又好担心，我这样的性格，找了你之后，重新在一起了，又因为我的性格，我们两个会分开。"

最后一句话，她声音很弱："这一年，我有努力在改变，我有努力去社交，去融入其他人，去学会沟通，我有变好。

"我已经努力了，我不想再分开了。"

傅识则合了合眼，将她拉到自己怀里。

"厘厘。"

傅识则以为，她主动提的分手，对她而言，伤害不会那么大。他以为，她不会那么难过。可她这一年多，一个人在外头熬着，他看她的直播，但她即便不开心，也是强撑着笑脸和粉丝聊天。

他不敢去想，她性格本来就比较内向，在异国被逼到报警，报警后也只能挨别人的骂。他也不敢去想，明明不是她的问题，她却要逼着自己去做各种事情，来减轻自己的负罪感。

如果他多问一句就好了。

可当时，他连多问一句的勇气都没有。

"对不起，如果当时我主动和你说这些事情……而不是自己胡思乱想……"云厘这一年多都没流过眼泪，逼着自己遇到任何事情都要强大。

可此刻，无尽的愧疚吞没了她，她红着眼睛，声音颤抖。

"我们就不会分开。"

他们不会分开一年半之久，两人独自疗伤。

如果当时她没有那么冲动、心口不一，如果她当时听进去徐青宋的话，如果她和其他人多问一下傅识则的情况，而不是固执地认为他不喜欢她，两个人也不至于这么受伤。

傅识则不用在病床上独自度过那一个月冰冷的夜晚，不用只身回到西科大，只是因为她说希望他变回以前的模样。

她没想过，她的意气用事，会让两个人这一年半都过得不好。

"厘厘。"傅识则拭去她眼角的泪水，"我不怪你。"

在无数个暗暗颤抖的夜晚中，他都未曾怪罪过她。

两人在一起的时光，他对云厘的感情简单热忱，云厘对他的情感同样真挚纯粹。那种美好，不会让傅识则对这段感情，以及对感情中的她抱有责怪。

傅识则轻吻了下她的唇角。像以往无数次一般，傅识则贴近她的右耳，一字一句，郑重笃定地告诉她。

"厘厘。

"我们不会再分开了。"

云厘听清楚这夜里鸣个不停的知了声，还有他的话语。她听出他话语中的承诺，像柔和的波浪将她推上海滩，而她抬头的时候，近在咫尺的眉眼，她看见的是他眸中熟悉的情愫。那郁郁的一年半，也烟消云散了。

傅识则将她圈到自己身前，云厘凑近他的上衣闻了闻。

"你是特地挑的这个味道吗？"

傅识则侧头："嗯。"

是青橙的味道。云厘能回忆起来，她在七里香都买的洗衣液便是这个味道。后来搬到江南苑，发觉他也买了同样的。

时至今日，他还在用青橙味的。

就好像，一切都和以前一样，全然未曾改变。

彼此的心意也是。

云厘心里一热，不自觉道："你怎么这么纯情。"

傅识则听了这话，轻笑了声，一阵温热的触感紧贴她的额头，他问："包括这个？"

"嗯。"云厘睁大眼睛看着他，他比她高一个头，此刻半倚树干，云厘抬头便能碰到他的下巴。

云厘直勾勾地盯着他，慢慢凑近，傅识则完全不抵抗的模样，注视着她。直到两人的唇瓣轻贴一下。

她弯起眼角笑："不包括这个。"

他随着她笑，忽然静下来，垂着眼睑，摩挲她的脸颊。像是在轻抚世间最珍贵的宝物。

云厘看着他眸中的情意，不受控地湿了眼眶。

他们都一度认为，这段感情一去不返。失而复得的时刻，没有想象中外露的欣喜若狂，反倒是那种来自心底深处的震撼与珍惜。因为曾经失去过，知道失去的痛苦，重获的时候便分外担心，可能这一切只是虚幻。

带着眷恋和依赖，傅识则紧紧抱住云厘。贴紧他的身体时，云厘能感受到腹部的接触。

想起他在医院的事情，她闭了闭眼，稍微拉开了点距离，手覆在他的腹部。

"不疼。"傅识则试图让她别对那件事抱有愧疚，"真的，我都不记得了。"

"嗯……"

"以前好像有个人说过要给我熬粥。"傅识则话中有一丝无奈，"但我一次都没喝过。"

"那些食材好像还在江南苑？"云厘走时没有清理之前买的东西，确实，她钻研了一整个假期，结果一次都没做成。

傅识则："下次一块儿回去。"

云厘已经一年没回南芜了，她怔了下，点点头。

躺到床上，云厘仍觉得今天像是活在梦里，她拿出傅识则给她的月亮徽章，金属材质摸着冰凉，她却从中感受到了他的炽热。

云厘把徽章放到枕头底下。

第二天是周六，云厘刚醒便收到傅识则的微信，他六点就醒了，给她发了条信息。另一条信息是云野发的，他要上午回家。

车子快到教学楼时，云厘便看见了尹云祎和云野，两人间隔了点距离，正在交谈，看起来不甚愉快。

见到车来了，云野直接上了车。

云厍瞅了眼还在楼道里的尹云祎，她似乎是想跟上，却只是抿着唇转身走了。

"……"上次谁说自己不会吵架来着？

越看云野的表情，云厍越觉得奇怪："你们干吗？"

云野闷闷道："不讲道理。"

"谁？"

云野不吭声。

"到底干吗了？"

云野瞅了她一眼："吵架了，你看不出来？"

云厍现在没有挖苦他的心思，沉默了会儿，才说道："我一般不管你的事儿。"

"下车吧，去和尹云祎说清楚，你们两个熬了那么久才上同一所大学，不要伤害到彼此。"云厍凭着自己的经验谆谆教诲，将汽车解了锁，"我等会儿再来接你。"

云野没动，云厍却留意到他一直没系安全带，明显是不打算直接走的。

"去说清楚。"她推了推云野。

云野拉开车门，往尹云祎离开的方向跑去。看着他的背影，云厍想起了自己和傅识则分开的这一年半，掉头便往控制学院开去。

傅识则还在埋头改论文，听到门口轻轻的叩门声，旋即，林井然拖腔拉调道："师兄，找你的。"

见到云厍，傅识则有点意外，起身走到外头。

"怎么没说就过来了？"

"就是突然想见你。"云厍也说不出缘由，就是看云野和尹云祎闹别扭，觉得自己其实很想和傅识则待在一起，便顺从内心来找了他。

"你现在忙吗？"云厍问他，"如果你不忙，你载我去逛逛。"

"忙。"傅识则如实道。

云厍感觉自己像是被拒绝了。

傅识则好笑地揉揉她的脑袋："不过你更重要。"他转身回了办公室，"我去拿钥匙。"

傅识则自然地给她戴好头盔，云厘有样学样，拿起他的头盔给他戴好。

见到一旁陈列的小龟。她这才反应过来，问："为什么你有两个头盔？"

"早给你备好了。"傅识则随意道。

所有云厘会出现的场景，傅识则早已备好两人需要的东西。

云厘上车后，还保留着原先的习惯，小心地抓住车身上的铁杆。

风打在脸上后，还飘来了他的声音："手。"

"哦。"她顺从地用手环着他的腰，这么抱着的时候，她才注意到傅识则的腰还是那么纤瘦，她不自觉地用了点力，紧紧地抱住他。

"我们去那里吧。"云厘见到旁边的体育馆，"这个点是不是没活动？"

傅识则思忖了下她问这个的动机，若有所思地"嗯"了声。

云厘已经熟悉这个体育馆的构造，进了场馆后，她往上看，发现高层有外凸的观众席隔台，每一处只有几个位置。

拉着傅识则到观众席，他环胸倚着边墙，好整以暇地问她："为什么来这儿？"

"啊？"云厘愣了下，她也没想太多，就想找个安静点的地儿两个人待着。

"就来坐一坐。"她还没挨上椅子，便被傅识则一把捞过去，他搂着她的腰，贴近了她问道，"你跑我那儿，让我载你到一个没有人的地方。"

"你上次也把我载到荒无人烟的地方。"云厘理所当然地回应道，她太久没谈恋爱，察觉不出此时旖旎的氛围。

"厘厘。"傅识则对着个呆瓜也没觉得煞了风景，"上次还不是男女朋友。"

她抬眸，对上他的眼，傅识则摩挲了下她的眼角，下移托住她的脸颊。云厘感受到那冰凉的手，傅识则靠近了点儿，鼻梁轻触，她看着那双眸子，不自觉地沉浸进去。

好几秒，他轻声道："可以不？"

"……"云厘怎么记得，以前他是没问过的。

第二次谈恋爱后他反而还礼貌地问一下，云厘反问："如果我说不可以呢？"

"哦。"傅识则眸中带点笑，"那我就当只听见'可以'两个字了。"

云厘没有傅识则这么磨蹭，她主动凑上去，在他的唇角碰了下，刚往后缩，他便托住她的后脑，带点侵略性地覆上她的唇，轻而易举地将舌尖探向她的齿间。

他的动作亲昵不显粗暴，手指穿过她的发丝。

这一刻傅识则等待了许久，也想象了许久，他撩着她的舌，将她引导到自己这边，云厘只觉得呼吸都被身前男人的气息占满，她真实感受到他此刻的存在，只觉得全身都要融化了。

"够了吗？"火热了几分钟，傅识则贴在她耳边暧昧道，热气扑在她耳尖。

这话显得，她是那个欲求不满的人，云厘红着脸点头。

傅识则摸摸她的唇角，继续道："那到我了。"

腻歪了片刻，两人才坐回到观众席上。此刻场馆内没人，舞台像是蒙了层灰。

云厘抬头，才发现角落里的摄像头，正对准他们的位子，她蒙了："哦……那个是监控吗？"

傅识则顺着她的目光看过去："应该是。"

云厘一僵："那我们刚才被人看见了？"

"可能吧。"他不太在意的模样，托着云厘下巴又亲了一下，"让他们多看一次。"

"……"

云厘还是很介意摄像头的存在，赶紧拉开了两人的距离。在座位上待了好一阵，云厘才想起和他说："我刚才去接云野，他和尹云祎好像吵架了。"

傅识则望向她，等她下文。

"我看尹云祎在楼道，云野什么都没说就上车了。"

这也是云厘鲜少见到云野和尹云祎闹矛盾的时候，她继续说："我想到我们俩的事情，我让云野下车去和尹云祎谈清楚。"

"然后就来找我了？"傅识则接上。

云厘点点头。

这一年半的时光，她觉得很可惜，明明两人可以陪伴着彼此。

"我们以后什么事，都和对方商量。"云厘笑道，"好不？"

未来的路还很漫长。

"嗯。"

再接上云野时，已经是七点了。云厘在女寝室园区接的他，估摸是送尹云祎回去了。

见他上车后表情轻松，云厘问道："为什么吵架？"

云野双手枕在头后，瞟了她一眼："你不要管。"

云厘也懒得搭理他："行，我不管。"

云厘没有直接回家，而是开到了超市，买了些煲粥用的食材用品。云野手插兜跟在她身旁，见车里各式各样的东西，他没有问的兴趣，只想快点回家。

实验室里的人最近有些困惑，自己的师兄像改了性子，以前早六晚十二，现在早六晚五，甚至不到五点便不见他的影子。

林井然笃定傅识则追人去了，而且追人之路异常艰辛。

整个实验室，除了傅识则之外，其余几人都做不到早起。醒来刷刷手机，买个早餐晃悠到实验室，便已经十点了。

林井然在傅识则的桌面上看见个粉色的圆筒保温盒。

他不禁在小群里吐槽：啧，师兄这也太少女了，果然有恋爱的想法了，人就是会变啊。

到饭点了，林井然挂在傅识则工位的隔板上，问他："师兄，吃饭吗？"

"嗯。"

傅识则敲了敲键盘，见林井然还在等，他把那个粉红的保温盒拿到自己面前，拆开，里面的青菜排骨粥还泛着热气。

饭盒旋转了一下，林井然才留意到上面的便笺，画了个爱心和月亮。

"师兄，你谈恋爱了？嫂子给你送的？"

"嗯。"

这是云厘第一次给傅识则送午饭，上次说要回南芜后再做。今早傅识则到实验室没多久，云厘便给他打了电话。下楼便看见她提着饭盒。

因为要开会，傅识则接过后她待了会儿，他便回了实验室。傅识则不是在意别人看法的人，此刻见林井然一脸羡慕。莫名其妙地，他也因此感到心情愉快。

他复述了一下："对，女朋友送的。"

"……"

傅识则舀了一勺，想起云厘，忍不住弯了弯唇。旁边的林井然看得一脸蒙，虽然说傅识则一直是挺温和随性的人。但笑起来总是比较疏离，有距离感，他还是第一次见傅识则露出这样的笑容。

林井然不禁心想，师兄还是比较好哄的。

以前傅识则能全神贯注在实验室待一整天，和云厘谈恋爱后，他有点容易分神。之前和云厘说过，他工作起来注意力会比较集中，可能来不及回信息，云厘因此也一般只在饭点给他发信息。

喝着粥，他刷了会儿手机，两人的聊天记录还停留在八点云厘刚睡醒的时候，他往下翻。发现两年前傅正初建的羽毛球群又将他拉了进去。

傅正初：厘厘姐，去犬舍撸狗不？

傅正初发来了个链接。

云厘：是唐琳说的那个吗？
傅正初：对。

傅识则看了眼时间，早上十点，再切回和云厘的聊天界面，八点。

鲜少滋生的不悦逐渐侵蚀他的心头，傅识则望了林井然一眼，问："你谈过恋爱吗？"

"啊？谈过啊。"林井然很容易便推断出来傅识则遇到了恋爱上的难题，"师兄，你是想知道什么？"

"平时微信上，沟通频繁吗？"

"嗯，无聊时就拿起手机来刷个表情。尤其是刚谈恋爱的时候，恨不得每天都黏在一块。"林井然陷入回忆中，但还是不忘提醒傅识则，"不过啊，每对情侣的相处方式不同，师兄，你们就找自己最舒服的相处方式就好了。"

最舒服的？

傅识则又看了看自己和云厘的聊天记录，两人给对方发的信息不多。

他望向林井然："给我发些表情。"

…………

"师兄，这些表情是情侣之间常用的，这个表情包比较腻歪啊。你一开始别用，可能会吓到别人，你可以先从这个温和点的开始。然后同一个表情可以连续发几个，会让人觉得情感比较强烈。"

平日在实验室里都是傅识则指导师弟师妹们做实验写文章。难得有可以帮到傅识则的地方，林井然费尽九牛二虎之力给他搜了一大堆表情。

傅识则一一保存，抬眸和他说了声："谢谢。"

他的手指上下滑动，按照林井然说的，先发张从桌底钻出来的猫咪刷存在感。

不一会儿。

云厘发来一个疑惑的表情。

傅识则将这个表情刷了三遍。

云厘似乎完全不清楚他只是想刷一下存在感。

觉得林井然说的不靠谱，傅识则思索了会儿，选了另一个表情——"想你"，连发了三遍。

等了一会儿，云厘给他回了信息。

同样的"想你"表情包。

将手机搁到边上，傅识则动了动鼠标解锁电脑屏幕，没敲几个字，想起云厘的回应，他支着脸，不受控地弯起唇角。

…………

出发去接傅正初之前，云厘和傅识则先在食堂解决了晚饭。

已经十月底，西伏仍旧热得人发慌，一群群学生仍穿着清凉，拿着雪糕在校园内行走。云厘额上沁出了汗，看着迎面而来的女生手上的雪糕，舔了舔唇。

"想吃？"傅识则侧头问她，云厘点点头。

"那等一会儿。"

身旁是便利店，云厘在玻璃门外驻足。见他付了款后，还和收银台的女生说了两句话，女生笑语嫣然地将甜筒递给他。

傅识则出门后将甜筒递给云厘，甜筒打得很高，她默默地接过。

留意到她有些闷闷不乐，傅识则牵住她的手，问道："我买错口味了？"

"不是。"

云厘本来不想说，憋一会儿就过去。但想起上一次两人闹那么大矛盾的主要原因就是双方的沟通问题，她想了想，小声嘀咕道："你刚才和那个女生说了好几句话。"

一般来说傅识则是不会和别的女生讲多余的话的。

刚才那个收银员肤色较白，明眸皓齿，越想她越郁闷，连手里的甜筒都不想吃了。

傅识则在一旁失笑，问她："知道我说什么了？"

云厘没说话。傅识则的手臂直接钩住她的脖子，将她往自己的方向拉，云厘的后脑轻磕到他的锁骨。在大马路上，两人动作亲昵，云厘有些不好意思。

傅识则凑近她耳朵："我和她说，帮我把女朋友的甜筒打高点。"

意识到自己误会了他，同时因为他在耳边的话，云厘低下头，加快了吃甜筒的速度。

傅识则笑了笑，懒懒地说了一声："醋缸。"

阳光差点将她晒化，云厘脸上热得不行，她想抓紧上车，傅识则却不乐意，钩住她的脖子在路上慢悠悠地走。

云厘只好身体前倾，强行加快了傅识则的速度。钻进车后，她即刻开了空调，燥热的空气逐渐降温。

"我们先去接上傅正初，唐琳和他待在一块儿。"云厘提前和唐琳打了通电话，她的工作找在西伏理工附近。

傅识则对唐琳没什么印象，"嗯"了声。他冷不丁和云厘说："今天师弟说，谈恋爱要找到两人舒服的相处方式。"

云厘本来还吃着甜筒，听到这话后动作一顿，无措道："你是觉得现在不舒服吗？"

"嗯。"傅识则应了声。

云厘呆呆地咬了两口甜筒，思忖了一会儿。

她抬眸，轻声问："为什么？"

难道是因为她刚才发了脾气吗？

傅识则看着她，见她神色紧张，他俯身向前，轻推开她拿着甜筒的手，贴上她的唇。随着舌尖深入，甜味由浓转淡，他托住云厘的后脑。她一时间觉得阳光晃眼，唇上的力度由浅入深，还伴有一些淡淡的刺痛感，呼吸几乎被全部攫取。

被傅识则松开后，云厘轻喘着望向他，他用手指拭去她沾在唇角的甜筒，慢慢道："待一块儿的时间太少了。"

所以他总觉得不知足与不舒服，想和她有更多的时间待在一块。

云厘回过神，看着车窗外，车就停在大路边上，沿途有不少学生，方才亲得火热，她完全没注意到。

云厘此刻只想找块面罩把自己的脸挡住。

她盯着傅识则看了一会儿，他全然没有心理负担，还提醒她："化了。"

化成水的冰激凌流到了甜筒脆皮的底部，正要滴落到车上。

云厘连忙打开车门，将甜筒举到外面，小声道："你下次不能这样，得吃完才能亲，容易弄脏车子。"

"嗯，知道了。"傅识则懒散地应了声。

云厘瞅他一眼，见傅识则一直盯着自己，她不明所以："怎么了？"

他轻声催促道："快点儿吃。"

"……"

"其实这么多年我都在努力，我想告诉他，我是有点内向，但不代表我不能和别人相处，不代表我不能照顾好自己，不能为自己做决定。"

第十五章

你可能会偷偷加回我

"怎么傅正初喊上我们了？"车子开到西伏理工大学了，傅识则才问起云厘今天去犬舍的事情。

"唔，唐琳是我室友，她在追傅正初，就一起出来玩了。"云厘解释道，"可能傅正初不太好意思和唐琳单独待在一块。"

她想了想，又说道："也可能是想撮合我们俩。"

云厘还记得吃烧烤的那个夜晚，傅正初已经将傅识则拉回了群里。

傅识则视线转到路中央，傅正初和一个高高瘦瘦的女生站在路旁。云厘泊了车，女生率先钻到了车后座。

"云厘，我上次见你都一年多前了，没想到这次还是因为傅正初才见的面。"唐琳一进来便趴到座椅靠背上，往旁边瞟，见到和傅正初五官有些相似的傅识则，她惊愕道，"你和你男朋友都到西伏了？"

云厘应了声，唐琳有些沮丧地坐回座位，不客气地杵了杵傅正初："你看我室友，和你小舅都已经谈了两年了，你就不能让我们的恋爱早点开始吗？"

傅正初没吭声，往边上挪了点，唐琳当没看见，往他那边凑了点。

犬舍是唐琳父母的朋友开的，离西伏理工大学仅有十几分钟车距。店主事先知道他们的到来，预留了位子。

店内有四分之一的空间是吧台，几人坐下后，店员将菜单递给他们。

几人点了单后，傅识则指了指菜单上的红茶。

傅正初连忙叫停："他不用，给他倒杯水就可以。"中断的动作和话语都十分自然，像是这个场景已经出现过许多次。

傅识则："……"

傅正初转头给云厘解释道："之前小舅做手术后，外公外婆就说不能让他喝茶、咖啡这一类刺激性的东西。"

"哦……"云厘应了声。

明明身为女朋友，这些事情却是傅正初来提醒她。

之前傅识则反复和她强调自己的胃没问题了，云厘心里泛起说不出的感受，从边上拿了个柯基抱枕，玩了一会儿。

傅识则觉察到她若隐若现的低落，轻钩了钩她的手指。

这手指一钩看得傅正初一脸蒙，他卡顿道："欸，厘厘姐，小舅，你们……"

傅识则没搭理他，和云厘说道："去逗逗狗。"

犬舍里放了几只柯基在咖啡区，傅识则蹲下，摸了摸它的脑袋，柯基享受地扬起头，让他摸它的脖子。

云厘想起了初次去加班酒吧时，在夜宵店对面，傅识则戳着鱼蛋逗弄路边的流浪犬。比起那时，现在他的气质温润，瘦削的脊背却无缘无故让她想起了当时的画面。

云厘迟疑了会儿，走到傅正初旁边，唐琳被老板拉去叙旧了。

她没有什么头绪，傅正初迅速接受了他们俩已经复合的消息，支着椅子晃了晃腿，感慨了一声："厘厘姐，该在一起的人还是会在一起的。"

"那你和唐琳呢？"云厘勾了勾唇角，反问道，傅正初瞬间面上发热，支吾半天没给出个答案。

闲聊没多久，云厘问他："傅正初，之前你小舅胃穿孔的手术很严重吗？他没和我说细节。"

"当时小舅的外婆去世，小舅可能太难过了，烧了好几天，没吃东西，所以当时比较严重。"

见云厘愣了半晌，傅正初安慰她道："厘厘姐，你别太担心了。现在应该差不多好了，就是不能吃刺激性的东西。"

"嗯。"云厘笑了笑，目光停留在傅识则身上。

云厘心里像放了几块沉甸甸的石头，她挪到他旁边，傅识则见她来了，将柯基朝她推了推，想让她摸摸。

抚着柯基的脖子，渐渐地，她的手往旁边移，牵住傅识则的一根手指，随后覆盖住他的手背。

"你现在开心吗？"云厘问他。

傅识则反握住她的手，在她的掌心挠了挠："嗯。"

云厘紧绷的神经松弛了许多。过去的事情她无法改变，但至少，在以后的日子里，云厘可以一直陪在他的身边。

临走前，云厘注意到咖啡厅有一面心愿墙。她在林林总总的便笺前停留了许久，拿上一张纸，工工整整地写下了自己的愿望。

"你也写一个心愿。"她给身旁还在逗狗的人递了纸和笔。

傅识则对这个不感兴趣，直起身子想看云厘写了什么。她连忙拉住他，话中带了点警告："不许看。"

"行。"傅识则瞥她一眼，"那你也不看我的？"

"不看。"云厘和他离了点距离，示意自己绝不会偷看，她歪歪脑袋，说，"等我们俩的愿望都实现了，再一起回来。"

傅识则垂眸，主动将自己的便笺给她："你可以看我的。"

"我不看。"云厘知道他是想看自己的，她先走到了门口，盯着傅识则，眼里充满了警告。

总之就是告诉他，别偷看她的。

傅识则有些无奈，找了个高处，将便笺贴了上去。

将傅正初和唐琳送回去时，云厘见他们俩下车后，唐琳还拽着傅正初往前面走，傅正初一脸不愿意，却还是顺从地跟着。

两人大概率会成了。

…………

第二天是周五，云厘按照惯例到学校接云野回家。两人进了家门后，分别径直往房间走，却被云永昌给喊住。

云厘回过头，沙发上除了云永昌和杨芳之外，还坐着尹昱呈，对方朝她温和地笑了笑。她愣了下，以为是尹云祎和云野又出了什么事儿，放了包后忙到客厅坐下。

云永昌："小尹，我虽然没什么文化，但对教出来的孩子还是比较满意的。"

尹昱呈："叔叔，您谦虚了。"

云厘听得一头雾水，朝旁边默不作声的云野挤眉弄眼。

云永昌："厘厘，去洗点水果。"

趁着这个机会，云厘将云野拉到厨房去，从冰箱里拿了点水果，她小声问道："你不是还没告白吗？这么快就要和尹云祎定下来了？"

云野发蒙地回答道："没有吧……"

"看来未来弟妹家教很严啊，云野，你要做好心理准备，你们俩谈恋爱估计和直接结婚差不多。"云厘用手肘捅了捅云野，"说不定你告白的时候，老爸给你摆个十桌八桌的。"

"……"云野几乎没进行任何自我斗争，认命地点点头，"也不是不可以。"

云厘笑道："美得你，你追她那么久了，没想到最大的功劳是尹云祎她父母。"

云野掏出手机给尹云祎发了信息：歪歪，你哥是不是到西伏了？

尹云祎：嗯，他说来西伏相亲，我爸妈给他牵的线。

云野眨了眨眼，望向一旁哼歌的云厘，一时语噎。

他还没做好心理准备把这个噩耗告诉云厘。

云厘恰好切完水果，见他一脸便秘的模样，斜了他一眼："你干吗？"

"呃……"

云厘无所事事地凑来看他的屏幕。看到尹云祎的回复，她的表情瞬间僵滞。姐弟俩配合地将案板上的瓜皮收拾到垃圾桶里。

一阵暴风雨前的安静后，云厘扯过云野的领子，压低了声音："你实话实说，你到底知不知道这事？"

这实在是太离谱了。云厘想了千万种可能，万万没想到是这种。

云野："我怎么可能知道。"

云厘怀疑地看着他，已经将他视为共犯："你上次和尹云祎吵架是不是因为这事儿？"

云野："你的事情不可能撼动我和她的感情，OK？你赶紧想想怎么应对歪歪她哥吧。"

"厘厘，水果切好了没？"云永昌在客厅里催促。

云厘捏捏果盘的边缘，一阵火蹿上心头，她和云永昌强调了不止一次，之前云永昌还收敛一些，这一次直接把别人从南芜薅到了西伏。

其他人就算了，这次竟然是尹云祎的哥哥，这情况让云野也很为难。

云厘将果盘端出去，云永昌让出了位置，让她坐到尹昱呈边上。

有外人在，云厘再不悦也只能压在心里，面上推辞道："我的工作还没做完，现在着急做，你们慢慢聊。"

说完，她没等云永昌再说话，直接转身回房。在房间生了会儿闷气，云厘听见大门开了又关的声音，猜测尹昱呈走了。

云永昌在客厅嚷嚷："云厘。"

云厘没有回应。

随后听见走道"咚咚咚"的脚步声，云永昌把房门打开："我怎么教你的，你怎么这么没礼貌。"

"别人还带了礼物过来的，你这算是什么态度？"云永昌沉着脸，云厘这才瞥见客厅桌上的水果和茶叶。

"爸，要不下次你找来的人，你去和他过？"云厘忍无可忍，压着怒气道，"我不止一次和你说了，我不想相亲，我也不需要相亲。"

"你这个性格怎么不需要，你知不知道他学历高、工作好，是我们西伏人，而且别人一点都不嫌弃你耳朵听不见。"

"爸！"云野听到这句话后忍不住喊了一声，云永昌僵了一下，知道自己说错话了，不自然道："对方条件……"

云厘面无表情地打断了他："对方条件好，你女儿单耳失聪，配不上。"

她忍住冒上来的泪意，冷静道："你别再安排了，这次我不让你难做人，我自己去和他说清楚。"

走到门口，她的脚步慢下来，话里有些哽咽："爸，下次你考虑一下我的感受，可以吗？"

云永昌没说话，等云厘带上门后，他才回过神，和云野嘟囔道："那当爸妈的也是为了自己的孩子，我们就想给你姐找个好点的家庭，不会瞧不起她，以后她过去了不会受委屈。"

"爸，你和姐道个歉吧，你这么说话谁受得了啊。"云野语气不佳，平日里云厘和云永昌拌拌嘴都是小事情，已经很久没说过这么过分的话了。

一对子女都不支持自己，云永昌表情灰暗，动了动唇："我把你们养这么大……"

云野听得不耐烦，直接回了房间。

云厘小跑到楼下，尹昱呈刚走到小区门口。她快步追上，对方听到脚步声，似乎也是等了许久，回过头。

他似乎如释重负，朝云厘笑了笑。

云厘没有迟疑："我和傅识则还在谈恋爱，没告诉我爸。"

尹昱呈的笑容僵了下，表情一言难尽。尹昱呈原以为追出来的云厘是对他有意思，毕竟他的各项条件都不差，两人认识也有两年。

这次是父母介绍的，尹昱呈看见对方的信息，一方面是曾经动过心的人，另一方面云厘性格好，挺适合一起生活，他才特地来西伏拜访。

云永昌也十分坦诚，对家里的情况没有丝毫隐瞒，两个家庭的结合会是比较好的结果。年近三十岁，他的相亲之路怎么会这么艰难。

"我之前和我爸说得很清楚了，他就是不听我的。"云厘看起来也很为难，她无奈而又抱歉地看向他，"希望这件事不要影响到云野和云祎他们俩，我把你的机票钱和酒店钱转给你。"

直到这个时候，云厘考虑的都是自己的弟弟，而不是千里迢迢赶来的他的感受。一字一句都像在割尹昱呈的心口，他在相亲市场上也算是受欢迎的，只是他不喜欢对方功利性地冲着硬件条件而来。

他只是想谈一场单纯点的校园恋爱，却频频在云厘这边吃瘪。

哦，这么说来以前他参加比赛，只要有傅识则在，他也拿不了第一。

可能是输惯了，这次的对象还是傅识则，他好像也没那么难以接受。

尹昱呈迅速调整了表情，给自己留了点尊严，表现得毫不在乎："没关系，我都相了二十多次了，就当我过来看看妹妹吧。"

云永昌的这波极限操作让云厘处于万分尴尬的境地，她面露歉意。

"我先去找云祎了，别放心上。"他意有所指道，"以后一样是一家人。"

送走尹昱呈后，云厘卸下心头的负担。想起刚才发生的事情，云厘一阵窒息，有种云永昌要包办她人生的既视感。回家估计又得对上云永昌那张臭脸，既然已经出门了，她一不做，二不休打了个车到西科大。

等她到学院楼下时，傅识则已经将小龟停在路旁，正在等她。

云厘娴熟地坐到小龟后面，抱住他的腰："我们要不要去边上？有一家游戏店。"

傅识则瞟了她一眼，大晚上跑出来打游戏不符合云厘的作风，但他没多问，直接骑到了店里。

两人开了一个小隔间，只有一张双人沙发和屏幕。

塞了个手柄给他，云厘随便开了个游戏，她按键很急促用力，就像在发泄心中的情绪一样。

玩了没几把，傅识则放下手柄，侧头问她："怎么大晚上跑过来了？"

云厘闷闷地拨弄了下手柄，含糊道："想你了。"

"哦。"他明显没相信这个理由。傅识则并不着急，耐心地给她开了个新游戏，又陪她玩了两把。

傅识则的问题就像开个头，云厘想起云永昌这段时间的做法，从她回国开始就不停地给她介绍相亲对象，在她明确拒绝的情况下还约对方到外头的餐馆，云厘没到场还要受他指责。

这次更加荒唐，直接把人请到了家里。

那下一次呢，还会有怎样过分的事情？

云厘越想越郁闷，低着头向傅识则诉说："我爸有点离谱，把云野的大舅哥叫到家里和我相亲了。"

"……"

"走之前和他吵了一架。"想起云永昌说的话，云厘语气低落了点，"其实我也理解，他这么着急的原因。"

云厘讷讷道："我爸一直觉得我内向，性格又很倔。小时候我经常被欺负，我都骂回去了，但是我爸始终觉得，我这些是不成熟的表现。"

在云厘小时候，无论她遇到什么事情，云永昌都会一改沉默寡言的本性，为了她和对方争吵。

也因此，当云永昌被亲戚数落的时候，云厘也毫无忌惮地挺身而出。

这种关系不知道是从什么时候开始改变的。云厘没有忘记云永昌对她的好，也正因为如此，此刻她才备感难过。

"其实这么多年我都在努力，我想告诉他，我是有点内向，但不代表我不能和别人相处，不代表我不能照顾好自己，不能为自己做决定。"

云厘从小在云永昌的打压下长大，她努力地对抗着这一切，无论是到南理工读研，还是到英国交流，这些经历都拓宽了她的视野。

她觉得，自己已经做得足够好了，也找回了久违的信心。

可她骨子里还是自卑的。

外界给她的自信，一旦回家就会被全数击溃。

她的努力永远无法换来云永昌的信任，就像永远有个人跟在她背后告诉她："你做再多也没有用。"

"我不知道怎么让我爸认可我。"云厘垂着脑袋，"他今天和我说，尹昱呈不介意我一只耳朵听不见。"

"就好像在他看来，这就是我全部的价值。"

这样的事情每发生一次，她就不禁会去思考，自己是不是真的这么差劲，才会让她的爸爸一直这样看不起她。

云厘最后几个字几乎是咬着牙说出来的。她回忆起小时候的云永昌，极大的委屈涌上心头。

她觉得云永昌是爱她的，所以才更希望得到他的认可。

"厘厘。"傅识则抬起她的脸，认真地看向她，"不要因为别人说的话，而怀疑自己。"

他顿了会儿："任何时候都不要怀疑自己的能力。"

"你很独立，也很要强，你想做的事情，都做到了。"傅识则摸摸她的发丝，他平时说话没有太强的情绪，此刻，却充满着不容置疑。

她在他这儿是闪闪发光的宝物。

不应该因为任何人的质疑，而失去光彩。

"这世界上有各式各样的人，每个人的三观不同，父母有自己的想法，这些想法并非尽善尽美，甚至很多时候是令人难以接受的。"他语气平缓，在她耳边低语。

"但父母是父母，我们是我们。"

"而且，叔叔是认可你的，所以当初，才会极力反对我们在一起。"明明这件事是在说他的不是，傅识则说起来也毫无芥蒂。

他是觉得自己女儿足够好，因此，才要找相当的人。

"那是他不了解你，冥顽不化。"云厘拉了拉他的衣领，"你不要在意他当时的反应。"

"我不在意。"傅识则将她拉近了自己，"我只在意现在。"

隔间内只有屏幕的光线，照着他薄薄的下唇，云厘抬头浅浅亲了他一下。这一次，傅识则没有旖旎的意味，亲昵而安抚地回了一下。

就像在告诉她，他会一直在她的身旁。

云厘的心情好了许多，想到以后傅识则还要和云永昌见面，又有点紧张地问道："你会不会害怕我爸啊？会不会觉得我爸很专制啊？"

"不敢说未来岳父的坏话。"傅识则重新拿起了游戏手柄，打开一个新的游戏玩了一会儿。

屏幕上的游戏刺激带感，云厘这次玩得很投入。旁边的傅识则动了动，忽然把游戏手柄放下。

沉默了片刻，傅识则开口："你今天去相亲了。"

云厘："……"

傅识则："可能还会有下一次？"

云厘一阵紧张："今天是个意外，应该……"想想自己老爸的脾性，她的话一顿。她也说不准会不会有下一次。

傅识则抬眸看她："我也有很久没见你父亲了。"

云厘听到这话一滞，她对上次的事情还存在心理阴影："你不介意上一次我爸……"

"当时我的状态确实很不好。"傅识则坦白道，"我不会怪你父亲的，他是在自己的能力范围内保护自己的女儿。"

他说这话时云淡风轻，丝毫看不出埋怨或其他情绪。

连云厘自己对此事都抱有埋怨。

"但如果他的保护伤害到你了，"傅识则顿了下，声线蓦然低沉，唇在她的右耳蹭了蹭，"我就想早点把你带回家。"

他丝毫不隐藏自己的意图。

"那你得看我同不同意。"云厘笑道，"就算以后我爸同意了，我还不一定同意呢。"

两人光顾着聊天，游戏屏幕已经进入待机画面了。

见云厘也没多想玩，傅识则起了身，轻轻地拉起她。云厘还没站稳，听到头顶上他的声音："走吧，去我家坐一会儿。"

直到寝室楼下，云厘才知道傅识则说的家是什么东西。

她瞟了眼楼长："我能进去吗？"

傅识则直接拉过她："嗯，我住的单人间。"

话语刚落，两对小情侣依偎着彼此进了楼，楼长甚至没抬眼，仿若这件事情再正常不过。云厘有点担心上去后会不会发生什么事情。

见她神情犹豫，傅识则笑了声："真的只是坐一会儿，想哪里去了。"

"你都知道我在想什么了。"云厘被他这么一说，有几分羞赧，但又不甘示弱，"说明你和我想的是一样的东西。"

傅识则本来也不是脸皮薄的人，"嗯"了声后，故作缱绻地反问她："不行？"

"……"

两人先到了寝室楼旁的便利店，傅识则拿了两袋牛奶，放微波炉里加热。其间，云厘瞥见收银台旁架子上花花绿绿的盒子，连忙收回目光。

给她拆了牛奶，傅识则才带着她上楼。寝室比较老旧，没有电梯，云厘跟着他爬楼梯上了五楼。

和当初江南苑的屋子一样，傅识则的寝室收拾得一丝不乱。除了桌上放了几本书之外，没有其余的东西。

他从小冰箱里拿了块芒果千层切片，放在桌上："师弟今天去商场，我让他帮忙带了一块。"

傅识则还记得林井然几人出门前，说要去西伏最火的甜品店。等他们离开后，他发信息让林井然帮忙带一块。

林井然明知故问：师兄，你平时不是都不要吗？

好像也没有什么特殊理由。只是想看见类似此刻，云厘一口一口乖巧地吃掉他特意带给她的东西。

注意到他的视线，云厘用手背蹭了蹭脸颊："我弄脸上了？"

"没有。"傅识则坐到她身旁。

云厘挖了一勺，递给他："你要不要吃一点？"

“你吃。”傅识则将勺子推回去，云厘“哦”了声，又吃了两口，忽然发现他直直地看着她。

傅识则：“还是吃一点吧。”

云厘又“哦”了声，刚抬起勺子，被傅识则轻拨开手。

他往前靠，在她的唇上咬了两下，力道不轻不重，又眷恋地停留了一会儿，舌尖在她的唇瓣上一点点滑过。他没有深入，退回原本的位置。云厘蒙蒙的，将勺子放回到蛋糕盒里。

几平方米的空间逼仄，云厘看了眼老旧的白炽灯，问他：“一个人住在这个小单间，会不会觉得很压抑啊？”

傅识则思考她这个问题的动机，缓缓反问道：“你要搬过来和我一起住？”

“……”这狭小的空间只有他们俩，估计说什么都不太正常。

云厘指着他那张窄得无比的床，是标准的宿舍床配置：“这张床，才一米！”

傅识则侧头：“没说睡一张床。”

他顿了顿：“如果你想的话，也可以接受。”

“……”傅识则的脸皮之厚几乎刷新了云厘对他的认识，她往旁边一挪，“我没有。”

芒果千层不大，尽数下肚后，云厘又重新思考了下这个可能性。

“我和我爸可能会经常闹僵，所以我有认真考虑。因为那种时候，我应该会希望你在我的身边。”

“嗯，我会在的。”他言简意赅，玩了玩她的发。

云厘扬了扬唇，站起来打量这个小单间：“那我睡哪儿？”

傅识则直接答道：“你睡床上，我打个地铺。”

“拿什么打地铺？”云厘没在屋里头看到其他被褥，这个小房间的空余地方不足以再放多一套。

“你分张被单给我。”傅识则提了个方案。

云厘看着他的身板，直接排除掉了这个选项：“你身体不是不太好吗，我怕你打地铺着凉。”

“……”看出她盯着自己的身子，傅识则不动声色地喝了口水，放下水杯后，直接抱住云厘的腰。

两人原先都坐在床边，此刻云厘贴上他的身体一侧，和往日不同，他用了点劲儿，就连扣住她的五指也陷进她的腰部。

她一抬头，便撞到他的下巴，对上他那双深邃黝黑的眸子，云厘脑子一白。腰间的力度越来越大。

知道这样下去会发生点什么，她还是直勾勾地盯着对方，微张的唇带了些蛊惑。

傅识则轻声道："就算我身体不好，床也留给你。"

虽然他口里百般顺从她的话，手上的动作却像是反复和她证明——你放心，我身体很好。

待到快十一点，傅识则送云厘回到小区楼下。走到铁门附近，傅识则从口袋里拿出一朵纸折的红玫瑰，小小的，放在他的手心。

云厘愣了下："给我的？"

他垂着头，几缕柔软的发丝略微垂在了眼前，沉吟一会儿，他应道："没有，叠得怎么样？"

见他嘴硬，云厘十分硬气地评价道："一般般。"

"那我放回去。"语罢，傅识则将纸玫瑰往口袋里放，云厘连忙抓住他的手："别压坏了。"

云厘摸着那顺滑的纸张："你在办公室怎么有时间折这个？"

"想你的时候干不了活，就折折。"傅识则随口应道。

云厘歪歪脑袋，问他："那你只折了一朵？"

"……"

"一朵也行。"没等他回话，她扬起唇角，纸玫瑰虚握在手中，放在胸口，倒退着往楼里走，两人的视线始终接触，直到她的双眸消失在门的夹缝中。

云厘到家时，将近十二点了。她踢掉鞋子，客厅的灯仍大亮，云永昌坐在餐桌前，杨芳已经睡了。桌上摆着两盘坨成团的炒粉，能看出放了有些时间。

"来吃点。"云永昌语气生硬，起身把炒粉拿到厨房。

云厘听到微波炉的声音，心里不太情愿，但她或多或少在云永昌等她吃夜宵的行为中读出了示弱的含义。

将随身物品放回房间，她快快地到餐桌前坐下。

云野听到动静，也从房间里出来，他只穿了件背心和短睡裤，盘腿坐在凳子上，打量着她的神情。

云野："你去哪儿了？没回我信息。"

云厘睨他："干吗？"

和傅识则待在一起的时候，她几乎没看手机。打开一看，才发现云野给她发了十几条信息。她点开聊天界面，甚至没往上翻就直接返回。

云野担心了她一晚上，此刻有些窝火："你都不看完我信息的？"

"现在没心情。"云厘将手机盖到桌上，"吃完夜宵我再回房间好好品鉴你发的东西。"

她话音刚落，云永昌拿着热好的炒粉出来，云厘去拿了碗筷，三个人的氛围沉寂。父女俩面无表情地吃着桌上的炒粉，只有云野像个局外人。

气氛一片安静，这在云家并不是个好现象。沉默了几分钟，云永昌的话中带了点自己不被理解的控诉："我这么做也是为了你好。"

云野也没想到自己的老爸在餐桌待了一晚上，就憋出这句引战的话来。两代人的思想差得太远，云野的汗毛竖了起来，踢了踢云厘，示意她别一气之下说出冲动的话。

云厘表情不善地瞪了他一眼，还是控制着自己语气的平静："我知道。"

"那你就应该知道爸爸这么做全是为了你着想。你这个脾气和性格，去别人家受委屈了又倔着不说……"

她尝试过很多次，让云永昌相信，她有能力保护自己和照顾自己的。

云厘抬起头，没有在云永昌那张黝黑干燥的脸上看见预期中的贬低，更多的是他的拒绝退让。其实傅识则说得很对，云永昌有思维上的狭隘，但他的初衷从不是坏的。

比起相信她，他更愿意相信自己有能力保护女儿。

云厘沉默了会儿，说道："我已经在谈恋爱了，你不要叫我去和别人相亲了，这不好。"

云野瞪大了眼睛，在桌下又踢了云厘一脚，云厘毫不留情地踢回去。

云永昌并不吃惊，本性全露，开始查家底："什么人？"

云厘淡定地吃了口粉："云野课上的助教，西科大的博士，快毕业了。"

云永昌看向云野："是真的？"

似乎觉得云厘说的话没有可信度，云永昌直接问了云野："你跟他打过交道吧，人怎么样？"

"挺好的……"云野目光怪异地看了云厘一眼。

"你早点和我说，我就不用请这个小尹来了，也不用和他说你的事。"云永昌觉得今天自己说的话不对，但组织了半天语言都表达不清楚自己的意思。

自我反思了几秒，他又恢复了一贯霸道的作风："带回家给我看看。"

云厘在桌下踢了云野一下。

云野立马抬头："爸，你别管这么多啦，万一把她男朋友吓走怎么办？"

"而且我们那个助教很厉害的，本科就是西科大的，每年都拿国奖，比赛经常拿一等奖，对人很好，脾气也很好。"云野一通话交代了云永昌喜欢听的点。

云永昌表情缓和了点，但仍旧挑刺道："这男孩这么优秀，以前没谈过姑娘吗？"

云野蒙了，看看云厘，脱口而出："没和别人谈过恋爱。"

云厘瞅了他一眼。

这措辞可真厉害。

以前没和别人谈过恋爱。

因为只和她谈过。

见云厘没有说话的欲望，云永昌没有继续逼她。吃完夜宵后，她回了房间躺在床上，给傅识则发了信息：到了吗？

几秒后，傅识则回了条语音信息，一个"嗯"字。

清淡的声线并非戛然而止，字的尾音拖了一拍，像是困倦得不行，又打起精神回她信息。

云厘的心情瞬间明朗：明天我没什么事情。

事实上，周末两天她都没什么事儿，可以和傅识则出去玩。

傅识则的语气有点淡淡的遗憾："明天我要写博士论文。"

云厘手一顿：那好吧。

手机再度振了振，云厘还有点小失落，却听到他说："但我旁边有个空座位。"

她心里一松，拿上衣服去洗了个澡。

回来才发现傅识则在上条信息后又发了一条信息：不来吗？

似乎是因为她没回，不那么笃定地又邀请了一次。

云厘擦了擦自己的头发，在灯光下转动着那朵纸玫瑰，回复道：好。

翻身倒在床上，云厘用手挡住光线，困意袭来。迷糊中，她想起云永昌上次给傅识则甩的脸色，不禁惊了下醒过来。

挪开手便看见钻到房间里来的云野。

"你怎么谈恋爱了都不和我说？"云野声音幽怨，"我之前还……"

"还什么？"云厘对他的不满不屑一顾，抓住他的脑袋揉了两下。

"没什么……你别老碰我头发。"他不高兴地拨开她的手，云厘见自己被嫌弃，直接倒头就睡。

见她眉尾平平，眉间松弛，估计这恋爱谈得挺开心的。那告不告诉他其实也无所谓。

云野在云厘的书桌前坐了会儿，起身在屋里来回踱了会儿，又在她书架前翻了翻。

云厘极度困倦，催促道："有屁快放。"

"我想下学期考完试后，发展一下和歪歪的关系。"云野眼神四处游荡，手指在裤缝线上轻敲，看得出不太自然。

发展一下关系，这么含蓄的话也只有云野说得出来。

云厘："哦。"

云野："你不发表一些看法吗？"

云厘一脸疑惑："你不是打着同学的名号在谈恋爱吗？终于愿意负责任了？"

云野："……"

有事相求，云野忍气吞声："你能不能让你男朋友借无人机给我？"

"你不是有他微信？"云厘将被子盖到了身上，赶人的意味十足，耐心而温柔地劝道，"云野，你已经是成年人了，不要什么事情都让你姐出面。"

云野支吾道："你说话方便点，让他借我一台酷点的呗。"

云厘干脆不搭理他，云野在一旁戳了一会儿，推了推被窝中的她。

她已经睡着了。

云野顿了会儿，关了灯，自己去拿了手机。他大概和傅识则表达了自己想做的事情，明明是深夜了，他却毫无睡意，满脑子想着告白的事情。

坐立不安熬了半个小时，傅识则才回了信息：我送你一台。

上惯了早课，云野习惯性地七点钟起床，路过厨房，里面已经有个人身影在来回走动。

云野："你怎么起那么早？"

云厘："准备午饭。"

厨房的窗户朝阳，光影照得云厘的身形模糊。云野打着哈欠，抓了抓头发："这不是才早上？"

"熬粥，快的话也要好几个小时。"

"哦，对了。"云野边刷牙边走到厨房，"我今天要去找姐夫。"

云厘："嗯？"

云厘："你这次改口，也挺快的啊。"

和上一次一样。

"……"云野没好意思说傅识则要送他无人机的事情。

云野："昨天我问了姐夫，我今天去找他拿无人机。"

云厘皱眉："你从我房间走的时候不是很晚了吗？"

云野看了眼手机："那会儿凌晨两点多吧，姐夫也还没睡。"

"快去刷牙。"云厘将他从厨房赶出去，用勺子拌着砂锅里的米粥，划出的圆弧不过一秒便消失，她怔怔地看了一会儿。

两人在一起后，傅识则在她面前的状态都很好，和同学、朋友相处时泰然自若，云厘也不想去竭力追问他的过往。前一段恋爱中，她问过几次，傅识则似乎不太愿意说，就像她不愿被人提及自己分手的事情。

她觉得所有的事情，待时机成熟，傅识则都会和她说的。他没有主动说，可能是他自己还未消化好。

云永昌和杨芳也起了床，似乎已经习惯了云厘一大早起来折腾，没有多问。云野陪着父母安安静静吃了早饭，两个长辈的目光始终在云厘身上瞟来瞟去。

许久，杨芳柔声问道："厘厘，你爸爸说你谈男朋友了，请他来家里吃个饭吧……"

"我问问他吧。"云厘应了几句。

云野换了衣服，刚打算出门，便看见云厘提了两个保温袋："待会儿要野餐？"

"嗯，午饭。"云厘随口应道。

云野傲娇道："哦，不想吃。"

"谁说给你了。"云厘将保温袋塞云野手里，"我送你过去，待会儿你拿完无人机，自己回家。"

"……"

车停在控制学院，云野跟着云厘上了楼，傅识则开了门，办公室内窗帘大开，他的身影沐浴在日光中，神色平静，带点柔和。

"姐夫。"云野喊了一声。

傅识则将他位置旁的长柜打开，里面放了好些无人机："挑一个吧。"

云野两眼发光，凑上去，他不是贪便宜的人："我借来用一下就还回来。"

"没事儿。"傅识则倚在一旁，"放这儿也是浪费。"

听到他这么说，云野也不扭捏。不好意思拿新的，他直接拿了最旧的那架，看起来已经有些年份了，上面印着个掉了些漆的字母 U。

云野："我拿这个可以吗？"

傅识则顿了下，表情微动，但随即平静地点了点头。

"走吧。"傅识则从桌上拿起鸭舌帽，却直接戴在了云厘头上，鸭舌帽偏大，挡住了云厘的视线。

他站在她身后，手指偶尔贴到她的枕骨，默默地替她调好松紧度。

室外日丽风清，西科大的大草坪处间或有野餐的学生。他们找了个树荫处，傅识则侧头告诉云野怎么操纵无人机。

身形颀长的两人站在一块，傅识则穿着宽松的白衬衫，看过去和云野差不多的少年气。

　　云野想得很简单，用无人机载着明信片给教学楼上的尹云祎。明信片对于他们而言具有重要含义，当初两人在寄明信片的过程中互相明白心意。这个告白的过程虽不算惊天动地。不过，云野想了想，尹云祎应该会喜欢的。

　　傅识则教了云野基本操作后，便和云厘在树下乘凉。找到独处的机会，云厘才问道："云野今天和我说你凌晨两点多还醒着……"

　　白日里他看起来精神不错，正常得不会让人怀疑他有任何问题。不过云厘也听别人说过博士毕业的那一年压力非常大，失眠是常有的事情。

　　傅识则："是有点睡不着。"

　　云厘没有问，等着他往下说，傅识则玩了玩手柄，随口道："可能写博士论文压力太大了吧。"

　　"哦……要不我帮你改博士论文？"云厘觉得自己也没其他能做的事情。但转念一想，她只是普通重本院校的小硕士，试图帮一个顶级院校的博士改毕业论文，好像不自量力了点。

　　憋了半天，云厘又说道："我可以帮你画图。"

　　见他没什么反应，云厘继续道："或者帮你检查数据？

　　"帮你排版？

　　"再不济，我帮你检查错别字也可以。"

　　云厘还补充了个条件："只要你的论文不是英文的。"

　　傅识则听她说了半天，侧头问她："你自己的写完了？"

　　云厘很实诚："虽然我每次打开毕业论文，半天都挤不出几个字，在电脑前能发一天的呆。"

　　"但我没因此失眠。"她点明了一下自己的优势。

　　云厘没觉得自己是打肿脸充胖子，几个月后才交硕士论文，她现在吃得好睡得好，状态比傅识则好很多。

　　傅识则对她目前的情况有数，反问道："不用我帮你？"

　　云厘正色道："先把你的写完。"

　　她淡定地补充："你就能全力帮我了。"

　　傅识则靠着树干，仰起头，瞳仁朝着她的方向："怎么感觉我要写两篇？"

"不对。"云厘靠着他的肩膀，"明明是我们一起写。"

云野试飞了没多久，便自觉不当这个大电灯泡，收拾东西回家了。云厘把车钥匙给了他，不顾他的强烈反对，给车贴上了"实习车"标志。

来过控制学院许多次，这是云厘首次和傅识则实验室的人打交道。几个男生见到她都有些腼腆，她不自然地坐到傅识则的旁边，工位不小，拉张椅子足以容下两人。

傅识则倒了杯水，试了试温度便放到云厘面前，随即便打开了一个文档，专心致志地开始写东西。

傅识则还给了她一台笔记本，让她用来办公，她下了几篇硕士论文看了几眼，刚专心不久，注意力就被周围来来往往的人分散开，不自觉地看向旁边的傅识则。云厘第一次感受到，自己确实谈了个学霸男朋友。

中途好几次其他人起身打水，还有其他实验室的人过来讨论问题，云厘和他们视线对上，笑了笑便不太自然地低下头。

傅识则却置若罔闻，眼中倒映着屏幕上的文字。

受他影响，云厘定下心学了一个小时。随后便忍不住看向那闪了很久的微信。

是傅识则的账号。

她点开，有个实验室的小群，间隔有新信息弹出。

> ！！！师兄带女朋友来了。
> 师兄有对象了，我们终于有活路了！
> 我去，拍个照啊，无图无证据。
> 不行，太明显了，他女朋友就坐他边上。
> 嫂子贼漂亮，坐在那儿像个女明星一样。

看到这句，云厘脸微微泛红。

> 你别一个劲儿说，拍照啊！
> 你们自己过来看啊，你们就假装来拿东西或者讨论问题。

"……"她才意识到，刚才那些人，都是来看她的。

得知这个事后，云厘如坐针毡，每当有新的人进来她都会绷紧身子。傅识则忽然偏头看她，问她："怎么？"

云厘的嘴巴像被缝住了，她朝傅识则晃了晃手机，发送信息：感觉在这里不太方便……

傅识则：不太方便——

云厘回复的话还没输完，他又发来一句——做什么？

将两条信息连起来读，云厘往后一靠，幽幽地看向傅识则。

那我们去隔壁空房间？

连着前面的背景，整个故事有了暧昧的意味，云厘心里纠结了一会儿。同意的话就好像主动在说：我今天不是来陪你好好学习的。

倒像是有别的意图。

傅识则直接起了身，在后面的柜子拿了台实验室的笔记本。他站在工位旁，目光带点调侃。

云厘慢吞吞地起了身，抱着笔记本跟在他身后。不想引起人注意，她还特意保持两人间距一米。

傅识则停下脚步，想起什么似的，侧身牵起她的手，云厘试图挣脱，却被他牵得紧紧的。

他牵着她继续往外走。云厘知道这里的门隔音不好，一路上都没说话。傅识则带她到一个小实验室，入口放了操作台，还有个办公位和单人沙发。室内无窗，带点潮味，傅识则开了换气扇，机器老旧，扇叶铮铮作响。云厘刚将笔记本放在操作台上，蓦然被他抵到门上。

她的脖颈直直地贴着冰凉的门，身前却是他温热的躯干，他靠近她的右耳："现在方便了？"

声线淹没在换气扇的噪声中，却如雷雨般在她耳边响起。

云厘本就觉得房间内闷热，此刻更是感觉热气直接渗到了头顶。

她舔了舔下唇，盯着他点漆的眸，他的唇离她的仅半厘米不到，云厘最终还是别过头，用手背挡住自己的唇。

她红着脸道："去写论文。"

傅识则顺从地松开她，打开笔记本坐下，他瞟了云厘两眼，用鼻音催促她坐到自己跟前。

云厘提心吊胆了一路，她拉了张椅子坐到他边上，撑着椅面，动了动唇，小声问："我们这么明目张胆地走出来，你师弟会不会说你不务正业啊，会不会说你色欲熏心？"

傅识则偏偏头："可能会吧。"

"那怎么办？"云厘长"啊"了一声，眼角下垂。

"没关系。"傅识则不在意道，"他们说的是实话。"

"……"

这种时候，云厘只觉得傅识则语出惊人，关键他还面不红心不跳的。

她比他正经，顾虑得不少："那要不我以后还是不来了，我不想别人说你不好。"

云厘觉得这种事情极其容易一传十，十传百，引起别人对傅识则的非议。她知道傅识则不在乎别人的眼光，但她爱惜他的羽毛。

见她谨慎较真的模样，傅识则问道："粥也不送了？"

"还送，这样我早上还能和你见一面。"云厘想起工作的事情，"我打算去优圣的子公司，对方可能会让我提前入职，这样的话我们见面的机会就更有限了。"

云厘规划了下："在那之前，我会常来找你的。"

"在那之前，不要在意别人的看法。"傅识则上臂搭在沙发扶手上，玩着她的发，随意道，"在那之后，也不必。"

云厘犹豫了会儿："我在你身边，会不会影响你办公啊？"

"刚好不会。"傅识则回头和她说道，"你不在的时候，我要看你有没有给我发信息，容易打断工作。"

她在的话，傅识则反而不容易分心。

距离交博士论文全稿没有几个月了，他以前没有这个念头。

但想到身边的人会比较喜欢，他还是想拿个全国优秀毕业论文的。

"不过。"傅识则将笔记本放到一旁，将她拉到单人沙发的另外一角，"现在有一点。"

气氛骤然暧昧。

傅识则在她的唇上咬了两下："只有我们俩，没办法学习。"

…………

午间分食了她带来的粥后，傅识则有些犯困。云�厘因为日常起得晚，平时没有午睡的习惯。可能是因为昨晚睡得晚，傅识则在沙发上，不过几秒便进入睡眠。云厘的视线从手机移开的时候，他已经睡着了。

她起身，不发出一丝动静地拉上窗帘。帘布遮光率不高，凭借透过的光线仍能看清楚他的五官。云厘坐在他身前的椅子上，观察着他的神情。

傅识则双目紧合着，眉间紧锁，微抿的唇似乎意味着正处于不佳的梦境。她伸手抚了抚他的眉间，他苍白的脸终于有些放松。云厘静静地看着他的睡颜，他似是陷入了很深的睡眠，放松地倚着靠垫。

桌面上的手机亮了下屏，是条动态提示，锁屏依旧是他们的合照。

云厘给手机解了锁，滑到微信界面，他置顶了她的窗口，备注依旧是"云厘厘"三个字。

打开窗口，云厘往上滑，怔了一下。

在他们重逢的那天，傅识则给她发了条微信：厘厘。

再往上翻，每一天，傅识则都会给她发一条信息，只有"厘厘"两个字。回应都是信息前红色的圆圈，以及系统提示的不是对方的好友。

几乎不敢相信地，云厘继续往上翻，手指滑动了许多次，却一直没有翻到尽头。

屋内安静得只有他的呼吸声，云厘不知疲倦地向上滑，直到聊天记录回到他们分手那段时间。

她垂下头，看向旁边睡着的人，心中极度难受。直到他设定的闹钟响了，云厘摁掉。

傅识则稍微舒展了一下身子，自然地把云厘拉到自己身上。

云厘声音涩然："你之前每天都会给我发条信息？"

傅识则懒洋洋地"嗯"了声。

云厘的手抓紧了衣摆："可是我不是删了你吗……"

傅识则支着自己的头，合理猜测道："你可能会偷偷加回我。"

他的语气很轻松："就像上一次一样。"

在那一年半的日夜里，他每天都抱着希望。可能下一次，界面上给他的回应不是那冷冰冰的提示，不是那刺目的红色。

云厘看向他："为什么你没有直接来找我？"

直至离开南芜，云厘心底最深处都抱着不切实际的期待。只要他能来找她，仅凭这多一步的喜欢，两人都能不计前嫌，可以继续走下去。

她在英国的时候，想起他们相处的细节，会告诉自己，傅识则是很喜欢自己的。只不过，分手之后，他不再需要她，也不是非她不可。

就这么错过了一年半。

她宁可这一切如她所想，她宁可傅识则迅速走出了这段感情，回到了正常的生活轨迹。至少这样，傅识则会过得比真实发生的情况更好。

"之前和你说过了。"傅识则身子稍微坐正了点，"我想变回以前的模样，再去找你。"

他那时还未做到，也不确定自己能否做到。

傅识则身体前倾，手覆在她的发上，摸摸她的额角："只是我不想排除另一种可能——你回来找我了。"

沉默了半晌，云厘轻声道："我希望我当时回去找你了。"

云厘心中对这件事情是存在愧疚的，一想到傅识则当时的状态，她就觉得喘不上气。

她也往前倾了点，握住他的手指："你想起那段时间的事情，不会难过吗？"

傅识则直接道："我不会去想那些事情。"他环住她的腰，将脸埋进她的后颈，是甜甜的沐浴露气味。

云厘感受到他柔软的唇贴在自己的脖颈上，他轻声呢喃："我的空闲时间都用来想你了。"

云厘发现，自己和傅识则的情绪经常处于不同的频道，提起分手的事情，她总是难过、自责。而傅识则——他似乎压根不会想这件事情。想了，可能就脑袋里飘过一下，继续想别的事情。

所以，即便她发现了一件在她看来很悲伤的事情——单向发信息一年半，在傅识则看来，似乎也不算什么。他好像完全不计较自己的得失。也正因为如此，除了内疚的情绪之外，云厘还感觉到了心疼。

她认真道："你现在真的清楚了吗？我一开始在南芜见到你，喜欢你，并没有想过你以前的事情。"

云厘想让他知道，她从头到尾喜欢的仅仅是眼前的这个人。

"我不需要你变成什么样子的人。"

"嗯。"傅识则像是听进去了，打开了笔记本，久久地，才继续说道，"但我想给你更好的生活。"

回家后，云厘在门口发现了几个空的快递箱，她径直敲了敲云野的门。房门开了一条缝，露出那只和她九分像的眼睛。

云野还没来得及辨认人，云厘便一把推开了门。

云厘："鬼鬼祟祟在干吗？"

这粗暴的动作让云野根本不需要分辨来人，他头皮一紧，往后让了让，让云厘进门。

房间洋溢着甜味，地上零散摆放着干花，形状摆了一半，云野的手机正开着 E 站上的告白教程。

云厘："……"

云野也有些窘，但还是硬着头皮，语气不善地问她："进来干吗？"

云厘坐到他床上，直接和床呈 90 度躺下，她用手臂挡住光线。

云野踢了踢她的小腿："没事你就出去。"

云厘："我待一会儿，不打扰你。"

云野瞅她一眼，见她没动静，便勉强道："行吧。"

云野坐回地板上，将手机调到静音，继续播放告白教程。手机屏幕小，他又放了倍速，得专注看才能识别出字幕内容。

一分钟后，云厘翻了个身。

她叹了口气："云野，我觉得好内疚。"

云野："……"

云野："你能不能等我弄完……"话未完，见云厘幽幽地盯着他，他噤了声，将手机盖上，盘腿坐到云厘面前。

"说吧。"

云厝从傅识则的视角，将分手和复合的事情和云野描述了一遍。

说完后，她坐在边上，等云野说话。

云野："说完了？"

云厝："嗯。"

云野："那你出去吧。"

云厝："嗯？"

云野极度不理解，之前尹云祎和他吵架，说他过于理性，她和他倾诉，他的反应是提出方案1到方案N，而非和她共情。

尹云祎说，他只要安静地听完，忍住他本能性地剖析问题，就可以了。这会儿云野听完了云厝讲话，云厝又不开心地看着他。

在两个不同性格的女人之间，云野没有活路："你想我说什么？"

云厝纠结道："我觉得你姐夫不应该喜欢我这么久，我好像没什么好的。知道他给我发了一年半的信息以后，我内疚到现在。"

见她这态度都要低到尘埃里了，云野不爽地皱眉："谁这么和你说的？"他不假思索直接道，"你自己比画吧，长相、性格、学历，你哪个差了？"

云野补充了一条："而且，你在姐夫面前还是比较讲道理的。"

见云厝沉默着没说话，云野继续道："姐，你没有想过吗？这世界上有种人就是这样的，他们爱上一个人以后，就不会轻易改变的。"

云野和傅识则接触的机会不多。但可能同为男性，他还挺能理解傅识则的。在他眼里他是个很单纯的人，无论对事还是对人。

云野确信道："我觉得姐夫是这样的人。"

"而且姐夫比较幸运吧，遇到的人是你，而不是分手之后就把他忘得一干二净的人。"云野学她躺到床上，双手抱着后脑勺，"姐，你已经失去过一次了。比起内疚，你现在更多的情绪难道不该是珍惜吗？"

云厝没说话，倏然起身回了房间。她坐到床上，又点亮了那个纸球灯。内疚的情绪依旧存在，但有了新的情绪来替代——珍惜。

晚上十一点钟，傅识则刚帮林井然改完文章，在楼下给小龟解了锁，手机振动了一会儿。

他打开信息，云厘给他发了条消息：阿则。

不似南芜，西伏的秋天温度适中，常刮大风，傅识则的衣服被吹得涨起，他往下压了压。

林井然已经骑到边上，声音伴随着巨大的风声："师兄，风好大，还不走吗？"

傅识则简短道："你先走。我回个信息。"

"师兄，你这被吃得死死的，路上骑车可别看手机啊。"林井然打趣了他一声，便先行离开。

视线回到手机屏幕上，还是那条信息，傅识则坐到小龟上，脚支着地面，他回复了个疑问的表情。

云厘：我要回复那一年半的信息。
云厘：每天回复一次。
傅识则想了会儿：欠了一年半，有利息吗？
云厘：你想要什么利息？
傅识则垂眸：不多。
他慢慢地键入：每天多两个字。

发送后，云厘久久没有回应。

他将手机放到兜里，熟练地将车倒出来，骑过一个下坡后，再走直线便到寝室楼下，傅识则停好车，将钥匙揣兜里。

手机振了下。他拿出来，屏幕是她的脸，小巧细嫩，眸光盈盈地注视着镜头，唇角轻扬。点开后，仍是最后熄屏时两人的聊天界面。

云厘厘：爱你。

云厘选择了优圣科技子公司的游戏开发岗位的工作。回复 HR 邮件后，翌日清早云厘收到了添加好友的信息。

你好，我是张妍忻。昨天 HR 说你已经确定要来这边上班了，组长打算请新入职的同事吃饭，你方便的话就一起来？

对方将云厘拉进了群，直接发了时间地址，定在今天中午，在西科大附近的商城内。

云厘不太想去，但已经被拉到群内，给她的拒绝增加了一重阻碍。她纠结了一会儿，还是给了肯定的回复。

她仔仔细细化了个日常妆，给傅识则送了粥后，便驱车到商场。

云厘提前到了包厢，桌上已经坐了六七个人，加上她共两个女生。几个人和云厘打了招呼，她坐到女生旁边，默默地听着他们聊天。

时间已到约定的点。不多会儿，一个男人姗姗来迟，坐到她的身边，和她客气地打了声招呼。

云厘回应了声，直到餐桌上热络开，她才通过只言片语察觉到旁边的男人是组长。男人叫周逷，看起来年纪不大，长相端正，气质沉着稳重。

他进行了简单的自我介绍后，便顺时针让新、老成员做自我介绍。

云厘是第一个，她说了自己的名字和毕业时间，没再多说。其余人自我介绍的内容都较为丰富，涉及自己的兴趣、爱好和个性，整个组的氛围活跃轻松。

恰好轮到另一位男生发言，他是西科大工业设计班出身的。话一落，老员工打趣道："那你还是组长的校友了，都是学神级的人物。"

云厘望向周逷，他笑了笑。

饭局过半，桌上新、老员工大多已经熟络。

云厘不主动说话，但也不像以前一样为避免和其他人沟通，而选择在聚会中低头玩手机。她安静地坐在角落，一一回答别人对她的提问。

简单的对话，能感觉到同组员工人都还不错。餐桌的话题逐渐转移到为什么做游戏开发上，周逷作为领头人，率先开了口："其实我读书时是搞硬件的，后来机缘巧合，才进入了游戏行业。"

他往后轻靠着椅子，也许是口袋里的东西卡得不适，他拿出钥匙串放在桌上。就在云厘的跟前，钥匙串上有个缩小版的月亮形徽章，她盯着它，几乎能确定就是 Unique 战队的徽章。

察觉到她的目光，周逷拿起钥匙串："其实也和这个有关吧，我本科参加了个战队。""战队"一词一出，引起桌上连番起哄，连连夸赞周迢厉害。

周迢不在意地摆摆手："那时的事比较难忘，但结局不太好。"

云厘听到这里，身体紧绷。

他晃了晃钥匙串："一开始我们是做无人机竞速的，后来参加无人机设计赛，都拿了全国第一。再后来就出国比赛了。"

周迢陷入回忆中，眼中满是缅怀："当时我们整个队的愿望就是把所有的奖杯拿下来。所有人比赛拿的奖保研了。"

周迢的声音顿了顿："后来队伍里有人出了事，队长还因此休学了，整个队伍就直接散了。"他有些感伤，"那时候要毕业了，秋招时工作找的是无人机巨头的。这事儿发生后，我心里觉得挺不好受的，所以春招重新找了份工作，转行了。"

周迢说完这些话后，空气瞬间停滞。

"那个队长休学……是因为做了什么吗？"云厘突然问道。

周迢摇摇头："出事的那个队友和我们队长是穿一条裤衩儿长大的兄弟，可能受不了这个打击吧。"

"越说越偏了啊。大家今天可是来一起聚会的，我起了个坏头，自罚一杯。"估计是觉得场面过于凝重，周迢自己打了圆场，倒了一杯红酒，一口饮尽。

而后，他盯着云厘想了想她的名字，爽朗地笑道："云厘，你说说看自己为什么来这个行业吧。"

云厘回过神来，几句话带过了在 EAW 时玩的 VR 游戏，结合自己专业就投了这个方向的岗位。

等其他人讲完，她起身去洗手间。淡白的光面瓷砖隐约倒映她的身影，云厘停在洗手池前，看着自己的脸，逐渐地与脑海中傅识则的脸重叠起来。

她之前想过他休学的原因，读博压力大、厌学、导师人品不行，甚至，她还想过他长得这么好，是不是受过欺负。

他最终回去了，云厘也就没有继续追问。将心比心，如果她休学了，她不会想让别人知道这件事。云厘没想过，他提过的那个去世的发小，和他的休学是有关系的。

洗了洗手，云厘失神地用纸巾擦了擦手，她加快了步子走回包厢，聚餐已经结束了，同事成群结伴地离开。

云厘看向周逍的位置，已经没了他的人影。

她缓步走回车上，打开聚餐群。在餐桌上不方便，云厘试图私底下和周逍询问当年发生的事情。

群内没有找到备注是周逍的微信号，云厘只能给昨天联系她的张妍忻发了信息。

> 您好，请问能和您要一下周组长的微信吗？

在车里等了一会儿，对方没有回她。云厘驾着车回去。

在家里等了许久，张妍忻都没有回复她。云厘打了个电话过去，对方也没有接。她寻思今天自己似乎没有得罪对方。

云厘给傅正初打了个电话："傅正初，我想问你一件事。"

傅正初听她语气严肃，不禁也有些紧张："厘厘姐，怎么了吗？"

"你小舅有个发小去世了，你知道原因吗？"云厘卡顿道，"我不想直接问你小舅。"

她怕提到这个话题后他会受到刺激或伤害。

傅正初："我爸妈之前和我说过是意外去世了，没有和我说具体情况，还让我在小舅面前不要提。"

云厘一下子有些茫然："那你知道你小舅当时……"

她没继续往下问，因为她不确定傅正初是否知道傅识则休学的事情。

见她没说话，傅正初猜测了下她的问题，主动回答道："之前小舅状态不是很好。厘厘姐，你也看到他那时候都不喜欢说话的，就回南芜待了好长一段时间。"

傅正初停顿了一会儿，继续道："但小舅现在挺好的，那件事情已经过去很久了，厘厘姐，你不要太担心了。"

"好。"和傅正初继续聊了两句，云厘便挂了电话。

她不确定是不是自己多疑了。傅识则在云厘面前几乎没有保留，全数袒露，唯独谈及那个发小，他却很回避。

毕竟，很多时候，回忆也是很伤人的。

云厘此刻回忆起他那些故作轻松的语气、强逼的笑容。她却在里面感受到了受伤。他被伤得很深，全然不愿意回顾这段往事。

她上网搜了下 Unique 战队获得的奖项，在某一个新闻找到了全队成员的名称。傅识则（队长）、江渊、周迢……

在网上搜索江渊和西伏科技大学，云厘却没有得到更多的消息。

她伏在电脑前，原已经和傅识则说好今日不见面，她仍是拿起钥匙出了门。见到那走来的挺拔身影，脸上的神情轻松自若。

坐到副驾驶后，傅识则留意到她心事重重，偏了偏头："怎么了？"

"没。"云厘没有提今天发生的事情，傅识则瞟了眼她握得紧紧的方向盘沉吟了会儿，问："今天吃饭不顺利吗？"

这件事他迟早也会知道，云厘故作镇定地提到："没，我在的那个组的组长好像是你同学，他钥匙扣上有个 Unique 的小徽章。"

傅识则目光微定，沉默了会儿，问她："他叫什么名儿？"

云厘："周迢。"

傅识则的记忆进入短暂的空白，是极遥远的名字，片刻，他才缓缓地"嗯"了声。

车内的氛围猛然变了味。云厘用余光瞥傅识则，他表情没有太大的变化，淡淡道："他人挺好的，你应该会喜欢这份工作。"

似乎是某个点被触发了，他的情绪很明显下降了许多，表情上却没有外显。云厘望向两侧，找了校园树林的死路开了进去。

车停在尽头。两侧郁郁葱葱的常青树，风吹得树叶飒飒作响，大片的绿叶遮蔽阳光。云厘盯着他如一潭死水的眸子，解开自己的安全带，往前扑过去紧紧地抱住了他。想传递给他全部的力量。

云厘后悔刚才自己提了这件事情。原本她以为，她在这家公司工作，傅识则迟早有一天会知道她的组长是周迢。与其一直隐瞒，不如一早就告知。如果他对此心存芥蒂，她就换一份工作。

云厘直接问道："要不我换份工作吧？有些 offer 我还没拒。"

"没必要。"傅识则垂眸看她，"周迢是我很久以前的朋友。他人不错，你和他共事，会很开心的。"

周迢是傅识则曾经最要好的朋友之一，当年江渊出事后，周迢和其他队友联系过他很多次。

他都没有回复。

其他人都能理解。他和江渊两人从初中、高中、大学一直在同校同班。两人同进同出，名列前茅，情同兄弟。他们都以为他是受不了江渊离世的打击。

其实也很久了。

他后知后觉反应过来，江渊已经离世三年多了。

"我应该早点告诉你的，你有知情权。"傅识则脸色有些苍白。云厘抿着唇，摇了摇头："你不用告诉我以前发生了什么事情，我知不知情无所谓。"

云厘扣紧他的五指。

她希望他再也不会想起不开心的事情。

傅识则这一次却没有像以往那般保持沉默。

也许是他自己的内心也痛苦了许久。

也许是他也想抓住一丝希望走出来。

"失眠越来越严重了。"傅识则轻声道。

因为他最近经常会梦见江渊。

陈今平的生日要来了，意味着，江渊的生日也要来了。

四周围了异色的伞，像是
雨中开满的花，在无声地
接受灌溉。

他也是。

第十六章

枯萎的少年

时隔三年多，傅识则依旧觉得，那个人应该活着。

和江渊一起到西科大上学，傅识则原以为这是少年逐梦的开始，而一切也如预期般发展。大一下学期，江渊提议参加无人机竞赛，他们和室友一起组了一支队伍。

几人年少气盛，卓尔不群。取队名时，他们不约而同地想到了"Unique"这个词。

那一次，去后街吃完烧烤后，傅识则抬头看着天上半弯的月亮，定下了他们的队徽。没找教授指导，他们几人硬是熬了一个月的夜，常常摸黑离开办公室。

但那时候却从不觉得辛苦。都是刚成年的少年，再加上十五岁的傅识则，立志要拿全国第一。

慢慢看着那无人机搭起来，算法越来越完善，试飞了无数次，最后摇摇晃晃飞起来的时候，几人在办公室里欢呼。

他们互相推着到草地上。傅识则站稳，操纵无人机在空中穿梭，逐渐缩为一个圆点，他仰起头，跟着无人机跑，其他人欢呼着跟在身后。

他们拿了一等奖。宣布获奖的时候，傅识则原想保持镇定，却在其他人的带动下，也不受控地笑起来。他们拿了不止一个一等奖。从最普通的比赛一直走到国外。每年的参赛成了他们几个人的默契。

直到江渊自杀。

从小到大，江渊的性格一向很柔顺，在人群中往往也处于聆听者的角色。江渊从不说自己想要什么。

但明明他们说好了，什么事情都要和对方说。

生活对傅识则而言都是一样的，从小到大，他中规中矩地上学、上补习班，空闲的时间就和江渊出去玩或者闹事。

一直到读博，日子也没有特别大的变化。两人日常各自在实验室待着，累了便喊上对方挂在走廊栏杆上聊天，喊对方吃饭，一起早起和晚归。

傅识则也不记得从什么时候开始他们有了脱节。自己的导师史向哲对他重点栽培，他越来越忙，江渊喊他时，他往往无暇顾及。只是有那么个印象，刚把文章改完投出去，他松了口气，喊上江渊去楼下咖啡厅坐着。

傅识则熬了几天夜，疲倦得不行，扯开个笑："总算投出去了。"

江渊看着他，没有露出以往那种温柔的笑，表情像是不知所措，茫然道："我去医院，医生说我重度抑郁和焦虑。"

傅识则对这两个词没有太大概念，他瞥了江渊一眼，迟疑道："我先查一下？"

江渊点头。傅识则越查越觉得不对劲。江渊这样的人，和他在一块时都是带着笑，甚至经常开导和安慰他，怎么可能有抑郁症和焦虑症？

傅识则理智道："医生开药了？"

"开了好几种。"江渊从包里拿出药盒。傅识则很不是滋味，将药都装回盒子里："没事儿的，就听医生的。"

江渊"嗯"了声。

"最近发生了什么？"

"没有发生什么，可能因为要投稿了，压力很大。"江渊解释道。

傅识则皱皱眉，确认似的问他："这是实话？"

江渊点了点头。

"会觉得不舒服吗？"傅识则没怀疑他的话，继续问他。

江渊总算是笑了笑："好像没什么感觉。"他才回过神，把桌上的蛋糕推给傅识则。

"你赶紧吃点儿，不是刚投了文章嘛，给你庆祝一下。"

傅识则没觉得一切有异常。江渊确诊后，在日常生活里，他会有意识地多和对方一起吃饭，江渊还是整天笑着和他谈天说地。

直到那天江渊母亲给他打电话，说江渊在寝室里割腕。傅识则当时整个脑海都空白了，他跑下楼，骑着小龟到了寝室楼下，楼下是警车和救护车，围了许多学生。

江渊的门口有很多人，辅导员、楼长、保安、医生。

他僵在原处，腿似乎都不属于自己了，艰难地挪到了寝室门口。

江渊坐在床上，脸色惨白，医生正在给他缠纱布。

见到他，江渊冷漠地垂下眸，似乎完全不想有接触。傅识则走到他旁边，语气极为难过："哥……"

听到这声称呼，江渊稍微有点触动，苦涩地说道："抱歉。"

因为吃药后嗜睡，适逢江渊投稿的时间，他私自停了药。这次割腕的伤口没有很深，只是浅浅的一道痕迹，他们没有将江渊送到医院。

学校怕再出事，要求江渊休学一段时间。江渊不愿意，甚至说出了要再割腕的话语。江渊的父母苦苦央求，傅识则也找了傅东升和陈今平帮忙，他才得以继续上学。江渊的父母也拜托傅识则每天盯着他吃药。

江渊变得十分消极，很少再笑。他经常会进入比较恍惚的状态，傅识则要喊他几声他才会回过神。

吃药一段时间后，江渊又会恢复正常，和傅识则的相处也一如从前。

傅识则问过他几次抑郁的原因，江渊都只说是毕业压力太大。

花了两个月的时间熬夜，傅识则赶出一篇论文，吃饭的时候主动和江渊提起道："我那边有一篇文章，已经送完编修了，应该可以上中一区的期刊。算法是你想的，我打算一作写你的名字，通讯挂你老板。史教授也同意了。"

江渊知道，傅识则愿意把自己的工作让给他。还说得这么委婉。他心里觉得讽刺，吃饭的动作慢慢地停了下来。

直到两人陷入沉寂，他抬眸看了眼傅识则："阿则，不用的。"

"我自己可以做到的。"江渊笑了笑，"不要担心我，你少熬点夜。"

傅识则没有察觉出他语气的异常，还认为他是一如往常地关心他。

江渊的父母只有一个孩子。在南芜期间，傅识则到江渊家去过很多次，二老待他宛若亲生儿子。傅识则每天会给他们打电话，告知江渊的情况。做这些事情，并不是由于他父母的要求。

从小，傅识则在作文、日记中都会写到自己有个哥哥。即便没有血缘关系，但江渊对他而言，已经是真正的亲人。

他不想要自己的哥哥出事。

他也很害怕自己的哥哥出事。

每天到点，傅识则会走到江渊的实验室，敲敲门。他总是看到相同的场景，椅子上挂着 Unique 的外套，桌上摆着一架他们初次参赛时的无人机。傅识则有时候会进去，有时候就只站在门口，喊一声："哥。"

江渊心情好时会无奈地对他笑笑，将药往上扔，然后接住喝水，向他展示空白的掌心，调侃道："我已经吃了啊！"

心情不好时便沉默地含到口中。

傅识则确实盯着了，没有漏掉任何一次。

江渊慢慢恢复了正常，只不过时常会和他说些消极的话语。两人的关系转变了，小时候是江渊开导他，长大了，变成他开导江渊。

那一年傅识则生日，江渊按照以往的习惯，跑到北山枫林。那时候外婆也还在世，傅识则用轮椅推着老人到外头。

江渊在院子里点了烟花棒，递给老人。

老人的手拿不稳烟花棒，却依旧很开心，咧开嘴笑，断断续续地说话："渊渊比则则乖。"

傅识则没有在意这些言语。他和江渊谁乖点、好点，都无所谓。他从小和江渊在一块，从未存在攀比的念头，他更喜欢的是两个人一起参赛，一起拿奖。

他觉得江渊也是这么想的。

最后的那一天。

江渊敲了敲他实验室的门。

他当时在做实验，利落地拉开门，对方含笑问道："有空吗？"

"在做实验，进来吗？"傅识则往后侧了下身子。

江渊"嗯"了声，跟着他到室内。

"给你带了杯奶茶。"江渊将奶茶放到桌上。

傅识则为了这个项目熬了一段时间的夜，只疲倦地"嗯"了声。

江渊靠着操作台，默默地在旁边看着傅识则。

搭机器人、调代码、操纵，整个过程有条不紊，就像他天生就属于这个地方。傅识则专注地盯着机器人上的一块小零件，说道："我调好之后，你来试试。"

江渊没有应他。

傅识则抬头，发现江渊带来了他桌上的无人机，放在手中把玩。

江渊摸摸无人机上的 U 型字母，笑道："第一次参加这种比赛，我也没想过能拿第一。"

"我能想起我们上台拿奖的时候，眼前都是闪光灯，第一次拿奖，真的是我人生最开心的时候。"江渊仰起头，"那时候真的很容易知足，你记不记得那破飞机飞起来的那天，周迢都要跳树上了，跑太快还让树权把裤子刮了个大洞。"

"你问问周迢什么想法。"傅识则也还记得那些事，忍不住笑了声。

"周迢要毕业了吧，我听说他拿到了无人机巨头的 offer，对方给了很高的薪水。"江渊喃喃道。

"嗯。"傅识则刚好把最后一个零件卡上，站直了身体，"现在 Unique 就剩你和我了。"

其余几个人硕士毕业了，都找到了很不错的工作。

江渊神情黯了黯："今年还参赛吗？"

"要不今年你带队吧？"傅识则的科研事务极其繁忙，他没有足够的精力和时间当战队的队长。

"我不行。"江渊拒绝了，"这段时间没有你的帮忙，我才发现，就凭我自己的能力，跟别人有很大的差距。"

他苦笑道："我感觉压力好大。阿则，我感觉这种高压几乎要把我压垮了。"

"怎么了？"傅识则皱眉问他，"上次不是说还好吗？"

当时江渊表情平静，只是眼角带着极浓的疲倦。片刻，他才慢慢地"嗯"了一声。

"挺好的，但我想要更好点。"江渊语气毫无不妥，正如以往，"我有时候在想，是不是没有认识你，现在会过得更好一点。"

"……"这种伤人的话，傅识则没有放在心上，只是沉默不语。

"我有时候还蛮嫉妒你的，你什么都有。"江渊笑道，语气中却没有任何让他不舒服的意味。

傅识则操作着手柄，机器人动了一下，他将手柄递给江渊，想打破这种抑郁的氛围。

江渊摇了摇头："不要了，这些东西不是我应该碰的。"

他的笑带着酸涩："没飞到过高处，就能接受自己的一世平庸。"

江渊是他最好的兄弟，傅识则也从未因为他这种负能量满满的输出而有任何怨言或情绪。他平静地说道："不要想那些，我拿的大部分奖，都是和你一块儿的。"

傅识则指了指柜子里的奖杯："我们是整支队伍拿奖，不是里面单独的傅识则，也不是里面单独的江渊。"

江渊盯着手里的无人机，过了几十秒，才"嗯"了声。

"你把无人机放好了，就那么一台。"傅识则缓解了下他们沉重的氛围，看向江渊，"明天去打球？"

江渊笑了笑："算了，我有点累。"

傅识则："行，你想打了再和我说。"

"那我走了。"江渊和他打了声招呼，低头玩着无人机往外走。

傅识则看着那个高瘦的背影进入无光的长廊中，喊了声："江渊。"

对方回头看了他一眼。

"我今天的实验会做得比较晚，你几点回去？"傅识则停顿了几秒，继续道，"一块儿回去。"

"我不知道。"江渊摇摇头。

这种对话并不是第一次在两人之间发生。

傅识则也以为，这只是很普通的一次对话。

傅识则在实验室里忘了时间，听到雨声时，他往窗外看，乌云挡住了月亮，夜色喧嚣。他调了调机器人的算法，重新用手柄操作后，机器人平缓流畅地运动。

突然极重的"砰"的一声。

傅识则往门口看了一眼，没在意，继续操作着机器人，思索着明天和江渊两人操作来试试对抗的效果，毕竟是两人很久以前的研究构想。

实验楼隔音并不好。

他听到尖叫声。

他听到楼道里慌乱的脚步声。

他听到有人在报警叫救护车。

最后，他听到了有人在喊江渊的名字。

傅识则的手僵在操作台上。他脚步不稳地往外跑，整个世界的画面都是摇晃的，斜着倾泻而入的雨打湿了楼道。

他想起很久以前江渊的割腕，他当时多么庆幸。

他觉得江渊是不愿意离开这个世界的。这个世界有他的家人。

他不会离开的。

到一楼后，傅识则走进雨幕中，靠近地上那个影子。直到那一刻，他都在想，不会是江渊。

他只要看一眼对方的脸，就知道不是江渊。

他无法接受。

这成为傅识则最痛苦的回忆。

在那个跟往常无二的夜晚，雷风暴雨，树叶唰唰作响，雨水冲洗大地。他感受着雨打在身上，想起两人以前一起淋过的雨、挨过的骂。

那个自己的哥哥，自己的好友。

就这么，在他面前。

"哥。"

雨吞噬了傅识则的声音。

"江渊。"

冰冷的雨打在他身上，也打在江渊身上。血都被冲淡了。

傅识则行尸走肉般脱下自己的薄外套，盖在江渊的身上。

他的身体还会轻微地颤动。

他的身体还有温度。

傅识则一遍又一遍和他说。

"江渊。

"醒着。

"不要闭眼睛。"

四周围了异色的伞，像是雨中开满的花，在无声地接受灌溉。

他也是。

江渊躺在水泥地上，不再是昔日那种带着笑意的眼神。

而是冷漠的，毫无感情的。

…………

傅东升和陈今平收到消息后立刻赶到了医院。

在医院过道里，傅识则坐在椅子上。他浑身湿透，四周布满水渍，冷调的光印着他极为苍白的脸。

傅东升连忙脱下自己的外套，当场脱掉傅识则的衣服，给他换上。

他就像个木偶般，任人操控。

抢救的灯熄灭了，医生出来遗憾地摇了摇头。

傅识则像是没听懂，抓住傅东升的手臂，说话毫无理智："你们能救他吗？"

他的话在颤抖："你们不是认识很多医学院的教授吗？"

"爸，妈，你们能救他吗？"就算是植物人，就算四肢残疾。

无论是哪种结果都可以，不要让他死掉。

他是我唯一的哥哥。

不要让他死掉。

他明知道这没有可能。他受过良好的科学教育，他知道此刻他所有的发问都只是无力的挣扎。

可他还是反复地问他们。

…………

警方在江渊的工位抽屉里找到吐掉的药片，那些药片被他保存在罐子里。原来江渊没有把药吞下去。

桌上的无人机压着张字条，是江渊的笔迹。

个人行为，与他人无关。

江渊父母没见到他的最后一面。

两人下飞机赶到医院时，江渊已经被推到了停尸间。

江母不敢相信地拉开白布，直到看清楚自己儿子的脸。

她拽着傅识则声嘶力竭："你不是告诉我他什么都很好？！你不是说你看到他把药吃掉了？！"

傅东升和陈今平将傅识则拉到身后，尽自己所能地安抚她。

傅识则垂着头，整个夜晚发生的事情像石锤砸到他身上，他的骨头像是被砸碎了般，身体仿佛一吹即倒。

江母倒在地上号啕大哭。

傅识则看着他们，喃喃道："对不起……"

傅东升见对方情绪激动，连忙将傅识则拉到外头。他叹了口气，在阴湿的长廊间有轻轻的回音。他沉声安慰："阿则，这不是你的错，江渊是个好孩子，每个人的能力都是有限的。

"他已经很努力了，你也很努力了。"

傅识则睁着眼，睫毛颤了颤，却没有任何反应。

听到那哭声，傅东升捂住傅识则的耳朵。

他听见江渊父母痛苦捶地的声音，一声声打在他身上。

傅东升留在医院陪同江渊父母料理后事。

觉得傅识则状态不对，陈今平半拉半拽着他离开了医院，出门的一霎，清晨的阳光刺得他睁不开眼睛。

雨停了。

陈今平把他推到副驾驶位上，到车上后，她紧紧地握住傅识则的手。

他沉默地弓起身子，父亲宽大的外套耷拉在他身上，淋过雨的发丝杂乱。随后，一滴滴的眼泪砸在他的手背上。

警方还在江渊的寝室桌面上发现一本摊开了的陈旧笔记本。

前面几十页写的是他从本科阶段开始的研究构思，最初的字迹娟秀整洁，间或还有些走神时的涂鸦。

后来的字迹越来越混乱。

像是随意翻到了一个空白处，江渊写下了自己的最后一篇日记。

与傅识则的回忆截然不同。

江渊的这篇长日记中记录了他这段时间的心路历程。

………………

最近过得很不好，以前总是觉得，自己的能力是不容置疑的，自己的优秀不会与他人拉开差距。读博让我认识到自己的真实水平，每天看着自己做的垃圾课题，每天被老板拉去做横向占据了大多数的时间，在毕业的边缘苦苦挣扎。前段时间好不容易有篇论文打算投稿，却被车武拿去给师兄了，说是师兄要留下来做博后，需要文章。可那是我的文章啊。我同意了，提出了准时毕业的要求，车武说我是廉价劳动力，至少要延毕我一年给他干活。我和他吵了一架，车武说我性情不稳定，要和学校打报告让我退学。我也没想过，读博会读得这么失败，当初满腔热情到这个研究所打算做研究，而真实情况是每日每夜都在帮车武赚钱。

和阿则吃饭，听他说拿了新星计划，会赞助他一百万元。他问我最近怎么样，我难以启齿，觉得自己很无用。明明我们刚到西科大时，都差不多的。到楼下看见全是阿则的新闻和海报，群里也在转发他最近的获奖信息。为什么和阿则的差距越来越大了，他还是和刚来西科大时一样，而我却快被压垮了。不想跟他比的，可是我，真的好羡慕他啊。

我记得，每次吃饭，亲戚们会问我现在书读得怎么样，会和弟弟妹妹说要我这个在全国最好的学校读书的博士哥哥学习，会恭维我说以后每年能赚百万元。

可我连毕业都做不到啊，如果是阿则，就算得了抑郁症也可以做到各种事情，他也不会像我为了一篇文章和导师吵架。但我做不到，我没有这个能力。

不愿意这么想，可是看到他的时候，我心里真的觉得很痛苦，很多时候我真的希望他，不要再来找我了。不和他比，我可能好过一点。是我太没用了，我没有勇气承认自己的无能。阿则把文章给我，对他而言，我应该是个彻头彻尾的麻烦吧？他不帮我的话，我应该就一事无成了吧？他每天看着我吃药，是不是也觉得我没用，觉得我因为这一点儿事情就抑郁和焦虑，明明他小时候很崇拜我的，我不想让阿则看不起我。

我觉得耳边好吵，吵得我要崩溃了，所有人都在说我没有能力。

我讨厌这样无能为力的自己。

我讨厌爸妈因为我的病反反复复地担忧。

如果我不在就好了。

…………

对傅识则而言，回忆中几乎没有龃龉。即便是江渊病得最重的时候，他也觉得一切在往好的方向发展。

他一直以为，他能看到江渊好起来。

他没想到，江渊承受的许多痛苦，都源于他。

在警察局，江母拿起笔记本用力地摔打在傅识则的身上，她推他，用手拼命地去拍打他。他滞在原处，像断了线的风筝，任她推搡。

"你说过会看着江渊吃药的。

"你和我说过江渊好好的。

"你自己成功就算了，你明知道他生病了，为什么不多照顾一下他的情绪。"

被自己丈夫拉开后，她崩溃地将脸埋在笔记本里痛哭："都是因为你，早知道会这样，我就不应该让你们在一块儿玩……"

傅识则被推到角落，头发遮住了眉眼，巴掌刮得他脸上布满红痕。他毫无生气地垂着头，室内除了江母的歇斯底里，便只有他微弱的声音。

"对不起……"

雨水冲干净了路面，仿若一切从未发生。消息被封锁得很快，只在学校论坛上出现了几分钟。傅识则到江渊的实验室拿走了那架无人机，那是他们第一次参赛时的作品。

江渊父母拒绝让傅识则打包江渊的行李或是帮忙办丧事，直言让他不要出现。

葬礼在南芜举行。春季仍处于零摄氏度以下的温度，雨成了银针般的冰雹，砸遍大地。傅识则穿了件黑色的雨衣，不愿江渊父母受刺激，他戴着帽子和口罩，远远地看着那个角落。

下葬的时候，傅识则摘掉帽子。他时常会梦见和江渊待在一块的画面，两人相伴成长，在课室里抄对方的作业，在放学后冲到体育场占场地，在饭后一起去小卖铺买零食，江渊护着年幼的他不被人欺负。

从小他喊哥哥的那个人，最后躺在水泥地上，仍在颤动。

傅识则的情绪有明显的转变。一开始他困惑不解，他将文章给江渊，就像江渊给他买奶茶一样。

他不知道，自己的行为会适得其反，给对方造成巨大的压力。

而后，所有附加的情绪都消失殆尽，仅余无尽的愧疚昼夜不停地将他淹没。如果当时他能检查一下江渊有没有吞药，如果他敏感地觉察到江渊的异常，如果他没有恣意地追求自己的卓越，如果那个夜晚他不是在整那个机器人，而是和江渊待在一块。

甚至如果，他确实没出现在对方的生命中。

这都是他的错。

江渊因为他走上了这一条路。

他答应过要看着他吃药的。

如果他早点发现这一切。

江渊就不会死。

他变得沉默寡言，不愿与他人接触，害怕出现下一个江渊。

他的失眠越来越严重，他无法在凌晨保持睡眠。好像他只要醒着，便可一如既往地敲开江渊的门，当年的事情就不会发生。

常常出现在脑海中的那一幕画面，那"砰"的一声也让他噩梦缠身。

江渊的父母再也不肯见他。

他成了罪人，江渊父母认为的罪人，他自己也认为的罪人。

也许为了弥补心中的内疚。他收集了车武这么多年压榨学生、科研造假的证据，写了中英文版本，直接投给了国内外主流媒体、校长信箱、国内学术伦理会，等等。

车武受到了惩罚。那他呢？他这个罪人，又应该受到什么惩罚？

学校给目睹了现场的学生安排了心理治疗。

傅东升给傅识则请了权威的心理医生，傅识则并不配合，只答应了傅东升和他们住在一起。

在外婆和父母的劝说下，他回到学校。每一处角落都是这段回忆的线索。他的注意力完全无法集中，实验、代码、文章都频频出错，他的睡眠、饮食都变得极不规律。

他厌恶这样糟糕的自己，觉得辜负了长辈的培养、导师的期待，他无法面对那幢楼发生过的一切，也无法面对内心的矛盾与愧疚。

他萌生了退学的想法，在一个晚间和导师说了这件事情。

"傅识则，你疯了！"当时史向哲和他在校园里散步，差点踢翻旁边的垃圾桶，这个他认识了许多年的教授头发已经发白，被气得脸色涨红，"我培养了你这么多年，江渊的事情和你根本没关系，学校也对车教授进行了处罚，退学的事情你想都不要想。"

史向哲认为，他有着无限前程、锦绣未来。

傅识则抬头看了眼弯月，思绪涣散。

他曾有过千万种野心，也曾想永葆骄傲，罔顾天下，只不过，除去外界认为的出类拔萃、独一无二，他只是个平庸而脆弱的人。他无法如其他人所期待的，克服障碍，走那一条康庄大道。负罪感已经压得他无法正常生活。

傅识则不语。史向哲看了他好久，只是重重地叹了口气："那先休息一段时间吧，等你准备好了再回来。"

他休学了。

回南芜前，他走到江渊的工位，物品已经清理得七七八八。他看见桌面上有张撕碎的照片，是 Unique 第一次获胜时队伍的合照。

走出办公室，长廊的尽头是无垠的黑暗。恍惚间，他听到了耳边传来无人机的声音。像是回到了那个夏天。

满目怒放的花，少年们欢呼，笑着往前奔跑。

而他——

在那片鲜活的花丛里，悄无声息地枯萎了。

回南芜后，傅识则大部分的时间都在江南苑待着。他想陪老人度过最后的时光。后来外婆入院，傅东升和陈今平为了让他重新和社会接轨，安排了他去 EAW 上班。

傅识则很配合，只是凌晨失眠时经常在阳台抽烟、喝酒、发呆。

再到后来，他重新回到了西科大，他压抑着内心的痛苦，他逼着自己不去想江渊的事情。好像真如其他人认为的一般，他打破了自己的脆弱。

他也误以为自己走出了当年的阴影。

江渊生日要到了。这再度提醒了他，对江渊、对江渊父母的内疚，是他重整旗鼓回到正常生活，也依旧无法绕过的障碍。

"周迢知道江渊的事情后，找过我很多次。但我不太能面对。"傅识则不太愿意有人就江渊的事情再安慰他，即便是昔日的好友。

"很多人都劝我走出去。"傅识则垂着头，墨色的眸中神色全数消失，"我做不到不怪自己，那是我哥。"

"有很多次，我想告诉你这件事情。"他习惯性地让自己的语气没有起伏，隐藏自己所有的情绪，"但这种对话，会让当时的画面反复在我脑海中出现。"

"厘厘，能不要怪我吗？"傅识则话里带些不由自主的苦涩，"有很多事情，我很不愿意回忆。"

暮霭沉沉，他的五官已经看不大清晰。即便在这种情况下，傅识则首先考虑到的，是希望云厘不要觉得他有所隐瞒而因此难过。

云厘听完整件事情之后，看着他微微弯起的肩膀，带着受伤与无助，一时半会儿不知该说什么。

她从不知道他会有如此脆弱的一面。直到真相在她眼前揭露。

她强忍着自己声音的颤抖，摇了摇头："我没有怪你。"

作为旁观者，云厘很清楚，江渊的事情并不是傅识则的错，他已经做到了自己力所能及的一切。

"你见过他。"傅识则忽然道。

云厘愣了一下："什么时候？"

"我当时坐在边上的观众席，江渊把那颗足球给你了。"

云厘想起当时遇到的那个人，在这一段回忆的背景下，对方的离世也让她觉得难过和震惊。她沉默了许久，将眼泪忍回去，说道："你当时已经做得很好了，那个哥哥……"

她的声音一阵哽咽。她不知道怎么置身事外地让傅识则释怀这一切。

有些痛苦，就是无法遗忘的。

"我不知道怎么说，我没想劝你忘记这件事情。"云厘想起云野得胰腺炎的时候，她整个人近乎崩溃，她嘴唇发干，继续道，"如果云野有同样的事情，我会宁可用自己的命去换他的，我会很怪罪自己，我可能也永远不会忘记。"

"亲人出事的时候，大部分人都会怪自己，觉得自己做得不够好。但是……"云厘想起江渊，鼻子有些发酸，"亲人会希望我们过得好，他应该也是这么希望的。"

她想起了红色跑道上的那双帆布鞋，再往上——她已经不记得对方的五官，只记得那个午后，对方的笑容比阳光更为温暖。

"你和我说，你们认识了快二十年，在以前的日子里他都是个很善良很温柔的人。这么温柔善良的人，即使他自己承受了很多痛苦，他也会希望你好好生活的，他会希望你不要那么怪自己。"

云厘不认为，江渊真的怪傅识则，或者希望傅识则从未出现。

她更倾向于认为，最后的阶段——

"那个哥哥，他生病了。

"他那么温柔，我们不要否认他的好，他不怪你，他不是这样的人。"

傅识则没应声。云厘望向他，从第一次见面起，他的身形便极为单薄瘦削，只能凭骨架撑起衣服，她觉得他心里藏了很多事，压得他失去了曾经的风采。

"阿则……"云厘安静了许久，才轻轻问道，"有没有什么我能做的事情？"她不想对他进行长篇大论的安慰，只希望在自己力所能及的范围内让他不要那么难过。

傅识则合上眼睛，又睁开，他带着点疲倦地望着前方，握住云厘的手有些冰凉。

"陪在我身边。"

夜色渐浓，车内的灯光微弱。云厘转向傅识则，将左手也盖在傅识则的手上。这么长时间以来，她一直知道傅识则有心事，却也不承想这件事会这般折磨，如影随形地伴随着他。

校园广播开始晚间播报，云厘意识到，他们仍在西科大内——很难想象，每次他回到实验楼的时候，是什么样的心情。

重逢时，她以为他回到了神坛，她并不知道，他背后承担的这一切。

也不曾想过，目睹了那样的场景后，他是如何重返校园。

云厘想到他之前的那句话："我想变回以前的模样，再去找你。"心里忽地浮现出一个可怕的想法，一个会让她被无边的内疚折磨的想法。

他只是看起来像他以前的模样，他的内心依旧千疮百孔。

云厘的手松了松，语气中带了点颤抖："你平时都是装的，是吗？"

话说出口后，她感受到傅识则僵硬了一瞬。

沉默须臾。

"嗯。"傅识则，"我想你应该会喜欢。"

心脏像是被人突然掐紧。他是装给她看的。

云厘深呼吸了几秒，傅识则刚想再说些什么，抬眸时，却看到她低着眸，泪水凝在眼眶边缘，一滴滴直接掉到置物处上。

她一言不发地抿着双唇。

傅识则滞了会儿，默默用指关节刮去她的泪水。

云厘垂下头，还在尝试控制声音的稳定："我是真的希望你过得很好。"她说不下去，声音不受控地哽咽，"真的，我希望你过得很好很好。"

在这段感情中，云厘是先发起的那个人，可相处的过程中，从头到尾，他几乎是做到了自己能做到的一切。

就算是分开了，更难过的人，应该是她，不该是傅识则。

他已经很难过了，也足够痛苦了。

"嗯。"傅识则右手捂着云厘的脸，拇指轻轻蹭她的下眼睑，反复帮她擦掉新溢出的眼泪，他嗓音有些沙哑，"厘厘，别哭了。"

云厘用手背擦着脸上的泪水，语无伦次道："我以前说想你回学校，我不是这么想的，我只是想你的生活可以好一点。"她哭得极为狼狈，"你不要逼着自己去做这些，你不想和别人说话就不要说话，你不要逼着自己那么阳光上进……"

不要再为了她逼着自己，让自己更加难过和痛苦了。

"和你重新在一起后，"傅识则轻抚着她的头，低声道，"就不再是装的了。我挺喜欢能以现在的状态和你相处。"

他已经很久没有正常地感受到阳光了。原来他还挺怀念的。

盯着他的眼睛，云厘擦干了眼角，呆呆地问道："但是你还会做噩梦和失眠。"

傅识则认真地思考了下："以后住一块儿就不会了。"

云厘被他的话噎住，从悲伤的情绪中挣脱出来。她思考了一会儿，闷闷道："那你不还得持续这个状态好长一段时间。"

傅识则笑："那只能希望那一天早点到来。"

在南芜时，他们两个算是同居了一段时间。回西伏后情况有变，她搬出去会遭到比较大的阻力，云厘认真道："这一次，我们还是确定关系再同居吧。"

傅识则顺着她的话："我也是这个意思。"

"……"哪个意思？

云厘一顿，确定似的看向他，他面色平静，眼睛却表明一个含义。

是的，就是你想的那个意思。

云厘的脸瞬间涨得通红，忘却了刚才所有的谈话和烦恼，脱口而出："不行。"

"嗯？"

"你这太不正式了。"云厘憋屈道。

傅识则回忆了下自己说的话，提醒她："我刚才说的是，希望那一天早点到来。"

他的意思是，不是今天就要确定关系进而同居。

云厘顿觉自己太自作多情，一阵局促道："我们去吃饭。"

傅识则话没有说完，想起她刚才就差拔腿就跑地说出"不行"两个字，他漫不经心道："正式的那天，也不会让你有拒绝的机会。"

…………

吃过饭后，傅识则牵着云厘晃悠到了操场。侧边是观众席，两人找了位置坐下，遥遥望着塑胶跑道上的学生。

傅识则指了方位，那边有不少学生在锻炼："当时差不多是这个方向。"

距离那年的机器人足球赛，已经九年了。原来九年前，他就见过她。

云厘："你当时怎么会在操场那儿？"

傅识则："当时无聊，经过那儿，看到你那个机器人一动不动的，你第一次操作的时候应该是忘记开机了，你试了差不多半个小时。"

"哦，是这样吗……"云厘不敢相信自己会犯这么低级的错误。

"后来我就看了一会儿，第一次动起来的时候应该是键按反了，陈洛没和你说，那手柄是自己做的，按键和常规的不太一样。"

陈洛是她当时的队长的名字，云厘愣了下："你认识他吗？"

傅识则淡道："嗯，那个手柄是我帮他做的。"

云厘："……"

云厘费解道："怎么可能？"

傅识则："嗯？"

云厘："我们最后居然还拿到了名次。"

他断断续续和她说着那天的事情，有许多云厘彻底忘记了的细节。他回忆这件事情的时候极为流畅，仿若他已事先整理过许多次。

"后来你用机器人推石头，你们组的机器人没写踢球的代码，只能平推。但是你拿的那个机器人的马达功率太低，推不动。"

云厘听得蒙了，不解道："你连我那个机器人的代码和功率都知道？"

"江渊认出你的机器人是陈洛装的，我回去问了他。"提起江渊时傅识则的语气并没有太大变化。

"你比赛那天我也去看了。"

总感觉，他很早以前，就对她有过印象了。云厘弯弯唇，笑道："你当时是不是才十五岁，偷看我那么久？"她觉得这个描述不太准确，"不对，是偷看女生那么久。"

"那我看的是你。"傅识则不想被冤枉，失笑道，"不过我现在后悔了。"

云厘："啊？"

傅识则钩住她的手："当时应该直接去找你。"

云厘直接排除了这种可能性："那我不会早恋的，我在班里是出了名的好学生。"

傅识则微扬眉："早恋不等于坏学生。"

"那时候的我会认为早恋就是坏学生。"云厘慢吞吞地说出这句话。

见她固执的模样，傅识则觉得自己可能在和一块石头讲话。他也不在意，凑近她耳边继续道："那你陪我当两年坏学生。

"……直到你高考毕业，就不是早恋了。"

云厘后知后觉，一团热气冒上脸颊，过了片刻，傅识则继续问道："那错过的这几年，我是不是应该给你补上？"

那深沉的双眸别有意味，云厘能明显感觉到对方的手臂靠在她的后背和塑料凳之间，逐渐地扣紧她的腰。

她舔了舔唇，问："怎么补？"

"给你补些我们本来会做的事情？"傅识则气定神闲地问她。

云厘也没装不懂，配合地贴近了他的身体，先问道："这里有监控吗？"

傅识则笑了声："没。"

"好。"云厘靠近他的唇角，"那补吧。"

…………

将近九点，收到云野信息后，云厘才想起要送他回校。

恋爱误事，已经不记得是第几次忘记了。匆匆和傅识则告了别，她回家将云野带到学校。

回家后，她从杂物堆中翻出了那个小足球，上面还有对方画着的笑脸。想起今天傅识则说起这件事时苍白的脸色，过去几年中他也因此事备受折磨。她鼻子一酸。明明不是他的错。

擦了擦眼角的泪水，云厘迫切地想再见到傅识则。她躺到床上，给傅识则打了个视频电话。

"厘厘。"接通后，手机直接传来他的声音，音量恰好，缱绻得令人酥麻。

云厘忙抬头看了眼房门，爬起来找了耳机戴上。

傅识则已经在寝室里了。他刚洗完澡，毛巾挂在头发上，几缕发遮了眼，还有水珠顺着发丝流下。

"……"云厘视线往下，他上半身压根没穿衣服。镜头只拍到了分明的锁骨处，但半隐在毛巾中的肩部仍引人遐想。

云厘："我挂电话了。"

傅识则原本低头在擦身上的水，抬头看了镜头一眼。

他没开大灯，台灯聚焦的亮白灯光打在他眼角，布满湿气的黑眸带点困惑。

"……"

傅识则："不视频了吗？"

这画面看得云厘脸红，她憋了几个字："你衣冠不整。"

傅识则低头看了看自己身上，白毛巾占据了画面的大部分，能看见他的下巴和晃动的碎发。

傅识则心里失笑："那你等会儿。"学着她的口吻，他肃然道，"我整整衣冠。"

他没有挂电话，站起了身，手机被压在下方的毛巾直接带倒。

云厘原先只看见他锁骨处，等他将手机扶起来时，她看见他淡淡的脸对在镜头前，此刻整个上半身都是赤裸的，下半身穿了条宽松的黑色睡裤。

"……"

傅识则慢慢地转过身，在衣橱前拿了件白色的T恤，套在身上，坐回到镜头前，边擦头发边说道："整好了。"

"……"莫名的不服输涌上来，云厘故作镇定道，"你寝室不是没洗手间吗？是去楼层里的洗澡间？"

傅识则似乎在思索她说这句话的目的，数秒后，懒洋洋地"嗯"了声。

云厘继续道："那你刚才是光着膀子从走廊走回来的？"

"……"

云厘蹙眉道："上次你带我去，博士楼是混寝的，而且有人会带女朋友过去。"她话里已有不满，"你是觉得被她们看到没关系吗？"

"不是。"傅识则顿了下，似乎觉得这个回答不够准确，又补充道，"我没有。"

云厘"哦"了声，慢慢地问道："那你是回了寝室后，特意脱了上衣和我视频？"

"……"

她的眼睛直直地看着镜头："然后……"她故意将调子拖长，"又装模作样地去穿上吗？"

傅识则这会儿回答什么都不是。他低低地笑了声，不搭理云厘，自顾自地擦着头发。

没想到这次她直接识破了傅识则的小伎俩，她顿时有些飘飘然，笑道："这次说不过我了。"

傅识则示弱地"嗯"了声，顿了几秒，抬眸看她一眼。

擦完发后，傅识则将毛巾挂在架子上。他将手机放在枕头前，自己的半张脸埋到枕头里，发丝仍湿漉漉的，眼眸望向一旁的书，像只懒散的猫。云厘盯着屏幕中他的瞳仁，真切地感受到对彼此已经没有丝毫保留。

许久，她不受控地说道："爱你。"

傅识则挪了挪，将上半身稍微撑直了点，对着镜头懒懒地说了一声。

"爱你。"

随后，又直接趴下，看着旁边的书。

云厘忍不住又道："爱你。"

傅识则视线没往镜头看："想说多少次？"

云厘："可以说多少次？"

傅识则勾唇："都可以。"如他所言，他回应她刚才说的话。

——"爱你。"

爱你的话，你想说多少次，都可以。想让我说多少次，也都可以。

前一天发的消息，同事张妍忻至今仍没有回复。

云厘想通过周迢联系江渊的父母，这么多年来，对方都没有搭理过傅识则。某种程度上，云厘能理解他们的做法和动机。

但同是受伤的那方，傅识则不该一直背负着内疚活下去。

云厘翻了翻身，没有再等对方的消息，而是做出了一件她从未做过的事情。她把当时那个聚餐群里面所有的人都添加了一遍，并进行了自我介绍：您好，我是云厘，是明年入职的新员工。

在她添加的过程中，已经有人接受了她的好友申请并进行了回复。

一下子要和十几个人打交道，云厘的焦虑值噌噌上涨。

先一口气添加完所有人，她坐到沙发上，想起了工具人云野，直接拨了个电话过去："云野，登一下我微信。"

云野："干吗？"虽是这么问着，云野还是把登录界面的二维码拍下发给了她。

云厘："你能看到最近的消息吗？"

云野扫了眼头像："姐夫发给你的？"

云厘连忙道："你别偷看我信息。"

又要人看，又叫人不要看，云野觉得她简直是脑子有毛病。

云厘："你看看，我添加了十几个好友，都是我同事，你帮我回复一下。除了那个叫周遒的。"

云野不是第一次帮云厘干这种事情，云厘回复生人信息或者接听生人电话时都会有些焦虑，后来干脆让他去处理。他低着眼，游刃有余地回复一条条信息。

人数太多，他用快捷键直接弹出最新的信息，不巧打开了傅识则的窗口。除了这个头像之外，云野没找出其他能认出这是傅识则的方式。

备注是老婆。

他起了一身鸡皮疙瘩，对方发来一个表情——想你。

云野觉得自己的精神受到一万点暴击，只想把电脑关了。

他面无表情地输了一个字：哦。

再上一条信息，云厘：我给你做了北海道牛奶吐司，刚拿去发酵，明天给你带过去，应该够三天早饭。

还配了一个小熊比心的表情。

云野还在帮云厘马不停蹄地回信息，这头开始心理不平衡起来，电话里问她："姐，我想吃吐司。"

云厘不假思索道："你去超市买，五元钱一袋，我做一个要花好长时间。"

云野："……"

云厘："没钱的话我给你发个红包。"

云野郁闷地替她聊了差不多一个小时的天，挂了电话后，看到云厘确实给他发了个红包。

点开来。还真的是五元钱。

…………

周遒是最后一个通过她好友申请的人。

云厘斟酌了下措辞，发信息说明了自己是傅识则的女朋友，想和他见面谈些事情。两人约了两天后的晚饭。

翌日一大早，云厘将吐司切片后装袋。

车停在控制学院里，云厘下车时便看见傅识则站在楼前的树下，她小跑过去："你怎么下来了？"

傅识则垂眸，她今天穿了米黄色连衣裙，及腰的长发，莹白的脸上带着点粉嫩。

他语气柔和："接你。"直接接过云厘手里的东西，他张开另一只手，看着她。

这个动作两人已做过多次，但每次看到他安静地等着她把手伸过去，无论多久，都会等着她。云厘仍会心跳不已。将手钻到他的凉凉的掌心中，他的温度也随之渐次上升，他将她的小手整个包裹住，轻捏着。

现在是早上七点半，办公室里其他人大多十点以后才到。

傅识则将吐司放在办公桌上，电脑屏幕上是写到一半的论文，桌上摊着些笔记，可以看出已经办公了一段时间。

云厘闻到空气中浓郁的咖啡香味，敏锐地问道："你的早饭呢？"

傅识则的视线下移到她带来的那袋吐司："这儿。"

云厘吸吸鼻子，皱眉问他："你喝咖啡了？"

傅识则见她蹙紧了眉，侧着脑袋犹豫半天要不要说实话，见云厘抿紧了唇，他慢慢地"嗯"了声。

云厘敛了笑："空腹？"是个正常人都知道空腹喝咖啡非常伤胃。

傅识则不吭声。

"手术是一年半前做的，已经好了。"他淡定地垂死挣扎，观察着云厘的神情。她完全没信："上次千层蛋糕你一口都不能吃，现在就能空腹喝咖啡了？"

傅识则拉住她的手，顺着她的话说："不能。"

傅识则接得顺畅，却像是只在嘴上过了一道。

云厘一拳头打在了棉花上，这接的话反而像火上浇油，她心里生着闷气，脸上硬邦邦的，却还是拆开袋子给他拿了两片吐司。

傅识则没动眼前的吐司，而是看着云厘。

云厘好像是第一次生气。在他印象中是第一次。

两人四目相对，就像教务主任和正襟危坐的学生。

云厘一般不会说出自己的不开心，而是将情绪反复积压在心里。她至今唯一和傅识则发脾气便是压抑后的一次性爆发，以分手收尾。

云厘不想心里有疙瘩，她以半郁闷半商量的口气问他："你说，我生你气了，应该怎么发脾气？"

她生气时眼角的英气更重，显得咄咄逼人，但半商量的语气弱化了这份攻击性，傅识则看着她，问："我来决定吗？"

云厘："参考一下你的意见。"

其实很古怪。云厘自认为不太会处理矛盾。只能求助于现场情商最高者，但这个人又恰好是惹她生气的那位。

傅识则俯身，主动把脸凑到她唇边："亲一下。就消气了。"

云厘瞅他一眼："你惹我生气了，还要我亲你，是不是太过分了？"

傅识则笑："那我亲你也可以。"

两句话云厘的心情已经好了许多，她指着自己的脸颊："亲这儿。"

"嗯。"傅识则贴近她，薄薄的唇蜻蜓点水般在她的唇上贴了一下，"看错位置了。"

趁云厘没反应过来，他又轻轻在她脸颊上亲了一下："这次对了。"

云厘的神情已经松了，只有下巴还收着，见状，傅识则继续道："别生气了，我错了。"

认错倒是挺快的。

云厘感觉，每到这种时候，傅识则就软到像没有骨头一样。她这下已经彻底生不起气了，念叨道："你胃不好，不要空腹喝咖啡。"

傅识则点头。

"你不要只点头，你要记在心里。"无论她说什么，傅识则都是点头。

见傅识则态度良好，云厘又觉得自己刚才有点太凶，憋了半天，说了句："其实我刚才也不应该生气。"

觉得傅识则是个软柿子，她顿了会儿，教育道："你得有点底线，不要轻易认错。"

她想了一会儿，又觉得不太对："但你确实做得不对。"

傅识则拿了一片吐司，撕了两块放到口中细细地咀嚼，等云厘的话说完，他才开口道："我只和你认错。"

云厘的脾气这下彻底没了，坐在他身边陪着他。

想起公司的事，她随口道："昨晚公司有个同事问我，要不要提前去入职。他们说最近开了个 VR 游戏的项目组，好像是和徐总那边合作的，见我有过相关实习经验，就特地来问我。"

傅识则知道云厘要去那家公司后便和徐青宋打探过，这个消息他也知道。

"你想去吗？"

"嗯，因为我们一起在 EAW 工作过。"

云厘选择这份工作只是因为它朝九晚五的工作时间和相对而言有趣的工作内容，但听他们说起和 EAW 有合作后，她却突然很想进入这个项目组。因为是和他们有关的。

云厘继续道："但我有点担心硕士论文的进度，我一个人的时候不想写。"她看了傅识则一眼，"所以我想和你一块儿上自习。"

她继续自言自语："但是我又担心，两个人的时候写不了。"

傅识则明知故问："为什么写不了？"

"……"有时候，他的话会噎得她一句话都说不出来。

傅识则似乎就喜欢让她直白地将那些情感袒露在他的面前，或者喜欢看她因为羞赧而窘迫的模样。

像是没留意到云厘的无言，他抬起眼皮问她："是你的原因，还是我的原因？"

承认是她的原因，不就是在说她美色在前定不下心来。

云厘嘀咕道："你的原因。"

傅识则笑了："我做了什么？"

云厘万分淡定并且理直气壮："你坐在那儿——每时每刻都在故意引诱我。因为你坐在那儿，我才管不住自己的眼睛和大脑。"

云厘继续道："可能你就属于，存在即错误。"

她一堆歪理，等着傅识则打脸，但他完全没有和她争论的欲望，侧头问她："你是怎么管不住的？"

"……"

看得见他时，想看他。

看不见他时，会想他。

时时刻刻都离不开他。

傅识则思索了会儿："你好像也没做过什么。"他说得——她好像就应该做些什么，来佐证她被他引诱了，她控制不住自己。

见云厘不说话，傅识则徐徐地靠近她的脸，鼻翼和她的轻触，见她眼睛明亮、睫毛根根分明，直直地看着他。

傅识则问她："除了眼睛和大脑，其他地方都能管住？"

屋内没开灯，半透明的棕色窗帘均数拉起，四周是摆放了各类教科书的办公桌。在离校前的最后几个月，置身于这个场景，云厘觉得眼前的人就是高中时坐在观众席上的少年。

傅识则似乎也和她想起了同样的事情，指腹碰了碰她的发间，高中时她也是留着长发。

四下无人，两人之间静谧得过分。

下一刻，云厘打破了自己的默不作声，直接钩住他的脖子。

她前倾的推力将傅识则压到了铁制柜子上。

门锁哐当作响，这声音让云厘有些分心。

眼前的眸子却一动不动，始终如一地倒映着她的脸。

云厘弯了弯唇，亲上去时，唇齿间吐出几个字："哪儿都管不住。"

到晚饭点的时候，傅识则和云厘完成了今天的论文计划，便驱车到西科大附近的商城吃饭。

傅识则："想吃什么？"

热烘烘的烤肉店内人声鼎沸、香气四溢，云厘盯着看了好一会儿，吞了吞口水，却说道："喝粥。"

找了家盛名在外的粥铺，傅识则取了号，还得等十桌，见云厘饿得揉肚子，他问道："换一家？"

"不。"语毕，云厘捏了捏他腰上的肉，"以后你只要空腹喝咖啡，我们就喝一天的粥。"

傅识则想让她早点吃上晚饭，指出她话里的漏洞："中午没喝。"

她要强道："那我说的是以后！"

他绕回一开始说的话：“那今晚也不用喝粥。”

云厘盯着他，觉得他今晚有点抬杠。

讲不过他，她眉眼一松，耍赖道：“那我就想喝粥。”

她语气带点撒娇，傅识则笑了声，拉着她到旁边的甜品店，打算先找个地方给她垫垫肚子。

余光瞥见一个人影，他的脚步停住，视线停留在几十米外的周迢身上，他和几个同事正风风火火赶到火锅店。他顿了会儿，往那个方向走了一步，见周迢进了火锅店，便又收回了步子。

和周迢约了明天见面，云厘也没想到会在商城里碰到对方，她注意到傅识则的动作，直接拉着他到了火锅店里。

找了个位子坐下，云厘点了个双拼锅。

“你想见他吗？”

“嗯。”他停顿了会儿，继续道，“但已经很久没联系了。”

他抬眼看了云厘，她在想事情，蓦然起身，说了句“我要去拿调料”。

云厘到调味区装了点调料，搜索到周迢的桌子后，看到他们桌上围满了人，正聊得火热。她每靠近一步，便给自己进行一次心理建设，直到对上周迢的视线。

她快速丢下一句“组长，我和男朋友在这儿吃饭”，便逃离了现场。

回到位子上后，她刚坐下没多久，周迢便找到了这桌。

云厘借口去洗手间，给两人单独留了空间。

周迢将傅识则从头到尾打量了几遍，像是觉得好笑地掩了下嘴：“这好几年都没什么变化啊，还是这么白白瘦瘦的。”

傅识则刚认识他们的时候还是个少年，四肢笔直纤瘦，加上从小练羽毛球，双腿白嫩纤长，肌腱线条匀称。

以前他们几个老调侃傅识则像个女孩子。因为被调侃得太多了，傅识则在本科阶段几乎不穿短裤，直到成年后身子骨基本定型。

傅识则的视线移到周迢已经发福的肚子上，他四肢倒还正常，由于在办公室坐久了，腹部有点过劳肥。

“多少斤了？”一语戳在要害上。

周迢扬扬眉：“一百六了，你多少？”

傅识则淡定道："没差多少。"

"少来。"周迢轻推了他一把，"就你这身板，这么多年了也没吃得结实点儿，饭都白吃了。"

"傅识则，你都三年没理过你前室友了。"周迢似笑非笑，径直坐在他对面，傅识则沉默了会儿，说道："抱歉。"

周迢愣了下，被他这股认真劲儿逗乐，他甩甩五指，一脸不在乎道："行了，别跟娘儿们一样矫情了，我们一笔勾销了。"

就像所有的事情都没有发生一般，两人的相处模式依旧与以前雷同。周迢咬咬自己的电子烟，问他："上回可有人和我说你开始抽烟了。"

"戒了，女朋友不喜欢。"

傅识则看了眼门口的方向，云厘还没回来。

"哦，就刚才的女生，她明年毕业来我们组吧。"周迢想起来云厘的简历，忽然问道，"那女生比我们小四五届？"

傅识则："嗯。"

周迢倒吸一口气："小学妹？"

傅识则瞥了他一眼："嗯。"

周迢笑了："禽兽。"

两人闲聊了一会儿，周迢问道："喝点儿？"

看出傅识则的犹豫，周迢坏笑道："你这也太妻管严了，当时咱不就说了，你这脾气以后肯定会被老婆管得死死的。"

傅识则平淡道："没有。"

见他低头操作手机，周迢问："你在点？点白的。"听这话是没打算回自己那桌了。

"不是。"傅识则随口回他，"问下女朋友能不能喝。"

云厘原本在商场内百无聊赖地闲逛，接到傅识则的信息。

　　周迢想喝酒。
　　喝白的。

过了两分钟，他又发送了一条说明自己的清白。

不是我想喝。

云厘捏紧手机，抿紧唇，喝酒对胃不好，而且还要喝白酒，她本能地想冲回去阻止。在原地戳了会儿，她的手逐渐松开。

周迢应该是傅识则为数不多的很要好的朋友吧。

对傅识则而言，因为自身原因，单方面结束了友谊——

他心里是愧疚的。

回到傅识则身边坐下，她看见周迢已经酒意上脸了，傅识则杯子里的酒还没动过，云厘主动道："你们喝吧，我开车，就不喝了。"

闻言，傅识则才拿起杯子和周迢碰了一下。

两人聊天时带点吊儿郎当，傅识则也不像平时在实验室那样少言寡语，云厘自觉地没有插话，感觉到手上有东西，她低头。

傅识则托着下巴和周迢说话，手却轻轻捏着她的掌心。

喝了半瓶，周迢直接叫了一大盘辣椒，倒在双拼锅中的一个。

云厘正要阻止，周迢自来熟道："小厘，你别看他这样，他对辣一点儿感觉都没。以前每次都是我们吃得满头大汗、嘴巴红肿，他一个人淡定地继续吃。"

他拿着筷子，对着云厘侃侃而谈："有一回我在追一姑娘，本来都互生好感了，两个宿舍的人吃了顿辣锅。我当时被辣得一脸鼻涕眼泪，关键是，这家伙就坐我邻座。"

"还时不时给我递纸巾。"周迢又想起了一点，"平时我们的长相差距也没那么大吧。"

云厘看了眼周迢，又看了眼傅识则，自认情人眼里出西施，没说话。

"那一顿辣锅后，那姑娘再也不理我了，说我丑不拉几的。"周迢边说边笑，"当时傅识则居然和我说了一句——'她说的不是实话吗'？"

傅识则无言地瞥他一眼。

云厘难以想象这个画面，她不大好意思回话，就低着头浅笑。

"不过他还是有良心的，第二天带着几个兄弟在学校论坛上给我狂刷帖子，说我是院里的院草。"周迢喝了一口饮料，闲闲道，"结果那姑娘带着室友在下面刷帖，只刷一句话——

"周迢是院草，他的室友傅识则就是校草、国草，每句话后面都跟着六七个感叹号。"

"……"

傅识则径直拿过他的酒杯："少喝点。"

见傅识则只夹清汤锅里的东西，周迢嫌弃道："才过了几年，辣都吃不来了？"

"他胃不太好。"云厘替傅识则解释道。

周迢皱皱眉，嘴上说着"才多大的人啊，胃就不好了"，手上却将清汤锅底转到傅识则方向，也不再给傅识则添酒。

等吃完饭，周迢已经彻底趴下了，云厘盯着他们，傅识则似乎还是半清醒的状态，直接架起了周迢，说道："走吧。"

云厘："你知道他住哪儿吗？"

傅识则已经有些迟钝，慢半拍地将周迢放回了原位。

打开周迢手机里的淘宝，傅识则看了眼收货地址，他视线已经有些不集中，将手机直接递给了云厘。

送周迢回到家后，云厘看向傅识则，可能因为白酒度数高，他脸两侧有几厘米微泛红，步伐也有些不稳。

云厘扶着他的腰，让他坐到副驾驶上。

她刚启动车子，傅识则却按住她的手腕，解开她的安全带，一把拉过她。他的吻带点侵略性，怀抱似乎像要完全占据她的四周，云厘被他亲得晕乎乎的，等他松开时，才听到他轻轻的一声——

"厘厘。

"谢谢。"

…………

两人走到傅识则的寝室房门，他摸着口袋里的钥匙，半天没掏出来。见这情况，云厘伸手到他口袋里，校园卡、手机和钥匙都在一个兜里，她打算把钥匙扯出来，傅识则却按住她的手，话里带着笑意："别弄。"

别弄……云厘听得一头雾水，口袋中薄薄的布料传来他上升的温度。

感觉他完全控制不住自己，云厘恼道："我就拿个钥匙。"

傅识则低低笑了一声："太近了。"

云厘刚将钥匙插进门锁内，走廊中突然传来一阵男声："师兄！"

她身体一僵，看向傅识则，他稍微站正了点，淡淡的视线移到边上。

林井然抬手和他打招呼，注意到站在他身旁的云厘，两人正在准备进门，林井然表情说不出的古怪，带点羡慕，又带着点调侃："没事儿，我就打个招呼，希望没打扰到你们啊。"

云厘此刻只想找个洞钻进去。

进了门后，她想起刚才对方说的话，什么叫作——希望没打扰到你们。

这是觉得他们要做什么？

傅识则慢慢走到床边坐下。

"刚才你那个师弟，是不是觉得我们要做些什么？"

傅识则瞥她一眼，"嗯"了声。

云厘一阵憋屈，脸红道："你怎么不解释一下？就和他说你喝多了，我送你回来。他会不会和别人说什么，会不会觉得你是个很随便的人？"

傅识则轻笑了声，觉得闷热，扯了扯自己的领子，应声道："又不是带其他人回来。"

"我们在学校里，这样不太好。"

傅识则偏着脑袋想了一会儿，慢吞吞说道："但我们好像什么都没做。"

见云厘还执着地看着自己，傅识则的视线和她对上，他的脑袋几乎不转动了，屈服道："明儿个和他说。"

云厘放下心来，傅识则见状轻笑了声，又不知好歹道："不过他不会信。"

"……"只觉得他现在的语气和笑声极为恶劣，云厘盯着他。

傅识则将枕头放在墙边，背对着靠上去，他的脖颈处也有些泛红，抬眸时带点令人捉摸不透的情绪与她对上。

狭小的空间，只有两个人。他身上带点酒气，却没有失了方寸。傅识则本身肤色极白，脸颊上的绯红让云厘莫名想到高岭上飘摇的花。

酒精让他的双眸有些迷离，他安静地看着她，带着说不出的蛊惑。

云厘盯着他扯开的领子，能看见他的锁骨，她咬了咬下唇，说道："既然其他人都觉得我们会做些什么，什么都不做的话，是不是比较亏？"

傅识则笑了声，没说话。

云厘爬到床上，慢慢地靠近他，自然地托住他的脸，亲了亲他的唇角。那双黑眸点缀了点情愫，他没有过激的动作，头靠着墙，被动地接受她的亲吻。

　　她靠得更近了些，出于舒适直接坐在了他腿上，膝盖压着他身体两侧的床单。云厘能明显感受到他的反应，唇齿间带着酒味，她的身体越来越烫。她穿着宽松的连衣裙，坐在他身上时，云厘还吻得投入，感觉到傅识则的手顺着她的脚踝往上，掠过她光洁的小腿，将腰部的裙子往上推，便捏住她的腰。

　　云厘呼吸急促，凭着最后一丝理智抓住腰后他的手，小声道："不行，在学校里。"

　　傅识则垂眸看着她的姿势，只是低低地笑，眸中带着隐隐的谴责，却没打算强迫她，将手收了回去。

　　云厘脸通红，她原本只想亲亲抱抱，但好像做得过火了。

　　"难受。"他声音低哑。

　　云厘一怔："哪儿难受？"

　　傅识则一顿，失笑道："帮我拿条睡裤。"

　　云厘立马起身，走到衣橱前才反应过来他的难受是什么意思。她翻了翻衣服，发觉她给他织的那条灰色围巾用防尘袋收着，挂在衣柜里，被小心地保存着。

　　云厘拿了套宽松的睡衣递给他。

　　"你等会儿，我去楼下买瓶牛奶给你解酒。"也不等傅识则拒绝，云厘便慌乱地出了门跑下楼，想起刚才发生的一切，她只觉得自己双腿发软。

　　刚才！发生了！什么！

　　买了几袋牛奶加热好后，她才回到寝室，傅识则已经换好睡衣，躺在床上想睡觉。又陪他待了一会儿，见他酒醒得差不多了，云厘才起身回去。

　　临走时，云厘一身的酒气，自言自语道："今天不知道会不会遇到交警要求吹气，这样会不会被判酒驾？"

　　"……"

"我不需要全世界爱我。"

"只需要爱我
　　的人中有你。"

第十七章

可以先订婚

傅识则坐回到床上。

他有相当长时间没喝酒了。周迢会让他想起江渊，他不愿意跟那段往事有接触，对于周迢关心他的信息，他近乎没回或者敷衍了事。

两人同队七年，对方视他为挚友。颓唐不已的那段时间，他确实伤害了很多人。重见周迢，似乎没有像他潜意识里想的那般难以面对。

他心里迈不出这一步。云厘不善社交，今晚却"笨拙"地给他制造了许多解开心结的机会，替他迈出了这一步。他看了眼手中的牛奶，拆了新的一袋喝了一口。

手机响了起来，是父亲傅东升的视频电话，他接听了。陈今平的脸也在镜头中。两人和他拉了一会儿家常，便直接切入正题。

"儿子，听说你谈恋爱了。"

傅识则耷拉着眼皮，没应声。

陈今平："你这一谈恋爱很出名啊，成了整个学院老师们的饭后闲聊啊，上次碰见我们还说了，你应该早点和我们说啊，当时你爸高兴得差点跳起来了。"

傅东升乐呵呵道："儿子，是哪儿的姑娘啊？"捕捉到傅识则手里拿着的牛奶袋，他立马意识到，"牛奶是那位姑娘给你买的吧？"

傅识则没有喝牛奶的习惯。

傅识则："你们见过了，还给她送了礼物。"

傅东升眼睛一亮，眼尾的细纹都显得矍铄："是重新在一起了？"

傅识则不置可否。任由他们反复询问，傅识则只简单地回复，傅东升即刻给他转了一笔钱当恋爱经费，傅识则也没什么喜悦，只说了声"谢谢爸"。

傅识则对着他们不会撒娇也不会示弱，几乎不与他们说心里话，就像别人家青春期的叛逆少年，但又会在他们失落时塞颗糖。

傅东升和陈今平早年陪伴他的时间太少，心里有愧，因此也没有做太多要求。不过，两人考虑问题都是以解决问题的导向出发的。即将退休的年纪，和儿子又不亲近，便只好觊觎起他的下一代来。

傅东升语重心长道："儿子啊，我们俩啊，这么多年追求自由时光啊，一直有个事情很后悔。"

他叹了口气："就是孩子要得太晚。"

"……"傅识则没想到会这么早被催生。

电话对面两人还在轮流讲早生孩子的好处，他盯着视频里的两个人，直接道："我们还在谈恋爱。"

傅东升："那下一步不就是结婚了吗？"

傅东升："儿子，咱们谈恋爱得负责任，我记得厘厘是今年毕业吧？该定下来了，别等到女孩催。"

"……"

"如果你不方便的话，你妈和我时间、空间上都方便的，你有厘厘父母的联系方式吗？我们去和他们喝喝茶啊。"

傅识则不想听了："信号不好，我先挂了。"

…………

今晚吃饭时，云厘趁傅识则去添调料时和周迢要了江渊父母的联系方式和住址。周迢提醒了她，江渊父母至今仍无法接受他的离世，心中对傅识则始终带有意见。

二老住在南芜市，云厘打了个电话，对面传来的女声柔和亲切，她迟疑了会儿，深吸了口气，说道："您好，请问这是江渊家吗？"

江母轻声道："我是江渊妈妈。"

云厘："阿姨您好，我是江渊学长的学妹，最近才听说他的事情，以前学长在比赛上帮过我，我之后会去南芜，可以去拜访下你们吗？"

云厘听到对面有个平稳的男声问是谁，江渊妈妈说了句"渊渊的同学，想来看我们"，她转头对着话筒说："好啊，过来坐坐啊，阿姨做饭给你吃。"寒暄了两句便挂了电话。

她低眸，江渊父母听起来是非常和善的人。她还没想好要和江渊父母说什么。躺在床上,她想起了今晚的事情。

傅识则是想从过去走出来的。她也想起了傅识则已经将她的裙子推到了腰以上,平日里冰凉的手却烫得厉害,反复地捏着她腰间的肌肤。

想到那个画面,她的身体再度滚烫起来。差点就发生点什么了。

她不自觉有点遗憾,要是今天不在寝室就好了。

云厘边洗漱,边给傅识则打了个电话,他那边亮着灯,神情惺忪,像是被电话吵醒了。

他将手机靠墙放着,镜头中他还侧躺在床上,手指微微弯起。他的眼睛闭着,被子遮到他的鼻翼处。像乖巧入睡的猫。

云厘笑眯眯地说:"你在装睡吗?"

"困。"傅识则没睁眼,他翻了个身,平躺着,小臂放在额上,"头疼。"

云厘:"就只许喝这一次。"

傅识则不吭声。云厘绷着脸问:"你怎么不应声?"

傅识则想起和父母的对话,忽然问云厘:"你爸爸喜欢喝酒吗?"

云厘不知道他怎么会突然提起云永昌,她应道:"他喜欢喝。"

傅识则:"那下次我得陪他喝点。"

"你别和他喝。"云厘没好气道,"不要去讨好我爸,上次他对你那么凶,我都不想理他了,等扯了证再带你回家和他吃顿饭。"

见傅识则没反应,云厘有些沮丧:"我爸控制欲比较强,而且不讲理,我希望你不要介意,我们俩的事儿只和我们俩有关。"

云厘解释了一大堆,才郑重道:"我爸那边的事情我会去解决的。"

"厘厘。"傅识则唤了一声,睁开眼,侧过身手支着脑袋,慢悠悠地问道,"你想扯证了?"

云厘蒙了,慌乱地欲盖弥彰:"我只是想到扯证这件事!"

傅识则低笑,没反驳。

见他恹恹的模样,云厘不太好意思地问道:"你今晚是不是挺难受的?"

当时,她带牛奶回去后,他换上宽松的睡裤,那反应反而更加毫无遮拦。云厘事后回想,觉得他应该也忍得不容易。

"就你当时在床上,我就只能坐上去,所以可能失控了点……"她越说越小声,傅识则笑了下,问她:"你还描述那场景,是想让我更难受?"

"……"

"没事儿。"傅识则不在意道，"你只要说一声'不'，我就不会继续。我尊重你的选择。"

说罢，他又故意补充了一句："虽然是挺难受的。"

眼前的人说这些时语调没有太大起伏，但字里行间和行为举止都代表着他的教养和素质。傅识则一直都很尊重她。

云厘心里一动，嘴上还是逞强道："那你克制一下。"

那毕竟，又不是只有他一个人难受。她也难受，她也克制了。

打完电话，她网购了会儿。购物 App 像窃听了她的通话，给她推送了些奇奇怪怪的盒子。她不想承认自己内心的躁动，总觉得有些羞赧。

她只能反复告诉自己：买这个东西只是以防万一，你得对自己的身体和行为负责，你得对二十四岁的人会有的冲动和荷尔蒙有清楚的认知。

这并不代表她真的想做什么。

对，她没有想做什么。她本能地觉得，如果真的发生了什么，像傅识则这样的人，是不会有预谋地提前准备好这个东西的。

似乎是一晚上发生了太多事情，云厘睡眠困难，不到六点半便醒了。

看了眼手机，傅识则没有一如往常地在六点给她发信息。

云厘起身洗漱了一番，做早饭的时候，想起昨晚挂电话前他说自己头疼，又隐隐有些不安。她关了灶台的火，直接拿钥匙出了门。

云厘不是西科大的学生，只能偷偷尾随别人进了楼。到傅识则门前，云厘敲了好几下，等了一会儿，却是隔壁开了门。

云厘有些尴尬，隔壁的人看着眼熟，金色细框眼镜下一双狭长的眼睛不怀好意，对方降低了声音说道："你是傅识则女朋友？"

她顿了下，点点头。

眼镜男故作高深地扶了下眼镜："你别被他骗了，他最近每天都带女人回宿舍，这不，昨晚才刚走了一个。"

"……"云厘想告诉对方，昨晚也是她。

"昨晚他们那床可是吱呀作响呢。"为避免她不信，眼镜男掏出手机说道，"我还录了声音，你要不要听听？"

这阴阳怪气的语调终于让云厘想起这个人，但对方看上去已经不认得她了。昨晚他们压根没做到那个程度，意识到陈厉荣是在诋毁傅识则，云厘变了脸，用力地又敲了两下门。

陈厉荣脸上带着古里古怪的笑容，云厘不客气道："昨晚也是我，你再在背后说这种话，我会学你录音然后寄给你们的校长信箱。"

门开了，云厘直接走了进去。她满肚子的气，但看傅识则没什么精神的样子，她还是暂且把陈厉荣的事情撇到一边。

云厘一进门便抓住他的睡衣开始检查，傅识则被她揉得头发乱糟糟的，带着鼻音说道："起晚了。"

说完他才拿起手机看了眼，现在七点半左右，微信里云厘给他发了好几条信息，应该是担心他出什么事了。他反应过来，摁了两下手机。

云厘口袋里的手机振动了下，她拿出来，发现傅识则给她发了条信息：早安。

明明她人都已经在他面前了。

傅识则："欠你的。"

一大早就被他喂了糖，她心满意足地在床边坐下，傅识则轻声道："我去洗漱，帮我找套衣服。"

等他出门后，云厘走到他的衣橱前。她喜欢傅识则穿白衬衫和西装板型的休闲裤，会显得人极具少年感，给他挑了这一身衣服放在床上。

傅识则回来后人已经清明许多，他脸上还挂着点水，清爽干净。低头亲了亲云厘，他温声道："困不困？"

她平日里不会起这么早。

云厘弯起眼："看到你就不困了，完全不想闭眼睛。"她也越来越上道，学他凑到耳边说，"就想一直看着你。"

傅识则笑了声，直接开始解自己的扣子。

云厘："……"

她抓住他的手："你干吗？"

"换衣服。"傅识则瞥她一眼，云厘才知道自己想歪了，"哦"了声后，完全忘了自己刚才说的要一直看着他的话，自觉地转过身。

她听到窸窣的脱衣声，视野中出现他的衣服，被他随性地扔到床上，接着是他的裤子。后面的动作停下，傅识则："不是一整套。"

云厘愣了下。

傅识则从后面把衣服递给她，云厘低头看了眼，确实是一套衣服和裤子，她说道："齐的。"

傅识则："不齐。"

"……"云厘猛地想到，"你是说少了内裤吗？"

"嗯。"

内裤！！那真的是要她找一整套衣服。

傅识则也完全没退让的意思，就戳在她身后一动不动。

云厘："你现在什么都没穿？"

傅识则懒洋洋地"嗯"了声。

云厘觉得，她只差把"变态"两个字说出口。她极为憋屈地低下头，挡住眼睛，挪到衣柜前。傅识则还提醒她在左下方，云厘拉开抽屉，里面整整齐齐存放着叠好的内裤。她不敢多看，随便抽了一条。

傅识则逗她逗得差不多了，两分钟后已经基本穿戴整齐，云厘突然想起他很久以前说的一件事："你怎么穿着睡衣，以前不是说喜欢裸睡吗？"

傅识则低头将纽扣扣齐，随口应道："要看和谁睡。"

"……"

准备出门时，云厘才和他提起陈厉荣的事情。

"我刚才来的时候，隔壁那个人就在说你坏话，就以前遇到过的那个陈什么荣。"云厘想起这个人就觉得浑身不舒服，"他还说录了你房间声音的音频，哦……我们俩现在说的话可能已经被他录进去了。"

听了云厘这话，傅识则表情也没多大变化，径直去敲了陈厉荣的门。对方似乎是早有预料，不敢开门。

傅识则哂笑一声："要我给你踹开？"

门后传来一阵脚步声，陈厉荣将房门拉开条缝，傅识则表情淡漠，问他："手机呢？"

陈厉荣脸色难看，但还是将手机递给傅识则，傅识则快速地点开他的录音和录像存储，他直接根据自己在宿舍的时间删掉。

点开相册，里面有不少偷拍，除了偷拍他之外，还有其他人的。

陈厉荣这个人的生活就仿佛永远围绕别人而活，早年试图通过用极多的感情经历证明自己，但凡见到雌性动物都要去骚扰一番，结果别人都不买账。因为自己过得太失败，总期待着其他人变得更糟糕，或者主观去诋毁其他人，试图让自己心里好过点。

傅识则没兴趣翻下去，直接将他的相册清了空，又将云盘中的备份全部删掉，将手机丢回给他。傅识则连和他说一句话的兴趣都没有。

云厘却补充了句："下次再发现你这么做，你就准备坐牢吧。"

语气听起来还有点森然。

开始往楼下走，云厘留意到傅识则的目光，觉得自己刚才的行为太勇，犹疑道："他以前给我发过很多你和发小的照片，我觉得这个人好像挺变态的。"

这次隔着房间偷偷录音，云厘想想都觉得毛骨悚然，她心里不舒服，停下脚步看着傅识则。

傅识则是完全不怕事的人，淡道："不用担心。"

云厘："我也不是担心，我也想保护你，像陈厉荣这样的人应该不少，只是因为你优秀就记恨和诋毁。"

自己无能为力，艳羡别人的出色，便在背后恶意攻击，试图用最恶劣的方式将对方击倒。因为优秀，傅识则已经被忌妒伤害得够多了。好在，傅识则不是那么脆弱的人。

至少和她在一起后，不再是了。

她顿了下："我就是觉得你是世界上最好的人，这样的你值得全世界所有人的爱。"

"我不需要全世界爱我。"傅识则低眸，两人已经走到楼下，木棉树的棉絮飘在她脸上，刮得她痒痒的，她看见稀疏的棉絮中，他张了张口。

"只需要爱我的人中有你。"

"那我和你保证，"云厘抬头看他，"那里面一定会有我。"

说出这句话后，云厘才意识到，原来真正良性的恋爱关系是这样的。这一次，他们彼此坦诚与信任，支持与包容。

她真切地感受到，他是她的铠甲，她也是他的铠甲。

过两天便是陈今平的生日。那天傅识则会和他们吃午饭，云厘精心挑选了礼物后，拜托他带过去。

接过礼物，傅识则没有说话，继续写他的论文。

云厘自己忍不住了："你不问我，要不要和你一起见阿姨吗？"

一般来说，两人关系稳定，见父母也是自然而然的事情。因此她特地给陈今平准备了生日礼物。

傅识则有自己的考虑，看了她一眼，说道："我先去见你父母。"

"你要先见我父母吗？"云厘讷讷地重复道。

想起云永昌的性格，云厘始终觉得他会对傅识则百般挑刺。无论他是出于为她好还是别的动机，这都是让云厘极为不舒服的做法。

在她眼中，傅识则容不得任何人指摘。

云厘犹豫道："你可以晚点再和他们见面，我爸妈思想比较保守，可能从开始就要催婚。"她抿了下唇，"而且，他们会觉得女生谈久了吃亏。"

傅识则不置可否，只是顺从地点点头。就好像两人关系的进展在父母的问题前戛然而止，云厘心里顿觉失落。

瞥见她的神情，傅识则漫不经心道："我的思想也比较保守。"

"……"

"也可能一开始就想要催婚。"他还在写文档，视线甚至没移过来，语气略带谐谑，"希望你不要介意。"

听到这话，云厘也笑起来："那你催催看。"

傅识则勾唇，反问她："你会同意吗？"

看他注意力还没从论文上移开，云厘盯了他几秒，故意摆出矜持的模样："不同意。"

预料之中的答案，但傅识则还是因此停下了手中的工作，和她视线撞上两秒，若有所思地说道："你的思想应该也比较保守？"

云厘："嗯。"

"那你来催婚。"傅识则靠着人体工学椅，身体微微后仰，眸光直落在她的脸上，他笑了下，"我会同意的。"

晚上，傅识则送云厘到楼下后，她滞留了会儿，不肯上楼。傅识则顺着她的意，牵着她在小区里游荡。

陈今平的生日让他想起一件事，他低眸和云厘说："给你补过两个生日。"这两年云厘的生日，他都错过了。

傅识则："许两个愿吧。"

云厘先是愣了下，随即还顺从地闭上眼睛，双手交叉握着放在下巴处，认真道："那我希望明年阿则能继续给我过生日。"

"……"傅识则笑了笑，"浪费了一个愿望。我本来就会在的。"

"那我要改一下我的愿望，希望每一年阿则都能给我过生日。"她带着期许看他，傅识则回望，轻声道："我本来就会一直在的。"

"第二个呢？"

云厘继续刚才的动作，老老实实道："希望每一年阿则都能给我过生日。"

"……"傅识则低笑了声，"这两个愿望连字都是一样的。"

云厘睁开眼睛，环住他的腰："因为，我太想它实现了。"

所以即使所有的愿望都许同一个，都没有关系。只要它实现，其他的愿望都不重要。

傅识则还没说话，一阵雷鸣般的声音突然响起。

"云厘。"

云厘僵在原处，不知该作何反应。正常来说，云永昌这个点是不会出门的，所以她才有胆子带着傅识则在小区里闲逛。

云永昌从黑暗处走出来，看清楚傅识则的脸后，面上一阵冷淡，没再给傅识则眼神，直接转向云厘："你说跟他分手了，是骗我的对吧？还联合云野一起骗我说是他的助教？"

第二次见面，云永昌对傅识则的态度仍是这么恶劣，云厘猛地抬头，怒火中烧就想要怼回去。

却被傅识则轻压了压肩膀，他自然道："叔叔您好，我回学校后担任了几门课程的助教。"

听他的回答，云永昌理解了话中的含义，态度稍微缓和了点，没忘记他休学的事情，问道："你是回学校了？"

傅识则点了点头。

"什么时候毕业？"

"明年和厘厘一起。"

"工作找好了？"

"暂时还没确定，但应该会选择留在西科大当老师。"

"哦，怎么就突然回学校了？"云永昌没有因为对方求学有成而松懈，还是想搞清楚傅识则的情况。

傅识则侧头看了下云厘："想对厘厘负责，想给她更好的生活。"

他坦诚道："上次给您留下了不好的印象，这次原先的打算是拿到博士学位时请您参加毕业典礼的。"

眼前的男人应对他的话时不卑不亢而又真诚坦然，人也温润清朗，云永昌已经没多大脾气了，但还是摆出长辈的态度说道："那我女儿是很好的，这些你都应该做的，作为男人应该对自己的家庭负责任。"

他停顿了下："不过也没必要等到毕业典礼吧。"

云厘："……"

傅识则："如果您不介意的话，过两天我想登门拜访。"

云永昌："哦，你还住在学校是吧。周五来吧，到时候让厘厘去接一下你，顺带把云野接回家，一起吃个饭。"

没和傅识则多说，云永昌便带着云厘回了家。进了屋之后，云厘隐忍不发："爸，你就不能对别人态度好点？"

见她一副吵架的架势，云永昌声音稍微提高了点："我态度哪里不好了？"

完全被他威慑到，云厘撑道："上次你对那个尹昱呈态度就很好，难不成你一定要我和那些不喜欢的人在一起过一辈子吗？"

云永昌没说话。

云厘踢了鞋子，直接到厨房里倒了杯冷水灌下去，试图让自己冷静点。

杨芳听到父女俩又开始拌嘴，连忙走到厨房门口，云永昌这次却没有和云厘吵架的意向，他绷着脸走到厨房，说道："给我倒杯水。"

云厘犟道："我不倒。"

见她犟得像头牛，云永昌只觉得自己年纪大了，默默地去倒了杯水，问云厘："他为什么休学？"

云厘不太想提这件事，不应声，云永昌眼睛一瞪："你是想到时候他来了我去问本人吗？"

云厘语速飞快地说道："他有个从小一起长大的好朋友生病了，他本来是每天盯着那个朋友吃药，但是那个朋友偷偷吐掉了。后来病发那个人就跳楼了。他觉得是自己没仔细检查他有没有把药吞下去，就自责了很久。那个朋友是在西科大跳的楼，所以当时他回学校会有阴影。"

她说完后云永昌和杨芳都沉默了片刻，杨芳细声叹了口气："可怜的两个孩子。"看起来父母是能理解傅识则的。

云厘的心情瞬间好转，她盯着云永昌，那张冰山脸稍微化了点，问："后来怎么回去了？他今晚说的是真的？"

"对啊，他觉得你反对我们在一起，他也想给你女儿更好的生活。"云厘这两年多少也学到点说话的技巧，她说话带了点引导性质，"爸，你是讲道理的人，你应该能看出来这不关他的事，对吧？"

"你想想看，如果云野因为我的原因……"见云永昌瞪她，云厘又闭上了嘴，"我这辈子就这么个弟弟，我可能颓废个十年八年都有可能。"

"也算是个重情重义的孩子吧。"云永昌没过多评价，便出了厨房门。

接下来两天，云永昌都没问她傅识则的事情，反倒是杨芳问了好几次傅识则喜欢吃的东西，周五一大清早赶集买了不少新鲜食材。

两人当天中午便回家了，仔仔细细把家里打扫得一尘不染。

在西科大接上傅识则的时候，云厘愣了一下，他非常正式，穿着得体的白衬衫、西裤和皮鞋，成对地拎了烟、酒和茶叶。

云厘原本以为，真的就只是吃顿饭。

她干巴巴道："你今天怎么准备了这么多东西？"

"礼物给我妈了，她让我替她转达谢意。"傅识则说道，他习惯性地靠近云厘亲了一下，"你这么用心，我也不能甘于落后。"

云野只觉得自己又承受了一万点暴击。

云厘还提醒他："别亲，云野在后面。"

云野："……"

傅识则这才留意到云野的存在，他神情淡定，将礼物递给他："弟弟，放一下。"

云野接过，随手放在后座上，傅识则扫了一眼："蓝色那袋是给你的。"

原本蔫了的云野立刻来了兴趣，双目发光："我现在可以拆吗？"

云厘："云野，你能不能矜持点？"

云野："我一个大男人要什么矜持。"

语毕，他麻利地拆了礼物盒，见到里面的东西后欢呼了一声。

刚好是红灯，云厘的视线和傅识则的对上，她笑问："我有礼物不？"

傅识则"嗯"了声，将云厘伸出的手掌推出去："但现在不给你。"

云厘不知道他准备了什么礼物搞得这么神秘，笑着问："那什么时候给我？"

傅识则没有直接回答。

"时候到的时候。"

傅识则带的礼品中有一部分是他父母给云永昌和杨芳的礼物。里面还放了封信写明他们出差，所以这次没有来访，希望云永昌和杨芳见谅。

对方礼数周全，云永昌全程没有说一句重话。但和云厘想的一样，云永昌拉着傅识则喝了一杯又一杯。她想阻止，云永昌上头了，完全不理她，一旁的云野也拽着她的衣角，让她坐着乖乖吃饭。

云野给她偷偷发了信息：你得让咱爸和姐夫这么喝一次，爸的性格就这样。

云厘：你姐夫胃不好。

云野：那行吧……我去帮姐夫顶两杯。

整个过程比云厘想象的顺利，云永昌拍着傅识则的肩膀，和他反复说着云厘的优秀，让他一定要好好对待云厘。云厘全程煎熬地坐在对面，云野酒量不行，帮傅识则挡了几杯就直接去睡觉了。

饭局结束的时候，云永昌坐在茶几前，语重心长道："我们厘厘年纪也不小了，你这马上毕业了，对于未来什么打算？"

在云厘看来，这只差把"你们该结婚了"这六个字直接说出来。她看看旁边已经有些不稳的傅识则，他还强撑着坐直身子，脖子上泛着红。

云永昌一字一顿道："我们这一代人思想和你们不同，恋爱不是儿戏，我们当父母的，对子女的婚姻可能是比你们认真得多。"

"爸。"云厴喊了声，语气有点埋怨。

云永昌忽略了她的话，只和傅识则说道："识则啊，我这个女儿很倔，我说不过她，但是作为男人，你需要好好考虑你们的未来啊。"

云厴最不喜欢云永昌这种凡事都要为她做决定的模样。也不喜欢云永昌这种认为她凡事都要依赖别人，凡事都该由男人来承担的态度。

她刚想吐槽些什么，傅识则忽然拉过她的手，像是明白她的想法，安抚地捏了捏她的手背。酒喝多了，他的语速比平时慢，却字字清晰。

"我和厴厴会一起对我们的未来考虑和负责的。"

两个人的爱情，本就不该由第三人决定，也本就不该由中间的任何一个人独自决定。这是属于两个人的爱情。

下了楼后，云厴还想着傅识则刚才说的话，在这个家庭里，她打心底里排斥父亲对她能力的看低，对她全方位的掌控欲。

在傅识则来之前，她其实是担心他为了讨好云永昌，会一切都顺着云永昌的意——会如云永昌说的，他作为男人，要由他来考虑两人的未来，要由他来做决定。

她讨厌这种观念。

她一直很独立，无论云永昌如何诟病她内向，不善社交，云厴依旧仅凭着自己一人做了许多事情。从大一暑假不要生活费和学费，独自到南芜和英国求学，到最终找到一份看得过去的工作，找了一个自己深爱的男朋友。她不想自己的事情由其他人来做决定。

刚才傅识则说的话，并没有把她看成一个附属物，而是将她视为两人关系中无可替代的另一半。

云厴抱着他的手臂，他脚步不稳，她踮起脚，在他的脸颊亲了一下。

傅识则弯唇："怎么了？"

"就亲一下。"云厴一个快步站在他面前，抬眸看他，而他身后一轮弯月刚冒出身影。

"你怎么想？"傅识则热热的气息扑在她脖颈上，"关于我们的未来，什么时候定下来？"

"你先说，参考一下你的意见。"云厴被他的呼气弄得痒痒的，笑着推开他的下巴。

她用的力气不小，傅识则摸了摸被她推开的部分，他低笑了声："毕业？"

离毕业也没多久了，傅识则这时候说这些话，难免会让云厘觉得是今晚云永昌给的压力。

她蹙眉说道："你不用管我爸今天说的话，我爸妈说恋爱要谈个两三年。我觉得这个时间也比较适合。"

傅识则并不动摇，重复了一遍刚才的想法："毕业了就可以定下来了。"

他的眼角带着迷蒙的酒意，黑眸却清醒认真。云厘看向他的脸，顿时有点紧张，仔细一想，距离毕业也只剩半年不到的时间了。

她试探性地问道："什么叫定下来？"

傅识则："如果你觉得太快的话，可以先订婚。"

云厘面不改色道："那订婚和结婚一般间隔多久？"

身旁的人偏头想了一会儿，在云厘看来，就是当着她的面捏造了个答案："不知道，可能一两个月？"

甚至，他还厚着脸皮继续说道："你觉得久的话，也可以一两天。"

那这和直接结婚有什么区别！！！

"我也怕谈久了，你担心我不负责任。"傅识则想起她上次搪塞他的话，又伸手钩过她的脖子，将她拉回到自己怀里。

云厘只觉得都呼吸不了了，她能听到他的心快速跳动，与她相仿。

两人真正在一起的时间太短，她还是嘴硬道："不行，我得考虑考虑。"

傅识则笑："那你想想。"说完，他用下巴在她的左耳蹭了蹭。

云厘明显能感受到四周弥散着他低沉的声音，匿在空气中。

但是声音微弱，又是贴着她听不见的左耳说的话。

她一个字都没听清。他还在说话，像是在尝试说服她。

云厘觉得他醉得一塌糊涂，耐心道："我听不见你说话。"

傅识则的醉意已经上来了，几秒后，他垂眸盯着自己刚才一直蹭着的左耳，恍然道："说错耳朵了。"

云厘觉得傅识则真是醉成大糊涂蛋了。

他松开云厘，换了个方向钩过她的脖子，又如法炮制地蹭蹭她的右耳，语气讨饶似的："我刚才和你说——别总是拒绝我。"

"我哪有总是？"云厘立马反驳，知道他今晚陪云永昌喝了不少酒，她站在原处叹了口气，转身看向他，问，"你胃难不难受？先不说话了，我送你回寝室。"

"我不难受。"傅识则面色平静，看过去极为正常。

如果不是他脖子泛着微红，云厘都分辨不出他喝了酒。

"你刚才凶我了。"

云厘："……"哦，还有他稀里糊涂的话。

云厘像哄小孩："我怎么会凶你。"

傅识则盯着她看了好一会儿，徐徐问道："你要怎么证明？"

云厘无言，耐着性子说："你刚才说的这个事情是没办法证明的，这不就是跟让我证明昨天吃了饭一个道理嘛。"

她说了一长串，傅识则却没听进去，自顾自地回答了刚才的问题："亲一下就不凶了。"

"……"

他们已经走到汽车旁，云厘想把他塞进副驾驶里，傅识则却不依不饶，将她压在副驾驶的外头，低声道："那我帮厘厘证明吧。"

她的双手被他扣到车门，来不及反应，那温热的舌尖便舔了她的下唇，随即钻入她的唇内，云厘被迫后仰着头回应他。

云厘载着傅识则去买了点护肝药，在她家里的时候傅识则还努力保持清醒，到寝室后倒在床上便想睡觉。

"你先起来。"云厘拽了拽他的手臂，傅识则轻声道："厘厘，别闹。"他将被子直接盖到肩膀处，像幼儿园里听话入睡的孩子，"我要睡一会儿。"

"这是最后一次喝酒，你知道了吗？"云厘坐在他旁边，有些心疼地说道，"今晚我都想和我爸拼了。"

他迷迷糊糊地"唔"了声。

云厘在原处坐了几分钟，傅识则似乎是真的睡了。抽屉没合紧，她拉开来，里面还放着那几盒安眠药，有两排已经空了四分之三。

她沉默了会儿，起身，去开水房打了热水，和冷水兑到温度合适，端回到房间里。她先浸湿了纸巾给他擦了擦脸，手从他细长的睫毛移到俊挺的鼻翼，再到薄薄的唇上。

将被子掀开，云厘盯着他的领口，犹豫了会儿，还是伸手靠近。

解到第二粒纽扣时，她视线上移到他的脸庞，想起今晚的事情，她心里清楚虽然云永昌喜怒不形于色，但他应该是蛮喜欢傅识则的。

两人的关系就这么更近了一步，她有种不真实的感觉。云厘亲了亲他的唇角，心无杂念地给他解开上衣，用毛巾给他擦了擦身。

该擦下半身时，云厘杵了杵他："把裤子脱了再睡觉。"

傅识则没应。云厘以为他睡着了，挣扎了会儿，还是没有那个勇气，直接替他盖好被子。床上的人低笑了声，睁开眼睛："就不继续了？"

云厘只想把他从床上抓起来揍一顿，她表情严肃："你一直醒着？"

傅识则见她拉下的脸，不知是不是酒精壮了胆，也不犯怵，"嗯"了声。云厘气呼呼地走到他面前，傅识则翻了个身，右手枕在自己的头下，云厘从上往下看，他迷蒙的眼中倒映着灯光。

傅识则拍了拍自己的身旁，见云厘不动，他又笑着唤了声："来。"

这缱绻的语气让云厘的气消了，她坐回到他身边，双腿在床边踢了踢。

傅识则侧过身躺着，伸手从后边环住她的腰，轻声问："怎么还帮我擦身子？"

云厘老老实实回答道："你身上黏糊糊的，我想你能睡好点。"

他的手用了点劲，让两人更靠近一些，眼尾微微弯起。云厘低头，指尖摩挲着他的手背。

身后是他眷恋的声音。

"我爱你。"

回到家时，云厘到云野的房间走了一圈，他整张脸埋在枕头里。云厘推了他两下，诧异道："你这还能呼吸？"

云厘看出来了，云野这酒量估计和她是差不多的水平。推了两下没动静，她弯下腰用了点力气让云野身体转向侧边，让他能呼吸得顺畅一些。

她没开灯，只能透过客厅的光线看见云野的侧脸。

云厘拿湿巾给云野擦了下脸，他皱皱眉，拨开她的手，一个转身将被子直接盖在头上。

云厘没有平时的脾气。

可能是因为云野是为了她才给傅识则挡的酒吧。

年底的时间过得飞快，云厘忙得不可开交，除了写毕业论文之外，她以实习生的身份提前到公司入职。

她所在的部门负责游戏开发。整个组人数不多，每个人手上都有几个项目，当天云厘就被安排跟着几个项目学习。云厘的工作内容基本是和游戏的实现代码有关，而她所在的项目是负责开发一款 EAW 提出的 VR 游戏。

第一天刚到公司的时候，周迢便过来问候了下她。

周迢笑道："工作上还适应吗？"

云厘不想让人觉得她沾亲带故，礼貌而客气地感谢了对方的关心。

"妍忻，你带带她，咱们这儿最有能力带新人的就数你了。"周迢朝坐在一旁的张妍忻打了声招呼。

作为领导，周迢不吝表现对员工的夸赞，张妍忻羞涩地点点头。云厘突然就明白，张妍忻为什么不给她推送周迢的名片了。

她向来不掺和这种事情，但想到和张妍忻要在同一个组待好长时间，等周迢走后，她还是主动解释道："我男朋友是组长读书时候的朋友，还希望你不要误会。"

听了这话，张妍忻对她的态度，立马有了个一百八十度大转弯。不仅日常对她百般照顾，年底去 EAW 出差时，也带上了她。

云厘本来就打算回南芜找一趟江渊的父母，适逢这次机会，便订了周末飞到南芜的机票，同事张妍忻周一才到南芜。

和傅识则说起要去南芜的事情时，他直接回了张图片，是他的机票信息：一起去。

云厘怔了，她这次过去是要见江渊父母的，顿了会儿，她回了信息：你去干吗？你博士论文还没写完呢，我去那边有工作在身。

兴许是云厘拒绝的态度太明显，傅识则回了一句：我不能去吗？

这五个字看起来还有点委屈。

云厘没辙，只好说道：我到时候会很忙哦。
　　嗯。我在家里等你。

盯着这条信息，云厘才意识到，他的意思应该是两人一块住在江南苑。
　　这次出差是两个正式员工加上她，一共三人，如果她有住所的话，另外两人在酒店住标间即可。
　　云厘想着这件事，随手从衣柜里拿了些换洗衣物，和化妆包一起放到小行李箱里。
　　在箱子前蹲了一会儿，她鬼鬼祟祟地起身，从自己上了锁的抽屉中拿出三个小袋子，谨慎地放在化妆包的夹层里。过了一会儿，她又将换洗衣服全部拿出，在衣柜里面挑挑拣拣，放在身上来回比画。
　　其间傅识则给她打了视频电话，对方把手机放在床边，他正坐在椅子上，手肘支在膝盖上，身体微俯看着镜头。
　　"你收拾好了吗？"云厘做贼心虚，语气不自然道。
　　傅识则："不用收拾，那边有衣服。"
　　云厘人还埋在衣柜里，随口应了声："哦……我还在挑衣服。"
　　安静了几秒，耳机里传出他的声音："为什么挑？"
　　本身他的声线清冷，但说起话来却让她面红耳赤。
　　"……"云厘沉默了好一阵，想不明白傅识则的脑子是什么做的。
　　见云厘不吱声，傅识则继续道："挑哪儿的衣服？"
　　哪儿的……衣服……云厘瞪了镜头一眼，傅识则自觉地噤了声。
　　飞机是周六一大早的，傅识则到云厘楼下接上她，便一起打车到机场。飞行两个半小时，云厘重新站在了通明宽敞的南芜机场。
　　傅识则在她右前方拉着小行李箱，南芜已经是冬季，空气极寒，他穿着一身黑色长风衣，看似瘦削，却让人不敢轻视他分毫。
　　愣神间，她想起和傅识则初见的那个夜晚，那时候的男人脸色苍白，看起来羸弱而又脆弱，带着极强的疏离感。
　　留意到她和自己离了两步的距离，傅识则停下脚步，侧身看她。

他朝她伸出了手。她乖巧地将手放在他掌心，问他："你还记得那时候你来机场接我不？"

傅识则："嗯。"

"我觉得，"云厘想了想，语气确切，"那时候的你酷一点。"

"虽然让人觉得遥不可及，但可能就是这种距离感，会让人觉得很有吸引力。"

"刚才你的话好像是在告诉我。"傅识则面无表情地看向她，"现在，你觉得我不是很有吸引力了。"

云厘语无伦次地解释道："我应该不是这个意思……"

"应该？"傅识则挑出关键词重复了一遍。

云厘以为他为此不开心，心底泛着不安往前走。

牵着她的手没松开，走了几步，云厘偷瞄傅识则，发现他正在摸自己的脸颊，似乎是在调整表情。几秒后，他神色冷漠地看向她，问她话时毫无情绪："这样好点？"

见她一脸无语，傅识则皱眉："不像吗？"

一路上，傅识则都切换成冷脸状态。甚至上了出租车后，他坐在外侧，和云厘保持了相当的距离，漠然地盯着窗外。

云厘觉得他的行为像小孩子，强忍着笑。

傅识则垂头，在手机上敲了两下：酷？

云厘：酷爆了！！！

几秒后——

云厘：但是，我觉得你有冷暴力的潜质，过去的半小时内，你对我一直冷脸。她还配了一个"哭脸"的颜表情。

傅识则气笑了，看到这消息，更是不吭声，就像座冰冷的雕像般靠在角落。

出租车到江南苑小区门口时，傅识则在付款。

司机犹豫不决，下定决心般回过头，和云厘说："姑娘，你有什么需要帮忙的吗？"

"……"

傅识则拉着云厘下了车，他面色淡漠，看不出心里在想什么。

江南苑的屋中摆设与她走时相比几乎没有改变。屋内光线晦暗，空中飘浮着灰尘，刚进门，傅识则就从鞋柜中拿出那次买的情侣拖鞋。

在云厘换鞋期间，他将窗帘拉开。所有和她有关的东西，他都没有扔，甚至没有收起来，就让它们留在原本的位置。

就好像她没离开过。

就好像她只是很久没回家。

将沙发上的防尘布收好，傅识则用湿巾将沙发擦拭干净。

云厘在一旁帮他，擦净后，沙发还未干，傅识则直接将云厘摁在上面，她的手按在冰凉的沙发上。抬眼，那张脸上的冷漠破裂，带了点笑意，傅识则慢声说道："你觉得我有冷暴力的潜质。"

"司机也觉得我冷暴力你，还问我需不需要帮忙。"傅识则觉得，既然她都这么说了，他也可以实践一下，问她，"我现在暴力一下？"

云厘的眼角都是笑。

傅识则垂眸看她，还是没舍得用力，只是轻捏住她的下巴，四目对视了片刻，云厘抱住他的脖子："阿则，你对我真好。"

傅识则："不说我冷暴力了？"

"我知道你不会。"云厘语气笃定，她看看四周，原以为这个地方与她彻底无关，傅识则却一直没有抹去她的痕迹，她问道，"你怎么把我的东西都留着了？"

傅识则："想不到扔的理由。"

也可能只是，和她有关的东西，即便有再多理由，他也不想让它们消失在他的世界中。

在来南芜前，云厘已事先联系过江渊父母，今天下午会登门拜访。

云厘没在江南苑逗留太久，找了个去南理工见导师的借口，她借用傅识则的车出了门。

自从上次傅识则和她说了江渊的事情后，两人没有再就这个话题进行过交流。他的表现总会让人觉得，好像没什么在困扰着他。

云厝想起他抽屉里消耗了大部分的安眠药。

刚到公司时，周迢曾和她说过，江渊是独子，Unique 的几人和他都情同兄弟，他离世后，周迢和 Unique 的其他成员给他父母凑了笔钱。当时，江渊父母和周迢反复确认，里面没有傅识则给的钱，才愿意收下。

这件事情，傅识则也是知道的。

周迢还和她说，这么多年一直有人偷偷地给江渊的父母寄钱。

云厝抿紧了唇。这个事情就像，江渊父母无法接受儿子的离世，将责任强行转嫁给傅识则。但他做错了什么呢，需要这么多年背负这种内疚和对方施加的罪名？

周迢给她的地址离江南苑只有半个小时的车程，导航过去的一路上，她的心中忐忑不已。

江渊家所在的小区是二十世纪九十年代修建的，老楼陈旧，墙上以及旧式外凸形的防盗窗上锈迹斑斑。小区处于南芜的另一个老城区，产业迁移后基本只剩下老人居住。

到楼下后，云厝按了门铃，很快江母应声开了门。

房子在六楼，没有电梯，云厝走到三楼时便看见下楼来迎接她的江父和江母。江渊比傅识则大个几岁，他父母现在应该五十岁上下，但苍老的容貌看上去却像六十多岁的人。

两人热情地招呼她上楼，对她嘘寒问暖。江渊在西科大上学，而云厝最初联系他们时也告知对方自己是西伏人，他们丝毫没有怀疑她的身份。

房子不大，一眼望去是小两居，屋内装饰简约朴素，家具都有些年份了，客厅中央却放了台二十七寸的液晶电视。

"已经很久没有渊渊的同学来我们这儿了。"江母露出个浅笑，招呼云厝到茶几前坐下。

听到这话，云厝看向她，江母眉眼的皱纹让她莫名也有点心酸。

桌上已经备了不少水果。

她打开电视给云厝看："这台电视还是两年前渊渊的同学送的，不过我和他爸爸一直不在家，也没接到电话，到现在也不知道是谁送的。"

云厘："您二位过得好吗？"

江父笑了笑："挺好的，日子也就这么过去了，想念儿子的时候就去房间看看他的东西。"

"我可以看看学长的房间吗？"云厘没有直接道明来意，江母似乎习以为常，起身带她到房间。

江渊的房间不大，南边是一扇老式的窗户，窗台摆了两盆植株，床褥还铺着，旁边是一张木制的学生书桌，上方摆满了小、初、高各种辅导书。屋内的陈设就像仍有人在居住。

墙上贴了几张合照，都是用参差不齐的胶带简单地覆在四角。照片没有塑膜，已经氧化发黄以及掉色。

她看到里面几张都有傅识则，是江渊父母带着他们俩去钓鱼和打球的。

看到云厘在看照片，江母说道："照片里基本是我和他爸爸，还有渊渊从小一起长大的一个朋友。他是渊渊同班同学，你认识他吗？"说到这里，她叹了口气，"渊渊把他当成自己弟弟，我们也把他当成自己的儿子。但自从渊渊走了，我们也很多年没见他了。他也是个好孩子。"

云厘："他不来看您二位吗？"

面前的女人沉默了会儿，眸色暗淡道："来过，我们让他不要再来了。"

云厘顺着话，试探地问道："他做了什么吗？"

"那个孩子单纯，可能自己的行为不经意间伤害了渊渊，他也不会知道。"江母注视着照片，"渊渊生病了，他答应我们看着渊渊，但他当时忙，可能也没太上心吧。"

她语气平和却坚决："作为父母，我们没有资格替渊渊接受他的补偿。"

在江渊父母的视角里，他的最后一篇日记，无疑是在说自己被傅识则的优秀压垮，而他们也不能接受傅识则明明说他把药吞下去了，而最后江渊是没有吃的。

就像傅识则压根没把江渊的事情放在心上，没监督他吃药，没注意他的情绪，只追求自己的发展。

在来之前，云厘出于对傅识则的心疼和保护欲，或多或少对江渊父母有些愤悱，她原以为面对的会是一对固执己见、怨天尤人的父母。

那样她可能还有理由去说服自己重提对方的伤心事。

但对方很冷静，因为从他们的角度看，事实便是这样的。

云厘问："我可以看看他的书吗？"

"可以啊。"江母很快从刚才的情绪脱离出来，温柔道，"基本都是辅导书，这里有几本渊渊小时候的日记本，你想看也可以看看。"

她从书架上拿出几个本子，封皮基本都是奥特曼。江渊写日记的时间并不固定，大约是每周一次，会记录那周发生的重大事件，日记大多天真无忧，里面写了很多成长的趣事，也有许多傅识则的身影。

在这些日记里，云厘只读出了一个信息。

——江渊将傅识则视为弟弟。

云厘翻了翻，到大一结束，日记就中断了，那时候，他的日记里几乎不存在消极的情绪。

她顿了下，抬头问他们："学长上大学之后就不写日记了吗？"

江渊的抑郁症应该是出现在博士阶段。

"我们把他寝室的东西都带回来了。"江母看起来也有些疑惑，"我和他爸爸没找到别的日记本。"

云厘想了一会儿，问她们："学长有电脑吗？"

"有啊。"江母立即拉开抽屉，里面放着一台很厚的笔记本，旁边整齐放着一些纪念品，云厘留意到里面有个 Unique 标志的东西。

"这个是渊渊参加的战队，渊渊参加这个战队拿了好多冠军。"提起江渊的旧事，将东西递给云厘时，江母眼中闪烁着些许骄傲。

看了一会儿，云厘才意识到，这是个 U 盘。

接口处有非常明显的使用痕迹。

"阿姨，要不我帮你找找吧？说不定能找到学长后面几年的日记。"

江渊父母看起来并不是常使用电脑、手机一类的人，听云厘说帮他们找日记，朝她连声道谢。

开电脑花了相当长的时间，老式笔记本卡顿得厉害，云厘耐心地等了几分钟，出现的桌面是一架无人机的图片，她愣了下，是云野带走的那架无人机。没来得及深究，云厘直接将 U 盘插上。

U 盘里没有其他东西，只放了一个 word 文档。

云厘点开，发现里面是江渊大二以后的日记。他的日记频率下降，大约变成一个月一次，云厘快速地扫过去。日记的后半部分记录了从大四开始他的经历。

巨大的落差感和压力源于他的科研生活，江渊开始变得越来越忙。尽管工作劳碌，他的导师依然不断挤压他的个人时间，也数次对他进行嘲讽打压，无论是在生活、科研，还是工作方面。

一开始江渊以为能通过自己的能力扭转这个局势，但导师全方位剥夺了他的时间和成果，他会让江渊帮自己带孩子、买饭、买菜等，他将江渊所有的产出视为垃圾，但转头又把成果的署名权抢走，如果江渊不同意就用开除来威胁他。

江渊向学院举报，给校长写信，然而都没有起到作用，甚至进一步导致导师在公开场合的辱骂。自信和意气风发被一步步消磨，变得残破。然而，父母对他抱有极高的期望，甚至指望他能当个教授，改善家里平凡的经济条件和社会地位。每每举起电话想倾诉一番，听见父母殷切的问候后，他只好憋了回去。

"我这儿一切都挺好。"

从第一年开始，江渊就已经难以接受，他极度痛苦，想改变这一切。但实验室其他人都默默地忍受着，他是里面反抗最激烈的一个。

独自反抗的他，却像是个跳梁小丑。很快，他开始怀疑自己的无能，认为是自己不能平衡所有的事情，是自己不能让导师满意。他偶然和父母提过退学，但引起了他们的强烈反对。他早期和傅识则吐槽过一些，后来怕傅识则觉得他无能，便将所有的事情都压在心底。

在这几年的日记中，偶有快乐的片段，都是和好兄弟去参加比赛，去打球，去爬山。

感觉这辈子最幸运的两件事情：一件是爸妈很爱我，另一件是有个好兄弟阿则。

想了很久，还是决定去看心理医生，结果确诊抑郁症了。更难过了，很对不起爸妈。但想到无论我发生什么事情，阿则都会帮我照顾爸妈的，总归还是一件幸运的事。

············

　　吃药还是有用的，很少去想那些消极的事情了，马上要参加比赛了，今年应该又能拿个冠军。

············

　　最近好一点了，老板好像有放过我的念头了，和我说好好写文章，吃了药后注意力很不集中，我打算停一段时间的药，先把手上的文章投出去，达到博士毕业要求后再继续吃药。爸妈和阿则肯定不会同意，阿则天天戳在办公室门口盯着我吃药，像门神似的，要被他发现我没吃药会立马翻脸的。唔，大家都很关心我，所以我也不想让大家失望呀。

　　这是江渊这份日记文档中的最后一篇。

　　云厘看着日记，回过神时才发现脸颊两侧都是泪水。和傅识则说的一样，江渊温柔地对着这个世界，爱着周围的人，却受到了不公的待遇。

　　见她流眼泪，端水果进来的江母慌了，云厘用手背擦了擦泪水。手机刚好振了下，是傅识则的信息：厘厘，什么时候回来？

　　"我找到学长的日记了，我刚才看了。"云厘吸了吸鼻子，江父闻言立马跑到房间里，对于两个人而言，儿子去世后，他们只能疯狂地寻找以前和他有关的事物。

　　云厘替他们找到了整整六年的日记。两个人戴着老花镜看，他们的眼睛已经不好，看一会儿屏幕，便酸涩发疼。见状，云厘告知了他们基本操作，便下楼到附近的打印店打印了两份。

　　回小区的路上，傅识则给她打了电话，电话对面有些嘈杂，他语气随意："回来时到超市带上我？"

　　"阿则。"云厘停顿了好一会儿，才艰难道，"今天我不是去南理工找我导师。"

　　"……"傅识则沉默片刻，"你在禾苑？"

"对……"云厘垂下眼睛，"我找到了江渊哥哥最后几年的日记，要不要我开车去接你过来？"

"不用，我打车过去。"傅识则没有问她在禾苑的原因，也没有问她日记的内容，而是问道："有没有难为你？"

"没有……"

"嗯，你在外头？"听到她电话中的噪声，傅识则自然地推断，云厘"嗯"了声，他语气平静道："待在外头，等我过去。"

云厘挂了电话，在原地还有些发愣。

她以为这个时候，傅识则会更关心日记的内容，而不是她。但他丝毫没有提及，他来似乎只是不愿她遇到什么事情，所以让她待在外头。

云厘没有听傅识则的，她回到了屋里，将打印出来的两份日记递给江渊的父母。她耐心地陪两个老人翻阅着。

看到最后，江母已经满脸都是泪水，她捂着脸痛哭道："发生了这么多事情，为什么没跟妈妈说，为什么不听医生的话啊……"

她忽然麻了一下，江渊和她提过，他说自己不太适应博士的生活，想退学直接去找份工作。

跟许多父母一样，他们没听进去，只关注儿子的大好前程。

可是……江渊只要再跟她说一句就好了。

她再怎么样，最在乎的还是，自己儿子能平平安安地活着啊。

云厘沉默地陪在他们旁边，等两人情绪都稳定了，才轻声说道："叔叔阿姨，你们不要难过了，学长那么爱你们，不希望你们这样的……"

她顿了顿，鼓起勇气说道："其实我这次来是因为傅识则。因为学长的事情，阿则他一直很内疚，也因此休学了很长一段时间。

"叔叔阿姨，当年发生的事情，真的不能怪阿则，他那么重感情的一个人，几乎把学长当成自己的亲哥哥，你们看学长日记里也有写，阿则是有看着他吃药的，他也很希望学长活下来。"

云厘断断续续和他们说了傅识则的事情，她的手机反复在振动。几分钟后，有人敲了门。

江母去开门，见到傅识则的时候明显怔了下，他默然地进屋，见到云厘平安坐在沙发上，微皱的眉眼才松开。

傅识则已经有三年多的时间没有见过江渊的父母了。

这个屋子也有几年的时间没来了。二老的生活看起来一切如常。

习惯性地，傅识则认为对方并不想见到他。

这么多年，对江渊、对江渊父母无尽的内疚压得他喘不过气来，重新出现在他们的面前，傅识则一时半会儿不知道应该说什么。

云厘看着他低垂着头，发丝遮了部分眼眸，在这个逼仄阴郁的空间内，他瘦削的肩有些僵硬。

"你们先走吧。"江母还站在门口，语气中带着起伏。

骤然被下逐客令，云厘声音有些发颤："叔叔阿姨，学长没有怪阿则，你们也不要怪他了好不好？"

两人面色沉重，又说了一遍："你们先走吧。"

"叔叔阿姨……"云厘懵懵地重复了一遍，傅识则走到她身边，牵起她的手便往外面走。

到门口时，他停下脚步，偏头说了唯一的一句话。"请照顾好自己。"

门关上的声音在楼道里回荡。云厘浑身一震，望向傅识则。

他垂眸静静地看着楼梯，片刻后，侧头和她视线对上。见她满眼通红，他眉眼松松，带着安抚的笑摸摸她的脸颊："别哭了。"

云厘本来还能控制自己的眼泪，听到他这句话，喉间一阵哽咽："我好像搞砸了。"她让他更难受了。

傅识则拉着她下楼，等两人都到了阳光底下，云厘才留意到，他戴了那条灰色围巾。

南芜是个位数的温度。傅识则将围巾摘下，拉着长边，一圈圈给她戴上，顺带轻捏了捏她通红的鼻子。

"没有搞砸。"他俯身，视线和她对上，平淡道，"其实我见到他爸妈心里不会有太大起伏。"

"但是，"傅识则重重的吻落在她的额上，"谢谢厘厘。"

他看着眼前的人，睫毛还颤动着，带点水迹，脸埋在围巾里。

确认他的神态不是装出来的，云厘心里稍微放松了点，没过几秒，又闷闷地问他："你心里还对江渊哥哥内疚吗？你是不是还觉得他在怪你？"

傅识则沉默了会儿，点点头。

"你有看过他后面几年的日记吗？"云厘的声音还带着鼻音。

"到大一，以为他后来没写了。"大部分的人也都是这么认为的，更何况江渊后来的日记间隔越来越长。

云厘在手机上备份了江渊的日记，她将文档发给傅识则，两人回到车上。傅识则坐在主驾上，默默地翻着页。

"我相信叔叔阿姨也能想明白的，他们不会再怪你的。"云厘将手覆在他的手上。

一开始云厘给傅识则打电话的时候，他的关注点完全不在江渊的事情上，而是担心云厘碰壁或吃瘪后难过。

看完日记后，他一言不发，只是熄了屏，坐在原处出神。

时隔六年多，才有人听见江渊的真实心声。

所有人都误会了，江渊没有怪过傅识则。

在那个时候，大部分人对抑郁症还没有认知和共识。江渊最后停药，只是希望自己能变得更好，他也以为自己会变得更好。他最后停药，目的不是为了离开这个世界。他还爱着这个世界上的人。

他最后写下的那篇满是痛苦的日记，在里面埋怨傅识则的存在，仅仅是因为发病时的无法自控。

理智上来说，他不需要再认为自己是罪人了，江渊从未厌恶他的出现，最后悲剧的产生并不全是由于他的疏忽，江渊有不吃药的计划，总有实施的办法。他不必再因为自己有了正常的生活而心存不安。然而此刻，文字里嵌着的苦涩涌上心头，就像过去的情绪瞬间翻涌，几乎将他淹没。

原来，他也想活着啊。

他敛了情绪，轻"嗯"了声回复云厘，便直接启动了车子往江南苑开。

全程云厘偷偷观察着他的神态，他有些心不在焉，驾车时变道亮灯的反应都比平时慢许多。

"计划多久了？"开车回去的路上，傅识则问她。

"没有计划……"云厘支吾道，"在见他父母前，其实我都没有想清楚要说什么，我只是希望，他们能不再怪罪你了。我也想找到证据，让你不要怪自己了。"

"其实你和我说起江渊哥哥去世前写的那篇日记，我是有点怪他的。"

总觉得是那篇日记的存在，才让傅识则被指责和内疚折磨了那么多年。

傅识则开着车，目光放在路况上，他应道："不要怪他。"

前车刹车，云厘看着前车的红灯，也喃喃道："嗯，不该怪他。"

云厘想起那一天，红跑道上的帆布鞋，对方温柔的笑容化在阳光里。

不应该因为最后的阶段，而让人忘了他前二十年的温柔和善良。

温柔的少年，从来没做错过什么。

顿了好久，云厘才看向傅识则："那你呢，你还怪自己吗？"

天色渐暗，傅识则的眸色已经看不清了，汽车穿梭在往来的人和车流中，片刻，他笑了笑，让人分辨不出情绪："我不那么怪自己了。"

车停在小区里，两人到附近的菜市场打包了些熟食当晚饭。刚在桌上坐下，云厘却意外地接到了江渊父母的电话。

他们想和傅识则说话。

云厘把手机递给他，傅识则起了身，拉了张椅子坐在阳台上。

"江叔、江姨。"傅识则已经许多年没喊过这个称呼。

空中只有飕飕的风声。

"孩子，听江叔江姨和你说一声对不起，这么多年来，我们接受不了，爱着我们的渊渊怎么会忍心丢下我们，我们把一切都怪在了你头上。"江父的声音发颤，"我们看着你长大的，怎么会，错怪了你那么多年。"

他们也才想起来，他们看着傅识则从三岁长到二十岁。

他从小就没在父母的身边，每次跑到禾苑就说要吃他们俩做的菜。他们心疼这个孩子，父母给了他优渥的资源，却没有给予陪伴和爱。每年的儿童节，都是他们带着他和江渊去外面的游乐场玩。

这几年，因为痛苦和怨恨，他们将一切责任归咎到这个将他们视为家人的人。江渊身上发生的事情，是所有人都不愿意见到的。

说完他们眼里泛起了泪水："是江叔江姨不好，没照顾好渊渊，也没照顾好你。

"今天厘厘和我们说了很多你的事情，你听叔叔阿姨说，渊渊是个好孩子，他会希望你好好活着，而不是因为他过得不好。他如果知道了的话，会很伤心的。"

江渊确实会这么想的。他会希望他好好活着。

这样的江渊，才是傅识则认识了十七年的人。

那困扰着所有人的痛苦回忆，并没有在今天瞬间消逝。傅识则脑中一瞬间掠过无数的影像，最后均化为空白。

他也希望江渊好好活着，只不过，不再是那么强的执念。

他"嗯"了声。

听到他的应答，电话对面的人悬着的心终于放下来。

傅识则想起了很多个坐在这里的夜晚，对面的楼层换了一户户的人家，失去挚友时的绝望、痛苦、内疚似乎随着这几年发生的事情，也渐渐地从生命中淡去。

有些一直以为跨不过的坎，也终究成为无数过去中的一笔。

云厘拉了张椅子坐在他旁边，他刚挂电话。

冷风中，云厘只是紧紧地抱住他。感受到身体上的温度，傅识则回过神，低头，鼻间是她发上淡淡的花香，他僵硬的身体动了动，回抱住她。

"他们说什么了？"

傅识则用简单的几个字概括："说不怪我了，让我好好生活。"

闻言，云厘心里也泛起说不出的感觉，一切的事情像是解决了，却没有如期的开心："那你心里是什么想法？"

"我想好好生活了。"傅识则回抱住她，轻声道，"和你一起。"

想好好生活，想彻底放下心底最为罪恶的部分。

云厘用尽自己最大的力气抱住他，抬眸时，他的双眼空洞，定定地看着对面。

云厘抿抿唇，问他："你现在想起江渊哥哥是什么感觉？"

其实傅识则也不知道。

大部分时间里，他都不会想起江渊。几年过去，傅识则已经想不起那整夜的雨，冲淡的血。记忆像是停止在了出事前，江渊拎着奶茶到他办公室，和他聊天的画面。就像大脑在进行自我保护，将那段记忆永远封存起来。

傅识则神色黯淡道："我希望他还活着。"

他可以不再那么怪自己了。

他可以不在夜里被内疚侵蚀，像枯朽的骨在岁月中霉烂。

然而，即便过了这么久，江渊离世带来的伤痛还是没有消失的。只是他不再那么敏感，只是这种伤痛，让人熟悉到麻木了。

"很长一段时间，我都接受不了这件事情，也许直到现在，我也还没有接受。我希望他当时吃了药。"

最亲的家人、朋友的离世，活着的人可能要用一辈子来修复伤痛。

傅识则说这些话的时候，情绪平静，却毫无生机。他垂下头，不再掩饰自己的真实情绪，像个易碎的瓷娃娃。

"厘厘，你是我最亲的人了。"

所以，无论发生什么，都不要像其他人一样离开了。

他是个很脆弱的人。如果没有她的出现，他早已承受不了这些失去。

"那你最亲的人，"云厘捧住他的脸，"唯一的愿望就是你要快乐，并且她愿用一辈子的时间来实现这件事情，你愿意帮助她吗？"

傅识则身形顿了顿，思绪抽回来，偏了偏头，不着边地问她："这是……求婚吗？"

云厘："……"

"你太厚脸皮了。"云厘原本说得诚诚恳恳、认认真真，一下子破防，"我哪有求婚了？"

"哦。"他的语气略带失望，试探完后还当作无事发生，"只是求证一下，以免你有言外之意。"

云厘别扭地问道："那你愿不愿意嘛……"

总觉得此刻的问话已经有别的含义。

他眼角带点笑，语气莫名其妙有些郑重："那我愿意。"

"那以后，所有你的脆弱，
背后都有我。"

第十八章

让你等了这么久

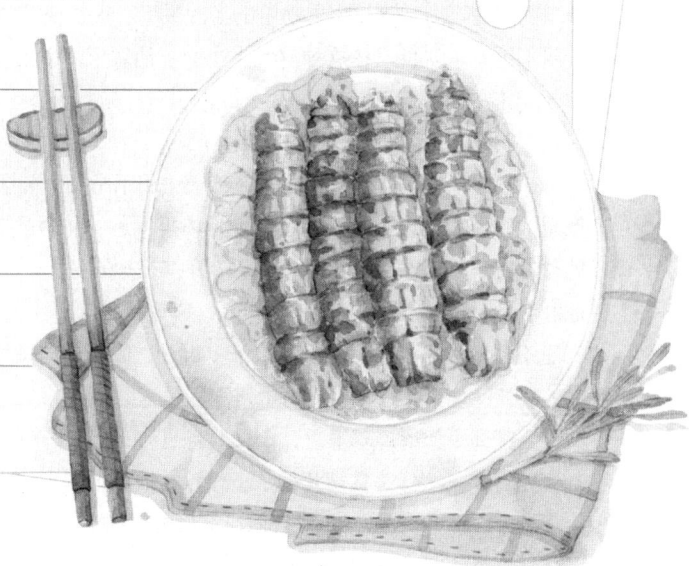

收拾好碗筷后，云厘窝在傅识则怀里看电影。

"刚才那两个人是一对吗？"云厘抬起头问他，傅识则愣了下，没答上。

见他完全没看电影，云厘知道他在想事情，她回房间拿了 iPad，打开提前下载好的一款双人游戏，叫作 Fingle。

将 iPad 平放在沙发上，傅识则和云厘面对面坐着。

游戏规则很简单，需要两个人用手指控制地图上的方块到对应的位置。最开始时，屏幕上只有几个方块，移动的路径也很简单粗暴。

但随着他们过了一道道关卡，游戏难度上升，需要他们控制的方块会变多，甚至会移动，他们放在屏幕上的手指几乎时常交错。

傅识则的注意力被这款需要动脑的游戏吸引，很快便摸清了规律。

云厘不愿意承认自己在这种游戏上也能被他碾压，事先给他打了预防针："你不能提示我。"

傅识则微扬眉，耐着性子道："知道了。"

每一次都是他先固定好手指位置，云厘再用手指操作剩余的方块。

空余的时间，傅识则便垂眸看她。她离得很近，移动手指时身体会轻微晃动，客厅只开了盏橘黄的小灯，恰好打在她的身上。

他盯着她，不经意间，整个世界似乎只有眼前的身影。

云厘不断腹诽自己的手怎么这么笨，再一次因为她的操作导致游戏失败，她气鼓鼓地抬头，却直接对上傅识则深邃的眼。

两个人都离平板的屏幕很近，离彼此也只有一厘米的距离。

云厘一时紧张，低头直接开始了新一轮游戏。傅识则的手还停在平板上，却没有移到方块上，而是往前，握住她的手指。

云厘还打算继续，见状，问他："不玩了吗？"

傅识则："想玩别的。"

他只需要往前移动一小段距离，便直接覆上她的唇。顺着她的手指往上，滑过手腕，随后托住她的后脑勺。

他的另一只手撑在她的腿边，将她逼到了沙发的角落，将她的一只手按在沙发上。

云厘感觉自己的脖子顶着沙发的边缘，她被动地回应着他的吻，想起他刚才的话，用手抵住他的胸膛："我又不是玩具。"

"我是玩具。"傅识则冷不丁说道，将她的手拉到自己的身上，"你想玩吗？"

"……"云厘一下子说不出话来。

傅识则又问："不想？"

他垂眸，一脸清心寡欲，但话里却又带着明显的暗示，云厘盯着他充满光泽的下唇，咽了咽口水，想到自己还没洗澡，她淡定地推开他。

"不想。我要去洗澡了。"

见傅识则没拦着，云厘的腿试图移到沙发底下。一不小心碰到他，傅识则笑了声："故意的？"

"……"

云厘立刻冲回房间，打开自己的箱子，佯装刚才的事情没有发生，找着换洗的衣服。傅识则在衣橱里找了两床被子和四件套，分别放到了他们各自住的房间。

她故作镇定地问："你去收拾床吗？"

床上积了灰，需要擦拭后才能铺床单，傅识则"嗯"了声，拿了条清洁抹布。

云厘拿出化妆包在梳妆台前迅速卸了妆，拿起睡衣走到洗手间，傅识则给她递了条新的毛巾。脱了衣服，云厘走到淋浴室，看着墙上的瓶瓶罐罐，才想起没拿洗面奶。

将门打开条缝，她探出半个脑袋："帮我拿下洗面奶。"

傅识则的声音从房间传来："在哪儿？"

"在化妆包……"

云厘突然想起了夹层里放的几个小袋子，声音戛然而止。

她刚慌乱地说出"不用了"三个字，看见傅识则从房间走出来，手里拿着她的洗面奶。

他的神态很自然。应该是什么都没发现。

"别着凉了。"傅识则从门缝递给她，催促她去洗澡。

松了口气，云厘拿起花洒，热水淋到身上，腾腾的烟雾中似乎出现了她脑中不可言状的画面。

洗完澡后，云厘坐在梳妆台前抹护肤品，这个梳妆台是傅识则特意给她买的，她记得当时她嘟囔道："总感觉屋子里好像没有女生的气息。"

隔日傅识则带着她去挑了个欧式的梳妆台，配了超大的一片圆镜。

云厘往后看，傅识则正在铺床。她慢慢地吹着头发，吹风机发出嘈杂的声音，短发只需一两分钟便能吹到半干，现在长而密的发需要十几分钟才能吹干。

她想起两人初见的时候，至今已经过了这么长时间。有些人便是在时间不知不觉地流逝后，依然在你的身边。

抬眸，她看见镜子里傅识则的身影。他的手指放在她的发上，接过吹风机，动作轻柔地给她吹着头发，空气中充盈着热气和湿气，她盯着镜中那抚弄她发丝的手指，撩起她肩处的发丝时，有意无意在皮肤上掠过。平日里吹风机扰人的轰轰声，此刻却阻断了其他的声音，让肩上的触感更为清晰。

再下一秒，云厘抬头时，他关了吹风机。

空气中一片安静。

傅识则将她的头发拨到肩后，云厘看着镜中的自己，还有身后的他。他的手放在她的发上，却没有离去，而是移到了她的脖颈上，轻轻地抚着。云厘一时有些呆滞，傅识则垂眸，她穿着平领的白色睡衣，领子并不高，锁骨处的皮肤看起来几近透明，还带点未擦净的湿润。

他冰凉的掌心下滑，与她温热的皮肤对比鲜明，被触碰的地方灼热。

在某一瞬间，云厘浑身一僵。她想起身，傅识则的左手却揽着她的肩，俯身轻轻啃咬她的耳垂，异常滚烫而又密密麻麻的吻落在她的颈间。

一两分钟后，傅识则将右手缩回，单膝蹲下，手一用劲儿，直接扯过椅子，让云厘面对着自己。

云厘低头望向那双眸子，沉沉的，纯粹得只剩一种情愫。云厘呼吸急促起来，她轻声道："你看到了？"

"嗯。"傅识则含糊地应了声，与此同时，他托住她的脖颈，让她低下头，舌头肆意地蹿进她的齿间。

云厘意乱情迷，但还是死要面子，断断续续道："我、我就是以防万一。"

傅识则轻笑了声，轻咬了下她的脖子："是我忍不住。"

"我、我还没做好准备。"云厘手足无措，瑟缩道。

傅识则偏了偏头，问她："什么时候买的？"

"……"云厘只想找个洞把自己埋进去，"两个月前……"

"对不起。"傅识则说了声，话中却没有任何歉意，"让你等了这么久。"

他的呼吸扑在她的颈肩，云厘懵然睁着眼睛，感觉他的吻落下的地方像有无数电流穿过。

她咬住下唇，耳垂处的触感让她被动地别开头。

等他动作稍微放缓，睁开眼睛，云厘怔了怔，本能地将衣服往下扯，却被傅识则扣住手腕，他咬了下她的脖颈，唇里呢喃着："别闹。"

似乎知道她心里怕什么，傅识则停下动作，只是盯着她，视线缓缓往下移。

云厘别开脸，小声道："你别看了。"

他笑了声，说了句"那我不看"，却没有停下落在每一个角落的吻。

云厘只感觉浑身热乎乎的，无法言说的渴望从心底滋生，她低眸看着被他扣得紧紧的手腕，用另一只手去解他的扣子。

而后一切就如疾风暴雨，他直接抱起了她，将她放在铺好的床上。

"知道吗？"傅识则贴着她的耳，"硬着铺床的。"

他毫无忌惮地在她耳边继续低声道："铺完床还得给你脱衣服。"

云厘因为他调情的话面红耳热，却也毫无惧意，带着情意的眼睛望向他："那我给你脱？"她盯着他身上的衬衫，毫不掩饰地说道，"每次看你穿白衬衫，都想给你脱掉。"

他穿起白衬衫时，总会让人觉得清清冷冷不可靠近，却让她有更强的企图，想看见另一个他。

"嗯。"傅识则顺从地靠着床头,任云厘坐在他身上,将他的扣子一个个解开。

傅识则耐着性子等她,手却不安分地握住她的脚踝,用指腹摩挲着。

云厘双腿发软,摁住他的手。

"不要。"云厘对他刚才的行为表示抗议。

傅识则却忽略了这句话,待云厘继续解扣子的时候,又轻握住她的脚踝。

云厘红着脸道:"你上次不是说,只要我说不,你就不继续了?"

傅识则看着她,笑了:"没说过。"

"……"这笑容在云厘看来有些无耻,她不满地从上往下看着他。

他就像被动地被她压在下面,让她产生了种占据了主导权的错觉,她不自觉地说道:"你得听我的。"

脚踝处的摩挲让她心里想要更多,云厘抛却自己的克制,主动低头吻上他的喉结,傅识则呼吸声加重,他催促道:"这次也只脱衣服吗?"

云厘想起上次在寝室发生的事情,她顺应着自己的内心抬起手,眼睛始终与他对视。

墨黑的眸带着欲念,几乎将她全数吞没。他轻轻一带,两人互换了位子。

云厘望着面前这张脸,她想起那年见到的视频,那应该已经是九年前了,那时候少年青葱,气质温润,而眼前的男人下颌线硬朗,锐利的眉眼被情愫打破了理智。

他也即将,彻底属于她了。她心里产生了极强的占有欲和满足感。

云厘往前迎,钩住他的脖子,傅识则抱着她的双肩,力道逐渐变重,她感觉到无数毫不克制的吻落在她的身上。

傅识则从枕头底下摸出个袋子,随后是塑料撕开的声音,还有他充满蛊惑的呼唤声。

"云厘厘……"

三个字飘进她的耳中,她浑身一麻,猝不及防地,云厘抓紧被单,见她疼得蹙眉,傅识则耐心地吻着她的眉间。

"厘厘……"随着他的呼唤声,他一寸一寸地将彼此拉得更近,隐忍而柔和。见她眉间完全舒展开，傅识则沙哑着声音问："好点了？"

云厘红着脸轻点了头，用手挡住他的肩膀，磕磕巴巴地问他："能不能开点音乐？"

听出她声音里的示弱，傅识则低低地笑了声，从右侧拿过手机递给她。

云厘颤着手点开音乐软件，复古悠扬的乐声响起，她试图将声音调至最大，却几次没有摁到按钮。

她瞪了始作俑者一眼，他却只是轻轻地笑，温柔的吻落在她额上。

将手机推到一旁，傅识则从床头扯过一个枕头。云厘感觉乐声仿佛有了力量，无论是绵长悠扬还是跌宕起伏，每一个节拍都清晰可闻。她紧紧咬住下唇，却被他用指尖轻轻拨开唇齿。

傅识则唇贴着她的右耳，吐出两个不清晰的字眼。

"爱你。"

温存过后，傅识则起身去厨房倒了杯温水，云厘正坐在床上，用被子将自己裹成粽子，声音沙哑地问道："怎么办？"

傅识则顺着她的视线看向床单，随意道："去我屋里睡。"

将水递给她，云厘咕噜喝了几口，喉咙舒适了些，小声问道："要一起睡吗？"

傅识则垂眸："你想自己睡？"

云厘身上仍酸疼着，她担心他半夜又做点什么，还是迟疑地点了点头。

傅识则："我不想。"

不仅如此，傅识则完全没问她意见，直接连着被子将她抱起，走到他的房间去。他的床上只铺了床单，却没有被子。

云厘才意识到，从一开始他就没打算两个人分两张床。

云厘一口气堵在喉咙口，生着闷气窝在角落，不明白为什么还要假装征求她的意见。傅识则觉得好笑，过去摸了摸她的脸蛋，她别开脸。

碰了壁，他也不气馁，直接靠近她在她脸上亲了下。

"你……"云厘一时想不到什么吐槽话，憋了半天，说出几个字，"好厚脸皮。"

傅识则勾了勾唇，看起来反而像是在享受她软绵无力的吐槽。他将床上的枕头放里头："少了一个。"

他转身，云厘以为他要去拿她房间的枕头，情急之下也不管自己生不生气了，用被子挡住半张脸，声音细如蚊鸣："那个，脏了。"

傅识则沉吟了会儿，应道："家里还有很多枕头。"

见他的身影消失在门口，云厘想起今晚发生的事情，那些感官被他完全占据的时候，那些细腻清晰的亲吻和抚摸，脸红得像是要滴血。她裹着被子下了床，走到他的衣柜前，随手拿了件衬衫套上。

还没找到舒适的裤子，傅识则便开了门，云厘一心急，直接坐回床上，膝盖碰着膝盖压着床，将衬衫往下扯了点。宽松的衬衫，再加上她头发凌乱，眼神慌张，傅识则眸色一沉，像狩猎者般缓缓地靠近她。

云厘有种自己是待宰的羔羊的错觉，傅识则把枕头扔床上，一言不发地把水杯和手机递给她。

"我不喝了。"云厘担心自己一动衣服会往上走，傅识则执意将水杯放到她手里，没几秒，手指先碰到了衬衫，略显粗暴地抓住她的衬衫往自己的方向扯了点儿。

云厘没拿稳水杯，衬衫湿了一片。

"喝点儿。"傅识则哄骗似的语气，"不然待会儿喉咙疼。"

"……"

云厘听着浴室传来的水声，仍轻喘着揉了揉自己的双腿。瞥了眼被扔到角落的衬衫，她慢吞吞地再次走到衣橱前。

这次她有意识地找了套领口高的睡衣，用长袖长裤将自己盖得严严实实的。

手机突然冒出铃声，是云野的电话。

惊得她一把挂掉。

云厘：？

云野：？？为什么不接？

云厘：哦，我不想看到你的脸。

云野：……

一直没找到机会，云厘才想起来提醒云野：那个无人机你先不要用了，对你姐夫挺重要的。

云野：我表白的时候不小心碰着了。

云厘：那你放着吧，我回去看看。

云厘出神地想着无人机的事情，傅识则将无人机送给云野的时候，自然是考虑过无人机有可能会损坏，但他还是送给了云野。

云厘清楚地意识到，在这个行为背后，傅识则的用意。

对他而言，她已经是最特别的人。他爱她，也一样爱她的家人。

傅识则洗好澡，发上还挂着毛巾，带着热气靠近云厘，俯身轻贴了下她的唇。他的眼角仍点缀着直白的情愫，云厘想起他今晚说的那句——

"厘厘，你是我最亲近的人了。"

云厘软软的手向上抬，抱住他的脖子。

"我抱住你了。"

她弯起眼睛笑。

"就再也不会松手了。"

傅识则垂眸，她的话中带着极为郑重的承诺。

水珠顺着发丝滴到云厘的脸上，她用手背擦了擦，错愕道："你哭了吗？"

傅识则随意地用毛巾擦了擦自己的发，毛巾遮到了鼻翼处，云厘只能看见他敛起下颌笑，她也笑，托住他的脸，认真道："我要活得比你久。

"——这样，你的世界中，都会有我的爱。"

在这一刻，傅识则极为强烈地感受到——那些对他而言最难熬的时光，彻底过去了。不为什么，似乎只要以后的时光有她，无论发生什么，都不至于难熬。

将近十二点了，傅识则打开手机，几小时前徐青宋给他发了信息，问他：夜宵？

他将手机递给云厘，意图很明确，让云厘决定去不去。

折腾了一晚上，云厘的肚子也有点饿，但上次见徐青宋时自己和傅识则还没复合，她隐隐有些尴尬，纠结了半天，抬头问傅识则："去吗？"

傅识则想了想："很久没见了。"

以前在 EAW 的时候，徐青宋和傅识则几乎是绑在一起的，云厘从鞋柜里拿出小皮鞋，扯了扯他的袖口："徐总是你的好朋友吗？"

"嗯。"傅识则侧头看她，"怎么了？"

"没。"云厘将鞋跟提上，"就是你能多一个朋友，我就觉得很开心。"

闻言，傅识则弯了弯唇，将刚穿好鞋的她往上一拉，又顺势接住，提醒道："直接喊他名字，辈分上他是你外甥。"

出了门，云厘整个人像飘在半空中，前东家突然变成了自己的外甥，辈分上小自己一截。总觉得不可思议。

地点定在江南苑附近的海鲜大排档，云厘和傅识则步行先到，刚找位子坐下，抬眸便看到徐青宋从马路对面穿过来。南芜入冬了，他却穿得轻薄，上身是件西装板型的外套，里面搭着浅蓝的衬衫，上面两颗纽扣没扣。

视线快速捕捉到他们，徐青宋扯开抹浅笑，轻拍了拍傅识则肩膀："气色不错。"

"嗯。"傅识则的声线自然放松，意味深长地看了云厘一眼，"厘厘照顾的。"

听到这句话，云厘脸一热。她怎么照顾了……

徐青宋微挑眉扯开个笑，朝她颔首。他气质矜贵，拉开椅子坐下后还会适当地抚平外套褶皱的部分。

云厘往他的方向多看了一眼。收回视线时，却对上旁边傅识则的目光，见他一直盯着自己，云厘莫名心虚，故作镇定地看菜单。

傅识则却直接问徐青宋："哪儿买的衣服？"

云厘："……"

"你喜欢？"徐青宋低头看了眼自己的衣服，半开玩笑道，"我直接送你，应该也蛮适合。"

傅识则没有回答，而是偏头看云厘，问："你喜欢吗？"

"……"

徐青宋只当他是在征求云厘的意见，无声地笑着，给自己倒了杯水。

云厘被傅识则的目光盯得如坐针毡，满脑子在怪自己没管住眼睛，她犹豫了会儿，豁出去般地实诚道："挺好看的，青宋很会穿搭。"

她的声音柔软，说出两个单字时显得亲昵。

"过誉了。"徐青宋没察觉到她的称呼，大大方方地接受她的赞扬，问傅识则："我直接寄你学校了？"

傅识则沉吟片刻，忽地说了句："谢谢徐总。"

云厘："……"

这一插曲后，云厘老老实实按照原本的习惯称呼徐青宋，心里顿时对傅识则有些无语，他应该是吃醋了。

还说她是醋缸。出门时还提醒她喊徐青宋的名字，扭头就不认账了。

大排档以海鲜为主，云厘先将菜单推给傅识则，他低眸看了一眼，柔声道："你点，点些喜欢的。"

云厘再推给徐青宋。

对方只是勾起个明媚的笑，用手指轻拨了下菜单还给她："你点吧。"

作为场上唯一一个真的是来吃夜宵的人，云厘按照喜好点了些皮皮虾和贝类。考虑到傅识则的胃，她问了徐青宋的意见后全部的烹饪方式都选了清蒸或白灼。

上菜后，傅识则给云厘拎了一只大的皮皮虾，他不太喜欢吃操作起来麻烦的海鲜，只随便夹了点东西到碗里，却没有吃。

徐青宋也不饿，拿了只皮皮虾，慢悠悠地在自己的盘子前面剥壳，时不时抬头和傅识则说几句话。他们谈话的内容大多围绕着近期发生的事情，云厘不太能融入他们的对话，专心致志地剥着皮皮虾。

"毕业后打算去哪儿？"徐青宋调侃道，"要不要来 EAW？"

听到徐青宋的问题，云厘顿时有些走神。

傅识则："先考虑留西伏吧。"

一不留神，虾壳刺到了皮肤，云厘手一缩，动作不大，感觉自己手笨，她有些不好意思地埋头继续剥虾壳。

傅识则留意到她的动静，给她递了点纸巾："弄到了？"

云厘摇头："没有。"只是刺了下，也没破口。

傅识则顺手接过她的皮皮虾，他还在和徐青宋说话，动作生疏地给云厘剥皮皮虾，将壳一片片除干净后放到她的盘子里。

"优圣在高校里办了个比赛，做 VR 游戏开发的。"徐青宋悠哉地提起这件事，忍不住轻笑道，"上回傅正初说要参加，后来又说要陪女朋友。"

傅识则听说傅正初恋爱了，不过这也不是第一次，他并不是很感兴趣。此刻他的注意力都在手中的皮皮虾上，思索着怎么不弄脏手把虾皮摘掉，徐青宋好奇地看了一眼："不好剥吗？"

"还好。"傅识则心不在焉地应了声，又剥了一只放到云厘的碗里。

"我自己来就好……"云厘推辞道。

有旁人在场，云厘不太想表现得像个巨婴，傅识则随口"嗯"了声，问起徐青宋公司的事情，手上依旧不疾不徐地拿过一只皮皮虾。

见云厘碗里整整齐齐摆着几只剥好的虾。徐青宋看了看自己的手指，肉眼可见的细嫩皮肤，傅识则皱眉，问："怎么？"

徐青宋也没觉得不好意思，故意道："扎到手了。"

云厘没忍住笑出声，连忙喝了口水掩住笑意。傅识则瞥她一眼，直接从盘子里拿了只虾，扔到徐青宋碗里："自个儿弄。"

徐青宋慢慢地"啊"了声，低头笑着剥虾。

吃完夜宵，已经凌晨一点多了，两人送徐青宋上车，对方先和傅识则抬抬下巴，视线望向云厘，接触后便移开。

蓝色的跑车在尽头化为一个点。傅识则将云厘的手拉到口袋里，她倚在他身边，灯光将两人的身影拉长。

云厘想起刚才饭桌上和谐的相处画面，不禁道："感觉这一次，徐总就像对待朋友一样和我相处。"

以前他对她虽然礼貌而客气，但或多或少带点生疏。

傅识则轻声道："嗯。"

慢慢地，他们各自的朋友，都会变成彼此的朋友。两人的交集会越来越多，会趋于同步，会更加离不开对方。

拉着她到小区里后，傅识则才停下脚步，问她："弄到的地方疼吗？"

云厘反应过来他说的是虾壳扎到的手指，她伸出那根拇指，抚了抚："好像是有一点疼。"

话音刚落，傅识则便拉过那根手指，放在唇瓣处含着，漆黑的眸下垂望着她，云厘心跳加速，指腹的触感柔软，被碰到的地方微麻。

他的眸光始终停在她身上，直至轻轻松开她的手指，在灯光下，云厘才发觉他两只手的手指都被虾壳扎破了皮，她有些心疼地拉过他的手。

傅识则却一副置身事外的模样，看着她。像是在等待着什么。

他的指腹上能看见被虾壳划破的小口子，云厘破天荒地没觉得他无耻，只觉得怎样补偿他都不够。

她看了看周围，扯了扯他的袖子："先回家……"

傅识则不动。

云厘极为无奈，确定周围没有其他人后，才拖拖拉拉地执起他的手。

柔软灵巧的舌头在他的指腹滑过，傅识则静静地看着面前脸色绯红的人，她时不时还会抬眸，视线接触前又难为情地别开视线。

南芜好像也没那么冷。他剩余的几指托住她的脸，指腹还湿润地移到她的唇角，唇便直接贴了上去，带着不容置疑的侵略性，掌心托住她的腰阻止她后退。直到她气喘吁吁，傅识则才松开她，拉她往回走。

刚进门，他直接从后撩起她的衣服，手指还带着室外的低温，云厘浑身一颤，抓住他的手腕："没有那个了！"

傅识则停了动作，去翻她的行李箱，几分钟后，若有所思地看了她一眼。这目光看得云厘发毛。

他一言不发地起身，云厘愣了一下："你要出去？"

傅识则："嗯，去便利店买水。"

已经凌晨三点多了，云厘困得眼睛都睁不开，傅识则坐起来，房间光线勾勒出他身体的每一处线条，云厘从后抱住他，在他腰后亲了下。

"我先睡了。"

"去冲一下。"他侧头，手轻揉了下她的头，云厘浑身酸涩，带着鼻音说道："不要，我要睡觉了。"

理智上，云厘知道自己应该去清理一下，但她没有分毫力气。她几乎全身钻到被子里，只露出一双微眯的眼睛追随着傅识则。

他去衣橱前拿了套深蓝的睡衣，云厘想起她晚上翻衣柜时里面单一的颜色，嘟囔道："以后我给你买衣服好不好？"

傅识则的动作一顿，忽地问她："买和徐青宋一样的？"

云厘瞬间清醒。

"你喜欢他那样的？"

云厘窘得不行："你总不会吃他的醋……"

"所以是喜欢？"

云厘极为无言，小啄了他一下："你之前不是穿过他的衣服，你不喜欢吗？"

傅识则毫无温度地笑了声："那是因为你喜欢。"

云厘顿了顿，像傅识则这样的人，确实为她做了很多事情。

原本是完全没必要的。

傅识则徐徐靠近，见他绷着张脸，云厘心里一软，笑眯眯地钩住他的脖子："那不就刚好，我也是喜欢你穿。"

她绕来绕去，总算侧面回答了他的问题。

即便云厘这么说，傅识则面上还是没什么情绪，云厘讨好道："那你喜欢什么衣服，我就给你挑什么样的。"

"挑你喜欢的。"傅识则的态度也软了软，玩了玩她的发丝，"我喜欢你喜欢的。"

这回云厘聪明了，总算能正确解读傅识则的话。

——我喜欢你喜欢的。

——但你不能喜欢另一个男人喜欢的。

因为疲倦，他洗澡的几分钟瞬间变得漫长，云厘合上眼睛，睡得迷迷糊糊，隐约感觉到傅识则掀开了被子。

温热的毛巾贴着她的大腿。她一开始有些抵触地挡住他的手，他没理会，慢慢地替她擦拭干净。觉得舒服，云厘微蹙的眉松开。她睡着的模样乖巧安静，傅识则看了好一会儿，低头，在她额上吻了下。

翌日，云厘睡到了下午一点多，几缕阳光溜进房间，她习惯性地往后靠，原该空荡荡的身后却是另一个人的胸膛。

她转过头，傅识则从后抱着他，下巴轻抵着她的额，手搂着她的腰。碎片般的光落在他眼周，皮肤很薄，能看见细细的血管。

她再往下看，她还记得昨晚最后一次结束后，他去洗了个澡。

明明睡前还有衣服。怎么现在就没了？

她转回头，蒙蒙地看着空气中飘浮的粒粒灰尘，在阳光下反光。已经完全没有睡意，纠结了一会儿，云厘的手指钻进他的手和自己的皮肤间，试图不动声色地将他的手挪开。却被他的掌心包裹住。

傅识则握住她的手，放在她的小腹前，碎碎的吻落在她的脖子上。

云厘感觉到他的反应，求饶道："别了……"

傅识则像是还没睡醒，表情惺忪，语气懒散："我轻点儿。"

她犹豫了会儿，才小声道："那说好了……"

傅识则做好早午饭的时候，云厘的脸还埋在枕头里，他过去叩叩门。

身子像散架了一样，云厘将此归咎于傅识则，带着点怨气，故意将脸别到墙的方向。傅识则斜倚着门，好笑地看着床上的人，他故意去扯云厘的被子，她没穿衣服，誓死捍卫着手里的被子。却因此成功地让她坐了起来。将衣服从角落捡起，傅识则自觉背对着她。

云厘已经彻底不相信他的人品了，一只手抓着被子，另一只手谨小慎微地在被子下面套衣服，目光紧紧地盯着傅识则的背影。

"快点儿。"他懒洋洋地说道，"一直听到声音，我会想要。"

云厘三两下把衣服穿好，听到她下床的声音，他转过身，瞥见她赤裸的脚，皱着眉将她的棉拖从床底拿出来。

她趿拉着鞋子，慢吞吞地走到洗手间，傅识则跟着她，给她放了点温水洗漱。

见他一直跟着自己，云厘困惑道："怎么了？"

傅识则眼里带点笑意："怕你摔跤。"

又被他打趣，云厘恼羞成怒，手指蘸了点水甩他身上，傅识则抬眸，毫不在意地拨了拨。

两人今天没有其他的行程，周三便要回西伏了，云厘吃着傅识则提前撕成块的吐司，问道："你平时回南芜会去看江渊哥吗？"

傅识则喝了口牛奶，随意应道："嗯。"

"那我们待会儿要不去看看他？"留意到他的目光，云厘迟疑道，"因为周一周二要开会，周三就要走了。"

云厘更加明确了点自己的意图："以后我都想陪你一起去。"

傅识则手一滞，玻璃瓶中装的是巧克力牛奶，望过去，对面是云厘清澈的眼睛。生活的各个方面，都已经有她的身影。

他没思考，直接"嗯"了声。

江渊葬在公墓，云厎在地图上挑了半天，想沿途买一束鲜花带过去，傅识则见她忙前忙后地收拾东西，自己坐在沙发上玩数独。

等云厎可以出门，已经三点出头。

在鲜花店门口停了下，云厎挑了一束白百合，钻回到车里面。

傅识则扫了一眼，蓦然道："你没送过我花。"

"……"

他说这话时不带特殊的情绪，径直启动了车子。云厎说了声"待会儿"，又下了车，傅识则支在窗旁，在后视镜里看着云厎抱着束紫罗兰回来。

她把紫罗兰塞到傅识则怀里："那我送出的第一束花，给你，第二束再给江渊哥。"

傅识则笑："不用。"

却还是把花接住，将塑料膜捋好，确保不会压到花瓣后才放到后座。

公墓在南芜市的郊区，云厎几乎没扫过墓，进到园区后，她并没有看见其他人。

傅识则熟练地走到一个位置，云厎低头看，不大不小的墓碑上贴着江渊的照片，噙着浅笑，正视着镜头。

云厎忽然觉得这个拍摄的光线和手法、照片的清晰度都很熟悉。她想起了傅识则身份证上的证件照，觉察到两个人的证件照可能是一起去拍的。

而此刻，傅识则只能面对着一个冰凉的石块。云厎心里说不出地难受。

傅识则从旁边捡了几片落叶，掸去墓上的灰尘。

傅识则拉着云厎的手："哥，和你介绍一下，这是我女朋友。"

他语气轻松，就像在和一个老朋友说话："我上次和你说过的厎厎，我和你说过，我不想分手。"

云厎愣了下，傅识则的视线下垂："我们重新在一起了。"

"看到你的日记了，知道你想活着。"他停顿了很长时间，看了照片上的江渊一眼，唇角的笑刺了他一下。

傅识则轻声道："抱歉，没能让你活下来。"

空气压抑了几秒。

"知道你不怪我了，江叔江姨也不怪我了。知道你不想我的人生一塌糊涂。"他又沉默了良久，才说道，"放心吧。

"我会过得很好。

"我不会怪自己。

"但是，我也不会忘记你的，哥哥。"

说完这几句话，傅识则接过云厘手里的白百合，工工整整摆在他的墓前，语气轻松道："弟妹给你带的，你也好好照顾自己。"

整个园区寂寥荒凉，他的话也淹没在风声中。

语罢，傅识则起身，拉着云厘往外走。没走两步，他脚步一停，看向云厘，用指腹擦掉她眼角的泪，他带着无奈的笑："哭什么？"

"我会一辈子对你好的，会一辈子、一辈子都对你好……"云厘语无伦次地抽噎道，眼泪像决了堤一般，后来她干脆放弃挣扎，呜咽道，"我也不知道为什么就哭了。"

她是知道的。

因为太过心疼他所经历的一切。

因为知道他内敛寡言下所承受的痛苦。

因为希望他的世界中不再有这些痛苦。

傅识则握紧她的手，放在自己的口袋里。

两人静默地往回走，云厘想起他刚才的话，问道："你刚才说你不想分手……"但云厘提分手时，傅识则答应得很快。

"当时担心你觉得我太落魄了，你和我提分手的时候，我想变回以前的模样再去找你。"

云厘想控制住自己的眼泪，又不可控地哽咽道："你当时为什么不直接这么说？"那这一年半，她都会陪在他身旁。

傅识则低头看着台阶，像个小孩一样，鞋子只能放在台阶的边缘的空间内，他无须展开身体，手放在身后就能保持平衡。

风中飘来他的声音。

"我怕我没做到。

"我也很脆弱。"

我也很脆弱。有太多事情，我担心我做不到，到头来对你而言是一场空。傅识则不喜欢给别人空口无凭的承诺，尤其是面对云厘的时候。他不想对爱的人，再多一份愧疚，他不想给所爱的人，带去任何伤害。

云厘想过很多原因，却从未想过是这个。她懵懵地看着他的身影，走上前，从后抱住他。

"那以后，所有你的脆弱，背后都有我。"

那你的脆弱，都不再是了，因为有我们在。

回到车上后，云厘操作傅识则的手机，连接车里的音响，放了首陈奕迅的《无条件》。

留意到傅识则的视线，云厘轻松道："只是觉得，你对我的爱是无条件的。"

无论分手，无论发生任何事情，傅识则最终都会到她身边。中控电子屏上显示着歌词，云厘默默地听着那充满磁性的男声，就像傅识则在告诉她——

请不必惊怕
我仍然会冷静聆听
仍然紧守于身边
与你进退也共鸣
…………
我只懂得爱你在每天
…………
因世上的至爱是不计较条件

回到楼下后，傅识则和云厘先到附近的菜市场买了些新鲜的叶子菜和鱼，回去后，两人自然地一起窝在厨房里。

傅识则在洗菜，云厘在焖鱼，其间，水声停了，她感受到傅识则从后抱住了她。

"爱有条件。"他在她耳边低语。

不是无条件的。

而唯一的条件——

爱的人,是你。

时隔将近两年,再度回到 EAW,公司的布置和环境都宛若昨日。云厘跟在张妍忻后面,走到 EAW 的会议室门口,转头便看见傅识则在走廊尽头。

她想起了很久以前,他戴着鸭舌帽,双手插在冲锋衣的兜里,她目光平静地看着他。不同的是,这一次,他的唇角微扬,瞟了她一眼,才慢悠悠地进了徐青宋的办公室。

看着他,云厘也禁不住弯起唇角,注意到张妍忻回头,她敛了敛笑,才跟进办公室里。

EAW 对接的人里已经没有昔日的同事,云厘几人负责游戏开发,主要是和 EAW 沟通游戏说明文档里的细节。

这是一款娱乐性比较强的大型亲子游戏,届时会在 EAW 单独开设场地,每一轮游戏中,孩子与父母在不同的场景中完成任务,游戏中设置了十个小任务,可能是在沙漠、草原等中角逐猎物,也可能是在荒漠、枯地中开垦荒土,等等。

全程几乎都是张妍忻在和对方交接,云厘听着他们的对话,视线被角落书报架的海报吸引。是昨天徐青宋说的那个 VR 游戏比赛。

虚拟现实世界能让人体验到许多真实世界中永远不可能体验到的事情,也有可能弥补现实中的遗憾,至少为有遗憾的过去带去慰藉。云厘想起傅识则说的,他是很希望望江渊活下来的,脑中冒出了一个想法。

张妍忻还有事情要和其他人说,让云厘先到休息室等他们。休息室里面有人,开门的瞬间,云厘意外地见到许久未碰面的何佳梦。

"欸,闲、闲云老师?!"何佳梦惊喜不已,"好久没见到你了。"

留意到云厘身上的工作证,她反应过来:"没想到居然是闲云老师你过来对接的,你要进来坐一坐吗?"

将云厘拉到沙发上,何佳梦和她聊起这一年多的事情。

女生的话题聊着聊着很容易转到个人问题上。

云厘留意到何佳梦左手中指上的小钻戒，问道："佳梦姐，你要结婚了吗？"

想起以前经常听到的"老板真是太帅了"，云厘微微睁大双眼，半掩着唇道："是……"

"徐总"二字尚未说出口，何佳梦已经知道她要说什么了，哭丧着一张脸道："不是老板啦，好久以前老板直接把我叫去办公室了，温柔地和我说，他要引咎辞职……"

引咎辞职……？

云厘一脸蒙，何佳梦解释道："就是员工喜欢上他，也是他的过错，他还是换个地方工作……"

"……"云厘想了想，还是挺符合徐青宋的画风的。

何佳梦做出一副伤心的样子："我怎么忍心让老板因为我辞职，就赶紧让我妈给我安排相亲了，结果我谈恋爱以后，老板就再也没说过走的事情了。"

"相亲顺利吗？"

何佳梦又一脸幸福道："第二次相亲遇到的就是我现在的男朋友了，他对我很好，我们明年就要结婚了。"说罢，她关心道，"闲云老师，你还是单身吗？"

云厘离职时，何佳梦旁敲侧击了几次，知道了他们分手的事情。

云厘摇了摇头，还未说明自己男朋友的身份，就听何佳梦义愤填膺道："傅识则真是中看不中用，人那么阴沉，连句话都说不上，谈起恋爱来肯定很不好相处，也不知道什么人受得了这性格，还好闲云老师你没吊死在一棵树上。"

"……"

"对了，我刚才还看到他去找老板了，闲云老师你如果不想看到他那张臭脸，就待在休息室吧！"何佳梦贴心地拍了拍云厘的肩膀。

门外传来徐青宋的轻笑声，云厘一僵，脑子飞快转动，在想要不要假装没听到他的声音，在何佳梦面前辩解一下，好让大概率在门外的傅识则听到……

"让你多笑笑。"徐青宋打趣道，他声音不大，然而休息室隔音不好，这句话还是一字不漏地传到屋内两人的耳中。

两人面面相觑。

徐青宋直接开了门，他身侧站着傅识则。

"小何，你先下班吧。"徐青宋给何佳梦一个台阶下，她暗自松了口气，拿起包就往外走，想起云厘，转身疯狂朝她使眼色："闲云老师，你和我一起走吗？"

云厘慢吞吞道："我和男朋友一起……"

何佳梦想告诉云厘，他们刚说了别人坏话，这人就堵在门口，她要等男朋友可以到外面等，免得傅识则气急败坏做些什么。

她朝云厘挤眉弄眼，见对方不理解，声音清脆地问道："你要不和我先走？你男朋友到哪儿啦？"

云厘干巴巴道："就在你面前……"

何佳梦的笑容一滞，瞪大了眼睛，难以置信地看向徐青宋，他摆摆手，失笑道："不是我。"

"……"

目送何佳梦落荒而逃，云厘不好意思地摸了摸鼻尖。

徐青宋今天换了一身着装，云厘还未仔细看，便见傅识则挡在他的面前，像座雕塑一样，似乎在告诉她——要看只能看他。

云厘缓解气氛道："佳梦姐还是那么喜欢开玩笑……"语毕，在傅识则的注视下，她自己露出个尴尬的笑容。

徐青宋提议道："走吧，去吃饭。"

傅识则没精神地"嗯"了一声，朝云厘伸出手。

她松了口气，小步跑过去将手放进他的掌心。

和徐青宋在花园餐厅吃过西餐后，云厘和傅识则开车回家。

两人终于有独处的机会，云厘小声说道："刚才佳梦姐那么说，你别生气。"

担心傅识则认为她不袒护他，她忙解释道："我没找到机会和她说。"

"哦。"傅识则语气淡淡，"还以为是你不敢自己骂。"

云厘一噎，脱口而出道："我哪不敢了……"

意识到自己的第一反应有些问题，云厘再度解释道："不对，我哪儿打算骂你了。"

　　傅识则瞥她一眼，不再多言。

　　到家后，傅识则没再提起这件事情，还心情颇好地去打理了那束紫罗兰。云厘抽空看了眼明天开会的资料。其间，傅识则静静地坐在她旁边看书，偶尔能听见翻页声。

　　这样的场景，还蛮温馨的。云厘不禁弯弯唇，也因此觉得，白天发生的事情，傅识则已经彻底忘了。

　　指针走到十一点，打开热水时，云厘困意十足。第二天一大早要开会，她只想赶紧洗干净回去睡觉。

　　等她洗好澡回到房间，只听到厨房传来烧水的声音，还有淋浴的声音。

　　云厘刚擦完头发，正拿出吹风机，身后贴上他湿漉漉的胸膛，云厘能感觉到水珠顺着他的头发直接滴到她脖子上，向下滑进衣服里，她抗拒道："不行……我明天要上班……"

　　"嗯……"他轻喃道，吻落在她的脖子上。

　　云厘瞬间双腿发软，试图掰开他的手指，傅识则顺势单手抓住她两只手腕，从后顶了顶她，在她耳边问道："我中看不中用吗？"

　　她又羞又恼，着急地喊道："傅识折！"

　　云厘试图阻止他的行为，和他强调道："当我喊你全名的时候，就意味着，我、生、气、了！"

　　她一字一顿地说出最后几个字，声音软绵绵的，一点威慑力度都没有。

　　傅识则漆黑的眸子看着她，薄唇微启："傅识则。"

　　云厘："……"

　　云厘："傅识折。"

　　"傅识则。"

　　"……傅识折。"

　　云厘听不出平翘舌音的分别，但她不傻，能看出他眼角的笑意。她用毛巾挡住自己的脸，不理会他。

　　傅识则接过她手里的毛巾："别生气。"

　　他透过毛巾托着她的后脑，语气自然："先帮你把舌头捋直了。"

记忆回到那个夜晚，在去买炒粉干的路上，男人把烟摁灭，淡淡道："把舌头捋直了说一遍。"

云厘还懵懵懂懂地沉浸在回忆中，傅识则的脸和那时候的融在一起，她被他按到床上，探入的舌头直接和她的缠在一起。他的手掌下滑，云厘还在抵抗，贴在皮肤上的手冰凉，落在身体的每个角落。

傅识则抬起她的下巴，声音沙哑道："再说一遍。"

云厘的声音哽在喉头，看着那双眼睛，心里也彻底放弃了抵抗，顺从地喊道："……傅识折。"

"还是错的。"傅识则侧头，鼻翼和她的轻触，感受到她双腿逐渐绷紧，他另一只手若无其事地轻抚她的下唇，"放松。

"只是教你喊对名字。"

…………

床上被她的头发浸湿了一片，云厘蹲在床边，将床单扯下来，想起刚才的画面，摸了摸自己透红的耳尖。

她看了眼手机，也不知道明天起不起得来。

翌日一大早，云厘在床上痛苦地熬了一会儿，无可奈何地爬起来洗漱化妆。身旁的傅识则比她精神好很多。

吃早饭时，云厘从他盘里抢了一小块吐司当作报复。

在会议室坐了好一会儿，其他人还没到公司，眼看接近开会的点了，有人开了门，两人见到对方时都有些惊讶。

云厘听徐青宋提起过，但见到她却是始料未及。

和两年前相比，林晚音的长相没有太大变化，见到云厘，她只短暂地怔了怔，随即气势凌人地走到她面前："你来这儿干吗？"

见云厘不应声，她挖苦道："哦，我知道了，之前被阿则甩了不甘心，现在听说阿则要留校任教了，又找上门来了？"

"……"云厘无言地看着她。

林晚音觉得自己说中了她的心事，有些得意地说道："你别白费力气了，之前阿则看上你还情有可原，现在，你就不要自取其辱了。"

两年前，林晚音在云厘这儿吃了瘪，她没有其他念头，只想要出一口气。

云厘："你知道他现在女朋友是谁吗？"

林晚音无所谓地耸耸肩："不知道。"

云厘沉默了会儿，说道："是我。"

听到她的话，林晚音表情一僵，冷漠地嘲讽道："噢，你还死皮赖脸缠上了阿则。"

这几年，林晚音对傅识则的请求没有得到一丝回应，她不想被看低，傲气道："我现在不需要提阿则的事情就可以有很多粉丝，我才不在乎你们谈恋爱的事情呢。"

她心里越想越不舒服，嘴上极不饶人："你没我年轻，没我漂亮，没我学历高，而且你胆子还那么小，见到变态都不敢去追……阿则肯定是被你缠得没办法了才答应的……"她列出了一系列的事情，像是在安慰自己。

换作以前，云厘会因为林晚音的话极为受伤，可能会因此一蹶不振、回避不已。可现在，她心里没丝毫波动。

她没有因为对方的攻击而动摇对自己的看法，她知道自己并非对方所说的那样，也知道傅识则爱的人，不会是对方所说的那样。

云厘没兴趣和她掰扯，淡淡道："不管你觉得自己怎么好，你小舅的女朋友是我。"

"另外，我和你小舅大概率不会再见你了。"云厘强调了下，"感觉断绝关系也可以。"

林晚音恼火道："你怎么能这么说话，你这么做的话没有人会喜欢你的。"

云厘原以为两年过去，再幼稚的孩子都会稍微成长一点，更何况现在林晚音应该也有二十岁左右了。云厘抬眸问她："你在 E 站有账号吗？多少粉丝？"

林晚音轻哼了声，语气带着点骄傲："一万多。"

云厘歪歪头："我有一百多万粉丝。"

"……"

"所以，喜欢我的人，应该比喜欢你的多吧。"云厘说完，还不忍似的反问一句，"你说呢？"

开会的人陆续来了，林晚音恼怒地从报架上拿了几份传单，摔门而去。云厘没把这件事情放在心上，打开文件夹，再过了一遍今天的资料。

当天 EAW 开完会后，云厘和张妍忻告了别。她订了当晚回西伏的飞机，云厘和傅识则第二天才回去。

上了车，傅识则忽然道："去北山枫林吧。"

云厘隐约还有点印象，北山枫林是南芜市出了名的富人区。她一直没主动问过傅识则的家境，迟疑了一下，才问道："叔叔阿姨当教授很赚钱吗？"

傅识则简要提起："优圣科技创办的时候他们有出资，有股份。"优圣科技是 EAW 和云厘公司的总部，徐青宋的父母便是优圣科技的创办人。

云厘又开始计算自己小金库有多少钱，傅识则见她沉默，问："怎么了？"

"我想和你一起买套房子。"云厘正色道，她像个财务一样在自己的手机上来回翻着，眉目间带点喜悦，"我刚才算了下，我现在存的钱应该够首付了。"

"不用。"

"要的。"云厘语气坚持，她自言自语道，"我可不能拖后腿。"

"……"

傅先生 & 云女士

第十九章

下雨也可以是好日子

傅识则将车停到院子里，屋里没人，他开了灯，直接牵着云厘上了楼。

他的房间在三楼。房间很大，带落地窗和卫生间，窗帘大开。傅识则脱了外套挂在衣帽架上，看了眼戳在一旁不动的云厘。

"今晚在这儿过夜吧。"

"……可我没带衣服，化妆包也没带。"

傅识则："穿我的衣服，卸妆水洗手间里有。"

进门的右手边是书和模型，云厘过去围观了一下，上面放了不少英文原籍和另一种语言的书籍，她拿出一本翻了翻，问傅识则："这是什么语言？"

傅识则瞥她一眼："西班牙语，我外婆教西班牙语。"

"那你会说吗？"

傅识则"嗯"了声："她不和我说普通话。"

云厘听说过，有些家庭会让家里的每个成员和孩子说不同的语言，让孩子从小沉浸在多语言的环境中。

她好奇道："那你说一句？"

傅识则垂眸看着她，张了张口。

云厘只觉得他的声音低沉而富有磁性，即便那些音节让她觉得极不熟悉，她也觉得很好听。她笑了笑："什么意思？"

"爱你。"

房间里的气氛突然暧昧。

云厘把书放回去，又拿出来："你可以给我读一下这本书吗？"

"嗯。"

两人坐到沙发上，傅识则躺在沙发上，后背倚着边缘，从后面抱住云厘。云厘坐在他怀里，负责翻书。

他不急不慢地读了第一段，又用中文给云厘解释了一遍。

云厘留意到书上的一个单词——

Efe.

她惊奇道："我有个粉丝的名字就是这个，我在英国的时候经常跟这个粉丝说话……"

回国后事情很多，云厘也一直没太留意自己的私信，她有些内疚道："这个粉丝还挺好的，还给我寄了很多明信片。我回国后没怎么看私信，TA 可能有再找我。"

想起来，她喃喃道："这人也是西伏的。

"这个单词是什么意思？"

云厘有不少死忠粉，她原先以为 efe 就是粉丝随便起的一个名字。

傅识则看了她一眼，随意道："字母 F。"

"哦……"云厘反应慢半拍，继续看下一行。

几秒后，她回过神，看向傅识则，对方气定神闲，从表情上读不出他的想法。云厘心底冒出个让她怀疑很久，却始终不敢相信的想法，杵了杵他的手背："你手机给我。"

昵称是"F"的人，她身边就有一个。

傅识则懒懒地从边上拿给她，云厘解了锁，在桌面找了下，点开 E 站。

E 站会根据用户常浏览的视频进行个性推荐，云厘愣了下，首页推荐的几乎都是她以前的事情。

她点到用户界面，是熟悉的头像和名称。

点开播放记录，里面全是她的视频。即便有其他人的视频，也是云厘和其他 up 主联动偶尔会露面的那些。

在那些自以为分开的时间里，他一直都陪在她的身边。

"我居然现在才发现……"云厘喃喃道，鼻子一酸，傅识则吻了吻她的发丝，不在意道："没事儿。"

他继续握着她的手指，对着第二段一个个词念过去，云厘重复着他的发音，西班牙语的特点就是看到单词就能念出来。

他教了她一个多小时，云厘掌握了里面的规律。虽然看不懂，但也能读出来。

时间久了，傅识则有些疲倦地将下巴靠在她的右肩，脸和她的贴着。他指了其中的一句，云厘磕磕巴巴地读出来，问他："什么意思？"

"想和你做。"

"……"

傅识则只是逗一下她，继续指下一句。

云厘却反过去握住他的手指，看着书上的那句话，断断续续地重复了一遍。

再念一次，比第一次更为流畅。她加重了读音，转过头，盯着他又重复了一遍。每一个音都带着极为强烈的情意，她将书撇到一旁，整个人转身跨坐在他身上。

像是努力地补偿那一年半他单向孤独的陪伴，云厘的动作比之前都更为主动和热烈，她吻了吻他的喉结，向上直接含住他的唇，紧靠的躯体越来越火热。

前几次都是傅识则主动，他眸色略沉，却没有其他动作，只是靠着沙发，白皙的皮肤、寡欲的脸，让人觉得不可触犯。

云厘眼里带着迷蒙："你刚才念书的声音……"她停顿了下，"有点性感……"

包括现在，他的眉眼已经染上克制的欲念，被她扯开领子的凌乱，这种无序带来的诱惑让云厘不自觉地捏住他的下巴，直勾勾地盯着他。

他就像被她彻底拿捏在手里。

见状，傅识则笑，等着她的下一步动作。

云厘第一次做这样的事情，轻喘着气问他："会有人来不？"

傅识则："不会。"

两人现在的动作，让云厘有种掌控一切的感觉。她几乎要失去神志，碎碎的吻落在他的唇角，用最后一丝理智问他："带了那个没？"

傅识则笑："没有。"

"……"云厘感觉空气都停滞了。

她和他对视，失落地"哦"了声，才反应过来为什么他那么淡定。

她觉得他一开始是故意不提这个事情的。云厘被撩得浑身发热，产生了极强的报复念头。

在他的话音落下后，她不退反进，将他的衣服撩起一半，轻咬住他的喉结，傅识则呼吸不稳，话里仍然带着笑："过分了。"却放任她的动作。

这让云厘越发享受在这种毫无威胁的情况下，去"挑衅"他的过程。

她故意以极慢的速度，一粒一粒地解开他的扣子，听着他的呼吸逐渐加重，云厘笑眯眯道："谁让你勾引我。"

"要负责任的。"傅识则依旧倚着沙发边缘，语气散漫。

"我愿意负责任的。"云厘正色道。

她的态度看似充满诚意，实则有些恶劣——明知道对方奈何不了她，偏偏故意说出了这样的话。

傅识则低哑地笑了两声。陪她玩够了，他钳住她的腰，神情泰然自若。

"对不起，刚才撒谎了。"

"……"

洗完澡后，两人把衣服拿到地下室的洗衣间里。云厘跟着他下了楼梯，屋内开了暖气，傅识则只穿了件短袖，露出矫健修长的双臂。

刚才就是这只手扶着她……

还一边在她耳边呢喃"你说你要负责任的""坐好"。

云厘有些腿软。

傅识则开了灯，瞥见她眼尾的媚态，轻揉了下她的头。他把洗烘一体机打开，将衣服扔进去，将袜子扔到隔壁一台小型的洗烘一体机里。

洗衣间响起转筒的声音，并不会让人觉得吵的音量，比她家里的质量要好出许多，洗烘要两个小时，傅识则带着她四处看了看。

云厘小声道："你家有一点大……"

傅识则："你喜欢这儿的话，想过来住的时候可以过来，我让爸妈单独给你布置一个房间。"

"不是这个意思。"云厘想了很久，还是直接说道，"我应该买不起这么大的房子。"

云厘严重怀疑他的生活水平会因为她的到来而直线下降。

傅识则侧头，提醒她："我也买不起。"

"……"

傅识则继续道："你别嫌弃。"

云厘有时候能被他的话噎到无语，他应该明显能看出来，她是嫌弃自己，他还反过来揶揄她。

谈到这个话题，云厘中规中矩地问道："你以后是打算留在西伏了吗？"像是怕他反悔，云厘又补充了一个条件，"和我一起。"

傅识则没吱声，云厘也意识到自己说了废话，清了清嗓子，正色道："那我想早点在西伏那边买个房子。我现在存的钱应该够出首付，如果你愿意的话，我们可以一起买一个。"

她一时又不是很确定，和傅识则说了句"等一下"，便又低下头拿出手机重新算了遍。

算完了，和傅识则确定似的点头："嗯，够了的。"

傅识则沉吟半晌，直接道："我有些积蓄，给你买一个？"

他说这话的语气，就跟送辆无人机给云野时一样。

云厘怔了下，她有收入还可以理解，但傅识则……

"……你哪里来的钱？"

"比赛的奖金一百来万元吧。

"本科和博士阶段的奖学金有十几万元。

"从小到大的压岁钱和红包，也有几十万元。如果不够的话，爷爷奶奶和外公外婆都给我留了房子和钱。"

"……"

傅识则在云厘面前并不避讳谈到这些，他不在意道："房子我出钱买就可以了，我入职后也会有收入。你的小金库留着给自己买东西吧。"

云厘坚决道："谁的钱都不是大风刮来的，我自己也能赚钱，我不想占你便宜。"

因为两人家境的差距，她更不愿意让人觉得，她是看中了傅识则的家境，她需要依赖傅识则才能买自己的房子和车子。

傅识则笑："刚才没占？"

"……"

"而且，说错了。"傅识则将她拉得离自己近了点，"我的都是你的。"

睡前，云厘再度让傅识则念书给她听，书里夹着一些他做的笔记卡片，云厘想起来问他："那些明信片怎么和你字迹不一样？"

傅识则："用左手写的。"

"哦。"云厘弯弯眼，"我就说明明你的字那么好看。"她并不吝啬自己的赞美，在他脸上亲了下，"你也这么好看。"

傅识则勾了勾唇角，继续翻书。

"你中途就没想过告诉我吗？"云厘抱住他，喃喃道，"我觉得很对不起你，那一年半，只有你陪着我。"

傅识则反驳道："你也在陪着我。"

他是个脆弱的人，每当想放弃的时候，重新见到她，总会让他心底滋生他依旧能强大的感觉。

云厘觉得他在安慰自己，继续问道："你中途有到英国找过我吗？"

云厘希望他的回答是没有。

傅识则没应声，见她眼角已经发红，他摸摸她的眼角，轻捏了下她的鼻尖："没有，那一年半很忙，没有时间。"

云厘松了口气，见状，傅识则环紧她，拉着她的手继续看书。

回西伏之后，云厘从云野那里拿回了无人机，上面磕破了个小角。她不擅长修复这些坑坑洼洼，上网找了许多教程。因为学业的缘故，只能暂时搁置。

日常里除了去公司之外，云厘便和傅识则待在一块写毕业论文。她偷偷联系傅正初组了一支小队伍，参加了 EAW 的 VR 游戏开发比赛，想赶在傅识则生日时给他送一个礼物。

在傅识则的监督下，云厘赶上了第一批论文送审。顺利的话，将在三月毕业。傅识则的博士论文早已完成。两人自习的时候，他一般都在写或者修改投稿的英文论文。

此后云厘着手看西伏的房子。之前已经和傅识则商量过这件事情，傅识则想出全款，被云厘拒绝了，她坚持要两人一人出一半。

有了这个计划后，云厘在餐桌上通知了下云永昌："我和阿则打算在西伏买一套房子，近期就去看看。"

这几个月云厘定期会带傅识则回家吃饭，双方父母也见过了，说到买房的事情，云永昌也没觉得意外，只是问她："看哪里的？"

云厘说了几个新楼盘的名称。

见他眉头逐渐皱起来，云厘好声劝说道："我已经联系过中介了，这些楼盘位置和价格都比较适合，回头去看一下样品房。"

云永昌扒了两口饭，直接做了决定："就买隔壁楼，离家近。"

他强硬的态度更让云厘认定，和他住一个小区，还隔壁楼，那还不如杀了她。

"这个小区已经比较旧了，而且离我公司也有点远……"云厘还试图让他谅解自己，云永昌闻言眉间一跳："你从小不是在这里长大的？现在就嫌弃了？你住在隔壁楼，有什么事情我和你妈可以过去帮忙。"

云厘觉得莫名其妙的，明明是她和傅识则自己出钱，云永昌态度还要这么强硬。

她也没退让，直接道："你别管我，我自己出钱买。"

"你这是什么意思？"云永昌觉得来气了，"你现在会赚钱了，就完全不听我的意见了是吧？以前是谁养的你？"

原本和睦的晚餐因为他们俩的争吵，气氛变得紧张。

云野没好气地打断了云永昌的话："爸，你别说了，姐自己的房子自己做决定。"

"你瞎掺和什么！"云永昌瞪他一眼，"你姐又不会和人打交道，买房子这种事情我们来看就好，她能挑到什么好房子。"

云厘能听出他话里的看轻，她将筷子往桌上一放，直接回了房间。云野垂眸，一言不发地用纸巾擦了擦唇。

房间内，云厘坐在床上，抱着膝盖，见云野跟了进来，她眼眶有点红，埋怨道："他为什么要这样子？"

这么多年来，云永昌就没有肯定过她。本来她正为自己能买房子而欣喜雀跃，云永昌却这样当头浇一盆冷水。

云永昌的性格两人都清楚。云野也不知道怎么安慰云厘，只是坐到她旁边，默不作声地抓着她床上的兔子玩偶把玩。犹豫了会儿，云野还是把这件事告诉了傅识则。

自从傅识则到云厘家后，几乎每周，云厘接云野回家的时候都会把傅识则一块带上。云野能明显看出，云永昌相当喜欢和满意傅识则。

饭桌上云厘和云永昌又吵了一架后，两人在家里僵持了许久。云厘每天一大早就出门，不是去自习就是去工作。

云永昌觉得她使脸色，每天对她的态度也极为不善，但这并没有换来云厘的服软，她直接不和他说话。

杨芳性格软，夹在父女之间，不知道怎么调和。

云永昌正因为这件事烦得不行，傅识则给他打了电话，想单独和他吃饭。吃饭地点定在外面，是一间包厢。

两人见面后，没有谈到云厘的事情，云永昌照旧问他学业和工作的事情，傅识则也如实回答。

聊着聊着，云永昌瞥见傅识则的手机在播放云厘的视频。

云厘当 up 主已经有六七年的时间。云永昌曾试图了解，但因为不懂怎么操作软件，至今仍未实现过。

之前他觉得云厘当 up 主是不务正业，对她一番冷嘲热讽，更是拉不下脸问子女，一直也没有真正看过。

他沉默了会儿，问傅识则："这是哪儿的？"

傅识则切回到云厘的主页，将手机递给云永昌。手机屏幕上下滚动，云厘回西伏后更新的系列视频是汽车结构科普和故障应急措施。她之前借用了驾校里的车，有时候会问他一些奇奇怪怪的问题。

云永昌觉得她没做什么正经事，回答了后也没过问她在做什么。

"这个闲云嘀嗒酱就是厘厘。"云永昌看着，傅识则给他指了指数字，"这个是播放量。"

"这是多少？"

"这个符号是万，所以是三百万播放量。"

"……就是有三百万个人看了？"

傅识则解释得尽量简单："可以这么认为。"

他根据印象点进云厘这一系列视频的最后一个，点开评论页："这个是其他人的评论。"

有几万条评论，大部分表示了对博主的赞赏与认可。

其中有一条是：老婆怎么这么厉害！

闲云嘀嗒酱：小时候我爸会经常给我讲，女承父业哈哈。

看到这儿，云永昌沉默了，半天才嘀咕道："这人怎么这么喊我女儿……"

能明显看出云永昌有松动，傅识则再给他看了看云厘的其他数据，见到她的粉丝量，云永昌问："这是什么意思？"

傅识则耐心地解释："这一百多万人都在关注厘厘，只要厘厘发新的视频，他们都会看到。"

傅识则给他开了个视频，云厘从容地说着话，说错台词了，她也只是笑笑带过。他的女儿已经退去年少时的稚气和害羞。

云永昌陷入良久的沉默，他问道："买房的事情是你提的还是厘厘提的？"

"厘厘提的，她比我有主见。"傅识则回答时也没觉得不自然，坦诚道，"我父母的意思是我们全款买，房子写厘厘的名字，但厘厘坚持要出一半的钱。"

云永昌能想象出云厘不服输地睁大眼，不想让别人看不起。

"我女儿一直是这样的。"云永昌片刻后才说出这句话。

话题切入正题，傅识则沉声道："厘厘在我面前提过您许多次，她一直很尊敬您，也对您有很深的感情。"

他顿了下，继续道："但她觉得您几乎都是自己做决定，她的想法一直被忽略，没有得到您的尊重，也因此一直与您存在争吵。"

如果再早点，云永昌可能会脱口而出，那丫头就是性格内向，他多管管不就是想她不被欺负？但前几天刚和云厘爆发了一次争吵。

或者说，他们只要一说话就会争吵，根本就没有和平相处的时候。

云永昌能想起云厘小时候抱着他的脖子依恋又亲密地喊着爸爸。

自从她左耳查出问题之后，自从被学校叫了几次，老师告诉他同学往云厘的衣服、书包上写聋子之类攻击性的话，自从知道云厘被同学孤立、性格慢慢内向孤僻后，云永昌在保护她的同时，不知不觉也就认为，云厘就是这么一个人。

一个没什么能力、固执己见的孩子。

云永昌性格固执，基本不愿意反思自己行为上的问题，也理所当然地认为自己所有的行为是为了女儿好。

平日里，云厘怎么和他说，他都听不进去。

莫名地，来自第三方的话他却听进去了。

回去之后，云永昌回到房间里，生疏地打开这个软件，按照傅识则教他的，打开云厘的视频开始看。

看了几个小时，他看得满脸都是笑容。在短短的几个小时内，他把这些视频转给自己的亲朋好友，告诉他们，自己的女儿有一百多万个粉丝。

转发完后，他听到开门声，打开房门，云厘刚接了云野回家，看都没看他一眼，直接回了房间。

云永昌觉得浑身上下都凉飕飕的。他在原处呆了许久，才过去敲云厘的门。

"云厘！"

听到他声如洪钟，云厘心里一阵恼火，她用被子捂住耳朵，完全不想去管云永昌。

云野觉得这阵势不对，劝道："爸，你别敲了……"

云永昌没搭理他，还用力地敲着云厘的门，房间里传来她跳到地板上、随即急匆匆走到房门前的声音。

云厘猛地拉开门。面前的人脸色阴沉，云厘条件反射般地觉得云永昌又要对她进行一顿训斥，她极为受不了地问道："爸，你闹够了没有？"

云永昌见她这么说话，习惯性地回应道："你怎么这么说话？"

云厘和他僵持了几天，不明白为什么自己的父亲总是这么气焰嚣张，直接豁出去道："我怎么就不能这么说话了？"

云永昌沉默着不说话。

"我觉得很难过，这么多年来——"

云厘有些哽咽："我一直都很努力，从小我就想向你证明，我没有那么差劲，我和云野的差距也没有那么大。

"我读书没有云野好，可我也能一个人在外面求学，我没和你要一分钱，我当 up 主也有一百多万个粉丝了。

"可是在你的眼中，你的女儿好像永远只有缺点和缺陷，你觉得这是在关心我，在爱我，可你有没有想过，你这么做——

"一直是在摧毁我的自信和尊严。"

"爸爸，有时候我真的不知道怎么做。"云厘还是没忍住泪水，"我知道你怕我受委屈，我知道因为我的耳朵，你一直都想要保护我，正是因为这样，我也很痛苦。你用错的方式爱我，但正是因为你爱我……

"我更加不知道怎么处理我们之间的问题。"她没有办法决然地和云永昌断开联系，她没有办法不去考虑他的感受。

可她很痛苦。

云永昌不吭声，他的脸紧紧地绷着。

云野在角落待着，隔着耳机都能听到云厘哽咽的声音，便走上前拉住云永昌的肩膀，说道："爸，别吵架了。"

云永昌不动，云厘断断续续道："我挑好房子后会带你去看的，你就支持我，肯定一次我的决定，可以吗？"

云永昌看到她的眼泪，想起这段时间自己看的那些视频，叹了口气，起身回了房间。

云厘有些绝望，应对云永昌，似乎用尽所有的方法和情绪都没有效果，她失神地起身，却发现云永昌沉默地回到了客厅。

云永昌并不很跟得上时代，电子银行日新月异，他还保留着使用存折的习惯，他把一本陈旧的存折放在桌上，淡淡道："里面的钱都是给你的。"

云厘没反应过来，吸了吸鼻子，直接拒绝了："不用了，留给云野吧。"

云永昌语气强硬："云野有多少，你的也是多少，而且这小子自己难道不知道赚钱啦，哪还用把你的钱留给他。"他憋了半天，极困难地说道，"……不知道就让他和你学一下。"

拿着存折，云厘还没缓过来，怔怔地回了房间。

过了一会儿，云野戴着耳机进来，不可思议道："我耳朵出问题了吗？还是我的耳机出问题了？"

云永昌几乎没肯定过云厘，更别说让他承认云厘在某方面比云野更好。觉得今晚自己的争取有效果，云厘又想哭又想笑，打开存折看了眼，她被数字震惊了一下。

没打算用这笔钱，她直接把存折塞到抽屉里。

回想刚才发生的事情，云厘的情绪退得很快，不知不觉有些得意扬扬，朝云野耀武扬威："听到没，爸让你和我好好学一下。"

"……"

云厘："你看，我现在居然也能说服咱爸了！"

云野忽然反应过来，可能是傅识则和云永昌说了什么。他抬眸，见她表情舒畅，还是没说出真相，只是随她一起弯了弯唇。

云永昌没再干预云厘挑房子的事情，只是反复和她强调房子的采光、布局之类的细节。云厘虽然觉得他啰唆，但见他态度也没以前那么强硬，平时就"嗯"两声应付了事。

和中介约了时间，云厘和傅识则到公司附近的楼盘看了一圈，周末云野不用上课，跟在他们俩身后凑热闹。

见云厘反复在看八九十平方米的房子，云野问她："姐，你们打算买三居室吗？"

云厘没有买房的经验，听到云野的问话，才抬头问傅识则："我们要几个房间？"

傅识则视线从宣传单上移开，考虑片刻，问她："你想要几个？"

云厘想了想："三个？"

傅识则："那挑个五居室吧。"

云厘："……"

她后知后觉反应过来傅识则问的是要几个孩子，脸一红，又扭扭捏捏道："那两个就够了。"

云野听到他们的对话，总觉得两居室太小了，皱着眉道："两个不够吧。"

"小孩子别管那么多。"云厘瞪了云野一眼。

突然被凶，云野也没恼，故作不在意地说道："欸，姐……"

他欲言又止了半天，云厘催促道："有屁快放。"

话一出口，云厘的手一滞，见傅识则看了看自己。

……她能收回刚才粗鲁的话吗？

云野幸灾乐祸地嗤笑一声，云厘不和他计较，尝试着挽回形象，柔声道："我的意思是你有什么事快说，姐姐会听的。"

云野一笑，露出小虎牙和酒窝，语气里满是商量："可不可以给我留一个房间？"

云厘无语："留给你干吗？"

"……"云野坚持道，"你就给我留一间！"

云厘瞟他一眼，不耐烦道："知道啦知道啦。"宣传单上的户型不少，云厘多看了几眼大户型的。出来有一段时间了，她瞥见奶茶店，随口道："云野，你去买奶茶。"

云野："哦，你们要喝什么？"

云厘和傅识则上自习的时候经常会点奶茶外卖。傅识则不经思索，直接道："抹茶拿铁热的无糖，阿华田热的无糖加冰激凌。"

云野呆愣了下，在脑中复述了一遍，转头跑到附近的奶茶店。

云厘盯着他颀长的身影，曾经比她矮的少年已经高她一个头，也敛去昔日的毛躁，手插兜在队伍里等着，过了一会儿，拿出手机摁了两下。

云厘的手机振了下。

云野：阿华田热的无糖加冰激凌？热的？加冰激凌？我记错了？

看着云野的问话，云厘没来由地反应过来，为什么云野想要一个房间。

情绪慢慢涌上来。她抬头问傅识则："可以给云野留个房间吗？"

云厘也只是骤然间，体会到了难过。

直到买房这件事在跟前，云厘才清楚地意识到，她确实进入一个新的阶段了。在这个阶段，她会得到一生的伴侣。但同时，她最难过的事情，便是和从小一起长大的云野会有一定的距离。

以前虽然云野常年在外头上学，但她和云野彼此都知道，只要一放假，她就会回家，云野会看见她，她也会看见云野，就算两人一整天都不说话。她脑中闪过一些画面，从大一开始，云野的笑带着少年气，频繁地问她："什么时候回家？"

傅识则理会，安抚道："我们和弟弟会经常见面的。"

手机又振了一下，云野：四十二元钱。

云厘给他发了一毛钱。些许的惆怅也顺势消失。

顺着方才的思路，她想到了两人结婚的事情。之前傅识则说想毕业就订婚，云厘拒绝了，傅识则没有再提过这件事。

可现在，毕业论文都已经交上去了。云厘考虑着怎么委婉地提醒他，她之前笃定地说要谈两三年的恋爱再结婚，这下有点为当时冲动地拒绝后悔了。

她看向傅识则，对面偶尔抬眼看她，眼角带着笑意。云厘斟酌着措辞。

——你什么时候和我求婚？

不行，太直接了。

——这个房子作为婚房可以吗？

跟刚才那句也没什么区别。

——之前说毕业就订婚，还算数吗？

这打脸打得啪啪响。

纠结了半天，云厘极度委婉地问道："这个房子，我们是一起买的，对吗？"

傅识则："嗯。"

云厘观察着他的神态，见他没什么要说的，她有些懊恼地垂下头："买房买房。"不结婚也能买房，云厘自我安慰。

看了一天的房子，云野抱着奶茶，只想瘫在车里不动。车后座中介还在热情推销，云厘对自己的第一套房子分外上心，认真地听着对方的话。

傅识则的手机振了下，E 站提示了一条几小时前他错过的动态。

闲云嘀嗒酱：今天咸鱼试图找个窝。

下面的评论一堆"老婆我爱你、老婆来我窝里、我已经给老婆把窝暖好了、老婆老婆"。

他看向云厘，对方还乖巧地听着中介的推销。

傅识则一言不发地关掉手机。

送审意见返回后，不出意外，傅识则的全部为优秀。云厘的最后一个意见返回得比较晚，拿到手的时候，她松了口气，都是优秀。

看向傅识则，他眼里带着点理所应当，似乎事情本该如此。

答辩在南理工，傅识则陪着云厘飞回了南芜。北山枫林的床比较松软，傅识则问她意见时，几乎没有犹豫地，云厘选了留宿在北山枫林。

第一个夜晚，傅识则一直陪云厘进行答辩练习，早早便熄灯入睡。

正式答辩在第二天。等她报告完，现场的评审提了一堆问题，她需要在所有人报告后再回答。

云厘收到了将近十条提问，紧张得额头沁出了汗。

傅识则先到门外，给她发了信息：到外头来。

云厘因为紧张，四肢都有些僵硬。

"放松。"他眼角带着笑，揉了揉她的头。

傅识则用两分钟帮她把十个问题分成了两个类别并梳理出里面的逻辑线，云厘听着他不急不慢的语速，他表情平静，让她觉得，这件事好像也没那么难。

云厘冷静了点，按照他理的思路回答了一遍，碰上他的视线，似乎一直都是这么柔和和坚定。她看看四周，没忍住凑上去亲了下他的脸。

云厘放松下来，笑了笑："你怎么这么好。"

傅识则抚了下她的脸："我的厘厘也很好。"

等结束时，现场教授一致给了优秀的评分。

云厘的导师没改过她的硕士论文。许多个夜晚，在云厘从西科大回家之后，傅识则还在办公室熬夜给她改论文。

评审老师宣布评分的时候，她的第一反应是看向傅识则。他默默地坐在角落，却是一个无论她在座位，还是在讲台上都能看见的位置。

他永远在她的视线中。所以她永远能得到最直接的支持。

傅识则将花递给她："厘厘，毕业了。"

云厘不可控地笑起来，用力地"嗯"了声。

回北山枫林后，像是包袱和压力都放下了，傅识则不再克制自己，将她推到房间，云厘半推半就："我还要洗澡！"

傅识则："嗯。"

将她推到了浴室，往浴缸里放水。

云厘觉察到他的意图，红着脸走回到门口。傅识则笑了声，听出他语气中的威胁，云厘小声道："我去把花拿来，加点花瓣……"

翌日醒来，云厘只觉得身子都要散架了。傅识则醒得很早，给她做好早饭端到床边的小桌子上。

云厘看了眼时间。

"……"居然才九点。

傅识则坐在她身边，将被子往上拉了拉，挡住她露出的皮肤："今天去个地方。"

"浑身疼，走不了。"云厘有点起床气，转过身不搭理他，盯着白墙看了好一阵儿。傅识则没下文，她挣扎一会儿，又故作不在意地问他："去哪里？"

傅识则笑了声。这笑声仿佛在告诉云厘，她可太没骨气了。

"南芜有家婚纱馆。"

心里一堆胡乱的想法瞬间被抛到九霄云外，云厘捏了捏掌心，干巴巴地问道："怎么了？"

"去看看。"

她还背对着他，傅识则膝盖压在床上，挪了两步，闲散地坐在她旁边："不想去吗？"

"……"

傅识则："疼的话，下回去。"

云厘都不知道下回到南芜是什么时候。她动了动，坐起来伸了个懒腰，碰上傅识则得逞的目光，镇定地从被子里爬出来。

一路上，傅识则没再谈及今天的安排。

云厘心痒痒的，试探道："去婚纱店做什么啊？"

傅识则："可以发个探店视频到 E 站上，现在蛮火的吧。"

他语气正经，云厘的幻想瞬间破灭。

心里落了空，云厘顿时对今天的安排失去了兴致，语气中已经带上明显的拒绝："可是我现在技术科普类的视频比较多……"

傅识则问她："不能吗？"

云厘和他视线对上，不明白他为什么这么坚持。停了车后，她没吭声，他也不吭声，拉着她往前走。

快到店门口，云厘脑中闪过一个想法，不可置信道："你是希望我官宣吗？"

片刻，傅识则才"嗯"了一声。

傅识则："全网都在喊你……"他停顿一下，放低了声音，带着点暧昧，"老婆。"

云厘脸红了，将他推离自己的右耳。

他瞥她一眼："我都没喊过。"

恰好云野给她发了信息问答辩的情况，云厘中断了两人的对话，匆匆道："等会儿。"

傅识则站在她身边耐心地等待，看见她回复了云野的信息后，切换回了微信聊天主界面，扫了一眼自己的昵称，傅识则平淡道："我说错了，应该是，我和你的身份居然是互换的。"

"……"

他继续道："今晚身份也互换一下？"

"……"

"我们快进去。"云厘迫切地想转移话题，拉着傅识则进了婚纱店，复古的重工婚纱挂在店中央，射灯打在上面，能看出精致的点缀和镂空。

云厘盯着看了好一会儿，完全忘了刚才的抗拒，和导购说道："我想试这件。"

导购抱歉地笑了笑："不好意思女士，这件是定制款，不能试穿的呢。"

云厘视线下移，看到上面的一张小名牌，写着"傅先生 & 云女士"。

"……"

她看向傅识则，他随口道："第一次去你家里，说过给你准备了礼物。"

婚纱定制了将近半年，近期才有成品。几个导购到试纱间替云厘换上，她还没反应过来，任她们摆布。

眼前的帘布缓缓拉开，落地镜中出现她的身影。

云厘怔怔地看着镜中的自己。

她侧过头，傅识则看着她，目光一动不动。

她半天不知道该有什么反应，只是和他对视着，她看见他眸中映着自己，有些紧张地问道："好看？"

傅识则："嗯。"

最初短暂的震惊过后，云厘心里盈满雀跃，穿上婚纱是许多女生小时候有过的梦想，更何况，这件，就是傅识则为她定制的。

云厘在落地镜前看了许久，瞟了傅识则一眼。她有点别扭，慢吞吞道："但是这玩意，如果不结婚，好像也派不上用场。"

傅识则坐在一旁白色的实心方体上，双腿分开，整个人纤长笔挺，他没有立刻回答，思索了会儿，抬眸问她："你想结婚吗？"

不知不觉，试纱间只剩他们两个。

云厘才发现，他换上了定制的西装和皮鞋，轻松地坐在原处，黑眸中倒映着聚光灯。云厘和他离了一米多远，她试图让自己的心跳减速。

灯光下，云厘的皮肤白皙剔透，抹胸式的婚纱露出她光洁的肩膀，点缀着水晶的裙摆两米长，拖在地上，而她是这中间独一无二的存在。

有轻微的咚咚声。傅识则手里拿着个纯白色的小盒子，在方体的平面上轻轻旋转，像是在把玩。

他身体随意地后仰，用右手撑着，云厘愣愣地看着他，直到他抬眼望向她，云厘屏住呼吸。似乎已经预料到会发生什么。

眼前的男人五官立体，下颌线清晰，略显疏离的神态让人不敢靠近。他平静地看着她，手里的盒子还在平面上旋转。

云厘忍不住了，小声道："你别磕到了……"

傅识则笑了声，脸上的清冷一消而散，云厘看着他眉眼间的笑，仿佛看见视频中少年温润的笑。

他单手打开盒子，瞥了一眼，看向她："毕业就结婚吧，好不好？"

"……"云厘忍住点头的冲动，敦促道，"你这不够正式。"

明明西装都换上了，却只说这么一句。

云厘看见他不疾不徐地站起来，一步一步地靠近她，柔和的目光始终停在她身上，直到停在她面前，她看见他缓缓地单膝跪下，身体依旧笔挺。心甘情愿、彻彻底底地臣服于她。

此刻，他们都在聚光灯下。

世界像浓缩成一个极小的空间，恰恰只容纳得下他们两个人。

呼吸仿佛停滞了。

他眉眼松松，眼尾带着情愫："厘厘，和我结婚好不好？"

云厘的视线开始模糊，她边笑边用手背擦着泪水。

"不说话，就当你默认了。"他执起她的手，"默认的事情，也不能反悔。"

回西伏后，云厘和傅识则挑了几套比较满意的房子，原先云厘想选择那套在公司和西科大中间的，这样傅识则也不用起太早。

最后还是傅识则选了离她公司近的，她步行只需要十分钟不到。

某个下午，傅识则提醒她该扯证了，云厘回过神，上民政局约了个号。

云野作为他们的特聘摄影师，和傅识则一起在客厅里等了三个小时。

云厘出来时，云野不耐烦地想要吐槽，见到她的时候却滞了下。

她一身简约的白色礼服裙，烫卷的头发用白色发卡别在后方，看起来温柔恬静。见自己弟弟沉着张脸，她瞅他："你有意见？"

云野沉默了会儿："没有。"

她的视线和傅识则对上，瞬间柔软。

雨打在窗上，云厘回房间拿了一把黑色的直柄伞，与她此刻的风格格格不入。

云野看见，皱眉问："你怎么用这么粗犷的伞？"

这把伞还是在英国时无意中获得的。

临近圣诞节，那段时间她过得挺糟糕，语言原因她的几个考试都不太理想。划伤手后又立刻得了重感冒，校友聚会她不方便参加，和粉丝聊天也由于她状态不好草草结束了。

整个城市洋溢着圣诞的氛围，她将脸埋到围巾里，在格格不入中感到冬天彻骨的冰冷。实验室其他人早已提前回家过圣诞。那天她独自一人从实验室离开，回公寓的途中路经一家复古的红色书店。

云厘一般不会在沿途的商店逗留。那天看见门口贴着圣诞动物合集，想起和傅识则去动物园的那个圣诞，她鼻子一酸，慢慢地走了进去。

如果没分手，他们就刚好一周年了。

书店的布局与常规的不同，整齐排列着几大排书架，云厘翻了翻书，她英文不好，翻得也兴致缺缺。

书店入口的铃铛响了，进来了个高高瘦瘦的男人，穿着黑色风衣，垂着头，戴着宽大的帽子。

男人径直走到云厘的书架对面，云厘只看见书架间隙对方苍白的腕间。她忽地想起在南芜和傅识则初见那晚，他帽子下白到病态的皮肤。

她在里面待着的一个多小时，瞥见这黑色的衣角数次，对方和她保持一定距离，却又一直没离开。她心不在焉地一本本翻过去，不知过了多久，到门口时，天空已下起了滂沱大雨。

她等了好一阵，雨没有停的迹象。独自在那座城市，她也找不到人给自己送伞，书店附近又没有其他商店。

云厘愁容满面，呆呆地看着门外的雨，又恰好在布满圣诞贴纸的玻璃门上看到男人的身影。自始至终，男人一直戴着宽松的帽子，垂着头，却带给她一种熟悉的感觉。

云厘转念又觉得自己的想法可笑，在异国他乡，一间无名书店，无论是巧合还是刻意而为，她都觉得是自己异想天开。

仅仅因为思念过久，随便见到一个人，便觉得像他。

也许是为了打消自己这种念头，云厘犹豫了半天，偏过头用英文问他："你好，我们认识吗？"

她还未将头彻底转过去，看到玻璃门里男人向前，猛地靠近她，云厘吓得浑身绷紧，刚要惊呼，男人却只是用手臂撞她一下，将那把黑色直柄伞塞到她的怀里。

门口的风铃轻轻回响，她愣住，男人的步子极快，身影很快消失在雨帘中。她呆呆看着手里那把伞许久，又笑了一下，权当这是陌生人的善意。

在那个布满雨的阴湿天气，她鼻子已经不通气。因为潮气浑身发冷，却难得地，感受到了一丝温暖。

云厘回过神，随口答道："在我觉得生活很困难的时候，一个陌生人给我的。"

"在我的好日子里带上这把伞，希望那个人也能和我一样幸福吧……"云厘想起男人离去时寂寥的背影，恰好对上傅识则的视线，她弯弯眉眼，"希望他也和我一样，能被另一个人钟爱一生。"

察觉到傅识则愣了一下，云厘想起刚才云野的吐槽，不太好意思地说道："是不是黑色的伞不太好，要不我换一把？"

傅识则回过神，轻声道："就带这把吧。"他接过伞，似有若无地说道，"万一实现了呢。"

刚出门，云厘躲在伞下，和他靠得很近，记忆飘到很远之前，在休息室内，蜷在沙发上的男人睁开眼睛，看着她。

云厘捏了捏他的内肘："我现在有直柄伞了。"

傅识则："嗯？"

他反应过来，将她一扯，又拉近了点。

雨帘挡住了其他人的视线，即便如此，云厘还是不好意思在公众场合有亲密行为。她双手试图轻推开他，却被他箍得纹丝不动。

傅识则低笑两声，沙哑道："力气还是不够大。"

云野带齐了东西，脖子上挂着相机挤到车后座，小心翼翼擦掉相机沾上的水。

从门口到车里的这一会儿，傅识则的西装淋湿了一半，云野无语道："姐，你就不能定个好一点的日子，至少别下雨吧。"

云厘看向傅识则，笑了笑："下雨也可以是好日子。"

雨刮器将眼前的水拨开，他看见从混沌到清晰的世界。玻璃上倒映着云厘的笑，他慢慢地启动了车子，勾了勾唇。

从今以后，他的雨天，因为有她，也可以是晴天了。

云厘和傅识则最终挑了现成的新房，搬进新房时，已经是九月的事情。

在新家拆行李的时候，傅识则留意到云厘把无人机单独用一个箱子装着，拿起来看了眼。

傅识则用指腹擦了擦她脸颊边上的灰，问她："不是给弟弟了吗？"

云厘也伸手摸了下他碰过的地方，自然地说道："哦……那不是江渊哥的吗？我给你拿回来了。"

"还修了一下？"

云厘也不知道他是怎么看出来的，按理说她只是把坏掉的一个小角落补了下，她迟疑道："云野说磕到了一块，我怕你生气，所以……"

傅识则笑："那是我们试飞的时候撞到的。"

云厘面露尴尬，亏她当时还紧张了那么久，用了很多工具才把无人机的外形捯饬得看不出缺陷。但几秒后，她又理所当然地自语："那现在我们都扯证了，给你补东西天经地义。"

傅识则将无人机放回桌上，见云厘正弯腰将他箱子里的东西取出来，腰身纤细，他贴上去，从后搂住她。

"厘厘。"他轻呢道，"所有坏掉的角落，都被你补好了。"

云厘领会了他的意思，手覆在他的手背上："那以后，你的世界都是完整的了。"

往书架上摆放电子产品的时候，云厘翻出傅识则的 VR 眼镜，他应该已经搁置了一段时间。

和傅正初一起参加的那个 VR 游戏比赛，云厘开发了个极简单的游戏。游戏里允许玩家自行搭建场景和角色，并通过导入的音频设置角色的音色。

有大赛的背景在，云厘获得了不少资源，也使得这个游戏成功上线。徐青宋作为唯一一个给他们提名的评审，为他们争取到了优胜奖。

她给这个游戏命名为 *IT'S BEEN A LONG TIME*《好久不见》。

云厘把这个游戏送给傅识则，作为他的生日礼物。

游戏送给傅识则后，云厘便没再关注。

熬硕士论文时，云厘常常看到傅识则在玩这个游戏，她顺理成章地觉得，傅识则会在里面给江渊搭建一个世界。会让江渊以另一种方式活着。

屋子里堆满了他们的行李打包箱，傅识则正半蹲在地上整理书籍，抬起头问她："想玩？"

她也很久没玩过了。

收拾了一天的行李，云厘一身疲倦，此时有机会放松，她兴致盎然，让傅识则替她戴上 VR 眼镜。

他站在她身后，将 VR 眼镜给她扣上，调整了下大小。

云厘瞬间进入另一个世界。

耳边传来傅识则的声音："看得清？"

云厍："嗯。"

傅识则："没什么游戏。"

桌面上除了那个 *IT'S BEEN A LONG TIME* 之外，只有两个小游戏。

傅识则："可以开你做的那个游戏。"

云厍犹豫一会儿："不了，我不看。"

傅识则没坚持："行，你想看就自个儿看。"

云厍点开另外两个游戏玩了会儿，却有点心不在焉。听到厨房传来洗东西的声音，她吞了吞口水，偷偷打开了那个 *IT'S BEEN A LONG TIME*。

设计这个游戏的初衷，是希望傅识则能在虚拟现实中，用另一种方式弥补曾经的遗憾。

游戏打开后，窗口上是傅识则建的档。

点击进入后，云厍的眼前出现几秒的黑暗。中央一阵光亮后，她迷迷糊糊地睁开眼睛，入眼的第一幕是极蓝的苍穹，周围是轻微的风声。

游戏制作得并不算精美，她注意到自己正蹲在地上。云厍低下头，看见红色跑道上丑丑的、蠢蠢的机器人，还有自己手上的遥控器。

呼吸不受控制地急促起来。

她的视线移向旁边，视野中出现一双白色运动鞋。

云厍隐约猜到了什么。

她的心跳越来越快，往上看，光影中，她看见十六岁的少年，碎发随风轻轻浮动，队服宽松，胸口处月亮形的徽章熠熠生辉。

她总想填补他的遗憾。

可她却不知道，和她错过的那个红色跑道，才是傅识则最大的遗憾。

少年蹲在她的身边，用手指轻点了下机器人，抬眸，静静地看着她。

云厍不知不觉红了眼睛，她捏住VR眼镜往上一拉，回到现实世界中。

是他们的家。

她转过身，傅识则站在光影中，像是听到了那个红色跑道上的风声，抬眸看向她。

那一刻。

尹云裤忽地就明确了，

原来自己每次见到云野时那种

心跳加速的感觉，

叫作喜欢。

番外一

已经比她高的少年

1

尹云祎刚转到西伏实验中学初中部的时候，还是大夏天。她背着轻巧的书包，戴着遮阳用的棒球帽。尹昱呈送她到门口，提醒道："和同学打招呼的时候要摘掉帽子。"

"知道了。"她轻声应道。

尹云祎按照老师的引导，规规矩矩地鞠躬："大家好，我是尹云祎。"

老师给她指了个空位子。旁边的男生五官清秀，细碎的头发垂在额前，眉间天生带着不耐烦，看上去不太和颜悦色。

"你好。"尹云祎有点紧张地和他打了声招呼，对方只是轻"啊"了声，便散漫地转过头，盯着窗外。

尹云祎看着窗上男生的倒影，他鼻翼以下埋在手肘中，眼皮耷拉着。

她没注意到，玻璃中也倒映着她。云野能看到尹云祎一直盯着自己。

趴着的少年慢慢地动了下，坐直身体，侧头看她："盯着我干吗？"

少年头发略乱，眸子清澈，神情桀骜不驯。

尹云祎睁大眼睛，对他这副不近人情的模样丝毫不怵："我叫尹云祎。"

云野："刚才听到了。"言下之意是她不用再重复一遍。

后面的男生用笔杆杵了下云野，笑道："云野，你也太抬杠了，人家是让你自我介绍呢。"

云野长长地"啊"了一声，语调上扬，然后毫无情绪地"哦"了声："我叫云野。"

第一天并没有人主动和尹云祎打交道，她尝试和自己的同桌云野说了几次话，对方大多只是"啊""哦""嗯"三个字结束。

想不明白他怎么这么高冷，甚至让她觉得有点不太礼貌。尹云祎彻底打消了和他说话的念头。

第一天的课程结束后，她莫名觉得有些气馁，背着书包往外走。

还没走两步，她听到耳边少年的声音："帽子忘拿了。"

少年直接从她身旁穿过，将帽子戴在她头上。尹云祎怔怔地看着他的背影消失在走廊尽头。

尹昱呈在门口等她："新学校怎么样？"

尹云祎想了想这平淡的一天，不知怎么形容，张了张嘴："挺好的。"

回家后，尹云祎满脑子想着怎么和同学融洽地相处。

这个同学特指云野。失眠了半个夜晚，尹云祎并没有想到特别好的方法，反倒是云野那张好看的脸在脑海中越来越清晰。

第二天，同班的徐姚在走廊上和她搭话："你知不知道你同桌是我们这儿的大学霸啊，而且他超酷的。你看那张脸，像不像全世界都欠了他。"

尹云祎昨夜没睡好，脱口问道："哦，那不就是欠吗？"

话一出，尹云祎有种说了云野坏话的罪恶感。

回位子后尹云祎见云野额头贴着桌子，正奇怪他怎么会用这么奇怪的动作睡觉，坐下后，才发现云野在偷玩游戏。

学校规定不能带这种小游戏机到教室。尹云祎打开作业本，可能觉得这种行为和她想象中的学霸相差甚远，忍不住多看了几眼。

云野忽然抬起头，额上压出个红印子，他眼睛亮晶晶的，露出了小虎牙："你要玩不？"

"……"这就是徐姚说的——超酷的人吗？

盯着那可爱的笑脸，尹云祎礼貌而客气地拒绝："不用了，谢谢你。"

云野丝毫没有被拒绝的沮丧，唇角勾着笑，低头继续玩手机："别告诉老师。"

从尹云祎这边看去，还能看见他额上隐隐约约的红印。

尹云祎翻着书，有些走神，觉得云野的行为大胆放纵、离经叛道。

身后一声训斥："云野——"

"你又在玩游戏——"班主任直接拎起云野的领子，拿过他的游戏机，云野却赶在最后一刻关了机子。

云野淡定无比："我没有玩，机子关着的。"

班主任用力地敲了下他脑壳，云野吃痛地摁住。

班主任转向尹云祎，面对他眼中的文静乖巧的标准三好学生，他声音都柔和了许多："尹云祎，云野刚才是不是在玩游戏？"

云野还被班主任提着领子，抬眸看了尹云祎一眼。她握了握手掌，本能地不想撒谎，但和这个勉强有了一天半同桌情的人对上视线，尹云祎的表情有些为难。

班主任劝导："你说实话就可以。"

云野看见她的表情。

班主任原以为云野要死犟到底，他却老老实实道："我玩了。"

确实是完了。

尹云祎看着云野被班主任拽着往外走，其他人幸灾乐祸或一脸茫然地看戏，她蹙眉，声音依旧柔和："老师，您不能拉他的领子。"

尹云祎果断道："这是不对的。"

教室里一片安静。班主任嘴角动了动，正想发飙，对上尹云祎乖巧的脸，还是控制着脾气松了云野的领子。

等到云野回来时，后桌推了推云野的肩："你今天头好铁。"

平时大家被抓到玩游戏机都是乖乖认错上交机子。

"那是我姐的，她回来得杀了我。"云野头疼着，皱眉道，"我要买个一模一样的。"

尹云祎还以为他回来会怪自己，捏紧了笔。

她和云野的接触并不多，但也不希望和他闹僵。

她给云野写好了好几张卡片，都没递出去。做着题目，尹云祎逐渐忘了这件事情，等她回过神，发现云野在数书包里的零钱。

尹云祎问："你要买游戏机吗？"

"嗯。"云野又算了一遍，尹云祎迟疑片刻，直白道："你再算多少次，钱都不会变多的。"

云野："……"他不吭声，将纸币一收，塞到口袋里。

尹云祎从身后拿起书包，在夹层里翻出张十元钱，递给云野。他低眸看着，没接。

她有些不自然："是不是十元钱太少了……我爸妈不给我零花钱，我这里只有十元钱。"

云野沉默了会儿，说道："不少。"他顺手拿过尹云祎的书包，将这十元钱叠好，放回原本的夹层，又将书包放到她身后。

他随手拿了她桌上的一本书，翻开第一页看了眼，才说道："尹云祎，谢谢。"

两人当了半学期的同桌，平日里云野不会和她说话，只偶尔向她借尺子和橡皮。尹云祎觉得云野是个复杂的人。遇到好玩的事情时，他会比较闹，露出标志性的笑容。其他时候确实如徐姚所说的一般，高冷得让人不敢接近。

期中考成绩云野年级第二，尹云祎年级第八。

让成绩有差距的学生分到一桌是学校里不成文的规定。班主任下课走到他们俩身边，要给他们换座位。

云野："她数学不好。"

尹云祎呆了几秒，不知道为什么对方对她是这样的评价，平静地回挣道："云野语文不好。"

云野立马改口："对，我语文差。"怕班主任不信，他还补充道，"这次能拿第二是因为尹云祎帮我补习语文，调座位的话就更差了。"

第一次调座位失败。

当天放学，尹云祎纠结了半天云野为什么觉得她数学不好，背着书包跟在他身后问道："我数学哪儿不好了？"

云野挠挠头，愣了下："谁说的？"

尹云祎："你说的。"

他才想起这件事："那是因为——"

看着眼前这双温柔的浅色瞳仁，云野的声音戛然而止。

他给自行车开了锁，翻上去。

独属于少年的纤细小腿蹬了两下，他悠哉地迎面从尹云祎身旁骑过。

空中留下他的声音："走了。"

一天，卫生委员安排尹云祎和云野一起值日。

女生发育得比男生早，尹云祎那时候比云野高了不少，主动说道："我来擦黑板吧。"

云野拿着黑板擦，向上一跳，擦掉了最顶端的几个字。用这种幼稚的方式证明了自己后，他也不害臊，直接把黑板擦递给她。

做完值日后，教室里只剩他们两个人，云野快速地把书往背包一扔，挎在肩上朝她摆摆手："走了。"

尹云祎问他："可以等我吗？"话一出口她心底就有些犯嘀咕。

本以为对方会拒绝，云野却停下了脚步，直接坐回他的桌上，无聊地用双手撑着木板桌面，头微微后仰。

尹云祎不紧不慢地收拾着自己的东西，云野朝后往她的桌上看了眼，整整齐齐的笔、便笺、本子，笔袋干净透明，印着半透明的樱花，

他的视线移到尹云祎身上，说道："你头发上有粉笔灰。"

"哦。"尹云祎用手拨了拨头发。

云野打了个哈欠，继续道："不在那儿。"

尹云祎又拨了拨。

云野瞥了眼，随即，尹云祎看见他的手臂挡住了光线，眼周瞬间被阴影笼罩。尹云祎滞了下。那只手几乎没碰到她，将她发上的灰扬去。

她心里一紧张，将东西一通乱塞，说道："我收拾好了，我们走吧。"

"哦。"云野的脚轻盈地落在地上。

尹云祎瞥见他的球鞋，因为经常打球，鞋尖磨破了一些。

云野生日的时候，尹云祎告诉尹昱呈自己想给同桌买一双球鞋当生日礼物。尹云祎不知道云野的码数，拜托尹昱呈在学校附近买了一双后，把小票放进去，这样子云野可以自己去换。

放学后，她照例往门口走，路过篮球场时，看见一抹熟悉的身影。

云野穿着那双她送的篮球鞋，拍着篮球，在原地停顿了好几秒，和她的视线对上。

球被旁边的人拍走时，他才回过神。

云野没告诉别人，这双鞋是尹云祎送的。以往的球鞋他都是直接穿到学校，一整天瞎折腾。只有这一双，他会用袋子装起来，等到球场再

换上，尽可能减少鞋子的磨损。

等尹云祎察觉到时，旁边传来一颗篮球，她下意识地用手去挡。

这不是第一次。

尹云祎之前也被篮球砸过，不少男生会用这样的方式引起女生的注意。

每次被砸疼时，尹云祎觉得也不是大事情，会对嬉皮笑脸来道歉的男生说"没关系"。

这球速不慢，眼见就要砸到她身上，一个身影却挡在她面前，轻松地将篮球接住。扔球的男生本来在其他同学的怂恿下瞄得很准，已经准备好过来和尹云祎搭话。

云野直接将篮球砸回他身上，语气冷冰冰："打球就好好打球，自己欠砸吗？"

男生本就心虚，见云野面色不善，立刻捡起篮球跑回到了场地。

云野偏过头，合理地推断后，刚想说出"不用谢"三个字，尹云祎先开了口："你下次不能这么凶，你不怕他们打你吗？"

她看着面前单薄瘦削的身影，歪着脑袋，语气充满了不赞同。

丝毫没有被英雄救美后的感谢，尹云祎理所当然道："他们比你高那么多。"

云野扭头，极为无言地看了她一会儿。

他身上布满密密的汗，轻喘着气，和尹云祎说道："我去打球了。"

"云野。"尹云祎唤道，云野困惑地看向她，她抓住书包的背带，抿了下唇，再次确认道，"他们不会打你吧？"

"应该没那么无聊吧。"

球场上有人在喊云野，他没再多说，跑了回去。

等云野打完球，已经将近六点了。汗水打湿了头发，他走到停车棚，只有他的自行车锁在那里。停车棚对面是个公用的水池，云野过去打开水龙头，单手用冷水泼了下脸，后来干脆用冷水淋湿了头发。

关掉水龙头，他抬头，水模糊了视线，却清楚地看见尹云祎站在他面前，递给他一包纸巾。

云野接过纸巾："谢了。"

他顿了会儿，问她："你怎么还没走？"

尹云祎一般都走得比较早。

"我本来要走了的。"尹云祎支吾了半天,见云野单手拿纸巾不方便,她帮他拆开,递给他一张。她不好意思告诉他,自己是担心他因为刚才的"出言不逊"被人揍一顿。

就好像……她只看见了他长得不高这一点。

云野将纸巾散开,随便擦了下头发。碎掉的纸巾沾在他睫毛上,他皱着眉用手指拨掉,眼睛有些失焦,他眨眨眼,她的轮廓又再度清晰。

就和第一次见面时相同,她身材高挑,扎着高马尾,脖颈细嫩修长,鹅蛋脸上嵌着瞳色偏浅的杏眼,鼻子和唇都很小。

云野感觉呼吸都变得不太自然,他匆匆道:"我要走了。"

直接从尹云祎旁边走过。

没走两步,他又回过头,问她:"你不走吗?"

尹云祎想起他平日如风一般的身影,说道:"我没有自行车,你先走吧。"她转过身,背着书包往校门口走。

没走两步,她听见自行车丁零零的响声。

云野骑到她身边,从车上下来。尹云祎这才注意到,这是一辆山地车。

她再度确认了下云野的身高,轻声问他:"你骑这个会不会有点危险?"

云野用鼻音轻应,她也听不出是什么意思。又走了一段路。黄昏将他俩的身影拉长,云野推着车跟在她旁边,她听到轮子摩擦地面的声音,侧头偷看了云野一眼。

尹云祎脑海空白了几秒,很自然地冒出了一个想法,等云野长高之后,应该会更好看吧。

虽然他现在已经很好看了。

每到换座位时,云野的语文成绩就会变差。

为了保全他这个潜在的区状元,班主任愣是让他们当了两年同桌。

父母对尹云祎极为严苛,除了学习和补习班之外,她的生活几乎没有其他娱乐。就连用电脑,尹云祎也要以学习为理由和父母申请。

导致当了两年同桌,她和云野几乎没有一起参加过什么活动。

话都没说上几句。

中考后，尹云祎打开班级 QQ 群，盯着云野那个原始的企鹅头像，点击了好友添加请求。像是为了显得不那么刻意，她同时添加了好几个人。

云野即刻通过了。

两人的对话框空白了一整个假期。

高中开学时，尹云祎没有见到云野，她心里有些气馁。

所幸，第一个月的分班考后，她进入重点班，在新班级的角落见到那个身影。少年趴在桌上，身旁的座位是空着的。

正如初中那两年，尹云祎走过去，默默地坐在他身边。

云野若无其事地直起身子。两人对上视线，触电般地又各自收回。

班里的座位采用随机制，云野和尹云祎不再是同桌。

高中的课业压力增大，男女生的日常活动更是毫无交集，尹云祎没有盲目地沉沦在那朦朦胧胧的情感中，而是将全部的心思放在学业上。

那天，刚好轮到他们一起值日。尹云祎习惯性地拿起黑板擦，偏过头，发现云野也站在黑板前，落日的昏黄日光洒在他身上，他浅棕的眸子因为日暮颜色更盛，正垂眸看她。

云野自然地朝她伸手，掌心向上放在她面前。

她才注意到，一个假期过去，云野加速般地成长，变得高高瘦瘦的。

云野一动不动地盯着她，语气和以前没什么分别："黑板擦。"

就那么一刻，尹云祎的心跳猛地加速，无法言喻的情愫从心底渗出。她慌乱地将黑板擦递给他，拿起讲台上的报纸跑到窗户旁。

透过窗户，她看见云野单手插兜，抬手时能轻易碰到黑板的顶端。

那是西伏最热的时间，即便到了傍晚，热气与阳光也能将人烤焦。

等两人值日完，已经五点半了，尹云祎在书包里翻了半天，喃喃道："怎么没戴帽子？"她不信地又找了一遍，还是没找到，只能放弃，背起书包。

云野刚洗完手回到座位上，尹云祎看了他一眼，提醒道："你头上沾了粉笔灰。"

云野懒得管："沾了就沾了吧。"

想起初中的事情，她直接微踮起脚，用指尖拨了下他额前的碎发。

云野蒙蒙地睁大眼睛，怔了片刻。

尹云祎很快又收回手："现在不脏了。"

云野还不理解心里那种感觉，他只觉得脸上一热，呼吸有些困难，别扭道："不用，我就喜欢沾灰。"

没再继续聊，尹云祎往校门口走。

她刚出门，身旁一阵风带过，头上便被轻轻戴上个帽子。云野像第一次那样，骑着车从她身旁过去，朝她摆摆手。

"走了。"男生的头围比女生的大，帽子在她头上松松垮垮，挡住了一部分视线，她只看见自行车的轮子。扶正帽子后，前方已经没有云野的身影。

布料像是带着对方的温度。

那一刻。尹云祎忽地就明确了，原来自己每次见到云野时那种心跳加速的感觉，叫作喜欢。

2

少女的心事变成了不能说的秘密。

但也因为确定了自己的心事，便再也无法当作无事发生。

尹云祎开始努力控制自己在云野面前的反应，发作业时，经过云野的座位，少年做题做到一半，趴在桌上小憩，右手拿着笔挂在桌子边缘。

尹云祎的校服口袋钩到了云野的笔。

云野因为这动静，慢慢地直起身子，他眼神惺忪，看清楚面前的人后，又看看手里的笔，随口道："你要啊。"将笔随手塞到她口袋里，"给你。"

"……谢谢。"

尹云祎抱着作业本回了座位，从口袋中拿出那支笔端详了一会儿。在纸上画了两下，不知不觉，她写下那句话。

我喜欢你。

云野。

回过神发现自己写了什么东西，尹云祎慌张地划掉这两句话，旁边有同学走过，她立刻将这个本子合上，塞到抽屉里。

徐姚在另一个班，放学前过来告诉她："云祎，你知不知道好多人给云野递情书呀？老师还叫家长了，担心云野早恋。"

尹云祎敛了敛情绪，问道："这么多人喜欢云野啊？"

"对啊，之前我也写了情书。"徐姚笑眯眯道，"不过他没理，过了没多久我又喜欢上另一个人了。"

她心不在焉地手支着脸做题，无意中往窗外一看，一个模样大他们几岁的高挑女生在那儿左顾右盼，眼睛和云野的几乎毫无二致。

那不会就是云野的"家长"吧。

尹云祎起了身，走过去想再看几眼，在楼梯拐弯处，她看见女生和云野在讲话。云野靠着身后那扇老旧的木制窗户。

女生问他："那些情书，你前桌给你写的？"

云野："……"

女生语气惊讶："真是让人不敢相信，居然有人会看上我弟。"她开始笑，"还是那么好看的女生。"

云野憋了半天，说道："……不是。"

他语气里忍无可忍："云厘，你好吵。"

"待会儿你班主任会骂我吗？"云厘叹了口气，"唉，云野，你能不能不要惹麻烦？"

"最多就是骂我……"云野不耐烦道，见云厘垂头丧气，他挣扎了一会儿，臭着脸安抚道："你帮我搞定班主任，今晚请你吃饭。"

云厘狐疑地看了他一眼："你出钱还是我出钱？"

云野被她拆穿，眼角弯起来，理直气壮道："你出钱。"

云厘："……"

姐弟俩说完话，往楼上走，见状，尹云祎往后一缩，小跑回教室。

坐回位子上，她心里怦怦直跳，因为偷听了他们的对话而感到心虚。

开始写作业，尹云祎却忽然有些出神。刚才云野和云厘相处的模式，看上去自然又亲密，就像她和尹昱呈一样。

她有点羡慕。

没多久后云野回来收拾书包，在尹云祎的印象中，刚被老师训完就应该一张臭脸或者是哭哭啼啼的。云野看起来有些烦躁，和她对视了一眼，挎上包打算直接走人。

尹云祎觉得他是个情绪不外放的人。

她故作正经地写了一会儿题，不想因为自己的问话引起喧哗。考虑再三，尹云祎在小卡片写了一句话，没转身，直接从前往后放他桌上。

　　·　我也经常被老师批评，你不要难过。

最后还附上一张笑脸。

云野看了她一眼，半晌，从桌上拎起笔，随便画了两下，路过她座位时，将小卡片丢回给她，语气一如往常："走了。"

只有潦草、恣意的两个笑脸符号。

尹云祎的高中生活，开始不断地追随云野的身影。她会在云野打球的时候偷偷看他，为他的得分雀跃和欢呼，会在出成绩后先看他的排名，为此心里起起伏伏，会在每天放学后和云野差不多时间出门，"碰巧"遇见彼此。这些偶尔的见面，是少女那时每日的梦寐以求。

高一校运会，所有学生将椅子搬到操场上，人头攒动。校运会持续三天，后来，班里的同学就在位子上玩游戏。

输了的要玩真心话大冒险。

云野刚跑完接力赛，喘着气回来时，被人拉到椅子上。他穿着运动背心，身子还未完全长开，手臂上的肌肉线条并不明显。

尹云祎从旁边拿了瓶水递给他。

云野接过，说了声："谢了。"

他喝水时，喉结上下移动，汗珠顺着头发滴下，尹云祎看了一会儿，察觉到他转移来的目光，心如鹿撞般地低下头。

游戏还在继续。

刚来的云野稀里糊涂输了几把，被其他人提问了好几次。

真心话的问题来来回回离不开那么几个。

——"你觉得现场哪个女生最好看？"

云野不想回答这种问题，他推托道："每个人审美不同吧。"

"那现场哪个女生最符合你的审美？"

云野抬了抬眼，快速地说了个名字："尹云袆。"

同样的问题，也有其他男生回答过她的名字，却没有云野回答时给她的冲击力大。明明没有运动，她觉得自己身上也出了薄薄的汗。

"你觉得尹云袆头发扎起来好看还是披下来好看？"

云野"啊"了一声，背靠着椅子前后晃着，弯起眉眼笑得阳光："我没见过她披头发的样子啊。"其他人不依不饶，片刻，他随口答道，"披着吧。"

旁边的女生打趣她："云袆，你脸红了耶！"

尹云袆心里一紧张，表面上却冷静地和云野对上视线："有点晒。"她找了个借口，"我去下小卖部。"

在小卖部前，尹云袆松了口气，庆幸自己没有露馅。她想买个甜筒，小卖部只能现金或网上支付。尹云袆只有校园卡有钱，便打消了这个念头。

边上立着校运会的得奖公示栏，她驻足，搜索了一会儿云野的名字。

身旁忽然响起云野的声音："你看到我名字没？"

尹云袆明明已经看见，本能地否认道："没看见……在哪儿？"

"这儿。"少年走上前，直接伸手指着自己的名字，尹云袆看着他的脸，顿了几秒，又蒙蒙地看向公示栏上的"云野"两个字。

"买多了，给你吧。"云野将手里的甜筒递给她，尹云袆没反应过来，伸手接过。云野叼着冰棍咬了口，用手拿住签子，朝她扬了扬："回去了。"

"……"尹云袆的视线一直跟随少年的背影，随后，转移到手上的樱花味甜筒。

她想不明白，这个世界上怎么会有这么好看的人。

然而从小严格的家教，又让尹云袆将这份喜欢深深地埋在心里。

尹云袆想，也许也如徐姚那般，这种喜欢只是一时懵懂。

很快就会消失的。

过了几天，家里便告诉尹云袆，尹昱呈的工作在南芜市，她要转校了。

听到这个消息，尹云祎立刻想到的，是那个令自己情窦初开的少年。

控制不住情绪，听到这个消息后她哭了一顿。

平时尹云祎的情绪温和稳定，尹昱呈一时不知道发生什么了，忙安抚她。她缓了好一会儿，抽抽噎噎道："那边学校没这边好，我要考好大学的。"

尹昱呈笑出了声："我们祎祎中考成绩那么好，哥哥已经帮你联系到南芜最好的高中了。"

"那边的菜我吃不惯。"

"爸妈也会跟过去的，让爸妈给你做西伏菜。"

"我培训班还没上完。"

"哥哥会给你转到南芜的培训班的。"

尹云祎还在努力："我的朋友都在这边。"

尹昱呈安慰她："哥哥知道你舍不得这里的朋友，但我们祎祎去新学校会有新的朋友哦。"

"可、可是……"尹云祎的声音哽咽起来。

这么多年来，像云野这样的少年，她只遇到这么一个。

她不停地擦着眼泪，父母和哥哥都要离开西伏市，她不会任性地因为自己还朦朦胧胧地喜欢而加以阻拦。

只不过，她很难过。

她再也见不到云野了。

尹云祎告诉了徐姚自己要转校的消息。风声很快走漏，已经相处一年多的同学纷纷来和她告别，很多人送了她离别礼物。

可是没有云野。

对于少女而言，萌动的心事还未告知对方便打算永远封存。

离校的那天，照顾到她的情绪，尹昱呈特地到学校接她。尹云祎默默地走在路上，接近球场时，她听到脚步声和篮球砸地的声音。

尹云祎瞥见那熟悉的身影，停了下脚步。

尹昱呈问她："怎么了？"

她摇了摇头，低着头继续往前走。

"尹云祎——"

远远地，她听到云野的声音，在空荡的操场上有回音。

尹云祎立即回头，云野在篮球场边上，离她很远，她看不清对方的表情，但她很笃定，对方在看她。

几十秒后，那高高瘦瘦的身影朝她摆了摆手。

她小声道："走吧。"

风轻拂着她柔顺的发。这是她第一次在学校披下头发，也许那仅是对方年少无知开的玩笑，但她当了真。

她想让云野看见。

…………

在南芜中学，尹云祎坐在靠窗的单排座位，没有同桌，只有南芜的阳光陪伴着她。

她偶尔会看着窗外发呆，想起初中时她瞥向窗外，能看见云野在楼下的篮球场上运着球奔跑。她没有手机，上网时间也被家里限定得死死的。周末几分钟的上网时间，她打开 QQ，静默地看着云野那个原始的企鹅头像，却不知道发什么信息。

她慢慢适应了新学校，生活一成不变。

直到在信箱中看见从西伏实验中学寄来的明信片。

尹云祎一眼便认出那是云野的笔迹，明信片里没有涉及和他有关的信息，只告诉她：班里给你做了个生日礼物，让云野的姐姐帮忙带到南芜市。尹云祎，生日快乐。

尹云祎从云厘手中接过礼物时，见到盒子上那干净利落的几个字"——给尹云祎"，依旧是云野的笔迹。

她心跳如擂鼓，偷看了尹昱呈一眼。

回家后，尹云祎将盒子拿回房间，小心地拆开。

透明的圆球形玻璃里面放着透白和浅粉的樱花。她留意到花瓣上的点点星光，关了灯，是白色荧光粉。永生花在书桌上微微亮着。

尹云祎看着这份礼物，想起了远方的那个少年。

也许她是幸运的，至少是喜欢的人负责给她准备这些东西。

一开始，尹云祎以为只是巧合，直到她发现，频繁的明信片，每一张都是云野的笔迹。

尹昱呈发现得更早，见尹云祎一直没和他说实情，拎着这一堆明信片问她："你以前的班级还有专人写信的？"

尹云祎也学他温柔地笑，却没回答。

尹昱呈比她想象中的敏锐许多，坐在她边上。

笔稳健地在习题本上移动，尹昱呈看着尹云祎平静的神态，随口问了句："这小男孩喜欢你？"

铅笔芯一下子断掉。

尹云祎还故作镇定地摁了摁铅笔，应道："什么？"

"应该是叫云野吧。"尹昱呈继续试探，习题本上的那只手僵了僵，尹云祎认命地垂下头："哥，你不要告诉爸妈。"

"不过这样不好吧。"尹昱呈稍微严肃了点，下意识地觉得是对方单向爱慕尹云祎，教诲道，"对于别人的喜欢，我们要认真对待。不喜欢对方，我们应该明确拒绝，不然也会影响他的。"

尹云祎默不作声了一阵，才乖巧道："我知道了。"

"那周末你多用会儿电脑，和他说清楚吧。"尹昱呈没再没完没了，把明信片给她整理好，放到书架上。

"嗯。"尹云祎顺从道，低头写作业。

周末，尹昱呈将她的上网时间延长到半小时。关机时，尹云祎忘记进行二次确认，电脑处于待机状态。

尹昱呈将果盘放她书桌上，温柔问道："和他说完了？"

尹云祎："嗯。"

"小男孩有没有很难过？"尹昱呈闲得无聊，在她屋里坐着，见她没回话，过一会儿，又问道，"他什么反应？"

尹云祎正在做那本他见过许多次的高考练习册，她抬起头，看了眼自己的房门："哥，我现在没时间。"

被妹妹赶出房间，尹昱呈无所事事地回到书房，见到主机没关，他打开屏幕，电脑上还登着尹云祎的账号。

担心她措辞不当，尹昱呈打开她的聊天窗看了眼，是下午的对话。

yyy：云野。

yy：？

云野秒回，尹云祎思考了许久，才发的下一句话。

yyy：你在干吗？
yy：写五三。你呢？
yyy：我也在写五三，你在写哪本，写到哪儿了？
yy：语文的那本，文言文考点四。
yyy：哦，那我也去写吧。

半小时后。

yy：拜拜。

单看昵称尹昱呈几乎认不出哪个是哪个，一个用了原始的男企鹅头像，一个同样不谙世事地用了原始的女企鹅头像。

尹昱呈有些无言，但也即刻意会到，原来两个人是相互倾心。

他关掉电脑，没和尹云祎提起这件事情。这是尹云祎第一次和家人撒谎。她不知道自己撒起谎来，原来可以如此面不改色。

尹云祎说不出自己这么做的具体原因。想起过去几年进教室时见到的画面，云野懒洋洋地趴在桌上，一只手伸到桌前，无聊地反复捻圆珠笔。

想起他在篮球场上恣意张扬，投中球后撑着膝盖微喘着气，偶尔抬头时像是看到人群中的她。

想起两人熟悉而又陌生的四年间，会像同龄人一样打闹对方，也会保持男女之间基本的距离。

云野和她从来没有亲近过，最接近彼此的时刻，是接过橡皮时轻轻擦到对方的手指。那时候尹云祎以为，只是自己一个人的怦然心动。

收到这一张张来自少年的明信片。每一个字，都在尝试隐藏自己的心意，而每一个字，都隐藏不住自己的心意。

原来她不是单向暗恋。

所以，向来乖巧诚实的她，在这件事情上，选择了向家人撒谎。

用自己的方式，小心翼翼地维护着这段萌芽初生的感情。

两人都面临高考，尹云祎没有鲁莽地戳破心意。

但她也无意让对方单向透支。她找了个理由和尹昱呈借了十元钱，他看破不道破，还是将钱给了她。

尹云祎在南芜中学的教育超市挑了套好看的明信片。

犹豫了许久，她还是在开头写上——高二15班的同学们。

直到云野在寒假跑到南芜，尹云祎见到少年时，用最隐晦，却也是最真挚的方式告诉对方自己的心意。

她给云野送了礼物，用同样的方式标上名字——给云野。

接下来的时间，为避免父母发现，尹云祎和"高二15班""高三15班"寄了一年半的明信片，和自己哥哥借了无数次十元钱。她能真实地署上自己的姓名，而云野需要一直用班级作为代称。

尹云祎的成绩比云野差一些，和他约定好一起考西科大，她节假日不再和尹昱呈出门旅行，把所有的精力放在备考上。

所幸，她如愿以偿考上了最好的大学。

也如愿以偿能和云野去同一所大学。

高考结束后，尹云祎如实告诉尹昱呈，她打算和云野去一所学校里的同一个专业。

本担心尹昱呈说她恋爱脑，他却只是意味深长地看了自己的妹妹几眼，饮了一口刺激爽口的汽水，略带忧伤地说道："我也想要校园恋爱。"

尹云祎："……哥，你都二十八岁了。"

"二十八岁的老男人就不配有校园恋爱了吗？"尹昱呈幽幽道，"能不能让你的小男朋友来指导下你哥？"

"我们还没谈呢。"尹云祎立马反驳道。

"当时我们祎祎可是为了小男朋友睡医院的铁凳子了啊。"尹昱呈调侃她，尹云祎脸一红，并不惧于承认："我就是愿意。"

她愿意为云野做很多事情，同样，她很清楚，云野也会这么做。

西科大的通知书来了后，家里给尹云祎买了部手机作为礼物。

每天尹云祎都用这部手机给云野发信息。

高考后的暑假极为漫长，尹云祎每日在房间里预习大学课程，她找不到理由和父母申请去西伏。

她发现自己在纸上写得最多的两个词是——

云野。
好无聊。

把这两个词连起来读，似乎，远方的人也鲜活起来。她看着自己出神写的字，自顾自地笑出声。

可能他也在家里百无聊赖，说不定也在想她，想和她见面。

那天她接到云野的电话——

"我来南芜了。"

3

他背着个书包，戴着鸭舌帽和半透明的墨镜，身上是简单的白T恤，站在地铁站出口，简单的行装，并不像远程而来的人。

他们已经一年半没有见过面了。和那个寒假相比，云野又长高了一些，身板已经完全长开了，站在路上气质卓然。

南芜的夏日灼人。

尹云祎撑着阳伞走到地铁口。瞥见她，云野将手机揣兜里，朝她走去。

准备高考的这一两年，尹云祎经常会梦见他，都是初中、高一时候的云野。而此刻，她站在原处，半天没反应过来。

她蒙了几秒，直到云野已经站在她面前，伞面遮住他大半张脸。

想看到他整张脸。

很自然地，尹云祎将阳伞递给他。而他顺势接过后，又往前走了一步。

现在，他们都在伞下了。

"喂，歪歪。"云野勾了勾唇。

尹云祎抬头，半透明的棕色镜片下是那双熟悉的眸子，她动了动唇，好半天只说出两个字："云野……"

某种极为强烈的情感在两人之间发酵，他们都极为隐忍地克制着拥抱对方的冲动。

尹云祎柔声笑道："墨镜挺好看的。"

"哦。"云野随意地将墨镜拿下。

尹云祎再度清楚地看见那双清澈干净的眸子，他微侧头，将伞塞回她手里："拿着。"

她下意识地抬手将伞举高，但云野还是考虑到她的身高，低下头，逐渐靠近她。

心跳越来越快。

云野将墨镜转了个方向，慢慢地给她戴上。尹云祎僵得一动不动，感受到他的指尖轻擦过自己耳边的发丝，眼前的世界瞬间蒙上层浅棕色的滤镜，云野的眼睛离她不到十厘米。

耳边痒痒的，是墨镜框钩到了头发，云野在帮她捋平。

不知不觉，她纤细的手指抓住他的手。

尹云祎也不知道自己为什么会有这个反应，等两人都意识到的时候，均是一滞。所幸墨镜掩住了她的情绪，她唯一的反应，就是又重复了一遍："云野……"

猛地，他衣服上洗衣液浅浅的香味铺天盖地地袭来。

云野将她拉到自己怀里，手托着她的后脑勺，尹云祎的下巴搭在他的肩处，还怔怔地撑着伞。

随即，她的脸上泛红，眸子下垂，盯着他的脖颈看了好几秒。

理智上尹云祎想推开他，然而身体僵直了几秒，另一只手却慢慢地伸向他的后背，环住了他。

原来见到心心念念的人，是如此难以自控。

尹云祎想起之前放学时，她背着双肩包走出门，偶尔会看见男生女生拥抱亲吻。那时候，她觉得极其难为情。当别人的目光投过来时，她会低下头，加快步子离开。

但有天，她在梦中见到了一模一样的一幕。

只不过，那个男生抬起头，低垂着看她。

那时候她还不理解，同桌怎么会无端端出现在自己的梦境中。

而后她看向那个被他抱在怀里的小女生。

是初中的自己。

第一次的梦至今，已经过了五年。她真正拥抱了云野。

夏季，两人都穿得轻薄。走在路上，尹云祎仿佛还能感受到云野身上的体温，还有他扣紧自己肩膀的手指。

等两人走到甜品店坐下，尹云祎轻捏住腿上的裙子，偷看了云野一眼，小声别扭道："就这么一次……"

意识到她在说什么，云野托住自己的下巴，眼神飘忽地看向窗外，故作不在意地"嗯"了声。耳尖却明显变红。

尹云祎迟钝地问道："你怎么来南芜了？"

云野愣了下，似乎没想到她会问这个问题。

尹云祎挖了勺雪糕，留意到他的视线，困惑道："怎么了吗？"

"没什么。"云野撒了个谎，"过来毕业旅行，顺便学车。"

"啊？"尹云祎含住雪糕，"可是你爸爸不是驾校的教练吗？"

云野有些无言，只答了一个字："对。"

尹云祎："那你为什么来南芜学车？"

云野瞥了她一眼，一双杏眼睁得很大，映着灯光。

云野盯着她："……南芜天气比较好。"

她慢慢地"哦"了声。

尹云祎不能在外面待太晚，云野送她到小区附近后，她朝他摆了摆手。

他没什么太多表情地点了点头，她还噙着笑，转身慢慢地往小区走。

身影逐渐消失在他的视野中。

云野也转过身。在地铁站买票的时候，想起方才的相处，他若有若无地勾起唇，放松地哼着歌，将车票硬币放在指尖翻转。

他拿出手机，发现云厘给他打了好几个视频电话。

云野回拨，有意识地离手机远了点，果不其然，云厘大声唤道："云野！！"

视频中云厘瞪着他。云野跑到南芜，有点心虚，本着她不可能发现的想法，他强撑道："什么事？"

云厘："你跑去南芜能不能隐蔽点！！"

云野："……"

云野："爸妈知道了？"

云厘回家后就发现云野跑了，是真的跑了。说去同学家玩，住一个月。也不知道是不是心里有鬼，还把房子收拾了才出的门。

云永昌一个电话打给那个所谓的同学父母，对方否认，打电话给云野不接。云厘没多想便猜到他去南芜了，强行给他打了掩护。

云厘气不打一处来，质问："你从哪里学的，你跑南芜就不能和我商量一下吗？"

画面中的人靠近了点镜头，揉了揉自己的眼睛，好一会儿，一直盯着她不说话。

云厘："看我干吗？"

云野："你刚才不是问我从哪里学的？"

"……"两年前她确实这么做过，先斩后奏跑到南芜读书。

云厘吞了吞口水，一时找不到合理的原因为自己辩护，片刻，才强硬道："性质不一样。"

云野："哦。"

"……"云厘败阵，好声好气地问他，"你住哪里？"

云野："找了个太空舱，一个月一千元出头。"太空舱和青旅类似，每个舱位大概就一米宽，而且要和别人共用洗手间。

云厘皱紧眉头："不至于吧。"

云野："我要和尹云祎报一个驾校，只能住这个，钱不够。"

到南芜和尹云祎一起学车的计划在高考后已经成形。

云野当了一段时间的家教，存够钱后便屁颠屁颠跑到南芜。

画面中的脸突然贴近，他眼睑下垂，脸上映着手机的光，眸中带笑意，却没有看镜头，明显是切换到了别的界面。

云厘无语道："我给你钱，你租个好点的房子。要不你就住我以前租的那个公寓，环境还不错，我还有当时的中介联系方式。南芜有些地方比较乱，你平时不要乱跑。"

他离镜头很近，似乎是在打字，完全没理会她说的话。

云厘："云野，你听到我说话了吗？"

云野心不在焉地应道："没有。"

他的唇角微微上扬，回复着尹云祎的信息，等回过神，那个缩小的视频画面已经关掉了。

云野给云厘发了个表情，不出意外，他被拉黑了。

"……"站在原处，云野挠了挠头。他长长地呼了口气，无奈地将驾校名称和自己定的太空舱地址用短信发给云厘。随后他把手机放回兜里，看向这完全陌生的地铁站台。

他打了个哈欠，跟着人流上了地铁。拉着吊环时，想起在医院的时候，意识恢复没过多久，尹云祎红着眼睛走进病房，头发乱乱的，看起来很憔悴。

那时候，尹云祎克服了一切去找他了。那她想见他的时候，他也会出现。

拿到驾照的时候，云野先回了家，再过两周便开学了。

云野和尹云祎都没有将恋爱放在生活的第一位。他们两个规划了许多与对方有关的未来——深造、工作，前提是两人步调一致。

除了在南芜见面时的那个拥抱，他们最亲密的动作便是赶不及去食堂时，一起坐在教学楼的台阶上吃盒饭，她的唇角沾到米粒时，云野会眯着眼笑，给她递纸巾，一边说道："沾到了，自己擦。"

一个短学期过去，尹云祎和云野每天都会见面。晚自习结束后，云野会和她并排走在校园里，听夏季的虫吟，秋季的落叶声。

中间也闹过不愉快。那次尹云祎听到院里的流言蜚语，说云野最近很缺钱，去食堂只吃一个素菜和三两米饭。

后来她生日，收到了云野送的价值不菲的礼物。她坚持把钱转给云野，被他拒绝了。两个人都比较固执，但后来也和好了。

长达五年的暗恋，两年默默地陪伴，以及这几个月的朝夕相处，两个人的关系已经心照不宣。只差捅破最后一层窗户纸。

校运会，尹云祎被抽中去参加三千米。和初高中阶段不同，西科大的校运会不以班级为整体参加，也不会有一堆人围观。但不少运动员还是成群结队地前往操场。

尹云祎的运动细胞并不发达，她怕在云野面前出糗，没告诉他自己参赛的事情。

开跑没多久，其他人便遥遥领先。落后别人两圈，竭尽全力跑完全程后，尹云祎感觉每时每刻都有可能晕倒在操场上。

她喘着气走到观众席旁的阴凉处，双腿似乎要废掉了。

汗珠刺得眼睛疼，她一闭眼，再睁开时，眼前出现熟悉的身形。

云野给她递了瓶水，尹云祎没接，窘道："你刚才有看我比赛吗？"

他还拿着水，笑容融在阳光中，他边笑还边配合地摇摇头："没有。"

知道他在撒谎，尹云祎没出声，低头揉着自己酸疼的腿。

云野："能走不？"

尹云祎额上还在出汗，视线移到了旁边的自行车上，她商量似的扯了扯他的衣角："你能不能去借一辆？"

云野直接拦下一辆自行车，问车上的男生："同学，借下车，我送她回去。"

男生看看云野，又看看尹云祎，问道："是你女朋友吗？"

云野皱眉："问这干吗？"

男生极为镇定："如果不是你女朋友的话，我送她回去吧。"他说完后，便直接看向尹云祎："同学，你不舒服的话，我送你去校医院吧。"

"……"估计是没料到能这么挖墙脚的，云野无语地看着这个男生，又从旁边拦了一辆自行车，这次对方爽快地同意了。

自行车的后座是金属的，云野脱下外套绑在后座上。他轻松地跨上去，侧头看尹云祎，语调上扬："走吧。"

尹云祎慢慢地坐在后座上，手抓住他腰两侧的衣服。

身旁掠过红色跑道、绿荫、马路、人群。她将视线收回到眼前的背影上，下移，是自己的手，捏住他的衣服后，衣物呈多边形往外展。

身旁载人的车，女生都依恋而放松地抱着男生。

想让关系更进一步，好像，也不需要更多的理由。

只是因为，想拥抱他的时候，可以肆意地拥抱。

尹云祎从后环住他的腰，感觉到他的身体一紧。

风中传来她轻轻的声音："云野，我们什么时候在一起？"

云野的声音被风削弱了许多，但她仍旧清晰地听见了那两个字。

"快了。"

期中考结束，尹云祎和云野几门课的成绩都不错。到西科大后，两人第一次相约出去玩。

云野开了家里的车，到学园寝室大门口。

鲜少出去玩，尹云祎在寝室笨拙地化着妆，刚换上连衣裙，室友不断调侃她："云祎，你要去谈恋爱吗？"

尹云祎不太好意思道："没有……就和朋友出去玩。"

"哪个朋友？"

尹云祎觉得不需要隐瞒，便如实说道："和我们一个专业的云野。"

室友震惊地瞪大了眼睛，激动道："就是那个又高又帅的吗？你们单独出去玩吗？他在追你吗？还是你在追他？"

一连几个问题，尹云祎不知道回应哪个，想了一会儿，柔和笑道："嗯，就是那个又高又帅的。"

室友羡慕道："云祎，你也太幸福了吧，我也想要一个这么高这么帅的男朋友。"

这好像是云野在自己心中一直以来的形象。

也不是。

少年十几岁的时候，并不高。她不是因为他又高又帅才喜欢他的。

毕竟，在少年比她矮的时候，她已经喜欢上了对方。

出了门，她看见在寝室楼下等待的云野，他穿着白 T 恤和休闲裤，抬眸见到尹云祎，愣了片刻，才慢慢道："挺好看的。"

尹云祎背着细链单肩包，云野很少直接夸她好看，她一时无所适从，转移话题道："我们去哪里玩？"

"回高中看看。"云野甩了甩手里的车钥匙。

高中部还和几年前一样老旧，没有翻新过。

将尹云祎带回教室后，云野便借口去洗手间离开了一段时间。

黄昏的光线投满整个教室，尹云祎坐在桌上，轻踢了下双腿，看着讲台上的黑板，这么多年过去，已经换成了新的。

一阵声音打破了宁静。她看见一架无人机从班级门口探进，慢悠悠地飞到她的面前，上面夹着一张明信片。

尹云祎：

有件事情，想让云野告诉你。

高二（15）班

尹云祎的心跳漏了半拍。

她跟着这架无人机，慢慢走过他们曾一起走过的教室、走廊，停在篮球场上。

篮球场重新刷了白线和油漆，崭新的地面，却让她回忆起那无数个日夜，少年在场地上奔跑，投篮后会轻喘着气，汗珠随着身体的移动落在地面，让她回忆起——现在她才知道的，那并不是偶然投向她的目光。

云野身上密密的汗，地上莹白的香薰蜡烛中央有一朵樱花的干花，摆成了她名字的首字母，尹云祎忽然想起来，自己中学时期的笔袋就是印着樱花的。

难怪后来所有的礼物，云野都用了樱花的包装纸或卡片。

尹云祎看着这个场景，接住了那个无人机，将卡片取下来。

还未等云野开口，她笑了笑，柔声道："云野，我喜欢你——

"我想和你在一起。"

云野的台词还没说出口，他慢半拍地"啊"了声，顿了顿："我还没开口。"

"我知道。"尹云祎认真地看着他，"好几年前，我就喜欢你了，我先喜欢你的，所以，我想先让你知道。"

在她发现自己已经需要抬头仰望少年，或者更早，当她发现自己会不自觉地将目光留给他的时候。

云野手插兜里，片刻，才少年气地笑道："那你说错了。"

好几年前，在你喜欢上我的时候，我也喜欢上你了。

而且和你一样，我也一直，很喜欢你。

在以后的日子里，

那个在寒风中等待的女孩，

她的愿望，能够一一实现。

番外二

是他一个人的老婆了

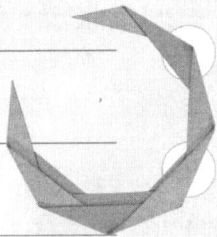

1

领了结婚证后，云厘和傅识则搬进了新家，花了差不多一个月的时间，两人线上线下采购，终于布置好整个屋子。

云厘洗完澡，看见傅识则放在桌上的两张票，是学校预留给教职工的演出票。领证没多久，云厘还没适应身份的转变。

盯着上面鲜明的"家属票"三个字，她不住偷笑。

难得产生了极强的炫耀欲望，云厘拍了照片，打开朋友圈编辑了半天，一想到一堆人会回复，她又悻悻地退出，直接打开和云野的聊天窗口：云野，你看，我老公学校发的。

云野：？

云厘：你不觉得，很羡慕吗？

似乎是觉得她无聊，云野干脆没回她信息。

洗手间水声停了后，傅识则用毛巾擦着头发，走到客厅，瞥见云厘抱着两张票笑眯眯的，也忍不住弯弯唇："给你的。"

云厘端详着这几张票："我就是你的家属了。"

"嗯。"傅识则坐到她身旁，依恋地揽住她，"帮家属擦擦头发。"

云厘擦拭着他耳边的水珠，男人唇角微微上扬，近距离能看清他瓷白的皮肤，甚至眼窝的形状都直直刻进她心里。

她瞥了眼票上的字样，总觉得不可思议，年少时仰慕的对象，在某一天，猝不及防地成为她最爱的人。

手机响了，傅识则随手拿起来接听，他轻"嗯"了两声。

在他边上，云厘听见电话里男人粗犷的笑声："傅老师啊，我们几个老师今天在外头吃饭喝酒啊，要不要来凑个热闹？"

傅识则顿了下："我问下我太太。"

他抬眸，望向云厘，语气平和："同事喊我吃饭，可以去吗？"

云厘没想太多，他刚入职，受到邀约也很正常。虽然已经八九点了，她还是通情达理地点点头。

傅识则重新将手机放在耳旁。

云厘轻擦着他的发，听到他低低地笑着，语气坦然："我太太想我在家里陪她，下次吧。"

"理解理解，你家里那位管得比较严，这我们都知道。但傅老师啊，咱们作为男人，还是要争取家庭地位的啊。"

傅识则："我问问我太太的想法。"

云厘："……"

让云厘背了锅，傅识则丝毫没有愧疚，感受到发上的力度减弱，他声音低哑，带点若有若无的笑意："怎么了？"

"上次微信群有个老师说你妻管严……"云厘一开始还奇怪，毕竟她和他们几乎没有接触，这会儿总算明白那些调侃是怎么回事了。

傅识则颔首，碎碎的短发落在眼前："我不是吗？"

眼前的人一副病弱的模样，锁骨的纹路清晰，眸子还有点湿润。

他每次都用这一招。偏偏云厘还无可奈何，对着这个人完全生不起气来。她用力擦了擦他的头发，像是在惩罚他的行为，没好气地说道："哪有人会说自己是妻管严的。"

傅识则长长地轻"嗯"了声，抬手伸向发侧，手指穿过她的指缝，扣住。他将下巴靠在她的肩膀，声线缠绵："那我承认——

"在我这里，你可以说一不二。"

看演出当天，云厘特意打扮了一番，在梳妆台前编发时，傅识则轻摁住她的肩膀，站在她身后。

纤长的手指缓慢地给她编着头发，每一个动作都极为小心，生怕弄疼了她。编好后，他从螺钿盒中拿出以前那对莹白珍珠耳坠，脸凑到她跟前，鼻尖轻擦着她的脸颊，仔细地给她戴上。

拉近的距离让云厘心一跳，她盯着傅识则清冷苍白的脸颊，还有那下垂的眼眸，脸色泛红地轻推开他。

"我自己戴……"待会儿还要出门呢。

傅识则轻笑一声，直接道："不行。"

云厘还以为会发生什么，傅识则却只是替她戴好耳坠，在她耳郭处吻了吻。

她松了口气，另一方面又有些失落，起身给他整理了下衣领，问道："要打领带不？"

傅识则征求她的意见："你决定。"

云厘上下打量着他的着装，白衬衫和西裤，她故意解开他的第一颗纽扣，笑了笑："不打了，这样的话感觉在和高中生谈恋爱。"

傅识则煞风景道："我十二岁上的高一。"

"……"云厘仔细想了想，和十二岁的高中生谈恋爱。

嗯，是太过禽兽了。

出门时，傅识则根据她的着装，拿鞋时顺便将她的拿出来放在地面上，这是他日常的习惯。

云厘慢吞吞地穿上鞋子，两人坐电梯到车库，傅识则给她拉开副驾驶的门，他身形笔挺，白衬衫与白肤色衬得五官更为清晰。

到演出现场后，云厘挽住他的手臂，随他安静入了场。

他们两个几乎是现场少有的打扮得比较正式的一对。为一次约会穿着正式，云厘丝毫未觉得不妥。毕竟，恋爱时精心打扮，为每一次约会赋予仪式感，追求浪漫与心动。

结婚后，也一样可以浪漫。

她在傅识则的手心画了个爱心，指尖触碰的时候，才发觉他发热的掌心，出了一层薄薄的汗。

她想——结婚后，也一样可以心动。

2

云厘拖了整整半年，才将婚纱店的探店视频上传到 E 站。更新完后，她伸了个懒腰，起身走到客厅。

傅识则正坐在阳台的白椅子上。

房子装修时，他们将大阳台改造成了花园阳台，摆满了盆栽和藤蔓，放了小圆桌和两把椅子，阳光好的时候他们会一起在阳光底下看书。

他穿着件丝绸睡衣，扣子却没系上几颗，听到声音，视线从书本移开，浓密漆黑的睫毛上抬，轻声问她："好了？"

"嗯。"云厘自然地坐到他腿上，钩住他的脖子，笑道，"你是不是等很久了？"

"没有。"傅识则顺势揽住她的腰。

云厘盯着他的薄唇，没忍住蜻蜓点水般碰了下，还欲盖弥彰道："补偿你的。"

傅识则若有所思，随即说道："刚才记错了，等了很久。"

他的脸靠近她："一个不够。"

"……"云厘正在为晚上的直播化妆，从梳妆镜中留意到在床头看书的傅识则拿起手机，皱眉点了点后，又放回原位。

她停下手里的动作，转身用手搭着椅子，问他："怎么了？"

傅识则："和人吵架了。"

云厘难以想象他和人吵架的模样，顿了半天才问他："什么人？"

傅识则懒洋洋地翻着书，随口应道："喜欢你的人。"

这一句话让云厘一阵紧张，她在脑中快速排查了一遍最近接触的男生，确定没和什么人有暧昧接触后，才问他："谁啊？"

"给你留言的人。"

听到这个答复，云厘顿了几秒，提醒他："留言的人也可能是个女孩子。"

她又想象了一下这个画面，忍不住笑出了声："你吃女孩子的醋。"

被她这么一笑，傅识则似乎也觉得自己的行为有些幼稚，他沉吟不语。

调侃完他，云厘提道："我今晚会直播，那你要不要入镜？"

感觉在云厘的言辞中，他就像个未长大的孩子，和别人吵架输了后，云厘不得不买颗糖来哄他。

傅识则无言地摇摇头，拿起书无声地窝在角落里。

直播前，云厘刷下评论，才明白傅识则说的"吵架"是什么意思。

在她更新了探店视频后，满屏的弹幕和评论都充斥着"老婆"这一字眼。有人评论道：老婆是不是要结婚了？

efe：嗯，和我结婚。

稍微关注云厘久一点的粉丝都知道 efe 这个账号的存在，一堆人纷纷回复他痴心妄想、异想天开、白日做梦。

云厘往下拉，傅识则并没有回复，他说的吵架，更像是被一堆人嘲笑。这本是评论区的常态，粉丝们互相开玩笑，但此刻，云厘有种傅识则受了极大委屈的感觉。

考虑着怎么为他正名，云厘魂不守舍地点开直播间，观看的粉丝量很快过万。和粉丝聊了几句，直播间有粉丝发了信息：刚才咸鱼后面是有个男人走过吗？

一句话惊起千层浪，其他人纷纷附和，云厘觉得奇怪，往后侧方看了眼，傅识则还坐在沙发那边，一动不动地看着书。

她的视线移回到镜头前，有些困惑："你们看错了，虽然……"

一个身影慢悠悠地从她身后走过，书本还不小心掉在地上，粉丝直接抢麦尖叫："真的是男人！"

呜呜呜，我的老婆被人拱了。

女人都是骗子，还我老婆。

不早恋了，取关了。

傅识则瞥见这些评论，歪着头，看向无语的云厘。

他平静道："老婆，书掉了。"

男人的脸出现在画面中时，直播间出现几秒的沉寂。

有点嗑到了是怎么回事。

在直播间"不经意"地溜达了一圈，傅识则走到厨房，给云厘倒了杯牛奶，等待微波炉加热牛奶的过程中，口袋中的手机振了下。

通知栏提示：闲云嘀嗒酱回复了您，快去看看吧！

那条一堆回复他痴心妄想的评论下面，出现两个明显的标志，代表 up 主的回复。

闲云嘀嗒酱：嗯……确实和他结婚了。
闲云嘀嗒酱：从今以后就是他一个人的老婆了。

3

婚后第一次和傅东升、陈今平见面，云厘唇动了半天，才小声说道："爸爸，妈妈。"

傅识则从未用过这么软糯的声音唤他们，陈今平和傅东升的心瞬间化了一半。云厘乖巧可爱，又亲近他们，几乎满足了两个老人对于子女情感上的需求。

陈今平经常会给他们买东西，直接寄到家里，但几乎都是云厘用的，比如护肤品、化妆品、项链一类。

傅识则回家吃饭时也没有和父母亲近的念头，在傅东升两人看来就是个活脱脱的叛逆期少年。

再加上傅识则赶上一个基金的申请节点，傅东升喊他出门，自己的儿子基本都言简意赅地拒绝。

办公室里，傅识则刚写完一个文档。他打开手机，微信有数十条未读记录，都是家庭小群里的。他微蹙眉，以为家里出了什么事。

爸：儿子你看，厘厘在和你爸爸妈妈放风筝哦。
爸：儿子你看，我们拍了今天第一张合照哦。
爸：儿子，厘厘说这是她原创的菜，我们两人是第一个品尝的哦。
爸：儿子，厘厘说要亲自给我做生日蛋糕哦。
…………
傅识则敲了敲屏幕：爸，几岁生日？
爸：嗯？
爸：你老婆都记得你爸六十二岁了，你怎么做的儿子？

妈：就是就是。

傅识则：哦，不说还以为是六岁。

另一边，被傅识则小嘲了一番，傅东升睁大那双和他七八分像的眼睛，望向云厘，叹了口气道："我这个儿子脾气实在太差了，希望你不要介意。"

云厘："……"

傅东升生日的时候，人在南芜。云厘和傅识则特地坐飞机回了南芜，给他庆生。

即将首次见到傅识则庞大的家族，云厘惴惴不安。到北山枫林后，她花了大半天时间给傅东升做了个蛋糕，便回房间里来回踱步。

傅识则躺在床上，散漫道："不用紧张。"

"可是……"云厘苦不堪言，"不是说有三十多个人？"

这还是云厘第一次参加如此大型的家庭聚会，越接近饭点，她便越是紧张，恨不得插上对翅膀飞回西伏。

见云厘如此紧张，傅识则眉眼微松："待会儿和我待在一块儿。"

她驻足，直勾勾地看了他几秒。

傅识则将手机放一边，想起什么似的，慢慢地吐出两个字："不对。"

他微微支起身子，半跪在床上，俯身往前，将云厘拉到自己身边："现在就可以待在一块儿。"

两人下楼没多久，傅识则便被一堆小孩子围住。虽然他不苟言笑，但因为经常带着小辈们玩机器人，在家里极受欢迎。

孩子们心思纯真，不像成人一样能敏锐地捕捉他对外的疏远。被他们缠得厉害，傅识则的眉间舒展开，无奈地望向云厘。

恰好瞥见夏从声他们，云厘打算过去打声招呼，便任由傅识则被孩子们簇拥着上楼。

走过去的途中，一位年近五十岁的女人亲切地拉住她："你就是则则的媳妇儿，你叫厘厘对吧？"

云厘犹豫了下，喊了声："阿姨您好。"

女人眯起眼笑，眼尾的皱纹不减语气中的欢乐："别这么喊，识则是我堂弟呢，喊我姐姐就行了，显得年轻。"

"⋯⋯"云厘头昏脑涨，她见到年纪大的，都会本能地喊出叔叔阿姨。却发现，这些人都是自己的同辈。而年龄相仿的，几乎都是自己的小辈。

杀伤力最大的事情发生在和夏从声聊天的时候。

夏从声去年结了婚，此时怀里正抱着她的孩子。

她朝云厘眨眨眼，半开玩笑道："舅妈。"

和她熟些，云厘笑了笑："你别揶揄我了。"

小娃娃举起手指，咿咿呀呀了半天，夏从声柔声道："这是舅姥姥。"

语毕，亲昵地将孩子往云厘的方向推了推："她还挺喜欢你的，要抱抱不？"

云厘点点头，有些紧张地抱过襁褓里的婴儿，夏从声还在哄孩子："现在舅姥姥在抱你哦，喜不喜欢舅姥姥？"

好一会儿，云厘才意识到⋯⋯舅姥姥？她才二十四岁，就已经是姥姥了？

晚宴结束后，云厘回房间，和傅识则提起这件事，听她郁郁地说着自己已经是姥姥辈的人了，傅识则失笑，低头给她摘掉首饰。

见他无动于衷，云厘叹了口气，托住他的下巴，盯着这张挑不出毛病的脸，讷讷道："还好你长了一张二十四岁的脸。"

傅识则忽然将她横抱起，云厘蒙了，钩住他的脖子："怎么了？"

他垂眸，一副善解人意的模样说道："让你检查一下，身体是不是也是二十四岁。"

4

晚宴那天见到傅正初的时候，傅正初兴致勃勃地邀请云厘他们一起去学校打球。

迟到了几年的打球约定。云厘爽快地答应了。

临近打球的那天，恰好 E 站给云厘推送了视频，是羽毛球新手搞笑集锦。云厘一开始笑得肚子疼，但不一会儿，脸便拉下来。

她仿佛能想象得到到时候自己也是这个样子。想起到时候傅识则和傅正初都会在场，云厘心中泛起了极强的求生欲。

傅识则在学校加班，他的球拍也都放在学校。云厘对着电脑屏幕干摆着姿势，手里空荡荡的，便在屋子里转了一圈，寻找球拍的替代物品。

云野下了晚修后，收拾完书包去接尹云祎，手机振了下，他解锁打开，很快弹出几条消息。

一条视频。

姐：你看看我动作标不标准。

云野点开视频，看见云厘拿着一个木锅铲，对着他一下一下地挥拍。

云野："……"

挥了一上午的木锅铲，云厘觉得自己的动作应该稍微标准点了，不至于太出糗。

打球当天，云厘开车到学校接上傅识则，他已经换上了带着蓝色印花的白色羽毛球服、球鞋和长袜，背着个羽毛球包。

"傅正初刚才说……"

傅识则钻到副驾驶上的时候，云厘的声音戛然而止。

男人看起来极为青葱，像个大学刚毕业的学生，黑眸上抬时带点凛冽的气息。她怔怔地看了好一会儿，才启动了车子。

傅识则扣上了安全带，懒洋洋地问她："说什么了？"

云厘半天没反应过来，也完全忘记了方才说的话，几乎是顺着本能回答道："真好看。"

"嗯？"

云厘弯起眉眼，看向他："你真好看。"

被她如此沉迷的目光注视着，傅识则勾勾唇，手指往前方拨了拨："别看我了，看路。"

到球馆后，傅正初已经在等了。几人热了身，便上场打了几球。

云厘和傅识则在一侧，傅正初在对侧，她极为小心地打着每个球，但动作直接暴露了她是纯新手。

傅正初也没在意，基本是给她喂中等高度和速度很慢的球。

成功打了几十个球，云厘产生了点错觉，得意地拉拉傅识则的衣角："你觉不觉得你媳妇儿很有天赋？"

傅识则钩住她的手指，轻"嗯"了一声。

"我数了下，我接了三十多个球。"她的眼睛像在发光，看得出心情很好，傅识则放下球拍，侧着头，耐心地听着她自吹自擂。

对面的傅正初看了半天，轻咳了两声。

"那个……"察觉到两人投来的视线，傅正初不好意思地笑道，"我们今天是来打球的吧？"再让他看他们俩谈恋爱，他能被齁死。

云厘呆了呆，松开傅识则的衣角，后者沉默了片刻，漫不经心道："应该是吧。"

傅正初："……"

他们在场上没多久，边上一个落单的老师想加入他们的场地，凑成双打。学校里的场地不用给场地费，所以有其他老师和学生拼场时一般也不会拒绝。

傅正初迟疑了下，看向傅识则："要不就一起打吧？"

傅识则直白道："我太太是初学者，不介意的话就一起打。"

言下之意，大家都是打着玩的，别扣杀她，尤其别扣在她身上。

蹭场的老师笑嘻嘻道："一起打吧，我平时和其他老师打专业的比赛比较多，现在打打娱乐局也好。"

对方一到来便有些趾高气扬，傅识则当没听到。

简单打了几球热身后，他们便开始了娱乐比赛。傅识则放了些水，对面还是因为蹭场老师的失误而连连失分。他有些沉不住气了，便开始往云厘附近球。

云厘被动地接，但基本都接不到，比分没多久便被追平。

听着那个老师在对面大声地报比分，而基本都是因为她才失分，云厘有些沮丧，方才的自信瞬间消失殆尽。

见她低垂着脸，傅识则拉着她的手腕到前场："没事儿，你站在这儿。"

他在她身边低声道："接不到的球，你就蹲下。"

即便四周都是嘈杂的挥拍和击球声，还伴有人声嘈杂的叫唤声，云厘却依旧能分辨出他柔和的声音："不用担心，也不用回头，我在你身后，我都能接到。"

蹭场的老师发现吊前场并不可行，便改变了策略，只要云厘把球打得高点，便直接扣杀在她附近，中间有一个扣杀，球砸到云厘的身上。

傅识则走到云厘跟前，检查了下，那球杀得不重，但就在他眼皮底下。

云厘不在意道："我没什么事。"

她有些懊恼地看向他："我拖累你了。"

蹭场的老师是打了几年野球的，傅识则和傅正初都是从小受过专业的羽毛球训练，中途傅正初转去学其他球类，傅识则一打二压力并不大。傅识则并不在意输赢，一开始打球也比较客气，几乎很少重杀。出了刚才这一茬之后，但凡有机会他便往蹭场的老师身上扣杀。

傅正初也频繁"不小心"将球挑得特别高，给他制造了许多跳杀的机会。

打着打着，蹭场的老师自己也感觉到，似乎变成了三打一。

一局结束，蹭场的老师察觉到傅识则的攻击性，他漆黑的眸子毫无情绪，语气淡漠，视他如同死物："还打吗？"

他心底犯怵，没敢厚着脸皮待下去。

云厘在场上像活在另一个时空，她或多或少意识到傅识则极为反常。趁傅识则去给她买水的时候，问傅正初："你刚才是故意把球打得很高的吗？"

傅正初擦着额上的汗，"嗯"了两声。

"这样会不会不太好？"

留意到傅识则的目光，傅正初咽了咽口水，毕竟还是他点头让这个老师加入的，他表忠心道："欺负我舅妈，他活该。"

云厘脑子里还想着方才球场上的事情。她不是好胜心强的人，只不过……不想让傅识则丢脸。

她犹豫片刻，问道："傅正初，我想问一下，为什么你的动作那么优雅啊？"

挥拍的动作流畅自然，却又能打出爆发力极强的球。

傅正初被夸得有些飘飘然，立马拿起拍告诉云厘怎么架拍、倒拍和引拍，她侧着头听他讲，一只球拍却突然横在他们俩中间。

顺着拍柄望过去，傅识则正在喝水，喉结上下移动着，喝了一半的水直接递给云厘。

他语气自然，极度理所当然。

"我自己教。"

他的媳妇，他自己教。

5

那天家宴结束，云厘回家后，想起傅识则被一堆孩子簇拥着，说句不合适的——就像个猴子王。似乎有个孩子，也是件不错的事情。

她思索了会儿，将日历本拿出，草草算了下时间，翻到几个月后，用马克笔连着写了一大串。

云厘很快忘记了这件事。

某天，云厘一改往常，起了个大早，补上之前和粉丝们许诺的直播。系统提示闲云嘀嗒酱进入直播间后，个位数的粉丝数量在短时间内涨到了几百个。

> 太阳还是从东边升起。
> 地球还是在转动。
> 宇宙也没有毁灭。
> 但是咸鱼早起了。

"我不叫咸鱼，是闲云。"云厘强调，且试图挽回面子："而且，这也不是我第一次早起。"

她话一出，直播间内的粉丝便发起了投票。标题也是赤裸裸地挑衅——

> 咸鱼早起了几次？

一次。

所以这是第二次早起。

粉丝开玩笑的成分居多，云厘这犟脾气却较起了真，她一一道出过去一周自己早起的时间，试图塑造一个努力工作的形象。自然没有人信。

粉丝都很清楚云厘更新的频率，刷了几屏的咸鱼表情。

云厘喝了口水，掩饰自己的心虚：请直播间的家人们相信主播。

咸鱼桌上那个是什么？日历本吗？

赌五毛钱，上面是空白的，因为——

粉丝们不约而同地刷屏——

咸鱼不工作。

云厘："……"

那是本红框的日历本，是跨年时傅识则送给她的礼物。云厘本是拿来规划工作的，三分钟热度地用了一两周，便忘了这玩意的存在，后来也只有偶尔想起时才会使用。总的来说，情怀大于行动。

但是——偶尔，不代表没有。

架不住粉丝们的催促，云厘果断地拿出自己的日历本，翻了几页，几乎所有的页面都是空白的。

要打自己脸了。云厘瞬间怂了，尴尬地摸了摸鼻尖。

直播间的粉丝还在催她展示自己的日历，云厘将日历侧对着镜头，一页页翻着，一边说道："主播在祈祷——

"能不能出现一个字。"

好不容易翻到一页不是空白的，云厘欣喜万分，直接将它推到镜头前。

评论数瞬间暴增，粉丝们纷纷刷屏：羡慕。

云厘愣了下，将日历转到眼前，才发现上面是自己在晚宴结束后，写下的安排——生孩子。

"……"

见她面露尴尬，粉丝不厚道地继续开她玩笑——

"咸鱼终于要努力工作了？"

云厘咽了下口水，佯装没有听到，很快，她便受不了粉丝的起哄，慌忙下线。

果然不该在早上直播。就不该早起工作。

云厘懊恼得不行。

听见她摘耳机动作的声音比平时大，傅识则缓缓抬头，与她慌乱的眼神对上。云厘呼吸一滞，男人正像只慵懒的猫，高贵地蜷缩在皮质沙发中，他拿起笔，轻敲了敲手上的书。

傅识则："怎么？"

云厘纠结了会儿，小声道："刚才粉丝让我给他们看日历，我不知道什么时候在上面写了些奇怪的东西……"她没好意思说出内容，只含糊地说道，"被他们嘲笑了。"

见她一副紧张兮兮的模样，傅识则知道她话没说全，他慢慢问道："写了什么？"

云厘心一跳，忙转开话题："今天工作日，我好不容易早起，还去直播了。但是粉丝们都说我只早起了一次。"

傅识则略带疑惑地问她："他们怎么知道？"

见傅识则完全没抓到重点，云厘一时之间不知道怎么解释，她叹了口气，收拾了下东西准备上班。

直到晚上，云厘都还对这件事情耿耿于怀。

平时她每天都要刷 n 次 E 站，今天却只在睡前打开了一次，就是不想看到粉丝们无休止的调侃。

睡前，云厘还想发个动态辩解一番。

想了想，她扭过头，目光停留在某人身上。

傅识则正趴在床上，下巴陷在枕头里，修长的手指在屏幕上快速点击。

他顺着她的视线回望过去。见云厘一脸凝重地盯着他的手机，傅识则迟疑片刻，自觉地将手机递过去。

云厘打开他手机上的 E 站，快速地在自己最新的动态中评论了好几条。

efe：早起了很多次。

efe：每天都看着老婆睁开眼睛。

efe：能做证。

云厘盯着这几条回复，心满意足地熄了屏。

自从她在 E 站官宣之后，傅识则的每一次评论都能引来粉丝的高度关注，他的账号也凝聚了不少她的粉丝。

傅识则凑过来，语气中带点笑意，懒音中不掩调侃："在自证清白？"

云厘也没有丝毫感到不妥，还一脸正经地说了一句"谢谢"，随后将手机递还给他。

陆陆续续有网友在评论，傅识则瞥了几眼，眼尾微上扬，似是看到什么有趣的事情，却也没有和她解释的模样。

云厘等了好一阵，抓过枕头，忍不住问道："你怎么在笑？"

傅识则支着下巴，刚洗完澡，他湿润的眸子在她身上停顿了许久，才用不在意的口气说道："没什么。

"粉丝让我监督一下你，完成今天的工作。"

云厘："……"

6

那日破晓，傅识则感觉到身旁的人动了动。他睁开眸子，熹微晨光中，只见躺在他和云厘中间的傅左睁着双大眼睛，好奇地瞅着他。

傅识则的视线上移，云厘侧躺着，眼睑处有淡淡的黑眼圈。他懒倦的动作中带了些柔和，将她的被子往上挪了挪，遮住外露的肩膀。

傅识则小心地将她捏着被褥的手指松开，转过身套上拖鞋，弯下腰，动静极小地抱起傅左。

小家伙只有两个月大，还发不出太多声音，此刻安安静静地窝在他怀里。

到客厅后，傅识则拉开窗帘，凌晨四点半的阳光还不烫，洒在小家伙的脸上。他的五官还未长开，但脸形和耳朵都和云厘有些相似。

将傅左放到婴儿车里，傅识则坐至沙发上。

傅左醒了后便不会那么快睡觉，傅识则拿起本书，放沙发扶手上翻看，另一只手来回轻推着婴儿车。

自从傅左出生以来，云厘已经许久未睡过一个好觉。

整个客厅静悄悄的，傅识则时不时瞥傅左一眼。

兴许是不满傅识则将注意力投放在书本上，傅左张开嫩嫩的小嘴，时不时"啊"两声。

"小声点儿。"傅识则微皱眉，也不管傅左能不能听懂，压低了声音道，"别吵醒妈妈。"

傅左先是呆看了他两秒，似乎是觉得他在责备自己，神情一皱就要哭出来。

傅识则忙将他抱起来，轻摇了摇，低声给他讲道理："妈妈照顾你，已经很辛苦了，要安静点儿。"

怀里的婴儿没再皱巴着脸。

傅识则见说教有效，刚要松口气，傅左却不留情面地哭了出来。

走到客厅的云厘揉着眼睛便看见这一幕，她笑出声。

傅识则察觉到她的出现，顿了顿，声音中带了些无奈："儿子不讲道理。"

云厘从他怀里接过傅左，似乎是感觉到了她的出现，傅左安静下来，小手不安分地四处乱抓。

见他傻乎乎地张嘴发出"啊"的声音，云厘先是心情愉快地陪他玩了会儿，但听着他的婴语，她脸上的笑容逐渐收敛。

傅识则："怎么？"

云厘一脸难过地说道："左左不仅不讲道理。"

傅识则："嗯？"

云厘："还不会发翘舌音。"

傅识则："……"

在西伏，平翘舌音不分是极其常见的事情。

但他们家不同。傅识则是南芜人。

云厘莫名有些气恼，沮丧道："你就不能多和左左说话？"她眼神带了点责备，"说不定他就能区分平翘舌音了。"

两个月大的傅左只会咿咿呀呀地啊几声。

傅识则："……"说了可能也不行。

从傅左出生起，云厘便担心，他会遗传自己的平翘舌音不分。

在生活中，这并不是一件大事儿。

但是，她还是不希望傅左因此受到其他人的嘲笑。

随着傅左长到两岁，这种忧虑越来越重。他虽然已经会说不少词和句子，但始终发不出翘舌音。

偶然有一次和夏从声聊起时，云厘才知道她的小孩在十个月大时已经能发出翘舌音。

"我小时候也不会说。"傅识则不在意道。

云厘松了口气，心中暗自嘀咕傅识则这么聪明，小时候也分不清，那可能真的是傅左学得比较慢。她继续问道："你怎么知道？爸妈和你说的吗？"

傅识则："没有。"

云厘："嗯？"

傅识则侧过头："我猜的。"

云厘："……"

傅识则没觉得不妥，给出了他的推断："儿子应该和我比较像吧。"

随着最后一个音落下，云厘的表情僵硬了几秒，这听起来就是他找了个理由来安抚她的情绪。所以，看起来傅左的发音确实有问题。

恰好那天云野到北山枫林，云厘扭过头问他："你说你外甥分不清平翘舌音，是不是因为西伏这边不分平翘舌音啊？"

她一脸的忧心忡忡并没有引起云野的同情，他玩着手机，好一会儿，时间长到云厘以为他没听见她的话，才听到他无情应道："你确定是因为西伏？"

对他的挖苦后知后觉，云厘瞬间涨红了脸，她伸出手，两人身高差较大，她勉强才够到云野的头发，不客气地往下一揿。

"你别。"云野恼道，试图躲开。他刚侧过身，便留意到沙发上，傅左圆滚滚的眼盯着他，随即，有样学样地在沙发上站起来，双手试图去抓傅识则的头发。

傅识则眼都没抬一下，还在翻着书，任傅左抓弄。

见这小子学得有模有样，学完之后还会转回头看看自己，云野瞥了云厘一眼："你别瞎操心了，我觉得他比你聪明。"

闻言，傅左动作一顿，重复道："左左聪明。"

云厘："……"

傅识则抓住他的两只小手，纠正道："妈妈聪明。"

傅左乖巧地重复道："妈妈聪明。"

听完他的话，傅识则捏了捏他的鼻尖，温声道："左左也聪明。"

阳光透过纱窗裹着他的侧脸，黑瞳流转着浅棕色的光彩，与寻常的冷冽不同，染上浅色的他，似乎柔和了许多。

云野多看了傅识则几眼。

傅左出生后，傅识则虽然依旧少言寡语，却比以前更温和了。

…………

为了打消云厘的顾虑，傅识则挂了儿童医院周末上午的号。

吃过早饭后，傅识则带着傅左到院子里玩无人机。今年的夏季格外炎热，在草坪上玩了不久，傅左便出了一身汗。

云厘叮嘱了傅识则两次，待会儿要去医院，让他抱傅左去洗澡。

等云厘做好便当，放进包里。再一次出门看时，只见傅左双手捧着遥控器，一不小心摔倒在泥泞中。

污泥沾了傅左一身，傅识则走过去，双手从他的腋下穿过，将他捞了起来。傅左丝毫没有摔疼的模样，继续操纵着手里的遥控器。

见傅左身上更脏了，云厘只觉得血压狂飙，毫无情绪道："傅识折！"

院子里一大一小均一顿，傅识则回过头，见云厘表情冷冰冰的，他犹豫了会儿，思考着怎么浇灭她的怒火。

僵持几秒，傅左看了看傅识则，又看了看云厘。

完全没注意她的怒气值达到峰值，傅左认真地凝视着云厘，奶声奶气地纠正她："则。"

云厘:"……"

见云厘呆在原处,傅左似乎是认为她没理解自己,歪了歪脑袋,继续说道:"不是折。"

云厘一时无言。这场景莫名地熟悉。

偏偏,旁边的傅识则听到傅左的纠正之后,就像是故意的一样,还弯了弯唇。云厘瞪了他一眼。

见状,傅识则敛了敛笑,神情严肃地抱起傅左:"现在就去。"

傅左还没注意到自己拱的火,被傅识则抱起后,欢快地上下晃动着手中的遥控器,边晃动边乐哈哈地说道:"则、则、折、则、折、则、折。"

云厘:"……"

自如地切换更像是在嘲讽她。和傅识则在一起以后,他几乎没再纠正过她平翘舌音的问题,云厘也有意识地区分平翘舌音,但难免也会有说错的时候。

云厘抑郁了一天。医院是不用去了,但被自己的儿子纠正平翘舌音……云厘把脸埋进枕头里,只想找个地儿将自己埋起来。

………………

傅左一岁时便和云厘他们分房睡了。

傅识则给傅左念完睡前故事,回到房间时便见到云厘生无可恋地把自己的脑袋夹在两个枕头中间。

他心里觉得好笑,坐到她身旁,揉揉她后脑的头发。

"你偷偷教他了。"云厘郁郁寡欢,细微的声音从脸和枕头的缝隙中传出。

傅识则笑出了声:"冤枉。"

云厘忽地直起身体,不可思议道:"这个屋子里,居然只有我一个人分不清。"

他们在傅左的房间安装了摄像头,似乎是听到她的声音,监控仪里传出傅左的声音"妈妈吵"。

云厘:"……"

云厘像蔫了的茄子,傅识则拿开盖在她头上的枕头,像在说小秘密一般,用气声说道:"小声点儿。

"我告诉厘厘原因。"

明明是极为郁闷的事情。可在他的话语中，云厘的情绪却逐渐好起来。

发上是熟悉而温厚的触感。

云厘侧过头，轻抬下巴，傅识则拉近两人的距离，语气毋庸置疑："那是因为，厘厘是这里，最独一无二的。"

7

傅东升和陈今平退休后定居在南芜，而云野毕业后和尹云祎找了南芜的工作。傅左三岁的时候，云厘和傅识则也选择搬回南芜。

转眼到了傅左上幼儿园的时间。

那天云厘收到班主任的电话，说傅左和班里一个叫作段慕桑的女孩子打架了。

傅识则正在开会没有接到电话，云厘便先急匆匆地赶到了学校。

等候室的门开着，云厘小跑过去，听到里面传来一阵男声。

"这小不点还和你有点像。"男人尾音微微上扬。

女人像是压抑着怒火，一字一句问他："怎么像了？"

男人长长地"哦"了一声，声音极其欠揍和挑衅："我有点可怜段嘉许那家伙了。"

云厘犹豫再三，耐不住对傅左的担心，进门打断了他们的对话："请问是段慕桑的家长吗？"

突如其来的问候熄灭了屋内即将爆发的怒火，桑稚收拾了下情绪，转身点点头："我是段慕桑的妈妈。"

云厘转向旁边的男人，还没开口问，桑稚便一本正经地说道："这是她爷爷。"

一时不知道说什么，云厘心里闪过无数想法，推测面前这两人到底是什么关系。

桑延瞥了她一眼，有生人在，他轻哼了声，并不打算和桑稚继续吵，客气地朝云厘颔首："我是段慕桑的舅舅。"

他的面孔轮廓让云厘感到熟悉，却未在记忆中激起水花。云厘朝四周望了望，注意力被一声清脆明亮的呼唤给捕捉住。

"妈妈！"喊是这么喊，结果段慕桑冲了出来，却出乎意料地扑到了桑延的怀里。

桑稚："……"

看着段慕桑生龙活虎、安然无恙，云厘松了口气。

离她不远处，傅左慢慢地挪着步子，似乎是因为被叫了家长，他心情不好，只是默默地走上前去牵住云厘的手。

第一次发生这样的事情，双方家长都极为客气，还没等老师到来，便开始互相道歉。

老师将其他孩子交代给家长后，便简单交代了事情的来龙去脉。

早晨，傅左带了些动物饼干到幼儿园，给了段慕桑一部分，段慕桑说要将这些小动物养在后花园里。因为傅左吃掉了小狗形状的饼干，段慕桑便要求傅左还给她一只狗狗，如果不还的话，就把自己还给她。

傅左不肯，两人追逐的过程中段慕桑踩到傅左的鞋子，摔了一跤。傅左去扶的时候不知被谁推了一把，便直接倒在段慕桑身上。

段慕桑以为傅左落井下石，两人就打了起来。

现场沉默了几秒，几个人又再次互相道歉。

让两个小朋友向对方道歉、拥抱重归于好后，双方家长带着各自的小朋友去收拾书包。

桑延一直盯着不远处的傅左，蓦地来了一句："小不点，那小男孩叫什么名字？"

段慕桑老老实实回答："傅左。"

桑延没应声。

桑稚帮段慕桑背好书包，正牵着她往外走，身旁的起火源莫名其妙来了一句："你不是说他吊打段嘉许吗？"

语毕，他双手插兜便往前走。

桑稚一时没听懂他在阴阳怪气什么，撑回去："你提他干吗？"

桑延没搭理她。

桑稚更恼了："你去哪里？"

桑延顿足，侧过头，立体的下颌打上阴影，他仰起头，声线懒洋洋：“你爸打算接你弟去了呢。”

桑稚：“……”

某一天，段慕桑忘记把折好的星星带到幼儿园，在一群小朋友中手足无措，傅左瞅见了，就直接拿手工纸给她折了几个。

傅左从小手工能力极强，折出来的星星也比段慕桑的好看许多。

她小心翼翼地抱着星星回家，甚至不让段嘉许和桑稚碰一下。

饭后，段嘉许才从自己女儿断断续续的话中拼凑出整个事件。

想起段慕桑和傅左之前的过节，桑稚确定似的问她：“桑桑有和傅左说谢谢吗？”

“没有。”段慕桑把星星放进自己的宝物盒，一副等着被人夸的表情，“但桑桑今天没有欺负傅左。”

“……”

“傅左送桑桑东西，桑桑要说谢谢，知道吗？”桑稚有些头疼，耐心地说道。

段慕桑摇了摇头。

桑稚唇角一抽。

段嘉许及时出面，捏了捏段慕桑肉嘟嘟的脸蛋：“那桑桑想怎么谢谢傅左？”

段慕桑认真地想了会儿：“傅左瘦瘦，给傅左吃肉肉。”

说完，段慕桑直接冲回房间里，拿出了自己的野餐小餐垫和户外水杯：“桑桑带傅左去野餐。”

本来这几回打架的事情就是段慕桑起的头，这次傅左还不计前嫌帮了段慕桑，桑稚本着做妈妈的责任感，提了一句：“我去加下傅左的家长。”

还没打开家长群，却明显感觉到身旁的气压瞬间下移。

段嘉许笑了笑，语气里带了些许威胁：“看来我们只只还没死心啊？”

桑稚：“……”

段嘉许没完，继续慢悠悠地说道：“真不知道的，还以为是我们只只让桑桑去的呢。”

那天碰面后，桑稚事后才听她嫂子说起，傅左的爸爸是傅识则，早年他们在超市有过一面之缘，她还曾经大放厥词说傅识则能吊打段嘉许和桑延。

桑稚没好气道："这么久的事情你还记仇。"

"那哥哥年纪大了。"段嘉许语气低沉，神情却丝毫未见半分难过，"害怕年老色衰后被只只抛弃，这不得事事小心点嘛。"

桑稚一时无语，解释道："我加下他妈妈。"

"嗯，加吧。"段嘉许手指在台面上慢悠悠地敲了敲，眼睑下垂。

在这极具威慑力的眼神下，桑稚把手机放在桌上，点开家长群里云厘的头像，点进去她的朋友圈，背景是她和傅识则的合照。

似乎是两人刚谈恋爱时的照片，傅识则系着围巾，神色寡淡地望着镜头，云厘仅是轻靠着他，生涩的神情中带着一丝腼腆。

桑稚很熟悉那个背景，是在南芜动物园。

还没再细看，一只纤长的手伸过来，挡住了傅识则的脸。

桑稚："……"

她把段嘉许的手推开，返回到个人页面，云厘已经通过好友申请，两人简单寒暄了几句。

"妈妈在做什么？"段慕桑把脸蛋凑在她的手机屏幕前，段嘉许将她的小脑袋推开了点："妈妈在帮桑桑找傅左的妈妈。"

听到他的话，段慕桑的短手伸了过来，嘴巴里还嘀咕着："桑桑要看傅左。"

粉嫩的手指熟练地点了视频通话。

桑稚："……"

因为傅左的原因，准确地说是傅左和段慕桑经常打架的原因，云厘认识了段慕桑的父母——段嘉许和桑稚。

那天出现的男人是桑稚的哥哥——桑延，他也有一个孩子，在另一所幼儿园上大班。

桑延是傅识则高中时期的学长。

在幼儿园的这几个月，云厘和桑稚有过不少接触，偶尔接送孩子时，也会碰到桑延和他的妻子温以凡帮桑稚接送孩子。

野餐定在某个周末。

云厘第一次参与这种集体活动，她忙前忙后，做了不少精致的点心。

在车上，不确定自己一会儿能否和其他人相处好，云厘的潜意识中有些焦虑。她捏了捏膝盖上的裙子。

傅识则通过后视镜瞥了她几眼，傅左直接戳破道："妈妈，爸爸在偷看你。"

傅识则"嗯"了声。

傅左："妈妈紧张吗？"

云厘不想承认，见傅左一直盯着自己，她认命地点头："是有一点……"

听到回答，傅左却没有其他的表示，视线转回到了椅背上。

本来他不问也没什么，问了后却不给她个抱抱，云厘觉得奇怪，等了一会儿，才憋不住地问道："左左，你不安慰妈妈吗？"

傅左想了想："爸爸会安慰妈妈。"

云厘："……"

…………

到营地后，傅识则和段嘉许便和店家要了些木炭，生火后准备烧烤。

云厘和桑稚带着两个小孩找了个树底下，铺好野餐垫。

家长们忙前忙后，小朋友们无所事事，就拿了些角色分配卡牌，坐在他们的专属餐垫上玩过家家。

这些卡牌是段嘉许给段慕桑买的，上面涂画了不同形象的角色，抽到的角色就是自己要扮演的身份。

第一局游戏，两人抽到了爸爸妈妈。

两个人都颇有经验。傅左戴好帽子，双手抚平浅蓝白条纹衬衫上的褶皱，重新系好鞋带，蓦地起身戳在段慕桑跟前。

段慕桑眨了眨眼睛。

傅左见她没反应，扯了条缎带递给她，提醒道："段慕桑，你要给我系领带。"

段慕桑："为什么？"

"现在我是爸爸，你是妈妈。"傅左耐心解释道，"我妈妈会给我爸爸系领带。"

段慕桑转了转圆滚滚的大眼睛，拒绝道："但是桑桑的妈妈不会。"

傅左："……"

"那先按照我家里的来，等下就按照你家里的来。"

这建议听起来不亏。

段慕桑乖巧地点点头，接过绶带，专心地在他脖子处打了个蝴蝶结。

"那我们出门吧。"傅左做出开门的动作，等段慕桑跟上后，便拉着她的小手在草地上晃悠了几米。走到另一个树底下时，他停下来，和段慕桑郑重地说道："我去上班了，今晚六点回。"

语毕，傅左松开段慕桑的手，从云厘他们身后绕了一圈走回了野餐垫。段慕桑已经在原处坐下。

见她如此配合，傅左提议道："那晚上按照你家里的来。"

段慕桑坐在他面前，将小脚丫一摊。

傅左一脸困惑，没懂她的意思。

段慕桑："桑桑的爸爸会给妈妈揉脚脚。"

"……"

第二局游戏，两人抽到了哥哥和妹妹，傅左想起云厘用力揉云野脑袋的场景，犹豫了会儿，轻轻摸了摸段慕桑的小脑袋。

手还没在她头发上焐热，段慕桑顺势直接坐在地上，双手揉着眼睛假哭着，控诉道："哥哥打桑桑！"

"……"手足无措的傅左直接重新抽了张卡片，开始下一轮过家家。

手上拿到的是一张婴儿卡片，他只觉得小脑瓜隐隐作痛，不知道这角色能不能更离谱一点。

段慕桑还在野餐垫上哭哭啼啼，伸出小手抽了张卡片，她瞬间收了哭声，腾地站起来，摸了摸傅左的脑袋。

"左左乖乖，是妈妈的宝贝。"

傅左只觉得视野中被阴影阻挡了一部分，小女孩水润的眸中盈满了柔软，他有些不好意思地别开脸。

这个触摸怪怪的。虽然他心里不大适应，但也由着段慕桑摸他的脑袋。

直到她的小手穿过他的腋下，并费尽吃奶的力气试图抱起他。

而他纹丝不动。

傅左忍了好一会儿，才问她："你要干吗？"

段慕桑仍吃力地抬着他，艰难地说出下一句话——

"乖左左，妈妈给左左洗澡澡。"

"……"

后面的角色越抽越奇怪，傅左多次试图提议换游戏玩，但对上段慕桑可怜兮兮的大眼睛，他只能咽下腹中的话语。

下一局游戏，两人同时翻开了牌堆的首张牌——爸爸。

傅左松了口气，庆幸这次抽了个正常的角色。

他自然地觉得，段慕桑总不会和他抢吧。

段慕桑正打算翻开下一张，停顿了会儿，又说道："傅左，和桑桑一起翻。"

两人一起翻开了第二张牌，看到上面的图案后，现场氛围陷入短暂的沉默。

是一只狗。

傅左和段慕桑同时伸手去抢那张爸爸卡片。

在两个方向的用力拉扯下，卡片如钢丝般变了形。傅左见段慕桑没站稳，连忙松了手，卡片直接落到她手里。

段慕桑翻了翻衣服，将卡片藏到袖子里。

傅左有些憋屈，语气中带着抗议："你摸的狗！"

"一起摸的。"

"……"

段慕桑指了指那张小狗："桑桑不能当狗。"

"那我就可以了？"

因为争论，傅左脸颊泛上丝丝绯红。

段慕桑为了成功说服傅左，不惜给出其他说法哄骗他："傅左，当狗狗很有趣的，小狗很可爱！"

傅左："我家有狗！是可爱……但是我也不能！"

两人争执不下，段慕桑瞅见一个瘦削黝黑的老人带着一大串气球过来，奇形怪状的气球用绳子系着，绑在老人自行车的座椅上。

老人没有冲小孩子来，而是在不远处和傅识则他们说了说话。

段慕桑瞬时忘了刚才争执的事情，问他："左左，你要气球吗？"

傅左还没放弃，他特意强调道："爸爸不要。"

不远处，段嘉许笑着低头问桑稚，那温暖的笑容似乎融掉了初秋的凉意。桑稚在一堆气球里挑了挑，拿出个狐狸形状的。

段嘉许颇有深意地看了她一眼，转过头，朝段慕桑招招手。

段慕桑立刻跑过去。

傅左抿紧唇，只见傅识则从商贩那儿买了个兔子气球和柴犬气球，朝他走来。

他还沉浸在刚才的角色扮演中，故作成熟，却又抵不过童心，半期待而又半抗拒地说道："我长大了，我也可以当爸爸，我不要气球。"

傅识则在他身旁驻足两秒，像习惯了这样的场景，淡定道："不是给你的。"

傅左不敢相信地睁大眼。就真和傅识则说的一样。

他径直越过了他，走到云厘身边，把兔子气球递给了她。

傅左："……"

云厘怔了下，她原本独自在这边拍 vlog（视频日志），兔子的两个大耳朵让她想起多年前他递给她的那个气球。就好像，一切如初。

在他面前，她还是那个可以放肆的人。

年龄不小了，她不大好意思地接过绳子。

傅识则松手之后，却没有移开，而是轻轻捏住她的手指。

而另一边。

对于傅左而言，没有气球，也没有拉手手。

他把游戏卡片翻了个面，当作过家家已经结束了，小跑到云厘身旁。他盯着云厘垂在身侧的手指，抬手，也轻轻地捏住她的手指。

现场的小朋友里只有傅左没有气球。眼见其他人笑容满面，傅左挣扎了半天，偷偷瞥了云厘和傅识则的气球好几眼。

感受到这轻微的碰触，云厘低头看他，才发现冷落了傅左。转头，她又瞅见傅识则也在看傅左，眼里似乎含着些许逗弄意味，不免有些好笑。

云厘回捏住傅左的小手，正想说话，此时段慕桑在不远处瞥见，拎着狐狸气球晃悠到傅左面前，奶音中带点同情，重复了之前的问话：

"傅左，你想要气球吗？"

傅左也不逞强了，"嗯"了一声。

段慕桑："那你要答应桑桑一个条件。"

傅左："……什么？"

段慕桑凑到傅左的耳边，用只有他们两人听得见的声音讲着小秘密："桑桑想要傅左的名字是桑桑起的。"

傅左："……"

段慕桑："傅右好不好？"

傅左："……"

傅左："我不要。"

过了一会儿。

"左左。"云厘轻声唤。傅左抬头，不太开心地应："妈妈，怎么了？"

"给你。"云厘笑着哄他，将自己手里的气球塞回给傅识则，顺带把他推过去，让他自己解决自己闯下的祸，"三个气球都给你。"

傅左还委屈着，板着脸："不要爸爸。"

傅识则揉他脑袋："为什么不要爸爸？"

"因为爸爸不是气球。"傅左扒拉开他的手，奶声埋怨，"而、而且爸爸也不给我气球，爸爸只爱妈妈。"

见他真不开心了，傅识则失笑，把两个气球都递给他，低声说："爸爸逗你玩呢，男子汉还吃妈妈的醋？"

"不吃醋。"傅左抿嘴，接过，"但是爸爸不能只爱妈妈。"

"好，爸爸知道。"

"我爱妈妈，也爱爸爸。"傅左说，"妈妈爸爸也都要爱左左。"

"嗯。"傅识则蹲下身，掐他鼓起来的小脸儿，"所以两个气球都给你了。"

蝉音渐消，晚霞如火烧云般盘踞于上空，傍晚的凉意渗入万物，云厘拢了拢双臂，还未反应过来，身旁的傅识则搂住她的肩膀。

"冷？"

云厘轻抵着他的锁骨，摇了摇头。

不远处，段慕桑和傅左还拿着三个气球在风里奔跑。

云厘听见窸窸窣窣收拾东西的声音，是段嘉许和桑稚在收拾行李，不知段嘉许说了什么，桑稚捡起野餐垫上的纸巾扔向他。

段嘉许差点被砸到脸，堪堪接住，脸上的笑惹人眼球："怎么？年老就算了，色相也不打算给我留着？"

这画面让云厘也忍俊不禁。

收拾好行李后，傅识则去停车场开车，云厘牵着傅左，在原处等候。

桑稚说她的哥哥会来"护送"他们回去。

不一会儿，一辆黑车停在营地前。车窗缓缓摇下，桑延往旁边扫了一眼，留意到云厘和傅左，略微点了点头。

云厘的视线越过桑延，注意到坐在副驾驶上的温以凡，她穿着轻薄宽松的连衣裙，长发披在肩上。

初见时，温以凡看着有些疏离，但对上云厘的视线之后，她的眼尾一松，朝她笑了笑。

几人各自坐上了车。

云厘回想起有一回在超市碰到桑延和温以凡。两人因在幼儿园见过他们，便想过去打声招呼，还没出声便隐隐听见他们的对话。

桑延在温以凡的面前，不似平日那般冷漠。眼里总含着笑意，目光也只停留在她身上。与对其他人天差地别。

云厘看到温以凡把手指戳到桑延右唇边上，嘀咕道："桑桑就有两个梨涡，阿也怎么就没有。"

"可能是我们家这个基因，正常来说，是只传女不传男的。"桑延握住她的手，玩笑似的说，"但我运气不好，是个大老爷们却也中招了。"

温以凡抿唇："那女孩儿就有了？"

桑延挑眉："试试不就知道了？"

回忆结束。

云厘没想太多，随口感叹道："你觉不觉得，桑延看起来酷酷的，挺不好相处的。"

"嗯？"

云厘："但他对他太太还挺温柔的。"

傅识则半天没说话，留意到云厘的视线，他没太多情绪，心不在焉地附和道："是挺温柔。"

车子进入隧道，在忽明忽暗的长廊中穿梭。

静谧中，车轮的颠簸周而复始。

身旁的人忽地问道："那我呢？"

云厘有点想笑，自顾自地说起来："上回琦琦问我，结婚后，你是不是还和以前一样冷冰冰的。"

傅识则瞥她一眼。

"我说你对我一直都很温柔。"云厘效仿着邓初琦那夸张的语气，"结果她和我说爱情真可怕，居然能扭曲我的记忆。"

傅识则："……"

"但是……"云厘盯着他。傅识则在开车，只能用余光瞥向后视镜。

但他仍能感受到身后那目光中的真挚与爱意，如澎湃涨起的水浪般将他淹没。

"这就是我感觉到的，阿则。"

你只是不爱说话。

但你的每一个动作，每一个眼神，都是最温柔的情话。

今天也恰好是中秋节。

到家后，云厘让傅识则带着傅左去洗澡，而自己则钻进厨房准备今天的晚餐。

用海绵刷着自己的身体，傅左抬头看了看玻璃门外的傅识则，他正倚在那儿看手机，视线时不时掠过他。

傅左拿起小花洒，冲洗着自己的头发，见傅识则迟迟不进来帮自己洗澡，他问道："爸爸在做什么？"

"爸爸站在这儿。"傅识则随口应道。

"……"

对他这个回答不满意，傅左挤了一泵沐浴露，边抹身体边追问道："爸爸站在那儿做什么？"

傅识则："看我儿子洗澡。"

"……"

不知道从什么时候起，云厘和傅识则已经不帮他洗澡了。傅左一开始有些失落和伤心，洗了几次后适应了不少，但还是对于傅识则站在边上这件事感到忸怩。

"爸爸，不要看我，羞。"

傅识则垂眸看了他一眼，出门拿了几张 A3 纸，直接贴到玻璃上。

贴的高度恰好控制在傅左的肩颈处，纸张在湿润空气中可以牢牢地挂在玻璃上，雾气中，傅左还能看到上面印着各种实验器材的图片。

傅识则："这样就看不见了。"

"……"

洗完澡后，傅识则给他递了条毛巾。他擦了擦自己的发，想起段慕桑今天奇怪的要求，问道："爸爸，我的名字为什么是傅左？"

傅识则正在用纸巾拭去他耳中的水，应道："派出所打错字了，原本是傅右。"

傅左："……"

他不相信："爸爸骗人。"

"记错了。"傅识则顿了下，"可能原本是傅上？"

"……"

"或者是傅下？"

"……"

"去改名字？"傅识则捏捏他的脸蛋。

"……不要。"

无法接受自己的名字是如此草率的决定，傅左抱着浴巾冲下楼，跑到厨房拉了拉云厘的衣角："妈妈，段慕桑今天问左左的名字为什么是傅左？"

在她面前，傅左还是如以前一样称自己为左左。

云厘正在开食品盒，她低下头，四岁的傅左，身高已到她的胯骨处，似乎也到了思考这个问题的时期。

见她没什么反应，傅左蹙蹙眉，慢吞吞说道："妈妈笨。"

他进一步解释道："为什么不是傅右？"

云厘："……"

原先，云厘的注意力全放在台面的土豆蔬菜泥上。被傅左说笨，她回过神，伸手直接蹂躏了下他的脑袋，整出个韩式发型，才满意地点点头。

傅左忍着，想起刚才傅识则说的话，又问了一遍：“为什么不是傅上、傅下、傅右？”

云厘没有想着敷衍傅左，仔细想了会儿，当时是傅识则想的名字。

她的左耳听不见，她失去了其他人都有的东西，起初觉得稀松平常，后来才发现珍贵无比。

婚后傅识则花了很多精力，替她查阅各种医学资料，带她看权威医生。

但她左耳的听力不可能恢复了。

这么多年来云厘已经习惯了，倒没有因此过多沮丧。倒是傅识则，似乎怕她失望，事后都会安抚她，然后继续寻求康复的可能性。

在傅左出生前，傅识则便和她说定了这个名字。

想到这里，云厘柔声应道：“因为很久很久以前，妈妈发现自己找不到了一个宝贝。”

傅左没有听明白，不知道这和自己的名字有什么关系，只懵懂地问道：“妈妈难过吗？”

云厘摇摇头：“以前很难过，但是现在不难过了。”

“因为爸爸把左左带来了妈妈的身边，妈妈重新拥有了宝贝。”云厘揉揉他的脑袋，柔声道，“你先出去找爸爸，让爸爸把灯笼挂起来。”

傅左顺从地点点头，跑到厨房门口时，又停下来问她：“那左左的名字，不是爸爸随便……”

他还小，不知道怎么表达自己的意思。

云厘走过去，蹲下去揉揉他的脑袋，笑道：“当然不是随便取的，在我们家，每个人都是独一无二的。”

…………

中秋节，幼儿园的老师布置了赏月的小任务。

傅左跑回院子里，屋檐下几簇光随风摇曳，草地上零碎的光影微微晃动。傅识则正站在角落，悬挂着最后几个纸灯笼。

傅左在台阶上坐了好一阵，乌云蔽日，黑压压的天际没有丝毫光亮。他等了好一会儿，才问傅识则："爸爸，今天为什么没有月亮？"

傅识则随口应道："被某个人折了。"

傅左面露困惑："为什么？"

傅识则揉揉他的脑袋："因为她喜欢月亮。"

"那她是坏蛋。"傅左面露不满，"那妈妈就没有月亮看了。"

傅识则没应声，蹲下来揽住傅左的肩膀，轻声道："我们去告诉妈妈这件事儿？"

傅左跑在傅识则跟前，邀功似的，抢先告诉云厘："妈妈，今晚没有月亮。"

小人儿还微微喘着气，脑袋后面出现傅识则深色的休闲裤，他也走到了厨房门前，傅左只到他的大腿，客厅没有开灯，两人就像在黑暗中浮现，气质和长相都极为出挑。

云厘往窗外瞟了眼，这天看起来要下大暴雨，短时间内估计也看不见月亮。好不容易到赏月的时节，云厘也提前准备了点心和果汁，她略感失落，抬眼，对上傅识则的视线。

装糕点的手一顿，云厘像是想到了什么，忽地弯起唇角。

似乎读懂了她的想法——

傅左跑上楼翻了翻，又跑回厨房，贴到她身旁，将两日前从傅识则钱包里偷的纸月亮递给云厘。

明明是在说谎，和她七分像的眼却并不忌惮地直视着她："给妈妈折了个月亮。"

他还有点傲娇，看向别处，小声道："因为爸爸说妈妈喜欢月亮。"

薄薄的折纸边缘已起一圈褶子，是陈旧的印记。云厘从未主动拿出来看过，和印象中相比，它似乎又被人拿出来摩挲了许多次。

傅左略带别扭地说道："我也可以给妈妈宝贝。"

云厘将月亮折纸放到窗前，对着天空，黑色背景为手上那一轮已不明亮的月增彩，她恍惚有种错觉，就像那是真的，挂在天上的月亮。

而月亮，在她手里，也在她的身边。

8

某一天，云厘想起先前和傅正初他们一块去的犬舍，临走前，她和傅识则分别写了个心愿。

她的心愿已经实现了。傅识则的却好像没什么动静。

吹完头发后，她坐回床上，傅识则刚洗完澡，倚在她身边看书。云厘盯着傅识则这无欲无求的模样，心底产生了一丝疑惑。

云厘原以为，他的愿望会是——和她结婚之类的。

难道他的愿望还没实现吗?

纠结了半天，在睡觉前，她装作刚想起这件事:“你还记得我们之前去的那家犬舍不?”

傅识则翻了翻书，侧过头，等她下文。

“当时我们不是写了愿望，约好等实现了，再一起回去。”云厘淡定道，“你的愿望还没实现吗?”

傅识则没正面回答，指尖卷了卷她的发，问她:“你的呢?”

云厘:“实现了。”

“什么愿望?”傅识则凑近她，抬眼，纤细的睫毛刮在她脸上，“和我有关?”

“嗯……”

“那明天去吧。”傅识则顺着她的话说道，云厘顿了顿，他合上书，看了眼时间，将台灯调成极低的亮度。

光线一下昏暗，云厘也因此困意袭来。

傅识则将她的被子拉高了点，迷迷糊糊中，云厘感觉到他的吻落在额上，还有他轻轻的几个字。

“好梦，厘厘。”

隔日，云厘比傅识则先醒来，他将她圈在自己的怀内。她小小挣扎了会儿，听到他迷糊地轻“嗯”了一声，便放轻了动作，小心地将他的手挪开。

在客厅里待了会儿，云厘瞥见桌上的药箱，昨天拿气雾剂的时候没放回去。药箱还敞开着，里面放着几盒医生给傅识则开的安眠药。

他已经许久没吃过了。

云厘想了想，又悄无声息地回了房间，钻回他的怀里。

吃过午饭后，傅识则便驱车带着云厘到犬舍附近。店内的装潢没有太大变化，心愿墙上密布着便笺，能看出已经盖了厚厚几层。

云厘一时想不起来贴在了哪个位置，她在心愿墙前停顿片刻。

正打算和傅识则说自己忘了，他的手却从她右耳旁穿过，拨开了几张便笺，露出她可爱的字体。

他将那个位置记得一清二楚。

他贴在她身后，云厘能感觉到他衬衫底下的温度，顺着他的手指，看清楚自己写的那几个字——傅识则，当我老婆！！！

"……"云厘原以为自己写的是要和傅识则结婚，这会儿有些尴尬。

身后传来傅识则低哑的笑声，他打趣地在她耳边问道："这么大野心吗？"

"那愿望不算实现了。"云厘想不起自己当时是抱着什么心态写下的，问傅识则，"你的在哪儿？"

傅识则拉过她的手指，移动到一张便笺上，上面行云流水般写着几个字——实现厘厘的愿望。

所以，只有当她的愿望实现了，他的愿望才会实现。

云厘愣了几秒，从旁边拿起笔，利索地在自己的那张便笺上涂改了几下，傅识则懒懒道："改它干吗？"

云厘慢吞吞道："我也想实现你的愿望。"她装作无奈地叹了口气，"谁让我的老婆现在是我的老公了呢。"

傅识则看向那张便笺。

恰好有一只柯基在云厘的腿边蹭来蹭去，她蹲下，揉着柯基的脖子，垂头看向她的时候，他的心重重地起伏了下，再度回忆起那个画面，秋末冬始，她冻得脸颊发红，望向他的眸中点缀着熠熠星光。

他有幸成为，那个等待他的女孩的丈夫。

撸狗撸得差不多了，傅识则给云厘拿起外套，敞开放到她手边，云厘熟练地钻进去，小声道："这里人多。"

傅识则歪歪头："那回去帮你穿。"

"……"

两人已经走到门口了，云厘意犹未尽，回过头问他："能不能再写一个愿望，等实现了，我们再回来。"

傅识则点点头，她小步跑回去，认真地拿起纸、笔，写好后找了个小角落贴上。

云厘满意地看着那张隐藏起来的便笺，回过头，傅识则还站在原处，墨黑的瞳仁凝视着她，云厘晃了晃笔，问他："你不写吗？"

"不了。"傅识则拉过她的手，"回家吧。"

云厘蹙眉："为什么？"

傅识则捏紧她的手心，唇角微微上扬："我唯一的愿望就是——"

在以后的日子里，那个在寒风中等待的女孩，她的愿望，能够一一实现。

如果再贪心一点。

那么，他只希望，实现那些愿望的人，是他。

那大概，他就是那个，陪她一辈子的人了。

图书在版编目（CIP）数据

折月亮. 完结篇 / 竹已著. -- 北京 : 北京联合出
版公司, 2023.5（2025.6重印）
ISBN 978-7-5596-6760-1

Ⅰ.①折… Ⅱ.①竹… Ⅲ.①言情小说—中国—当代
Ⅳ.①I247.5

中国国家版本馆CIP数据核字(2023)第041618号

折月亮. 完结篇

作　　者：竹 已
出 品 人：赵红仕
责任编辑：牛炜征

北京联合出版公司出版
（北京市西城区德外大街83号楼9层　100088）
河北鹏润印刷有限公司印刷　新华书店经销
字数372千字　880毫米×1230毫米　1/32　12.5印张
2023年5月第1版　2025年6月第4次印刷
ISBN 978-7-5596-6760-1
定价：52.80元